V

HEART OF ICE

WENN DIE LIEBE STÄRKER IST
ALS DIE ANGST

GINA EISENTRAUT

Für Melanie

© 2024 Gina Eisentraut
Verlag: BoD · Books on Demand GmbH, In de Tarpen 42,
22848 Norderstedt
Druck: Libri Plureos GmbH, Friedensallee 273,
22763 Hamburg
ISBN: 978-3-7597-7515-3

1. Aufregende Neuigkeiten

Es war ein wunderschöner Sommertag, die Vögel zwitscherten in den Bäumen, die Sonne schien mit voller Kraft und in der Luft hing ein Hauch von Blütenduft.

Gedankenverloren stand ich vor der kleinen Hütte, deren grauen Steine so schief und krumm aufeinandergestapelt waren, dass man denken könnte, die Kinder, die hier lebten, hätten die Hütte selbst zusammengebaut.

In dem kleinen Häuschen hatten ein paar von uns ihre Zimmer, so wie ich mir eines mit Hanna teilte.

Zwar war Hanna zwei Jahre und ein paar Monate jünger als ich, dennoch mochte ich sie sehr.

Sie war immer gut gelaunt und konnte mich schnell auf andere Gedanken bringen, wenn es mir nicht gut ging...

In diesem Moment fing die kleine Elli auf meinem Arm an zu quengeln.

Sanft strich ich ihr durch das wuschelige Haar. Sie war knapp ein Jahr alt und damit die Jüngste in unserem Heim.

Ja, ich lebte in einem Kinderheim, eigentlich schon immer, denn ich lernte meine Eltern nie kennen. Niemand aus dem Dorf wusste, wer sie waren.

Martha, die Leiterin des Heims hatte mir erzählt, dass ich als Neugeborenes vor den Stufen des Heims abgelegt worden war...

Viele Kinder, die hierherkamen, weinten wochenlang, weil sie ihre Eltern vermissten, aber wie sollte ich etwas vermissen, das ich nie kennen gelernt habe?

Jetzt dauerte es nur noch wenige Monate, bis ich 18 wurde, also war ich mittlerweile alt genug, um zu heiraten und ein eigenständiges Leben zu führen.

Ich dachte an den Mann, dem ich versprochen war. Sein Name war Eduard und sein Vater führte eine gut laufende Tischlerei in unserem Dorf, die sein einziger Sohn bald übernehmen sollte.

Eduard hatte bereits an mir Gefallen gefunden, als wir Kinder waren, bei Martha um meine Hand angehalten hatte er jedoch erst vor drei Jahren und natürlich hatte sie eingewilligt. Ihn zu heiraten war vielversprechend, nicht nur für Martha und das Heim, weil sie dafür Geld bekam, sondern auch für mich, weil

er Geld hatte und wohl immer für mich sorgen konnte. Was wollte ich mehr?

Elli riss mich erneut aus meinen Gedanken, als sie begann sich in meinen Armen zu winden. Dabei fiel ihr Nuckel auf den Holzboden der Terrasse.

„Ach, was machst du denn?", flüsterte ich ihr zu, allerdings guckte sie mich nur mit ihren großen dunkelblauen Augen ganz unschuldig an.

Nun musste ich wieder lächeln, da die Kleine so unglaublich niedlich war.

Seufzend bückte ich mich nach dem Nuckel und ging dann mit der Kleinen ins Haus, um ihren geliebten Nuckel abzuwaschen.

Auf dem Weg zu den Waschräumen kamen mir Hanna und Lukas entgegen. Die beiden schubsten sich mal wieder regelrecht durch den Gang.

Zu den beiden passte das Sprichwort „Was sich neckt, das liebt sich" wohl ganz genau.

Die beiden waren zwar bisher nicht zusammen, aber das war nur eine Frage der Zeit, denn, wenn wir abends in unseren Betten lagen, redete Hanna fast pausenlos von ihm.

Ob die beiden eine gemeinsame Zukunft hatten? Möglicherweise würde sie auch mal einen wohlhabenden Mann heiraten müssen.

„Grüß dich, Aurelia", rief sie da quietschvergnügt über den Gang zu mir herüber, „musst du heute wieder Kindermädchen spielen?"

„Wieso müssen?", entgegnete ich. „Martha und Theodor sind in der Stadt, ein paar Besorgungen machen und ich kümmere mich gern um die Kleine."

„Oh, ich denke, aus dir wird später mal eine gute Mutter", grinste Hanna, bevor sie Lukas schon wieder hinterherrief: „Jetzt warte mal auf mich, du ungezogener Bengel!"

Kopfschüttelnd ging ich in den Waschraum und spülte den Nuckel ab.

Was hatte Hanna gerade gesagt? Ich wäre eine gute Mutter? Wohl eher nicht, schließlich hatte ich keine Ahnung, wie eine Mutter sein sollte...

Wie lange es wohl dauern würde, bis ich Eduard ein Kind gebären soll? Ob ihm das geben konnte, was er von mir erwartete? Wenn wir verheiratet waren, würde ich dann lernen ihn zu lieben?

Als ich wieder nach draußen kam, zerrte Hanna gerade so energisch an Lukas' Hemdärmel, dass sie fast rückwärts von der Terrasse gefallen wäre, als er sich aus ihrem Griff befreite.

Selbst Elli schien dieses Schauspiel zu amüsieren, denn sie gluckste belustigt vor sich hin und hätte fast erneut ihr Nuckel verloren, wenn ich es nicht in letzter Sekunde aufgefangen hätte.

Ich setzte mich mit Elli auf die alte, knarrende Holzbank, die vor unserem Häuschen stand und beobachte schmunzelnd Hanna und Lukas, die nach wie vor damit beschäftigt waren, sich lachend durch den Garten zu jagen.

Entspannt lehnte ich mich zurück und genoss die Sonne auf meiner Haut. Es war schön hier. Hier in diesem Dorf, auf diesem Grundstück war ich aufgewachsen und ich konnte mir nicht vorstellen, jemals woanders hinzugehen.

Nein, ich würde niemals an einem anderen Ort leben wollen, als in unserem kleinen bescheidenen Dorf, in dem immer alle glücklich waren, auch wenn sie kaum mehr hatten, als die Ernte auf ihren eigenen Feldern und den Waren, mit denen sie auf dem Markt handeln konnten.

Ehrlich gesagt war es mir ein Rätsel, wie Martha es schaffte, dass immer genug Essen da war, um alle Kinder im Heim zu versorgen.

Nie hatten wir ernsthaft hungern müssen und dabei reichte es sicher nicht, dass Hanna, ich oder eines der anderen größeren Mädchen auf dem Marktplatz im Dorf getöpferte Vasen und Geschirr verkauften, die wir auch selbst herstellten.

Doch Martha hatte nie darüber gesprochen, wie sie das alles schaffte, vermutlich auch, um uns im Ernstfall nicht zu verunsichern.

Ob ich Martha und den Kindern ebenfalls genug helfen konnte, wenn ich bei Eduard lebte?

Auf einmal wurde ich aus meinen Gedanken gerissen, als mir ein unangenehmer Geruch in die Nase stieg.

Seufzend öffnete ich meine Augen und hob Elli hoch, die munter irgendwas vor sich hin brabbelte, um mich zu versichern, dass der Geruch von ihr kam, aber was sollte es auch anderes sein?

Ich stand auf und sah mich um.

Die meisten der anderen Kinder spielten bei dem schönen Wetter im Garten. Besonders beliebt waren die Schaukeln und die Wippe, die ein Zimmermann, der ein guter Bekannter von Eduard war, vor wenigen Monaten für uns erbaut hatte.

Gerade als ich nach drinnen gehen wollte, um die Kleine neu zu wickeln, sah ich die Kutsche von Martha und Theodor die Auffahrt heraufkommen.

„Na, ist alles in Ordnung bei euch?", rief Martha uns bereits von weitem zu.

„Ja klar", antworte ich lächelnd, „Elli braucht nur eine neue Windel."

„Warte, ich kümmere mich darum", sagte Martha da und kam mit schnellen Schritten und einigen Einkaufskörben in den Händen auf uns zu.

Offensichtlich war der Tag auf dem Markt erfolgreich gewesen.

„Nein, das ist nicht nötig", widersprach ich schnell. „Du hast selbst genug mit den Einkäufen zu tun."

„Ach, das hat Zeit", wandte Martha lächelnd ein. „Du hast dich den ganzen Tag um sie gekümmert. Jetzt übernehme ich sie und du hast wieder Freizeit."

Also gut, dann überließ ich die Kleine eben Martha.

Ich wollte mich gerade wieder auf der Bank niederlassen, als plötzlich draußen auf der Straße etwas meine Aufmerksamkeit erregte.

War das nicht der Bote des Königs, der da auf seinem weißen Pferd gerade den Weg entlang ritt?

Ja, ohne Zweifel, diese Uniformen trugen seit je her die Bediensteten des Königshauses.

Ohne groß darüber nachzudenken stand ich auf und lief ans Tor.

„Aurelia, wo willst du hin? Mit Vertrauten des Königs zu reden ist gefährlich, das weißt du", rief mir Hanna hinterher, allerdings achtete ich nicht auf sie.

Um auf irgendwelche Gefahren Rücksicht zu nehmen, war meine Neugier viel zu groß, egal, was die anderen sagten.

Was trieb einen Diener des Königs ausgerechnet in unser armes Dorf?

Wenn ich ehrlich war, verstand ich das Problem, dass die Leute mit dem König hatten, eh nicht. Alle sagten er sei unheimlich, sogar gefährlich.

Na ja, merkwürdig fand ich nur, wenn er mal sein Volk besuchte, was allerdings äußerst selten vorkam, trug er immer eine schneeweiße Maske, keiner von uns hatte wohl jemals sein Gesicht gesehen. Allerdings wusste niemand, was er zu verbergen hatte. Sie konnten nicht mal sagen, wie alt er war.

Alles andere, was man über ihn erzählte, waren Geschichten, Mythen. Man sagte, selbst im Hochsommer wäre um sein Schloss herum alles tief verschneit. Menschen, die sein Reich aufgesucht haben, seien nie wieder aufgetaucht. Angeblich trug er die Maske, da die Menschen sonst zu Eis erstarren würden, wenn sie ihm in die Augen sahen.

Die Menschen hatten gehofft, dass mit dem neuen König alles besser werden würde, denn der alte war ein kaltherziger Mensch gewesen, der seine Untertanen ohne mit der Wimper zu zucken in den Kerker sperren ließ, wenn sie etwas taten, was ihm nicht gefiel.

Anderseits hatten scheinbar auch vor dem neuen König, der nun seit ungefähr vier Jahren an der Macht war, alle Angst.

Vor allem wegen den Geschichten mit dem Schnee und Eis, denn als der alte König regierte, gab es um das Schloss herum wenigstens keine Winterlandschaft. Allerdings wagte ich zu bezweifeln, dass an diesen Mythen auch nur ein Hauch Wahrheit dran war.

Diese Geschichten hatte ich jedoch nur im Dorf aufgeschnappt, denn Martha sprach nicht darüber. Sie war der Meinung, es sei gefährlich zu viel über den König zu wissen.

Wir würden eh nie ernsthaft etwas mit ihm zu tun bekommen. Deswegen hatte ich es schließlich dabei belassen und nicht weitergefragt.

Nun stand ich am Tor, wo sich bereits ein paar andere Kinder versammelt hatten, um zu hören, warum sich der Bote des Königs ausgerechnet in unsere Gegend verirrt hatte.

Er erzählte gerade, dass der König schwer erkrankt sei und dringend ärztliche Hilfe benötigte.

„Natürlich würde derjenige auch ordentlich bezahlt werden", erklärte der Bote.

„Wir sind Kinder", sagte Marie, die so alt war wie Hanna. „Was erwarten Sie von uns? Wir können ihm nicht helfen, selbst, wenn wir es wollen würden."

„Außerdem, wo wäre das Problem, wenn er an dieser Krankheit stirbt?", wollte Hanna wissen, die auf einmal hinter mir stand, ohne dass ich es mitbekommen hatte. „Die Menschen haben alle Angst vor ihm und wären heilfroh, wenn er nicht mehr da wäre."

„Hanna!", entfuhr es mir entsetzt. „So etwas kannst du doch nicht sagen."

„Warum nicht?", verteidigte sie sich. „Ich habe bloß das ausgesprochen, was alle anderen ebenfalls denken."

Ich wartete darauf, dass der Bote irgendwie auf Hannas unmöglichem Kommentar reagierte, allerdings meinte er nur: „Bitte denkt darüber nach und sagt mir Bescheid, wenn ich in den nächsten Tagen abermals vorbeikomme."

Interessiert wartete ich die Reaktion der anderen ab, jedoch schienen alle mehr oder weniger einer Meinung zu sein und zwar, dass sein Tod für uns alle das Beste sei.

Ehrlich gesagt schockierte mich diese Einstellung.

War ich wirklich die Einzige hier, die nicht an diese Horrorgeschichten glaubte?

Also nahm ich all meinen Mut zusammen und fragte den Boten: „Mal angenommen ich würde mich bereiterklären, dem König zu helfen, was müsste ich machen? Ich bin schließlich keine Medizinerin."

Nachdem ich diese Frage ausgesprochen hatte, konnte ich die Gedanken der anderen förmlich verstehen. Ob ich verrückt sei, dachten sie sicherlich, aber es war mir egal.

„In der Stadt gibt es einen Apotheker", meinte er. „Dieser hat hoffentlich die passende Medizin."

„Warum holen Sie die Medizin aus der Apotheke dann nicht selbst?", warf Hanna wieder ein.

Der Bote wollte gerade noch etwas sagen, als Martha zu ihren Schützlingen trat und wütend rief: „Was fällt Ihnen ein, Kinder zu so einer gefährlichen Sache überreden zu wollen? Niemand von ihnen ist alt genug um diese Entscheidung selbst zu fällen. Sie nutzen aus, dass den Kindern gelehrt wurde, anderen in der

Not zu helfen, aber das lasse ich nicht zu. Ich lasse sicher niemanden meiner Lieblinge allein in die Stadt gehen oder gar zum Schloss des Königs. Suchen Sie sich jemanden, der mehr für diese Aufgabe geeignet ist. Ich setze das Leben der Kinder nicht aufs Spiel, für einen König, der es nicht mal für nötig hält, sich seinem Volk ohne Maske zu zeigen."

Damit war das Thema erledigt, der Bote schwang sich wieder auf sein Pferd und ritt weiter.

Als er weg war, sah uns Martha mit strengem Blick an. „Ich hoffe, euch ist klar, dass ich euch verbiete, in die Stadt zu diesem Apotheker, oder sogar zu des Königs Schloss zu gehen?!"

„Ja, natürlich", riefen alle wie aus einem Mund, alle außer mir.

Irgendetwas an der Sache ließ mir keine Ruhe. Wenn ich nur wüsste, was es war...

Am Abend kam Eduard bei uns vorbei, der wissen wollte, ob es mir gut geht.

Ohne groß darüber nachzudenken, bejahte ich diese Frage. Er musste nicht wissen, worüber ich nachdachte, selbst wenn es der Tatsache entsprach, dass wir bald verheiratet sein würden.

Allerdings es schien, als habe er meine Gedanken gelesen, denn nun bemerkte er: „Ich habe gehört, dass ein Bote des Königs heute im Dorf unterwegs war. Vater war sehr aufgebracht deswegen. Weißt du etwas darüber? War er auch bei euch?"

„Ja", antwortete ich wahrheitsgemäß, „der König ist krank und braucht medizinische Hilfe."

Mein Verlobter sah mich überrascht an. „Dafür fragt er in einem Kinderheim nach?"

„Ich glaube, es hat sich sonst niemand gefunden, der ihm helfen würde", erklärte ich nachdenklich.

„Kann ich gut verstehen", erwiderte Eduard. „Wer hilft freiwillig so einem Ungeheuer? Ich meine, ich habe keine Angst vor ihm, aber sein Tod würde sicher nicht nur den Menschen, sondern ebenfalls der Natur guttun, wenn das Eis um das Schloss herum endlich schmilzt."

Ich beschloss, darauf nichts zu antworten und nickte nur stumm. Es war sicherlich am besten, wenn sie alle glaubten, ich sei mit ihnen einer Meinung.

Allerdings lag ich später im Bett und konnte nicht einschlafen.

War es normal, dass man jemandem den Tod wünschte, obwohl man denjenigen gar nicht kannte? Nur wegen ein paar dummer Geschichten? Ich würde die Menschen wohl nie verstehen...

Woher wollten die Menschen wissen, wie er wirklich ist? Die meisten hatten ihn sicher niemals zu Gesicht bekommen, ohne Maske...

„Aurelia, bist du noch wach?", hörte ich in dem Moment Hannas leise Stimme.

„Ja", antwortete ich, „warum?"

„Wieso hast du den Boten heute gefragt, was du tun müsstest, um dem König zu helfen?", wollte sie wissen.

„Weil es mich interessiert hat", erwiderte ich nur.

„Aber du hast jetzt nicht wirklich vor, diesem Ungeheuer zu helfen, oder?", fragte sie weiter.

„Warum Ungeheuer?", entgegnete ich und versuchte, mich nicht darüber aufzuregen.

Eduard hatte vorhin ebenfalls diese Bezeichnung gewählt.

Jetzt kicherte Hanna auf einmal. „Na, wer sein Gesicht immer hinter einer Maske versteckt, dann kann er nur total hässlich sein, meinst du nicht?"

Bei solchen Albernheiten seufzte ich nur energisch und sagte: „Es ist gut jetzt mit den Flausen in deinem Kopf. Schlaf endlich, ja?"

„Hm, wie du meinst. Gute Nacht", brummte sie und klang dabei leicht beleidigt.

„Gute Nacht", erwiderte ich mit Nachdruck, zog mir die Bettdecke über den Kopf und drehte mich auf die andere Seite.

Was war nur mit mir los? Also nicht, dass ich ernsthaft in Betracht gezogen hätte, in die Stadt zu dieser Apotheke zu fahren, aber der Gedanke, dass er ohne Hilfe vielleicht sterben könnte, fühlte sich genauso unbehaglich an.

Gab es wirklich niemanden anderes der ihm helfen könnte oder wollte? Warum hatten die Menschen so viel Angst vor dummen Geschichten? Beziehungsweise, wenn sie keine Angst hatten, war es ihnen zumindest egal.

Sein Tod sei am besten für uns alle. Selbst Eduard war dieser Meinung. Dabei war er der edelste und mutigste Mann, den ich kannte. Ich würde das wohl nie verstehen können.

2. Die Begegnung im Regen

Der Regen trommelte gegen das Fenster. Es war mitten in der Nacht und stockdunkel draußen.

Auf einmal konnte ich nicht mehr schlafen, sondern war hellwach.

Eine Weile blieb ich in meinem Bett sitzen und sah hinüber zu der kleinen Hanna, die tief und fest zu schlafen schien.

Gut, ich drehte mich auf die andere Seite und versuchte weiterzuschlafen, nur aus irgendeinem Grund wollte es mir nicht gelingen.

Plötzlich hielt es hier drin nicht mehr aus.

Also zog ich mir eines meiner Kleider an, nahm mir den Schirm, den Martha vor kurzem erst auf dem Markt gekauft hatte und schlich auf Zehenspitzen nach draußen.

Ich wusste, dass ich leise und vorsichtig machen musste, damit ich Martha nicht weckte. Es würde höllischen Ärger geben, wenn sie mich hier erwischen würde. Schließlich hatten 12-jährige wie ich um diese Uhrzeit im Bett zu liegen und zu schlafen.

Da die Tür nachts sicherheitshalber abgeschlossen war, wählte ich den Weg durch das Fenster und versuchte es danach so anzulehnen, dass ich problemlos wieder hereinkam, es aber auch nicht hereinregnen konnte.

Möglichst leise schlich ich durch das Gelände und kletterte über den Zaun, was sich als gar nicht so einfach gestaltete, wie ich gedacht hatte, da das Eisen durch den Regen ganz rutschig war.

Fast hatte ich es geschafft, als ich plötzlich mit dem rechten Fuß wegrutschte, den Halt verlor und in das Gebüsch, das vor unserem Gelände wuchs, plumpste.

Autsch. Mühsam kletterte ich wieder heraus und rieb mir die Beine, die durch das blöde Gestrüpp nun völlig zerkratzt waren.

Mist, nun war ich trotz Schirm komplett nass und mein Kleid war an ein paar Stellen zerrissen. So merkte Martha sicher sofort, dass ich nachts unterwegs war.

Vorsichtig blickte ich zurück, ob mittlerweile jemand auf mich aufmerksam geworden war, aber auf dem gesamten Heimgelände blieb es nach wie vor dunkel und still.

Puh, da hatte ich richtig Glück gehabt.

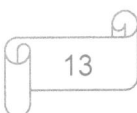

Nun lief ich die menschenleeren Straßen entlang. Dabei hatte ich ehrlich gesagt keine Ahnung, wo ich überhaupt hinwollte.

Der Weg führte mich an einigen Grundstücken vorbei und irgendwann musste ich feststellen, dass ich nicht mehr wusste, wo ich war.

Oh nein, ich hatte mich nicht ernsthaft verlaufen, oder?

Plötzlich blieb ich stehen.

Saß da hinten nicht jemand am Wegrand?

Langsam näherte ich mich der Gestalt und hatte dabei ein merkwürdiges Gefühl.

Welcher normale Mensch saß mitten in der Nacht an einem Wegrand herum?

Als ich vor ihm stand, erkannte ich, dass die Gestalt ein Junge war, vermutlich nur wenige Jahre älter als ich. Er trug komplett dunkle Kleidung, wahrscheinlich schwarz und seine Haare, die ihm bis über die Schulter reichten wegen des Regens mittlerweile im Gesicht hingen, waren wohl genau so dunkel.

Es schien, als würde meine Anwesenheit spüren, denn nun hob er den Kopf und sah mich an.

Ein Teil seines Gesichts war durch eine weiße Maske verdeckt und ich fand, er sah irgendwie traurig aus, wie er mich ansah, mit diesen leuchtend blauen Augen.

Nun schien er zu bemerken, dass ich seinen Blick erwiderte, denn er wich meinem aus.

„Guten Abend", sagte ich vorsichtig. „Wer bist du? Warum sitzt du nachts, im Regen hier draußen?"

Allerdings zuckte er zur Antwort nur mit den Schultern. „Ich weiß nicht, du bist schließlich ebenso unterwegs."

„Na gut", meinte ich und war irgendwie enttäuscht darüber, dass er es mir nicht sagen wollte, „du musst es mir nicht sagen, wenn du nicht möchtest."

Er nickte und meinte: „Geh lieber nach Hause, hier draußen ist es dunkel, nass und kalt."

„Und was ist mit dir?", wollte ich wissen.

„Mach dir um mich keine Sorgen", antwortete er und da war er wieder, dieser traurige Blick.

Was hatte er nur? Was war mit ihm? Die schwarze Kleidung, die Maske, dieser Blick... Was versuchte er vor mir zu verbergen?

„Na gut", sagte ich schließlich und reichte ihm meinen Schirm, „bitte nimm wenigstens den Schirm, damit der Regen dir nichts mehr anhaben kann."

Jedoch schüttelte er den Kopf. „Nein, ich kann ihn nicht nehmen…"

„Warum nicht?", fragte ich verwundert.

„Weil…" Es schien, als müsste er überlegen, was er darauf antworten sollte, „weil du dann nass wirst."

„Das ist mir egal", widersprach ich und hielt ihm wieder meinen Schirm hin.

Wieder sah er mich mit diesem traurigen Blick an. „Eigentlich wollte ich dir diesen Anblick ersparen."

„Was?"

Während ich ihn verwundert ansah, berührte er den Griff des Schirms mit der rechten Hand.

Zu meinem Entsetzen zog sich sofort eine dünne Eisschicht über den Griff.

Mit einem erschrockenen Schrei ließ ich den Schirm fallen.

„Siehst du", sagte der Junge da und stand auf, „genau das meinte ich."

Nach wie vor starrte ich den Schirm an. Was war das eben gewesen?

„Ich muss gehen", sagte er nun und zog sich seine Maske wieder über das Gesicht. „Lebe wohl."

Bevor ich irgendetwas sagen konnte, hatte ihn die Dunkelheit bereits verschlungen.

Genau in diesem Moment schreckte ich hoch.

Ich brauchte ein paar Sekunden, bevor mir klar wurde, wo ich mich befand und dass ich eben noch geträumt hatte.

Verwundert sah ich mich um. Die Sonne schien inzwischen aufgegangen zu sein, denn ein paar Strahlen stahlen sich durch das Fenster in unser Zimmer.

Nach wie vor leicht benommen sah ich hinüber zu Hannas Bett, aber sie schien tief und fest zu schlafen.

Wie spät mochte es wohl sein?

Nachdenklich ließ ich mich zurück auf in mein Kissen sinken.

Was hatte ich geträumt? Warum hatte es sich so wirklich angefühlt? So echt, als hätte ich diesen Augenblick tatsächlich schon einmal erlebt.

Wer war dieser seltsame Junge gewesen, der nur mit einer Berührung den Griff des Schirms in Eis verwandelt hatte?

In der nächsten Sekunde fiel es mir wie Schuppen von den Augen: War er etwa unser jetziger König? Die Maske passte dazu und auch die Geschichte, dass er alles, was er berührte in Eis verwandelte.

Energisch schüttelte ich den Kopf.

Das war Blödsinn. Ich glaubte nicht mal an diese Geschichten. Oder hatte ich mich durch diese beeinflussen lassen?

Aber wenn mir mein Gehirn nur einen dummen Streich gespielt hatte, warum fühlte es sich dann so wirklich an? Warum hatte ich das Gefühl, dass ich diesem Jungen im wahren Leben schon mal begegnet war?

Was geschah, wenn das Ganze mehr als ein Traum war? Wenn ich mich an etwas erinnerte, das mir in Wirklichkeit passiert war? Wenn es diesen unheimlichen Jungen wahrhaftig gab?

Moment, wie alt war ich in diesem Traum? Ungefähr 12, glaube ich.

Entschlossen stand ich auf und zog mich an.

Eventuell gab es eine Möglichkeit mehr darüber herauszufinden.

Was war beispielsweise mit dem Schirm geschehen? Der vereiste Griff muss irgendjemandem aufgefallen sein, oder?

Und was war aus dem Kleid geworden? Hatte Martha es zerrissen gefunden? Hatte ich deswegen Ärger bekommen?

Mist, ich konnte mich nicht daran erinnern. Ich wusste nicht mal mehr, ob ich so ein Kleid, wie ich in diesem Traum trug, in Wirklichkeit jemals besessen hatte.

Mit einem letzten Blick auf Hanna, die gerade begann sich hin und her zu wälzen und sicher bald wach werden würde, verließ ich das Zimmer, um Martha zu suchen.

Ich fand sie hinter dem Haus an dem kleinen Bach, wo sie gerade dabei war, zwei große Eimer mit Wasser zu füllen.

„Guten Morgen", rief ich ihr von weitem zu.

„Oh, guten Morgen, Aurelia", begrüßte sie mich freundlich. „Hast du gut geschlafen?"

„Ja", antwortete ich und beschloss, gleich mit ihr über meinen Traum zu sprechen. Na ja, zumindest über einen Teil. Davon, dass ich nachts unterwegs war und von der Begegnung mit diesem Jungen, musste sie nichts wissen.

Sie schien zu spüren, dass mich eine Sache beschäftigte, denn nun fragte sie: „Was ist los mein Kind? Du bist sicher nicht hier herunter zum Bach zu kommen, um mir einen guten Morgen zu wünschen, oder?"

„Du hast Recht", gab ich zu und suchte nach den richtigen Worten, um mich vorsichtig an das Thema heranzutasten. „Ich habe etwas geträumt und nun bin ich mir nicht sicher, ob sich das alles genau so in echt zugetragen hat."

„Das kann gut möglich sein", antwortete sie. „Möglicherweise erinnert sich dein Unterbewusstsein im Traum an Geschehnissen aus deiner Vergangenheit."

Interessiert nickte ich. Ich mochte es, mich mit Martha über solche Dinge zu unterhalten. In meinen Augen war sie unglaublich weise und hatte bisher auf jede meiner Fragen eine Antwort gewusst.

„Als ich 12 Jahre alt war, hast du uns Kindern zum allerersten Mal einen Schirm gekauft, kann das sein?", fragte ich, um mich vorsichtig weiter an die Sache heranzutasten, ohne zu viel zu erzählen.

„Ja, ich glaube, dem war so", meinte sie. „Nur leider war er nach wenigen Tagen spurlos verschwunden. Vermutlich hat ihn irgendjemand in der Nacht geklaut..."

„Bist du sicher, dass er gestohlen wurde?", versicherte ich mich.

Sie zuckte nur mit den Schultern. „Er war eines Morgens plötzlich weg und keiner wusste wohin. Ist dir dazu etwa was eingefallen?"

Erschrocken schüttelte ich den Kopf. „Nein, der Schirm kam nur flüchtig in meinem Traum vor."

Das war zwar gelogen, aber ich konnte Martha unmöglich die Wahrheit sagen.

Wenn mein Traum tatsächlich Bezug zur Wahrheit haben sollte, konnte es sein, dass ich dachte, mit dem vereisten Griff konnte ich den Schirm unmöglich wieder mit ins Heim nehmen und hatte ihn deswegen irgendwo entsorgt?

Dies wäre zumindest eine Erklärung, die Sinn ergeben würde und die mich in meiner Vermutung bestärkte, dass das alles wahrhaftig geschehen war.

„Darf ich dir eine weitere Frage stellen?", wollte ich wissen.

„Natürlich", lächelte sie.

„Hast du in der Zeit, als der Schirm verschwand, eines meiner Kleider zerrissen im Schrank gefunden?"

Sie nickte. „Ja, deshalb war ich ziemlich sauer auf dich, weil ich dieses Kleid für dich selbst genäht hatte."

„Es tut mir leid", meinte ich verlegen und spürte, wie mein Herz schneller schlug.

Beides stimmte mit dem Traum überein. Also war die Wahrscheinlichkeit ziemlich hoch, dass das alles damals wirklich so geschehen war.

Ich bemerkte, dass sie mich fragend ansah. „Was hat das nun alles mit deinem Traum zu tun?"

Einen Moment lang überlegte ich, ob ich ihr jetzt ernsthaft die Wahrheit sagen sollte, aber mir fiel auf die Schnelle keine andere Geschichte ein.

„Wenn die Geschichten über den jetzigen König stimmen, dass er mit einer bloßen Berührung Dinge in Eis verwandeln kann, dann bin ich ihm mit 12 Jahren schon mal begegnet", gab ich schließlich zu.

„Was?" Martha sah mich überrascht an. „Aber damals hat noch der alte König regiert."

Genau in diesem Augenblick wurde unser Gespräch unterbrochen, als ein paar Kinder freudig aus ihren Häusern gestürmt kamen.

Im Dorf hörte ich die Kirchturmuhr schlagen. Neunmal. Also war es Zeit, um Frühstück zu machen.

So verging der Tag. Martha hatte die ganze Zeit alle Hände voll mit den Kindern, der Wäsche und dem Haushalt zu tun, sodass sie mich nicht ein weiteres Mal auf die Sache mit dem Traum ansprechen konnte.

Ich kümmerte mich gemeinsam mit Marie um Elli. Eduard würde erst am Abend wieder nach mir sehen, wenn er seine Arbeit für heute beendet hatte.

Aber es war egal, wie sehr ich versuchte, mich abzulenken, ich musste die ganze Zeit an diese Begegnung denken, von der ich geträumt hatte.

Warum grub mein Gedächtnis ausgerechnet jetzt diese Erinnerung wieder aus?

Und vor allem, warum ging mir jetzt dieser traurige Blick des Jungen nicht mehr aus dem Kopf?

Irgendwie hatte ich auf einmal das Gefühl, ich war ihm etwas schuldig. Ich hatte das Gefühl, es war gemein von mir gewesen so geschockt zu reagieren, als er den Schirm berührt hatte.

War dieser Junge von damals tatsächlich der König?

Vielleicht war das alles nur ein dummer Zufall. Möglicherweise hatte sich in Wahrheit alles ganz anders zugetragen, als in meinem Traum.

Mist, ich musste es irgendwie herausfinden.

Da erinnerte ich mich an die Worte des Boten, der meinte, dass er schwer krank sei und dringend medizinische Hilfe braucht. Eventuell war das meine Gelegenheit.

Auch wenn ich mittlerweile glaubte, dass in den Geschichten mit dem Eis eine gewisse Wahres steckte, so glaubte ich daran, dass er trotzdem kein schlechter Mensch war. Viel mehr vermutete ich mittlerweile, dass er selbst darunter litt.

Keine Ahnung, woher ich das auf einmal wusste. Irgendwie hatte ich das im Gefühl.

Sein trauriger Blick... Ich musste Recht haben. Alles andere ergab keinen Sinn.

Entschlossen stand ich auf.

„Hey, wo willst du hin?", fragte Marie verwundert.

„Ich muss was Wichtiges mit Martha besprechen", antwortete ich und begab mich zum zweiten Mal heute auf die Suche nach ihr.

Diesmal fand ich sie im Waschhaus, beim Wäsche waschen.

„Guten Tag, Martha", meinte ich, „kann ich dir irgendwie helfen?"

„Aurelia, mein Kind", lächelte sie. „Danke, aber eigentlich ist das nicht nötig. Geh lieber wieder zu den anderen und genieße die Sonne."

Energisch schüttelte ich den Kopf. „Ich möchte dir helfen."

„Gut, wie du meinst", sagte sie weiterhin lächelnd und machte mir Platz an der Holzwanne.

Ich nahm mir ein Hemd und begann es auszuwaschen, als ich wieder ihren durchdringenden Blick spürte, der auf mir ruhte.

Sie schien genau zu spüren, dass mich nach wie vor etwas beschäftigte.

„Willst du mir nicht sagen, was du auf dem Herzen hast?",
fragte sie freundlich. „Ist es nach wie vor wegen deinem
Traum?"

„Ja, irgendwie lässt es mich nicht los", murmelte ich.
Dann sah ich sie direkt an und sagte mit fester Stimme:
„Martha, ich habe eine Bitte an dich."

„Welche denn, meine Liebe?", fragte sie sanft.

„Na ja..." Ich suchte nach den richtigen Worten, um es ihr so
schonend wie möglich zu erklären. „...erinnerst du dich daran,
dass ich heute Morgen gemeint habe, ich glaube, ich bin dem
König schon mal begegnet?"

„Aber Mädchen, das war nur ein Traum", meinte Martha.
Energisch schüttelte ich den Kopf. „Das war mehr als ein
Traum. Das Kleid war zerrissen, weil ich abrutschte, als ich über
den Zaun geklettert bin und der Schirm wurde nicht gestohlen, ich
habe ihn irgendwo weggeworfen, weil ich keine Erklärung für
den vereisten Griff hatte... Die Dinge passen mit der Wirklichkeit zusammen. Ich bin mir sicher, dass dieser Traum viel mehr
eine verlorengegangene Erinnerung war."

Nun ließ sie das Kleid sinken, dass sie gerade in der Hand
hielt und sah mich durchdringend an. „Du willst mir also sagen,
dass du mit 12 Jahren mit dem Regenschirm über den Zaun
geklettert bist, dir dabei das Kleid zerrissen hast und du dann
dem jetzigen König begegnet bist, der den Schirm berührt und
vereist hat?"

„Ja", sagte ich und nickte heftig, „es tut mir leid."

Zu meiner Überraschung schien sie überhaupt nicht sauer zu
sein, stattdessen lächelte sie und sagte: „Jetzt geht aber wirklich die Fantasie mit dir durch."

„Nein", entgegnete ich energischer, „das ist keine Einbildung,
ich bin ihm wirklich begegnet!"

„Ach Aurelia", schmunzelte Martha und wollte mir die Hand auf
die Schulter legen, aber ich wich vor ihr zurück.

„Doch, ich bin mir ziemlich sicher, dass ich Recht habe", erwiderte ich nun trotzig, „und ich werde es herausfinden."

Nun sah sie mich verwundert an und wollte wissen: „Was hast
du denn vor?"

„Ich möchte dem König helfen", erklärte ich, den Grund, warum ich sie überhaupt aufgesucht hatte.

„Was?!", entfuhr ihr entsetzt und sah mich an, als hätte ich ihr gerade eröffnet, dass ich mich von der nächsten Brücke stürzen will. „Bist du wahnsinnig? Das könnte deinen Tod bedeuten."

„Das ist Schwachsinn", widersprach ich heftig. „Er ist krank und braucht dringend Hilfe. Ich verstehe dein Problem nicht, anderen Menschen würdest du auch ohne zu zögern helfen, oder nicht?"

„Natürlich würde ich das tun", antwortete sie, „aber es ist gefährlich zum Schloss zu gehen, das weißt du. Was ist, wenn er dich auch zu Eis erstarren lässt?"

„Das wird nicht passieren", meinte ich, „schließlich will ich ihm helfen und ihm nichts Böses."

„Meinst du das macht einen Unterschied?", fragte Martha. „All die Menschen, die sein Schloss aufgesucht haben und nie wiederkamen, meinst du, die wollten ihm etwas Böses?"

„Keine Ahnung", erwiderte ich hitzig. „Genau deshalb werde ich es herausfinden. Außerdem bin ich 17 Jahre alt und mittlerweile alt genug, meine Entscheidungen selbst zu treffen, meinst du nicht? Wenn ich bald verheiratet bin, kannst du auch nicht mehr für mich entscheiden."

Aber Martha schüttelte entschieden den Kopf. „Vergiss es, ich werde dich niemals an diesen unheimlichen Ort gehen lassen. Das ist viel zu gefährlich und was soll ich Eduard sagen, wenn du nicht mehr zurückkommst? Du weißt genau, dass er dich liebt. Willst du ihm das wirklich antun?"

Ich liebe ihn aber nicht, also kann mir egal sein, was er denkt, ging es mir durch den Kopf, aber ich hütete mich, dies auszusprechen.

„Da kam mir plötzlich eine Idee: „Und wenn mich Eduard einfach begleitet? Er hat mir selbst gesagt, dass er keine Angst vor dem König hat, also würde er mir sicher diesen Wunsch erfüllen."

„Ich denke, er wäre vernünftig genug, um dir diesen Unsinn auszureden", meinte Martha dazu nur.

„Du willst mich nicht verstehen, oder?", erwiderte ich nun enttäuscht.

„Hör zu", sagte sie sanft. „Ich verstehe dich sehr gut und ich finde es sehr vorbildlich, dass du helfen möchtest, aber verstehst du nicht, dass ich Angst um dich habe? Du bist für mich wie eine eigene Tochter und ich könnte es mir nicht verzeihen, wenn dir etwas zustößt..."

Diese Ansage hatte gesessen. Betreten sah ich zu Boden und nickte nur.

Ja, ich konnte irgendwie ein wenig verstehen, dass sie sich um mich Sorgen machte und nicht nur sie. Auch Hanna und Eduard würden wohl vor Sorge umkommen.

„Ich verstehe", murmelte ich deswegen leise. „Vergiss es einfach."

„Aurelia, glaube mir, so ist es das Beste für dich", sagte sie mit eindringlicher Stimme.

Wieder nickte ich nur und spürte, dass dieses Gespräch damit für sie beendet war.

In den nächsten Tagen versuchte ich mich mit Marthas Entscheidung abzufinden. Deswegen verschwieg ich diese Sache auch vor Eduard und den anderen.

Vielleicht war mein Vorhaben tatsächlich unüberlegt gewesen. Vermutlich war es wahrhaftig gefährlich, aufs Schloss gehen zu wollen. Immerhin schien an der Sache mit dem Eis etwas dran zu sein.

Jedoch hatte ich meine Gedanken nicht unter Kontrolle.

Nachts träumte ich von ihm. Der Junge aus dem Traum mit dem Regenschirm sah mich mit seinen intensiven, blauen Augen an und fragte mich: „Warum hilfst du mir nicht?"

Was sollte ich nur tun? Warum ließ er mir keine Ruhe? Wieso hatte ich das Gefühl, dass ich es war, der vorherbestimmt war, ihm zu helfen?

Also fragte ich die nächsten Tage wiederholt bei Martha an. Ich meine, eventuell gab es irgendeine Möglichkeit.

Allerdings blieb sie hart.

„Aurelia, du weißt genau, dass ich dir dies niemals erlauben werde", sagte sie nur.

Einmal fragte mich sogar Hanna, was mit mir nicht stimmt.

„Wieso soll mit mir etwas nicht stimmen?", entgegnete ich scheinbar völlig ahnungslos.

„Du bist in letzter Zeit so still und nachdenklich geworden", antwortete sie.

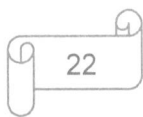

„Ach was", wehrte ich schnell ab, „ich denke nur immer öfter über meine Hochzeit nach. Schließlich dauert es nicht mehr lange bis zu diesem Tag."

Das war wohl die beste Antwort, die ich ihr darauf geben konnte, auch wenn es gelogen war. Es wäre falsch, sie in meine verquere Gedankenwelt mit hineinzuziehen, sie war schließlich noch ein Kind und verstehen würde sie mich sicher genau so wenig, wie die anderen.

Dann kam der Tag, an dem der Bote des Königs zum zweiten Mal durch unsere Straße ritt, um sich zu erkundigen, ob inzwischen jemand dazu bereit wäre, ihm zu helfen.

Eigentlich hatte ich gar keine Gelegenheit, mit ihm zu sprechen, denn Martha hatte ihn fast gleichzeitig mit mir am Tor entdeckt und beeilte sich, ihn weiterzuschicken.

„Machen Sie, dass Sie hier wegkommen!", rief sie bereits von weitem. „Von uns wird sich niemand in Gefahr begeben."

Mehr brauchte sie dazu wohl nicht zu sagen, der Bote warf nur einen Blick auf uns und die wütende Martha und ritt weiter.

Ich wusste später nicht mehr, wann genau ich den endgültigen Entschluss gefasst hatte, doch nun nutzte ich die Minute, in der sich Martha weiter aufregte und Theodor sie versuchte, zu beruhigen.

Ohne wirklich darüber nachgedacht zu haben, was ich tat, war ich hinaus auf die Straße gelaufen und folgte dem Boten.

Als ich mir sicher war, dass wir weit genug von den anderen weg waren, rief ich ihm zu: „Bitte warten Sie einen Moment!"

Er sah sich verwundert um und brachte sein Pferd zum Stehen.

„Entschuldigung", meinte ich ein wenig außer Atem, als ich ihn eingeholt hatte.

„Ja, junges Fräulein?", fragte er freundlich. „Was kann ich für dich tun?"

„Ich mache es", sagte ich entschlossen. „Ich möchte dem König helfen."

„Du?" Er sah überrascht aus. „Bist du dir ganz sicher? Das könnte sehr gefährlich für dich werden."

Irritiert zog ich die Augenbrauen nach oben und meinte dann entschlossen: „Ich habe keine Angst. Ich möchte nur helfen. Ich dachte, das ist der Grund, warum Sie durch das Land ziehen, weil Sie jemanden suchen, der bereit ist, ihm zu helfen?"

„Selbstverständlich", antwortete er zögernd.

„Dann sagen Sie mir bitte, was ich tun kann, wo ich den Mediziner finde, wie ich zum Schloss komme und mit was für einer Krankheit der König kämpft", bat ich unbeirrt.

„Na gut", gab er endlich nach und erzählte mir so gut wie möglich, alles was ich wissen muss.

Zum Schluss drückte er mir ein paar Geldscheine in die Hand.

Interessiert begutachte ich das Papiergeld. Bisher hatte ich immer nur mit Münzen gehandelt.

„Wie viel ist das?", wollte ich wissen.

„Genug", antwortete er grinsend. „Aber gib nur das aus, was du auf deiner Reise wirklich benötigst, also für Nahrung, den Weg und um den Apotheker zu bezahlen, verstanden?"

Ich nickte.

„Gut", sagte er, „aber, wenn du ihm wirklich helfen willst, musst du dich beeilen. Keiner weiß genau, wie viel Zeit ihm bleibt."

Wieder nickte ich.

Nun nickte er mir zu, wünschte mir viel Glück und stieg wieder auf sein Pferd, um davonzureiten.

Eine Weile stand ich da und sah ihm nach.

Ob das die richtige Entscheidung war? Martha und Eduard würden sicher alles andere als begeistert darüber sein und wenn ich ehrlich war, hatte ich ihnen gegenüber ein schlechtes Gewissen, aber ich musste es durchziehen. Schließlich kam ich wieder zurück, da war ich mir sicher.

Ich musste unbedingt herausfinden, ob der Junge aus meinen Träumen tatsächlich der König war und was uns miteinander verband.

Sicher war es verrückt, zu glauben, dass überhaupt irgendeine Verbindung zwischen uns bestand, aber warum ging er mir dann nicht mehr aus dem Kopf?

Seufzend ging ich zurück zum Heim.

Wenn ich ehrlich war, hatte ich ein wenig Angst, aber eher davor, ihm nicht helfen zu können, als dass ich Angst vor ihm, oder dieser Gabe mit dem Eis hatte.

Ja, eigentlich wünschte ich mir nur, dass alles gut wird…

3. Die ferne Stadt

Es dämmerte draußen inzwischen. Die Kirchturmuhr im Dorf hatte gerade 6 Uhr geschlagen, als ich wieder unter meiner Bettdecke hervorkroch.

Ich hatte meinen Plan perfekt durchdacht. Der Bauer vom Hof nebenan fuhr jeden Morgen gegen halb 7 in die Stadt um dort seine Lebensmittel zu verkaufen. Seine Waren mussten sehr gute Qualität haben, wenn sogar die Leute aus der fernen Stadt bereit waren, bei ihm zu kaufen.

Na ja, jedenfalls fuhr er immer zur gleichen Zeit mit seinem Planwagen los, in dem ich mich super verstecken konnte.

Schnell schlüpfte ich in ein einfaches weinrotes Kleid und meine ausgetretenen schwarzen Schuhe.

Einen Moment lang überlegte ich, was ich alles mitnehmen sollte, aber ich hoffte, dass meine Reise nicht gar so lang dauern würde, schließlich hatte der Bote mir gesagt, dass ich mich auf jeden Fall beeilen soll. Etwas zu essen konnte ich mir in der Stadt kaufen, denn er hatte mir genug Geld mitgegeben. Vermutlich war das mehr Geld, als ich je zuvor in meinen Händen gehalten hatte.

Mit einem Beutel, in dem ich das Nötigste verstaut hatte, schlich ich leise nach draußen.

Zur Sicherheit kontrollierte ich vorher abermals ob Hanna wirklich schlief, aber sie rührte sich nicht, was mich sehr beruhigte.

Auch auf dem Gelände war alles komplett still.

Vorsichtig schlich ich zu dem benachbarten Hof hinüber.

Wie ich mir gedacht hatte, stand der Wagen bereit und die Pferde waren davor gespannt.

Gerade wollte ich geduckt zu dem Gespann schleichen, als ich es plötzlich hinter mir rascheln hörte.

Erschrocken fuhr ich herum und blickte genau in Hannas Gesicht, die mich nun ertappt ansah.

Ich musste fast grinsen, weil sie so aussah, als wäre sie gerade erst aufgestanden: ihre blonden Haare waren zerzaust und ihr Kleid zerknittert, als hätte sie darin geschlafen.

„Hanna", entfuhr es mir überrascht, „was machst du denn hier?"

„Genau das Gleiche könnte ich dich auch fragen", entgegnete sie und unterdrückte ein Gähnen. „Wo willst du so früh am Morgen allein hin? Weiß Martha überhaupt von deinem Ausflug?"

„Nein", antwortete ich im Flüsterton, „sie weiß nichts davon, weil ich genau weiß, dass sie es mir nie im Leben erlauben wird, allein in die Stadt zu fahren."

„Was willst du in der Stadt?", wollte Hanna wissen.

„Nichts, was du wissen müsstest", erwiderte ich, „gehe wieder in dein Bett, ja?"

„Vergiss es", widersprach sie heftig und stemmte beleidigt die Hände in die Seiten. „Du willst zum König, habe ich Recht?"

„Nein", sagte ich daraufhin, aber ich konnte in ihrem Blick ablesen, dass sie mir das nicht glaubte.

„Lüg mich nicht an", maulte sie und ich presste ihr erschrocken die Hand auf den Mund, da genau in diesem Moment der Bauer mit frischem Obst und Gemüse aus seinem Haus kam.

„Geh zurück ins Haus", wies ich Hanna im Flüsterton an, „bevor Martha wach wird und sich Sorgen macht."

Allerdings blieb diese stur.

„Ich will, dass du mich mitnimmst", murrte sie, „sonst gehe ich zu Martha und petze ihr, dass du trotz ihres strengsten Verbotes zum König willst."

Entnervt stöhnte ich auf. Wieso hatte ich nur vergessen, dass Hanna so anstrengend sein konnte?

„Selbst, wenn ich wollen würde, könnte ich dich nicht mitnehmen", unternahm ich einen neuen Versuch. „Das ist viel zu gefährlich für dich."

„Warum denn?", blieb sie hartnäckig. „Du bist da, um auf mich aufzupassen."

„Martha wird umkommen vor Sorge", argumentierte ich weiter.

„Sie wird sich sowieso Sorgen machen, egal ob eine von uns geht, oder wir beide", konterte Hanna. „Dein Liebster wird sich sicher auch um dich sorgen."

An Eduard wollte ich nun ganz und gar nicht denken, also stieß ich einen energischen Seufzer aus.

Allmählich gingen mir die Argumente aus, außerdem drängte die Zeit, denn der Bauer hatte alles unter der Plane verstaut und verschwand nur erneut hinterm Haus, um nachzusehen, ob die Ställe alle ordentlich abgeschlossen waren.

„Na gut, dann komm eben mit", gab ich schließlich nach, „aber beeile dich und sei unterwegs still, damit wir nicht erwischt werden."

„Alles klar", antwortete sie mit einem triumphierenden Grinsen im Gesicht.

„Aber unter einer Bedingung", meinte ich, während ich die Plane hochhob, damit sie in den Wagen klettern konnte und mich umsah, dass der Bauer nicht wiederkam, bevor wir uns versteckt hatten. „Wir fahren gemeinsam in die Stadt, aber danach zum Schloss gehe ich allein, klar? Nicht dass dir was passiert."

Hanna nickte eifrig und ich stieß erneut einen energischen Seufzer aus.

Ich konnte nur hoffen, dass alles gut ging, wenn ich jetzt eine 15jährige im Schlepptau hatte...

Keine Minute zu früh schlüpfte ich ebenfalls unter die Plane, denn im nächsten Moment hörte ich den Bauern wiederkommen, der nun nichtsahnend auf seinen Kutschbock stieg und sich auf den Weg machte.

Damit begann meine Reise in die große, ferne Stadt, auch wenn ich nicht geplant hatte, Hanna mit auf diese Reise zu nehmen.

Da fiel mir plötzlich etwas ein.

„Was ist überhaupt mit Lukas?", fragte ich sie im Flüsterton und versuchte in dem Wagen eine relativ bequeme Position zu finden. Es war eine Herausforderung, wenn zwei Menschen zusammen mit säckeweise Obst und Gemüse in diesem kleinen Wagen längere Zeit unterwegs waren, aber es war nun mal das beste Transportmittel, dass mir in den Sinn kam.

Hanna sah mich fragend an. „Was soll mit dem sein?"

„Na ja, ich habe keine Ahnung, wie lange wir unterwegs sein werden. Bist du dir ganz sicher, dass du so lange ohne ihn auskommst?", meinte ich amüsiert, denn ich meinte die Frage eher im Spaß.

Ich merkte, wie sich ihr Bick veränderte, als sie antwortete: „Ach hör mir auf mit dem Blödmann. Der kann mir echt gestohlen bleiben."

Jetzt war ich irritiert. „Wieso das? Was ist passiert? Habt ihr euch gestritten?"

Genaugenommen hätte ich die Frage anders stellen müssen, denn die beiden hatten sich ständig in der Wolle, aber meistens war das nur Spaß. Jetzt etwa nicht mehr?

Mit einem theatralischen Seufzen entgegnete sie: „Der Kerl kann mich mal. Der hat mir gestern ins Gesicht gesagt, dass ich ihn nerve und endlich in Ruhe lassen soll!"

„Pssst, sei leise", meinte ich erschrocken, weil Hanna gerade dabei war, sich in Rage zu reden, „sonst werden wir hier drin nur erwischt."

„Hm", machte sie nur und sah auf einmal ziemlich fertig aus.

„Er hat das sicherlich nicht so gemeint", versuchte ich sie zu beruhigen.

„Doch ich glaube, das war sein voller Ernst", antwortete sie traurig.

„Ist das der Grund, warum du unbedingt mitkommen wolltest?", fragte ich nun frei heraus.

Sie nickte und ihr Gesichtsausdruck veränderte sich wieder.

„Soll der Dummkopf mal sehen, wie er ohne mich klarkommt", sagte sie grinsend.

Nach diesem Kommentar konnte auch ich mir ein kleines Lächeln nicht verkneifen. Hanna tat so, als wenn ihr dieser kleine Konflikt überhaupt nichts ausmachen würde, aber in ihren Augen konnte ich erkennen, dass es sie wirklich beschäftigte.

„Und was ist mit Eduard?", wollte Hanna da prompt wissen. „Du wirst wesentlich länger unterwegs sein, als ich."

Jedoch zuckte ich nur mit den Schultern. „Wir führen keine Beziehung, also kann ich machen was ich will und bis zur Hochzeit bin ich ganz sicher wieder zurück."

„Na gut", meinte Hanna „ich hoffe nur, er gibt mir am Ende nicht die Schuld, falls du wider Erwarten nicht wieder nach Hause kommen solltest."

„Dann kannst du ihn heiraten", grinste ich.

Sie verzog angewidert das Gesicht. „Nein, ganz sicher nicht, dann nehme ich lieber Lukas."

Wenn das alles so einfach wäre, dachte ich nur.

Wenig später fuhren wir über eine ziemlich holprige Straße, bei der die Körbe und Säcke verrutschten und ein paar Äpfel auf den Holzboden des Wagens kullerten.

Mist, dachte ich mir, hoffentlich hatte der Bauer das nicht mitbekommen, nicht, dass er jetzt nach seinen Waren gucken ging, ob alles in Ordnung war und uns dabei entdeckte.

Ich hörte ihn zwar vorn leise fluchen, aber er machte keine Anstalten, anzuhalten und nach dem Rechten zu sehen.

Gut, da haben wir Glück gehabt, dachte ich mir beruhigt.

Hanna hob einen der heruntergefallenen Äpfel auf, sah mich an und fragte: „Wenn die mir vor die Füße kullern, darf ich die dann auch essen?"

„Sicher nicht", antwortete ich nur, „die sollen schließlich verkauft werden."

„Aber ich habe so großen Hunger", jammerte sie.

„Tja", meinte ich daraufhin provokativ, „du wolltest unbedingt mitkommen. Wärst du im Heim geblieben, hättest du von Martha ein ordentliches Frühstück bekommen."

Daraufhin zog Hanna nur einen Schmollmund und schwieg.

Seufzend lehnte ich mich an die Wand der Kutsche und stellte fest, wie müde ich war. Na ja, kein Wunder, ich hatte diese Nacht nicht viel geschlafen.

Da das Fahren über die unebenen Straßen irgendwie beruhigend auf mich wirkte, dauerte es nicht lange, bis ich weggenickt war.

Ich kam erst wieder zu mir, als Hanna an mir rüttelte.

„Was ist denn?", murmelte ich benommen und schaffte es nur langsam, meine Augen wieder zu öffnen.

„Wir haben angehalten und er ist abgestiegen", flüsterte sie. „Ich glaube, wir müssen hier raus, bevor er uns entdeckt."

Immer noch verwirrt sah ich sie an und nickte dann.

Gerade in dem Moment, als ich vorsichtig die Plane zur Seite schlagen wollte, damit wir herausklettern konnten, wurde sie von außen angehoben.

Erschrocken wich ich ein Stück zurück, als ich das Gesicht des Bauern erkannte.

An seinem Gesichtsausdruck konnte ich erkennen, dass er mindestens genauso erschrocken war, uns hier drin zu sehen, wie wir über ihn.

„Was macht ihr denn da?", wollte er mit barschem Unterton in der Stimme wissen.

Während mir vor Schreck gar keine plausible Antwort eingefallen war, kletterte Hanna flink an mir vorbei, sah ihn mit einem zuckersüßen Lächeln an und sagte: „Es tut uns ganz sehr leid, dass wir Ihren Wagen als Transportmittel nutzen mussten, aber wir haben einfach keine Möglichkeit gesehen, anders in die Stadt zu gelangen."

Er sah sie nach wie vor skeptisch an, als ich aus dem Wagen stieg.

Nun wanderte sein Blick zu mir und auf einmal schien ihm ein Licht aufzugehen.

„Ihr seid Kinder aus Marthas Heim, habe ich Recht?", fragte er nun.

„Ja", sagte ich vorsichtig.

„Ich vermute, Martha weiß nichts von euerm Ausflug?", meinte er da.

„Nein", antwortete ich wieder knapp.

„Wir müssen nur schnell eine Kleinigkeit erledigen, dann kehren wir wieder zurück", fügte Hanna hinzu.

„Ich hoffe, ihr habt nichts von meinen Lebensmitteln angerührt", meinte er wieder mit ernster Miene.

Hanna senkte den Kopf und erwiderte kleinlaut: „Doch, ich habe einen Apfel gegessen. Es tut mir leid, ich hatte so großen Hunger, aber es war nur einer, wirklich."

Die Gesichtszüge des Bauern entspannten sich wieder. „Alles gut. Übrigens stehe ich bis heute Abend um 6 auf dem Markt und verkaufe meine Sachen. Wenn ihr bis dahin wieder da seid, nehme ich euch wieder mit zurück. Vielleicht ist Martha dann nicht gar so wütend auf euch."

Über so viel Freundlichkeit war ich ehrlich überrascht. „Das würden Sie tun?"

Er nickte lächelnd.

„Oh, das ist wirklich sehr freundlich von Ihnen, vielen Dank", sagte ich und konnte es nach wie vor kaum glauben.

„Danke", meinte Hanna flüchtig, dann zog sie an meinem Ärmel.

„Was ist denn?", fragte ich energisch.

Sie sah mich mit ihren großen grünen Augen auffordernd an. „Bitte Aurelia, lass uns erst einmal etwas zu essen kaufen, ich sterbe gleich vor Hunger!"

„Ja, ich habe es verstanden", antwortete ich und seufzte energisch, „ich komme mit."

Da auf dem großen Marktplatz um diese Uhrzeit nicht viel los war, sondern die Leute gerade mal dabei waren, ihre Stände herzurichten, liefen ein Stück und ich sah mich interessiert um.

Die Häuser, die uns umgaben, waren wesentlich größer und besser gebaut, als die Häuschen bei uns im Dorf.

Außerdem waren viele Menschen auf den Straßen unterwegs, obwohl es zeitig am Tag war. Allein in der Zeit, in der wir hier standen, fuhren vier Pferdekutschen an uns vorbei, die viel prachtvoller aussahen, als die, die auf unseren Dorfstraßen unterwegs waren.

Ehrlich gesagt hätte ich ewig hier stehen und das Treiben um mich herum beobachten können, wenn ich nicht in dem Moment Hannas leidenden Blick bemerkte und fast grinsen musste.

„Was guckst du so, ich habe riesigen Hunger", maulte sie erneut.

„Als ob ich das nicht wüsste", entgegnete ich leicht genervt. „Warum bist du überhaupt mitgekommen, wenn du die ganze Zeit nur jammerst?"

Jedoch ignorierte sie meinen spitzen Kommentar und fragte mich stattdessen: „Bist du wirklich in die Stadt gefahren, um dem König zu helfen?"

Ich nickte.

„Warum?", wollte sie wissen.

„Das verstehst du nicht", antwortete ich nur.

„Dann erkläre es mir", blieb sie hartnäckig.

Seufzend warf ich einen Blick gen Himmel und sagte dann: „Ich habe das Gefühl, ich muss ihm helfen, weil uns etwas verbindet…"

Jetzt sah sie mich verwundert an. „Was soll euch bitte verbinden? Du bist ihm schließlich nie in deinem Leben begegnet."

„Doch, das bin ich", erwiderte ich, „aber sagte ich nicht bereits, dass du das eh nicht verstehst?"

Daraufhin zuckte Hanna nur mit den Schultern.

„Na ja, ist deine Sache. Ich bin nur wegen der Spannung mitgekommen, immerhin will ich auch mal sehen, wie die große Stadt aussieht, von der ständig alle reden", sagte sie grinsend und nach einer kurzen Pause fügte sie hinzu: „Sag mal, wie viel Geld hast du eigentlich dabei? Der Bote des Königs hat dir sicher ziemlich viel geboten, dass du dich in das Reich voll Eis und Schnee begibst, oder?"

„Es ist wohl mehr, als wir in unserem ganzen Leben besessen haben", antwortete ich leise und hielt ihr meinen Beutel hin, in dem ich die vielen Scheine verstaut hatte. „Außerdem mache ich das freiwillig und nicht, weil er mir dafür Geld geboten hat, klar?"

„Ja, ja, reg dich wieder ab", meinte Hanna nur und warf einen Blick in meinen Geldbeutel. „Oh mein Gott, ist das viel, bestimmt hundert oder tausend."

Erschrocken presste ich ihr die Hand auf den Mund.

„Pssst, nicht so laut", flüsterte ich, „oder willst du Diebe auf den Plan rufen?"

Hanna zuckte mit den Schultern. „Können wir uns jetzt bitte endlich irgendwas zu essen holen?"

Grinsend nickte ich und flüsterte ihr ins Ohr: „Wenn ich richtig gerechnet habe, entsprechen diese Scheine etwa 300 Münzen."

Nun bekam sie vor Staunen den Mund nicht mehr zu.

„Was ist nun? Ich dachte du wolltest etwas essen", meinte ich grinsend und zog sie mit mir zu einem Stand, an dem es frisches Brot gab.

Die Verkäuferin sah uns nur ganz komisch an, als ich mit einem Schein bezahlte, vermutlich, weil wir eher nach Heimkindern aussahen, als nach welchen, die viel Geld hatten.

Womöglich dachte sie, dass wir das Geld von irgendeinem reichen Schnösel gestohlen hatten, aber das konnte mir egal sein.

Danach holten wir uns ebenfalls zwei Stücke Schinken, die ich lieber mit den eingewechselten Münzen bezahlte.

„Endlich was zu essen", freute sich Hanna und biss genüsslich in ihr Brot.

Ich sah ihr lächelnd dabei zu und wollte den Beutel mit dem Geld wieder sicher verstauen, als plötzlich ein kleines rothaariges Mädchen vor mir auftauchte, mir den Beutel aus der Hand riss und wegrannte.

Das alles geschah so schnell, dass ich gar nicht wusste, wie ich darauf reagieren sollte.

Im Gegensatz zu meiner, war Hannas Reaktionsfähigkeit wesentlich besser, denn sie nahm sofort die Verfolgung auf.

Ein bisschen langsamer stand ich auf und folgte den beiden.

Mist, hoffentlich schaffte Hanna es, die Kleine einzuholen, sonst konnte ich meine eigentliche Aufgabe vergessen.

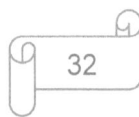

Tatsächlich entdeckte ich die beiden ein paar Meter weiter. Hanna hatte das Mädchen inzwischen eingeholt und hielt sie nun fest.

„Gib uns sofort unser Geld wieder!", fauchte Hanna die Kleine an.

„Nein", erwiderte das kleine Mädchen. „Ich brauche das Geld, um meiner Familie zu helfen."

„Das Geld ist aber gestohlen, du bist eine Diebin!", rief Hanna empört.

Ich trat zu den beiden.

„Aurelia, na endlich", meinte Hanna. „Ich halte sie fest, du kannst dir den Beutel zurückholen."

„Gibst du mir bitte den Beutel wieder?", fragte ich die Kleine vorsichtig.

Da fing das Mädchen auf einmal an zu weinen.

Erschrocken ließ Hanna sie los.

„Aber wir brauchen das Geld", schluchzte die Kleine. „Die Welt ist so ungerecht! Es gibt Menschen, die so viel Geld haben, dass sie gar nicht alles brauchen und dann gibt es die, die gar nichts haben."

In diesem Moment trat ein Junge zu uns, der genau so rote Haare hatte, wie das Mädchen und ungefähr im Alter von Hanna und mir war.

„Was ist denn hier los?", fragte er verwundet und sah zwischen der Kleinen, Hanna und mir hin und her.

„Diese kleine Göre hier wollte uns bestehlen", erklärte Hanna sauer.

Er ging zu dem kleinen Mädchen hin, nahm sie in den Arm und sagte zu ihr: „Mensch Lotta, ich dachte du weißt, dass du nur Sachen von den Reichen nehmen sollst."

Hanna sah die beiden verwundet an. „Du kennst diese kleine Diebin etwa?"

„Ja", sagte er und lächelte entschuldigend. „Sie ist meine kleine Schwester Lotta. Ich bin übrigens Jakob und ihr?"

„Mein Name ist Aurelia", antwortete ich freundlich.

„Ich bin Hanna", meinte diese missmutig. „Bekommen wir jetzt endlich unser Geld wieder?"

„Ach so, ja natürlich", entgegnete er verlegen und seine Schwester forderte er auf: „Gib den beiden bitte wieder, was ihnen gehört und entschuldige dich bei ihnen."

Diese zog einen Schmollmund und erwiderte: „Warum denn? Die sind reich. Guck mal, wie viel Geld in dem Beutel ist."

Mehr widerwillig blickte er hinein, dann sah er ungläubig Hanna und mich an. „Wo habt ihr so viel Geld her? Ihr seht nicht so aus, als würdet ihr aus einer wohlhabenden Familie stammen. Bestimmt auch von so einem reichen Sack gestohlen, oder?"

„Ähm, nein, es ist nicht gestohlen", antwortete ich zögernd, „wir haben das Geld zur Erfüllung einer Aufgabe bekommen."

„Das muss ein sehr wichtiger Auftrag sein, wenn euch euer Auftraggeber so viel Geld gegeben hat", bemerkte Jakob anerkennend.

„Ja, es ist ziemlich wichtig", erwiderte ich knapp und hoffte, dass er nicht weiter fragte. Ich wollte den beiden nichts von meinem Vorhaben erzählen.

„Dass ich euch beklauen wollte, tut mir leid", sagte Lotta da ganz unerwartet, „ich wollte nur unserer Mama helfen."

Sie sah nach wie vor ganz traurig aus.

„Was ist mit eurer Mama?", wollte Hanna wissen.

Klar, sie fragte einfach frei heraus, ohne sich vorher darüber Gedanken zu machen, wie die anderen auf ihre direkte Art reagieren könnten.

„Also ihr müsst darauf nicht antworten, wenn ihr der Meinung seid, es geht uns nichts an", fügte ich deshalb schnell hinzu.

„Es ist in Ordnung", entgegnete Jakob, „sie hatte einen Unfall und kann seitdem nicht mehr arbeiten gehen und dadurch haben wir kein Geld und wissen meistens kaum, wie wir über die Runden kommen sollen."

„Deswegen brauchen wir dringend Geld", fügte Lotta hinzu.

„Und euer Vater?", fragte Hanna interessiert weiter.

„Er ist seit vielen Jahren tot", antwortete Jakob wieder. „Lotta war damals so klein, dass sie sich nicht mal mehr an ihn erinnern kann."

„Oh, … ähm… das tut mir leid", stammelte Hanna nun. „Das… das wusste ich nicht."

„Kein Problem", antwortete er und versuchte zu lächeln.

Schließlich suchten wir vier uns eine ruhige Ecke und unterhielten uns.

Dabei erfuhr ich, dass die beiden seit gestern nichts mehr gegessen hatten und kaufte ihnen etwas zu essen.

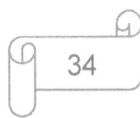

Ebenfalls erzählte Jakob, dass die Geschwister versuchten, Geld aufzutreiben, in dem er auf dem Markt regelmäßig seine Zauberküste vorführte und sie ihm assistierte. Vor kurzem seien sie dann auf die Idee gekommen, den Reichen geschickt ein paar Taler aus der Tasche zu ziehen, trotzdem bekamen sie nie genug Geld zusammen, um langfristig für sich und ihre Mutter sorgen zu können.

Interessiert hörte ich mir ihre Geschichte an und selbst Hanna war still, während er erzählte.

Es konnte immerhin nicht schaden, das Vertrauen der beiden zu gewinnen. Vielleicht konnten sie uns sagen, wo wir den Mediziner finden können, außerdem taten sie mir leid.

Als hätte sie meine Gedanken gelesen, fragte Hanna die beiden nun: „Ich habe gehört, in dieser Stadt soll es einen guten Mediziner geben. Kann er eurer Mutter nicht irgendwie helfen?"

„Glaubst du darüber haben wir nicht bereits nachgedacht?", entgegnete Lotta daraufhin vorlaut. „Aber wo sollen wir das Geld hernehmen?"

„Lotta, sei bitte nicht so unfreundlich", mahnte Jakob sie.

Sie senkte traurig den Kopf.

„Das ist in Ordnung", sagte ich lächelnd. „Wisst ihr, wo dieser Mediziner seine Apotheke hat? Ich muss nämlich auch zu ihm."

Hanna warf mir einen empörten Blick zu und ich korrigierte mich auf: „Ich meinte, wir müssen zu ihm."

Obwohl das nicht ganz der Wahrheit entsprach, denn es war meine Aufgabe, die Medizin dem König zu bringen, sie wollte ich komplett aus dem eventuell gefährlichen Teil heraushalten.

„Ja, natürlich können wir euch hinbringen", sagte Jakob da freundlich. „Das ist gar nicht weit von hier."

Er stand auf. „Folgt mir bitte, meine Damen."

„Danke, das ist nett von euch", erwiderte ich erfreut und sah mich irritiert nach Hanna um, aber diese ging vergnügt neben ihm.

„Für wen braucht ihr die Medizin?", wollte die neugierige Lotta wissen.

„Lotta, das fragt man nicht", wies ihr Bruder sie wiedermal zurecht.

Ich konnte mir ein Lächeln nicht verkneifen und antwortete: „Für jemanden, der mir sehr wichtig ist."

Da bemerkte ich erneut Hannas verwunderten Blick, aber ich ignorierte sie.

Mir war klar, sie verstand mich eh nicht, obwohl ich selbst nicht so recht wusste, warum ich mich ihm so vertraut fühlte...

Zum Glück hatte sie keine Gelegenheit, mich zu fragen, denn nun kam Jakob lächelnd auf sie zu und fragte: „Hanna, richtig?"

Als sie nickte, fragte er weiter: „Sag mal, bist du schon vergeben?"

„Ähm..." Es schien einen Moment so, als wüsste sie nicht, was sie darauf antworten sollte, dann sagte sie: „Nein, ich gehöre niemandem."

„Echt nicht?", schien er sich zu wundern. „Dabei bist du wunderschön."

„Oh... ähm... Dankeschön", stammelte sie verlegen.

Zum wiederholten Male konnte ich mir ein Grinsen nicht verkneifen.

Wenig später kam sie zu mir.

„Ist alles in Ordnung bei dir?", wollte ich wissen.

Daraufhin strahlte Hanna über das ganze Gesicht und nickte.

„Jakob ist sooo lieb", schwärmte sie im Flüsterton, „ist dir aufgefallen, wie er mich die ganze Zeit über ansieht?"

„Ach so?", entgegnete ich scheinbar ahnungslos. „Ich dachte, du bist in Lukas verliebt?"

„Oh mein Gott, lass mich bloß mit diesem Blödmann in Ruhe", stöhnte sie auf. „Er hat mir klar und deutlich zu verstehen gegeben, dass er sich überhaupt nicht für mich interessiert, also warum soll ich mich nicht nach anderen Jungen umsehen? Jakob ist viel netter zu mir, als Lukas."

Ich nickte nur grinsend und wünschte mir aus irgendeinem Grund, ich wäre erneut so unbeschwert und gedankenlos wie Hanna. Diese Art von Freiheit fand ich bewundernswert.

Bevor ich weiter über meine Freundin nachdenken konnte, wollte Jakob wissen: „Wenn ich das richtig mitbekommen habe, seid ihr heute zum allerersten Mal hier, oder?"

Hanna nickte eifrig.

„Das dachte ich mir", sagte er lächelnd, „und genau deshalb dachte ich mir, ich gebe euch bei der Gelegenheit eine kleine Stadtführung, was meint ihr?"

„Ja, total gern", antwortete Hanna wieder mehr als begeistert.

Er nickte und ein paar Meter weiter begann er mit seiner Führung.

„Also das erste, was man in dieser Stadt unbedingt gesehen haben muss, ist der Marktplatz. Da wart ihr vorhin bereits. Aber leider gibt es im Sommer sehr viele Leute, die tagsüber da ihre Stände aufbauen. Da ist es dort nur laut, voll und stinkt. Abends, wenn es dämmert ist es viel schöner, vor allem am Brunnen beim Sonnenuntergang, mit einem Mädchen an meiner Seite..."

Während er das sagte, sah er Hanna ziemlich intensiv an und ich konnte aus dem Augenwinkel heraus erkennen, dass sie rot wurde.

Jakob war echt so ein Charmeur, ich wollte lieber gar nicht wissen, wie vielen Mädchen er das bis jetzt gesagt hat...

„Na ja, egal", redete er weiter, „zu eurer Rechten seht ihr unsere alte Kirche. Die wurde ursprünglich im 11. Jahrhundert erbaut, irgendwann ist sie bei einem verheerenden Feuer fast komplett abgebrannt und wurde vor ein paar Jahren wieder neu aufgebaut..."

Ich warf einen Blick auf die Kirche, die höher wirkte, als alle anderen Häuser der Stadt und deren Turm vollständig als Holz bestand, während der Rest aus Stein gebaut war.

Er erzählte weiter über die Kirche, aber ich hörte ihm mittlerweile nur noch mit einem halben Ohr zu, denn genau in diesem Moment erregte etwas anderes meine Aufmerksamkeit: Auf der anderen Straßenseite standen zwei ältere Frauen vor einem Geschäft und unterhielten sich lautstark.

„Es ist echt erschreckend, was aus unserer Gegend geworden ist", sagte die eine, die ihre ergrauten Haare zu einem strengen Dutt zusammengebunden hatte.

„Da muss ich dir zustimmen", meinte die andere und wischte sich die Hände an ihrer Schürze ab. „Früher lebten hier viel mehr Menschen, aber heute stehen viele Häuser leer."

Die mit dem Dutt nickte. „Erst seit dem der Eiskönig das Land in Angst und Schrecken versetzt, hat es viele von hier vertrieben. Ich wäre auch längst fortgegangen, wenn ich nicht mein ganzes Leben hier in dieser Stadt verbracht hätte."

„Vielleicht wird bald alles besser", bemerkte die Frau mit der Schürze nun. „Der König soll schwer erkrankt sein. Wenn er stirbt, wird die Gegend sicher erneut grün und fruchtbar."

„Ja, das wäre sicher das Beste, was unserem Land passieren kann. Wenn niemand mehr da ist, vor dem sie Angst haben müssen, kommen die Leute auch wieder in unsere Gegend..."

Ich spürte, wie ich wütend wurde.

Was bewegte Menschen zu solchen Gedanken?

Am liebsten wäre ich zu den beiden Frauen hinübergegangen und hätte ihnen meine Meinung gegeigt, allerdings wusste ich, dass das nichts bringen würde, also biss ich mir nur auf die Unterlippe und zwang mich weiterzugehen.

„Sag mal Aurelia, geht es dir gut?", riss mich Hannas Stimme aus meinen Gedanken. „Du wirkst so abwesend."

„Doch, doch, es ist alles in Ordnung", antwortete ich schnell. „Wir sollten uns nur langsam beeilen."

Sie sah mich unverwandt fragend an und Jakob antwortete: „Gut, wie du meinst. Es ist nicht mehr weit von hier bis zum Arzt."

Nicht mehr weit, das war offenbar Ansichtssache, denn bis wir den Mediziner erreicht hatten, erzählte uns Jakob die Geschichten zum Rathaus und einem alten Turm, um den sich angeblich viele Legenden rankten.

Hanna hing die ganze Zeit wie gebannt an seinen Lippen, aber ich hörte ehrlich gesagt nicht richtig zu.

Das Einzige, woran ich ununterbrochen denken konnte, war das, worüber sich die beiden Frauen eben unterhalten hatten.

Es kam mir wie eine halbe Ewigkeit vor, die wir weiterhin durch die Straßen liefen und ich meinen Gedanken nachhing.

War es tatsächlich normal, dass ich mir um jemanden Sorgen machte, den ich gar nicht kannte?

Dann blieben die Geschwister auf einmal stehen.

„Hier sind wir", verkündete Jakob lächelnd und deutete auf ein ziemlich heruntergekommenes Haus, neben dem eine steinerne Treppe in einen Keller oder so führte.

Auch die anderen Häuser hier in dieser Straße sahen verlassen aus.

„Da unten praktiziert er?", fragte ich verwundert.

Unser Stadtführer nickte.

Ich spürte, dass mir ein Schauer den Rücken herunterlief.

„Irgendwie ist es hier gruselig", meinte Hanna, als habe sie wiedermal meine Gedanken gelesen. „Warum lebt er ausgerechnet in so einer Bruchbude?"

Jedoch zuckte Jakob mit den Schultern. „Er ist zwar ein guter Mediziner, aber ich glaube, er ist lieber allein, als sich unter Menschen zu begeben. Vielen ist er unheimlich, aber sie kommen trotzdem zu ihm, weil er vielen helfen konnte. Leider lässt er sich für seine Dienste auch ziemlich gut bezahlen."

„Das ist mir egal, ich werde da jetzt hineingehen", sagte ich entschlossen.

„Ich glaube, ich will da nicht rein", meinte Hanna, „das ist mir zu beängstigend. Da unten wimmelt es bestimmt nur so von Ratten."

„Oh, ich könnte dich beschützen, meine Schöne", lächelte er sie an, „und mache dir keine Sorgen, Ratten fressen nur Abfälle, also sie werden dir ganz sicher nichts tun."

So ein Schleimer, ging es mir durch den Kopf, aber sie schien offensichtlich zu denken, dass er ernsthaftes Interesse an ihr hatte... Aber dies war gerade nicht mein Hauptproblem.

„Gut, ich gehe allein", legte ich nun ungeduldig fest.

Das war mir ehrlich gesagt sowieso lieber, da Jakob und Lotta nicht unbedingt wissen mussten, für wen ich die Medizin brauchte.

„Aurelia?", fragte mich Lotta da und sah mich mit ihren großen grünen Augen bittend an. „Kannst du uns bitte was mitbringen, was unserer Mama hilft?"

„Na klar", antwortete ich lächelnd. „Was braucht sie denn?"

„Sie hat höllische Schmerzen in ihrem Bein und kann deswegen kaum gehen", erklärte ihr Bruder. „Eventuell hat der Mediziner eine schmerzlindernde Salbe, oder so."

Ich nickte. „Ich werde sehen, was ich tun kann."

Ungeduldig stieg ich die steinernen Stufen hinunter und spürte ein mulmiges Gefühl in der Magengegend.

Was würde mich da drin wohl erwarten? Konnte er mir wirklich helfen, oder war meine Reise letztendlich völlig um sonst gewesen?

Vorsichtig klopfte ich erst an, dann öffnete ich langsam die schwere Holztür.

Sofort schlug mir ein Geruch von vielen verschiedenen Kräutern entgegen.

Neugierig sah ich mich um, in diesem Raum, den ich mir irgendwie größer vorgestellt hatte. Er wurde mit ein paar Kerzen, die sich in Kerzenhaltern an den Wänden befanden, mäßig beleuchtet. Ansonsten war er vollgestellt mit Regalen, in den sich alle möglichen Gefäße befanden. Es waren so viele Regale, dass sogar mögliche Fenster damit verstellt waren.

Das heißt, ich konnte zumindest keine Fenster erkennen, wenn dieser Raum überhaupt welche besaß.

Ob die Gläser und Flaschen alles Medikamente waren, die er seinen Patienten verschrieb?

Ich trat näher an eines der Regale heran und erschauerte, als sich in einem der Gefäße eingelegte Eidechsen oder so erkannte.

Hilfe, ich wollte lieber nicht wissen, gegen welche Krankheiten er solche ekelhaften Dinge benötigte.

War ich mir sicher, dass ich hier richtig war?

Bevor ich weiter darüber nachgrübeln konnte, öffnete ich in der hinteren linken Ecke eine Tür und ein kleiner Mann mit dunklem Vollbart trat heraus, sah mich erst verwundert an und lächelte dann.

Augenblicklich war er mir unheimlich, denn er sah aus, wie ein Kobold. Irgendwie hatte ich ihn mir völlig anders vorgestellt.

„Guten Tag, junges Fräulein", begrüßte er mich freundlich. „Was kann ich für Sie tun?"

„Ich... ähm... ich benötige Medizin", brachte ich auf einmal nur mühsam hervor.

Er kam ein paar Schritte auf mich zu und nickte. „Welche Krankheit muss denn geheilt werden?"

„Hohes Fieber, Übelkeit, ...", begann ich aufzuzählen und versuchte mich an alles zu erinnern, was der Bote gesagt hatte, schließlich konnte es wichtig sein.

Der Mediziner nickte immer wieder, während ich redete und wuselte in dem ziemlich kleinen Zimmer herum, um alle möglichen Regale nach brauchbarer Medizin zu durchforsten.

„Mist", hörte ich ihn vor sich hinmurmeln.

„Stimmt etwas nicht?", fragte ich und spürte, wie mir ein Schauer den Rücken hinunterlief.

„Na ja", meinte er und kratzte sich nachdenklich am Kopf. „Ich habe gerade festgestellt, dass mein effektivstes Mittel gegen Fieber aufgebraucht ist. Kannst du morgen wiederkommen?"

„Nein, das geht nicht. Es ist dringend!", erwiderte ich eine Spur zu heftig und schlug mir sofort erschrocken die Hand vor den Mund und murmelte: „Verzeihung."

Zu meiner Überraschung schien er darüber nicht wütend zu sein, sondern wollte lächelnd wissen: „Diese Person ist dir sehr wichtig, habe ich Recht?"

„Was? Wer?" Verwundert sah ich ihn an.

„Na die Person, für die du die Medizin brauchst", antwortete er amüsiert.

„Ähm…", brachte ich nur verlegen hervor und hoffte, dass ich gerade nicht rot wurde.

„Ich verstehe", sagte er schief lächelnd und holte mit zwei Handgriffen weitere Fläschchen aus der hintersten Ecke des Regals, „da gibt es auch alte Hausmittel, die ganz gut wirken. Feuchte Tücher auf der Stirn, oder Wadenwickel können fiebersenkend wirken."

Interessiert betrachte ich die Fläschchen, die er auf einem Tisch bereitgestellt hatte.

„Ich hoffe, du weißt, dass ich dir die Medizin nur geben kann, wenn du sie bezahlen kannst?"

Wie selbstverständlich nickte ich. „Geld spielt für mich keine Rolle."

„So, so", murmelte er, wohl mehr zu sich selbst, als zu mir, während er alles in ein Leinentuch packe und oben zuschnürte. „Dann hätte ich gern 20 Taler."

„20?", wiederholte ich ungläubig.

Wieder nickte er. „Irgendwie muss ich schließlich auch über die Runden kommen."

„Wie Sie meinen", antwortete ich zögernd.

Also 20 Taler, für ein paar kleine Fläschchen erschien mir etwas viel, aber ehrlich gesagt hatte ich überhaupt keine Ahnung, wie teuer die Stadt war.

Bevor ich ihm das geforderte Geld gab, fiel mir wieder ein, dass ich ebenfalls nach einem schmerzlindernden Mittel für die Mutter von Jakob und Lotta fragen sollte und tat dies schnell noch.

„Dieses Mittel ist für gute Freunde von mir", fügte ich hinzu.

Der Mediziner suchte nach einer passenden Salbe und meinte: „Schmerztherapien biete ich auch an, also wenn die Möglichkeit besteht, dass sie herkommen können."

„Ich weiß nicht genau", antwortete ich wahrheitsgemäß. „außerdem haben sie kein Geld…"

„Dann wird es wohl schwierig", meinte er und sah mich bedauernd an.

Irgendwie nahm ich ihm das Mitgefühl nicht ab. Ehrlich gesagt, fand ich diesen Mann sehr seltsam.

Deswegen war ich froh, als ich dieses unheimliche, fensterlose, nach Kräutern stinkende Zimmer endlich wieder verlassen konnte.

An der frischen Luft atmete ich tief durch und meine Augen mussten sich neu an die Sonne gewöhnen, die mittlerweile ziemlich tief stand.

Wie viel Uhr mochte es sein? Wie lange war ich drin bei diesem komischen Kauz gewesen?

„Aurelia, da bist du endlich wieder", rief mir Hanna ungeduldig zu, bevor ich überhaupt die Treppe hinaufsteigen konnte.

„Hast du alles bekommen?", fragte Jakob.

Ich nickte und griff in den Beutel. „Sogar eine Salbe für eure Mutter."

„Oh vielen Dank", lächelte er, „was können wir für dich tun, um diese Schuld zu begleichen? Ich meine, wir haben kein Geld…"

„Ach, das ist nicht nötig", winkte ich lächelnd ab. „Das habe ich ehrlich gern gemacht."

Obwohl, vielleicht würde ich die beiden tatsächlich um Hilfe bitten müssen.

Bald ging die Sonne unter, die Kirchturmuhr zeigte viertel vor 6 an und ich musste Hanna zurück zum Marktplatz bringen, damit Bauer Max sie wieder mit nach Hause nehmen konnte.

Meine Reise dagegen würde jetzt erst richtig anfangen und ich hatte ehrlich gesagt keine Ahnung, was mich an Ende dieser Reise erwarten würde.

Ich wusste nur eines: Ich musste meiner Eingebung folgen und ihm helfen.

Der Mediziner hatte es richtig erkannt: diese Person war mir ziemlich wichtig, dabei konnte ich nicht mal sagen, warum…

4. Der Weg zum Schloss

Wir waren gerade wieder am Marktplatz angekommen, als ich den Stand von Bauer Max entdeckte, der inzwischen dabei war, seine Reste zusammenzupacken.

Jakob und Lotta hatte ich ein wenig Geld gegeben, damit sie sich für diesen und die nächsten Tage etwas zu essen kaufen konnten.

Demzufolge war ich kurz mit Hanna allein, sodass wir uns in Ruhe voneinander verabschieden konnten.

„Und ich darf wirklich nicht mitkommen?", fragte sie mich.

Diese Frage überraschte mich, denn bisher hatte ich den Eindruck, sie hätte diesen Gedanken nie in Erwägung gezogen.

„Nein", sagte ich bestimmt, „das ist viel zu gefährlich für dich."

„Ja, ja, das ist mir klar", antwortete sie energisch. „Genaugenommen will ich das gar nicht. Ich meine, ich habe vor fast nichts Angst, aber diesem König möchte ich für kein Geld der Welt über den Weg laufen. Ich hoffe sehr, dass alles gut geht und du am Ende nicht zu einer Eisstatue wirst."

Ach so, sie wollte mir wohl versteckt sagen, dass sie sich Sorgen um mich machte.

„Ich bin mir sicher, es wird alles gut", meinte ich lächelnd, um sie zu beruhigen.

„Also soll ich Eduard sagen, dass du auf jeden Fall wiederkommst und er sich keine andere Braut suchen muss?"

„Ja, das kannst du ihm gern sagen", entgegnete ich lächelnd.

Ob das auch der Wahrheit entsprechen wird?

Da schien Bauer Max uns erkannt zu haben, denn er kam auf uns zu und stellte fest: „Ihr seid tatsächlich wieder hier. Gut dann nehme ich euch wieder mit zurück."

„Bitte bringen Sie nur Hanna wieder nach Hause. Ich muss weiter. Meine Aufgabe ist noch nicht abgeschlossen", bat ich ihn.

Der Bauer sah verwundert aus. „Ihr fahrt nicht beide zurück? Wie soll ich das Martha erklären?"

„Darum kümmere ich mich, keine Sorge", versicherte Hanna.

In diesem Moment stießen die Geschwister wieder zu uns.

„Fahrt ihr etwa wieder nach Hause?", wollte Lotta wissen und sah dabei fast traurig aus.

„Zumindest Hanna, ja", antwortete ich zögernd. „Ich muss schließlich zu demjenigen, der die Medizin benötigt."

„Warum geht ihr da nicht gemeinsam hin?", fragte die Kleine weiter.

„Weil es zu gefährlich ist", sagte ich wie selbstverständlich und merkte, erst nachdem ich es ausgesprochen hatte, dass meine Antwort bei den beiden mehr Fragen aufwarf, als sie beantwortete.

„Können wir los?", unterbrach der Bauer ungeduldig unser Gespräch.

Erleichtert atmete ich auf, denn so kam ich vorerst darum herum, Jakob und Lotta von meinem eigentlichen Plan zu erzählen.

„Ja, natürlich", sagte Hanna und fiel mir zum Abschied um den Hals. „Ich wünsche dir viel Glück und hoffe, dass alles gut geht. Du hast ein viel zu gutes Herz. Ich hoffe, er weiß es zu schätzen und verwandelt dich nicht..."

„Danke", meinte ich und war überrascht, dass sich Hanna ernsthaft Sorgen machte. „Ich werde bald zurück sein."

Als nächstes kam Jakob zu Hanna, gab ihr Hand und meinte: „Mach es gut, meine Schöne. Zu gern hätte ich den Sonnenuntergang mit dir erlebt, aber leider musst du gehen... Werden wir uns jemals wiedersehen?"

„Na klar sehen wir uns wieder", versprach Hanna und fiel ihm letztendlich um den Hals.

Oh mein Gott, hoffentlich hatte sie sich nicht wirklich in ihn verliebt, denn ich war mir ziemlich sicher, dass er diese ganzen netten Dinge ebenfalls zu anderen Mädchen sagte.

Dann stieg sie endlich zu Max in den Wagen und als er losfuhr, winkte sie uns zu, die Plane mit der anderen Hand zurückgeschlagen, so lange, bis das Gefährt außer Sichtweise war.

„Du hast Hanna wirklich allein zurückfahren lassen", murmelte Jakob und klang dabei, als könne er es nicht fassen. „Was ist das für ein gefährlicher Weg, auf den du sie nicht mitnehmen kannst?"

„Na ja", versuchte ich Zeit zu schinden und überlegte fieberhaft, ob ich den beiden die Wahrheit sagen sollte.

Allerdings schien es ziemlich offensichtlich zu sein, denn er fragte prompt: „Du willst nicht etwa zum König, oder?"

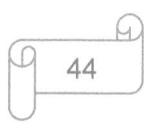

Jetzt brachte es wohl nichts mehr, sie anzulügen und vielleicht konnten sie mir dabei weiterhelfen.

„Doch", antwortete ich deshalb zögernd.

Die Geschwister sahen mich ungläubig an.

„Warum willst du ausgerechnet so einem helfen?", wollte er verwundert wissen.

„Warum nicht?", entgegnete ich wie selbstverständlich. „Er hat mir nichts getan und ich glaube auch nicht, dass er gefährlich ist."

„Da hat uns unsere Mutter aber ganz andere Geschichten erzählt", widersprach Jakob. „Er soll ein Monster sein und..."

„Stopp", unterbrach ich ihn. „Ich kenne die Geschichten, aber ich habe keine Angst. Ich meine, ich möchte nur helfen. Was habe ich dabei zu verlieren?"

„Dein Leben?", entgegnete Jakob unbeirrt.

Jedoch zuckte ich nur mit den Schultern. „Ich bin in einem Heim aufgewachsen und habe keine Familie. Es gibt niemanden, der mich ernsthaft vermissen würde, wenn ich nicht wiederkomme."

Mir war klar, dass das nicht der Wahrheit entsprach. Martha würde mich vermissen und Hanna sicherlich auch, aber es war leider ebenfalls Fakt, dass wir Mädchen, wenn wir aus dem Heim herauskamen, kaum eine Zukunft hatten, wenn wir nicht gerade einen Mann fanden, der bereit war, uns zu heiraten.

Ich hatte über die Jahre so manche Geschichten von jungen Frauen gehört, die einst in unserem Heim gelebt hatten. Sie sind verhungert, weil sie nicht ganz allein für sich sorgen konnten. Eine war sogar vergewaltigt und erwürgt aufgefunden worden, wurde mir mal erzählt... und bevor ich genau so endete, wollte ich wenigstens etwas Gutes getan haben.

Na gut, mir würde das vermutlich nicht passieren, ich hatte Eduard, der mir andauernd versprach, mir ein besseres Leben bieten zu können.

Heiraten, Kinder bekommen und sich um den Haushalt kümmern, während der Mann arbeitete. War das alles im Leben einer Frau?

Ich kannte Geschichten über die Liebe. Nicht die Liebe, die sich gegenüber einem Mann entwickelte, mit dem man zusammenleben muss, weil man ihm versprochen wurde, sondern die wahre Liebe. Dieses Gefühl, wenn zwei Menschen nicht ohne einander leben konnten, wenn man für einander bestimmt war. Diese Liebe, die ich von meiner Beziehung zu Eduard nicht kannte. Aber ich träumte von ihr, seitdem ich davon gehört hatte. Es soll wie ein Feuer sein, das auf ewig in einem Herzen brennt...

Er dagegen würde auch ein anderes Mädchen finden, das er zu seiner Frau nehmen konnte, falls ich wider Erwartung nicht zurückkommen sollte, schließlich hatte er das nötige Geld dafür.

Als habe er jeden einzelnen meiner Gedanken mitbekommen, schüttelte Jakob nun verständnislos den Kopf und meinte: „Du bist ein seltsames Mädchen, weißt du das?"

Daraufhin zuckte ich mit den Schultern und fragte: „Ihr kennt nicht zufällig jemanden, der weiß, wie ich schnellstmöglich zum Schloss komme?"

Er verneinte. „Ich kenne niemanden, der sich auch nur in die Nähe des Reiches aus Schnee und Eis begibt."

Da grinste Lotta und meinte: „Doch, Onkel Johannes. Er ist Kaufmann."

Jakob sah seine kleine Schwester überrascht an. „Aber Onkel Johannes traut sich höchstens bis an die nördliche Grenze."

„Aber fragen können wir ihn trotzdem", beharrte Lotta. „Ich finde Aurelia nämlich sehr nett, schließlich hat sie uns viel Geld gegeben. Deswegen sollten wir ihr auch helfen, meinst du nicht?"

Einen Moment lang schien er darüber nachzudenken, was sie gesagt hatte, dann nickte er ergeben und sagte: „In Ordnung, ich frage ihn, aber es könnte erst morgen früh werden, schließlich ist es ziemlich spät."

Dankbar stimmte ich zu, obwohl in mir erneut Zweifel aufkamen. Der Bote hatte gesagt, dass ich mich beeilen soll, eventuell würde es dann zu spät sein, morgen erst zu fahren, aber andererseits, welche Alternative hatte ich? Allein hatte ich weder eine Ahnung, wie ich aus der Stadt herausfinden würde, noch, wie ich zum Schloss kam.

Ich folgte den beiden zu zwei kleineren Häusern, deren Eingänge nur durch einen Hinterhof zu erreichen waren.

„In dem linken Haus wohnen wir", erklärte Jakob.

„Und in dem rechteten Onkel Johannes mit seiner Familie", fügte Lotta hinzu. „Seitdem Mama krank ist, wohnt er nebenan."

Weil ich nicht so recht wusste, was ich darauf antworten sollte, nickte ich nur.

Ihr Bruder läutete die Türglocke an der Haustür von Johannes. Wenig später erschien ein großgewachsener Mann mit grauem Anzug und schwarzem Schnauzer in der Tür.

„Grüßt euch, Kinder", begrüßte er uns freundlich. „Oh, wie ich sehe habt ihr eine Freundin mitgebracht."

Jakob nickte und ich stellte mich vor: „Guten Tag, mein Name ist Aurelia."

Die Geschwister erklärten ihm mein Anliegen.

Johannes hörte sich die Geschichte an, dann kratzte er sich nachdenklich am Kopf.

„Du willst wirklich zum Schloss?", fragte er ungläubig nach.

Energisch seufzte ich.

Klar, er sah mich genauso fassungslos an, wie all die anderen Leute, denen ich bis jetzt von meinem Vorhaben erzählt hatte.

Warum hatten nur alle so viel Angst vor dem König?

Zur Antwort nickte ich entschlossen.

„Ich denke darüber nach, in Ordnung?", meinte Johannes da. „Schließlich muss ich morgen eh Richtung Norden reisen. Ich werde aber nicht bis zum Schloss fahren, sondern höchstens bis zu der Grenze, ab der Schnee und Eis regieren."

„Ja, das klingt gut", stimmte ich zu.

Diese Entscheidung hatte zur Folge, dass ich bei Lotta und Jakob übernachten musste.

Ihre Mutter, die sich mir als Greta vorstellte, erklärte sich sogar bereit für uns alle zu kochen.

Ich bekam zwar ein schlechtes Gewissen, weil ich wusste, dass sie kaum etwas hatten, um sich selbst zu versorgen, aber die Mutter der beiden bestand darauf.

„Irgendwie müssen wir uns schließlich dafür erkenntlich zeigen, was du heute für uns getan hast, obwohl du uns gar nicht kennst", meinte sie dazu freundlich.

Daraufhin versuchte ich ihr zu erklären, dass das für mich selbstverständlich war, zu helfen, wo ich nur konnte.

Während sie am Herd stand und eine gute Suppe für uns kochte, hatte ich einen Moment Zeit, um sie mir genauer anzusehen.

Erstaunlicherweise hatte Greta schwarze Haare, genau wie Johannes. Wahrscheinlich war er tatsächlich ihr Bruder und die Kinder nannten ihn nicht nur so „Onkel".

Aber warum hatten Jakob und Lotta kupferrote Haare? Hatten sie diese von ihrem Vater geerbt?

Beim Gehen stützte sich Greta auf einen Stock und beim Tragen der Teller halfen ihr ihre Kinder, aber ansonsten schien sie ihr Schicksal ganz gut zu meistern.

Hoffentlich half ihr die Salbe ein bisschen, die ich ihr mitgebracht hatte.

Natürlich fragte ich sie auch, ob ich ihr irgendwie helfen könnte, aber sie meinte nur, ich sei ihr Gast und ich hätte so viel für ihre Familie getan, dass das nicht nötig wäre.

„Du schläfst aber mit bei uns im Zimmer", legte Lotta während des Essens fest.

Da die Wohnung nicht besonders groß war, teilten sich Jakob und seine Schwester ein Zimmer.

Johannes trieb sogar eine Matratze auf, die er mit Hilfe seines Neffen in das kleine Zimmer trug.

Kurze Zeit später brachten wir Lotta ins Bett, schließlich war sie erst 8 Jahre alt und brauchte mehr Schlaf.

„Aurelia, erzählst du mir eine Geschichte?", bat sie mich, als sie im Bett lag.

„Was soll ich dir denn für eine Geschichte erzählen?", wunderte ich mich.

Sie zuckte mit den Schultern. „Sonst erzählen mir immer Mama oder Jakob eine Geschichte, aber die kenne ich inzwischen alle. Deswegen dachte ich, du kennst bestimmt ein paar andere Geschichten, oder?"

„Sicher", murmelte ich und dachte einen Moment nach, bis mir die Geschichte einfiel, die mir Martha immer erzählt hatte, als ich etwa in Lottas Alter war.

Darin ging es um einen Jungen, der bei Mönchen aufgewachsen war und sich mit 11 Jahren auf die Suche nach seiner Mutter begab.

Während ich erzählte, überkam mich auf einmal ein wehmütiges Gefühl, schließlich hatte auch ich meine Eltern nie kennengelernt.

Allerdings spielte das jetzt keine Rolle.

Später wusste ich nicht mehr, wie lange ich diese Geschichte erzählt hatte, bis Lotta endlich eingeschlafen war.

Danach saß ich mit Jakob und seiner Mutter eine Weile im Wohnzimmer und wir unterhielten uns.

Dabei erfuhr ich beispielsweise, dass der Vater der Geschwister als Bergmann gearbeitet hatte und bei dem Einsturz eines Stollens ums Leben kam.

Ich war entsetzt, aber was konnte ich machen, außer ihnen mein Beileid auszusprechen?

Greta war ebenfalls sehr neugierig auf meine Geschichte.

Was bewegte ein Mädchen, wie mich, sich auf solch eine gefährliche Reise zu begeben?

Also erzählte ich, dass ich meine Eltern nie kennengelernt habe, in einem Heim aufgewachsen bin, bis hin zu dem Traum, der mich letztendlich dazu gebracht hat, mich auf den Weg zu machen.

Eduard ließ ich lieber unerwähnt und sie fragten zum Glück nicht danach, ob ich bereits einem Mann versprochen war.

Dabei schien Greta die Tatsache, dass ich meine Eltern nicht kenne, am meisten mitzunehmen, während Jakob anfing, mich über Hanna auszufragen.

Er wollte wissen, wie lange ich sie kenne, ob sie wirklich keinen Freund hat und ob ich gemerkt hätte, dass sie sich für ihn interessiert.

Grinsend schilderte ich ihm meine Eindrücke und überlegte, ob ich ihm besser von Lukas erzählen sollte, als Jakob gedankenverloren meinte: „Ich weiß, ich kann ihr nichts bieten, aber vielleicht mag sie mich trotzdem…"

Hatte ich mich in ihm geirrt und er meinte sein Interesse an ihr wirklich ernst?

Obwohl anderseits konnte es mir gleichgültig sein, denn es war eh fraglich, ob sich die beiden jemals wiedersehen würden.

In dem Moment schaltete sich Greta in unser Gespräch ein.

„Kinder, ich glaube es ist auch für euch langsam Zeit schlafen zu gehen, schließlich hat Aurelia morgen eine weite und anstrengende Reise vor sich."

Ich stimmte zu und wenig später betraten Jakob und ich den Raum, in dem Lotta inzwischen tief und fest schlief.

Er wünschte mir grinsend eine gute Nacht und löschte die Kerze aus, die neben ihm auf einem Tisch stand.

Seufzend rollte ich mich auf meiner Matratze zusammen und starrte eine Weile in die Dunkelheit.

Morgen würde ich wahrhaftig zum Schloss fahren.

Bei diesem Gedanken überkam mich plötzlich eine Angst.

Hoffentlich kam ich nicht zu spät. Schließlich hatte ich vorgehabt, heute schon am Schloss anzukommen, aber dadurch, dass wir mit Jakob und Lotta unterwegs waren, hatte sich alles verzögert.

Anderseits waren die beiden wohl das Beste, das uns in dieser Stadt passieren konnte, denn sie kannten sich hier aus.

Möglicherweise hätten wir wesentlich länger gebraucht, den Mediziner zu finden, wenn wir ihnen nicht begegnet wären und wie würde ich ohne ihre Hilfe zum Schloss gelangen können?

Seufzend drehte ich mich auf die linke Seite und versuchte, endlich zu schlafen.

Nein, es ist alles gut so, wie es sich ergeben hat, sagte ich mir.

Jetzt konnte ich nur hoffen, dass ich rechtzeitig im Schloss war, um dem König zu helfen...

Am nächsten Morgen wurde ich von fröhlichem Kinderlachen geweckt.

Ich brauchte einen Moment, um mich zu orientieren, bevor mir wieder klar war, dass ich mich nicht zu Hause im Heim befand, sondern, dass ich über Nacht bei den beiden Geschwistern geblieben war, die ich erst gestern kennengelernt hatte.

„Oh, sie ist wach", hörte ich Lotta freudig rufen.

„Guten Morgen", wünschte mir auch Jakob. „Johannes hat gemeint, dass er bald losfahren möchte."

Benommen richtete ich mich auf und war erstaunt, dass die beiden bereits angezogen waren.

Wie spät mochte es wohl sein?

Allerdings fragte ich nicht danach, sondern machte mich schnell fertig.

Greta bestand darauf, dass ich mit ihnen frühstückte, damit ich ausreichend gestärkt für meine weite Reise war.

Oh Mann, warum waren sie nur so gastfreundlich, wenn sie selbst kaum genügend Nahrung hatten? Oder kümmerten sie sich aus Dankbarkeit so ausgiebig um mich?

Gerade als wir mit dem Frühstück fertig waren, klingelte es an der Tür.

Lotta sprang schnell auf und öffnete.

Wie ich erwartet hatte, stand Johannes davor, der fragte, wie weit ich bin.

Heute trug er einen schwarzen Anzug mit weinroter Fliege und ich ertappte mich bei dem Gedanken, ob er jemals etwas anderes trug, als Anzüge. Hinter ihm stand seine Kutsche. Die großen Speichenräder und die Verkleidung des Gefährts bestanden aus dunklem Holz, über den beiden Vorderrädern thronte der Kutschbock und der hintere Teil war mit einer grauen Plane bespannt, die nach vorn offen war und über der Tür zum Einstieg befand sich ein Fenster, aus dem man nach draußen sehen konnte.

Er wünschte uns einen guten Morgen und fragte mich gleich, ob ich bereit sei, für die Reise.

„Du musst dort nicht hin. Du kannst auch ein paar Tage bei uns bleiben", meinte Lotta da und sah mich mit ihren großen grünen Augen fast flehend an. „Das hat Mama sogar gesagt."

Ein Lächeln stahl sich auf mein Gesicht. „Das ist lieb von euch, ehrlich, aber ich kann nicht länger bleiben. Ich muss meine Reise fortsetzen und meine Aufgabe zu Ende bringen."

„Schade", murmelte sie traurig.

Wenig später saß ich in der Kutsche von Johannes unter der grauen Überdachung, neben all den Dingen, die er als Kaufmann heute vorhatte zu verkaufen.

„Mach es gut", verabschiedete sich Jakob, „ich wünsche dir viel Erfolg. Ach ja und grüße Hanna von mir, sobald du sie wiedersiehst. Sag ihr, dass ich auf sie warten werde…"

Ich soll ihr sagen, dass er auf sie warten wird? Was er wohl damit meinte?

Jedoch hatte ich keine Zeit, weiter darüber nachzudenken, denn Johannes wollte los und ich musste mich endgültig von den Dreien verabschieden, natürlich nicht ohne mich vorher ein weiteres Mal für die Gastfreundschaft zu bedanken und ihnen alles Gute für die Zukunft zu wünschen. Vielleicht gab es Hoffnung auf Besserung für Gretas Bein.

Ich winkte den dreien zu, so lange, bis sie aus meinem Blickfeld verschwunden waren und lehnte mich dann seufzend zurück.

Jetzt befand ich mich endgültig auf dem Weg zum Schloss. Was würde mich dort erwarten?

Jakob hatte gemeint, dass ich Hanna von ihm grüßen soll, sobald ich sie wiedersehe.

Allerdings, werde ich sie jemals wiedersehen?

Was ist, wenn ich, wie die anderen prophezeiten, für immer in dem Reich aus Schnee und Eis gefangen gehalten werde?

Energisch schüttelte ich den Kopf, um diesen Gedanken ganz schnell wieder loszuwerden.

Nein, dachte ich, es wird alles gut. Ich werde dem König helfen und all die Leute wiedersehen, die mir am Herzen liegen.

Genau das musste ich mir nur immer wieder ins Gedächtnis rufen.

In dem Moment drehte sich Johannes zu mir um und riss mich aus meinen Gedanken.

„Mädchen, ist bei dir alles in Ordnung?", wollte er wissen.

„Ja", antwortete ich knapp, dann fiel mir etwas ein. „Können Sie mir sagen, wie lange wir unterwegs sein werden?"

Er schien einen Moment zu überlegen, dann antwortete er: „Wenn ich die Zeit einrechne, die ich für meine Kunden benötigen werde, brauchen wir ein paar Stunden, bis wir die Grenze erreicht haben. Genauer kann ich es dir leider nicht sagen, da ich selbst bisher nie so weit in den Norden gereist bin."

Mit dieser Antwort gab ich mich zufrieden, allerdings nur, weil ich nicht unhöflich sein wollte, denn ich hätte gern eine genauere Einschätzung gehört.

So verging die Zeit, in der ich mit dem Kaufmann in dieser Kutsche unterwegs war.

Anders als ich erwartet hatte, war er ziemlich schweigsam. Ich hatte gehofft, dass ich mich mit ihm unterhalten konnte, um die aufkommende Angst in mir zu verdrängen, aber ich wollte ihn nicht nerven, deswegen schwieg ich lieber.

Wahrscheinlich war er das Schweigen gewöhnt, weil er sonst stets allein auf Reisen war.

Also sah ich gedankenverloren aus dem Fenster und beobachtete die Gegenden, durch die wir fuhren, da ich ihn auch nicht die ganze Zeit von hier hinten aus anstarren wollte.

Es dauerte nicht lang, bis wir die Stadt verlassen hatten und weite Felder an mir vorbeizogen, gefolgt von weiteren kleinen Orten, in denen die Menschen teilweise noch ärmer aussahen, als in dem Dorf, aus dem ich stammte.

Am Stand der Sonne versuchte ich mich zu orientieren, wie lange wir mittlerweile unterwegs waren.

Johannes hielt zwischendurch hin und wieder an, um mit ein paar Kunden in den Ortschaften Geschäfte abzuschließen.

Irgendwann musste ich eingenickt sein, denn ich kam erst wieder zu mir, als jemand mit gedämpfter Stimme auf mich einredete.

Verwundet öffnete ich die Augen und sah Johannes neben mir an der geöffneten Tür stehen.

„Schön, dass du wieder wach bist, Mädchen", meinte er freundlich. „Es ist Mittag und ich dachte mir, wir machen eine kurze Pause im Wirtshaus. Du hast sicher seit heute Morgen nichts mehr gegessen."

„Da haben Sie Recht", murmelte ich und kletterte aus der Kutsche.

„Ach und mach dir keine Sorgen, wegen der Rechnung für das Essen, die übernehme ich", legte er fest.

„Aber", wollte ich widersprechen.

Es passte mir gar nicht, dass ich mich zum wiederholten Male nicht selbst für mein Essen bezahlen durfte, allerdings ließ er mich nicht ausreden.

„Das ist in Ordnung, wirklich", versicherte er. „Mein letzter Kunde war so froh darüber, dass ich den weiten Weg bis in sein Dorf zurückgelegt habe, dass er mir 20 Taler Trinkgeld gegeben hat..."

Das müssen aber reiche Leute sein, wenn sie einfach so 20 Taler drauflegen konnten, ging es mir durch den Kopf.

Seufzend gab ich nach und ließ mich von Johannes einladen.

Erstaunlicherweise war um die Zeit (es musste Mittag sein, da die Sonne ziemlich senkrecht am Himmel stand) nicht viel los in dem Gasthaus.

Nur an einem Tisch saßen fünf kräftige Kerle, die sich bereits um diese Zeit mit Bier volllaufen ließen.

Johannes wies mich ohne viele Worte an, an einen kleinen Tisch in der rechten hintersten Ecke zu gehen, um die Bestellung würde er sich kümmern.

Er fragte mich nicht mal, was ich überhaupt essen möchte, aber eigentlich war mir das Gericht egal, da ich nie wählerisch war.

Wenig später kam er mit zwei Tellern wieder, die reichlich belegt waren.

„Einmal Schweinshaxen mit frisch geernteten Kartoffeln und Möhren für dich und einmal für mich", erklärte er lächelnd den Tellerinhalt und setzte sich neben mich. „Ach so für dich habe ich ein Wasser bestellt. Ich gönne mir dafür ein Bier."

Ich nickte nur und probierte das Essen.

Es schmeckte sehr gut, vermutlich sogar besser, als das Essen, das uns Martha immer zubereitete.

Jedoch würde ich ihr das wohl nie sagen, dachte ich grinsend.

Während des Essens sprach mein Begleiter ebenfalls nicht viel.

Dafür wuchs in mir wiederholt die Angst. Dies war möglicherweise meine letzte Mahlzeit.

Ach was, rief ich mich sofort wieder zur Vernunft. Der König ist nicht böse.

Ich konnte nicht genau sagen, wie viel Zeit wir in dem Wirtshaus verbracht hatten, bevor wir die Reise fortsetzten.

Aus dem Fenster der Kutsche heraus beobachtete ich wieder die Umgebung und irgendwann fiel mir auf, dass die nicht mehr so grün war, wie im Rest des Landes. Immer weniger Felder waren bewirtschaftet und die Bäume hatten ein buntes Blätterkleid, so wie ich es bei uns nie zuvor gesehen hatte. Auch der Wind wehte in dieser Gegend stärker und kühler, als bei uns.

Daraus schlussfolgerte ich, dass es nicht mehr weit sein konnte, bis zum Reich aus Schnee und Eis.

Die Sonne stand inzwischen ziemlich tief, als Johannes meinte: „Das ist der letzte Ort vor der Grenze. Es folgen nur noch ein paar Meilen kahles Land, bevor wir zu dem Land kommen, auf dem der König über Eis und Kälte regiert. Es ist wohl besser, wenn du dir hier warme Kleidung versorgst."

Zustimmend nickte ich und er fuhr mich zu einem Laden, im dem hochwertige Wintermäntel und Winterstiefel verkauft wurden.

Allerdings ist es hier nicht gerade preiswert", fügte er hinzu. „Ich bin mir nicht ganz sicher, ob du dir das leisten kannst."

„Ich probiere es aus", antwortete ich nur und sprang aus der Kutsche.

Bevor ich den Laden betrat, zählte ich vorsichtshalber abermals nach, wie viel Geld mir zur Verfügung stand, dabei kam ich auf etwa 200. Das reichte hoffentlich aus.

Als ich hinüber zu dem Geschäft lief, fand ich auf einmal merkwürdig. Warum wurde hier Wintermode verkauft, wenn sich angeblich keiner in den Schnee begeben wollte? Oder gab es in diesem Ort zu viele Reiche, die Nervenkitzel suchten? Dass hier überwiegend wohlhabende Leute lebten, war schließlich an den feinen Gebäuden, die sich allein in dieser Straße befanden, erkennbar.

Der beschriebene Laden hatte eine Schaufensterauslage, in der die dargestellte Kleidung unbezahlbar aussah.

Ehrfürchtig betrat ich das Geschäft, in dem mich ein Glöckchen an der Eingangstür sofort hell klingelnd ankündigte.

Fast im gleichen Moment trat eine ältere Dame in einem teuer aussehenden Kleid aus einem Hinterzimmer.

Sie musterte mich argwöhnisch von oben bis unten, dann sagte sie: „Junge Dame, Sie sehen nicht so aus, als könnten Sie sich diese Kleidung leisten."

Ich entgegnete daraufhin nur unbeeindruckt: „Können Sie mir bitte alle Wintermäntel und Winterstiefel zeigen, die nicht mehr als 100 Taler kosten?"

Bevor er mich hatte gehen lassen, hatte mir Johannes ans Herz gelegt, dass ich mich von diesen Argumenten nicht beeindrucken lassen durfte. Ich sollte gerade heraus sagen, was ich will, sie würden mir auf jeden Fall eine Auswahl zeigen, da sie bestrebt sind, Geld einzunehmen.

Tatsächlich ging die Dame wortlos zu verschiedenen Ständen und kam mit einem Stapel Kleidung über dem Arm zu mir.

Wenn ich ehrlich war, hatte ich nie zuvor so viele hochwertige Stoffe auf einmal gesehen.

Zufrieden nickte ich und probierte einige der ausgewählten Exemplare an.

Am Ende entschied ich mich für einen dunkelbraunen, gut gefütterten Mantel, der mir bis zu den Knöcheln und Stiefel in der gleichen Farbe, die fast bis zu den Knien reichten.

Es erstaunte mich, dass die Verkäuferin mir wirklich gutes Material für nicht gar so viel Geld angeboten hatte, denn ich bezahlte für Mantel und Stiefel zusammen nur knapp über 100 Taler.

„Vielen Dank für Ihren Einkauf", meinte sie zum Abschied und ich musste fast grinsen, da Johannes offensichtlich Recht hatte. Es ging ihr letztendlich darum, auch an einem Mädchen wie mir, Geld zu verdienen.

Als ich zurück zur Kutsche kam, wartete Johannes schon ungeduldig auf mich.

„Da bist du ja", stellte er nun fest. „Hast du etwas Passendes gefunden?"

Bestätigend nickte ich.

„Sehr schön", meinte er und wenn ich mich nicht täuschte, konnte ich ein leichtes Lächeln auf seinem Gesicht erkennen.

„Komm jetzt, wir müssen weiter, die Sonne geht bald unter und ich muss mir, nach dem ich dich zur Grenze gebracht habe, ein Gasthaus suchen, in dem ich die Nacht verbringen kann."

Wieder nickte ich nur und stieg zurück in die Kutsche.

Nach außen hin ließ ich mir nichts anmerken, aber mich überkam einmal mehr ein seltsames Gefühl. Es war erneut Abend. Der Abend des zweiten Tages, an dem ich unterwegs war. Hoffentlich war es nicht zu spät, wenn ich erst heute oder morgen im Schloss ankam.

Johannes fuhr weiter und bald trugen die Bäume, die ich von meinem Fenster aus erkennen konnte, gar keine Blätter mehr. Hier wirkte alles kahl, trist und leblos. Irgendwie machte mir diese Tatsache Angst. Ich konnte nicht mal das Zwitschern der Vögel vernehmen.

Unwillkürlich spürte ich, wie mir ein Schauer den Rücken herunterlief. Ja, ich konnte nachvollziehen, warum in dieser Gegend keine Menschen leben wollten.

Es dauerte nicht mehr lange, bis wir an einen reißenden Fluss kamen.

Dieser Fluss schien das Reich voll Schnee und Eis zu begrenzen, denn weiter heraus lag kein Schnee, so als würde man in eine völlig andere Welt eintauchen, wenn man den Fluss überquerte.

Plötzlich spürte ich, wie mir richtig kalt wurde. Der Wind hier war eisig und ich bekam am ganzen Körper Gänsehaut. Lag das nur an der Kälte, oder auch an meiner Angst?

Nun machte sich eine Furcht vor dem Ungewissen in mir breit.

Was würde mich jenseits des Flusses erwarten?

In dem Moment riss mich Johannes aus meinen Gedanken. Er hatte angehalten und meinte nun: „So Mädchen, bis hierher konnte ich dich bringen, aber auf der anderen Seite des Flusses musst du deine Reise allein fortsetzen. Bist du dir sicher, dass du das wirklich willst? Ich könnte dich wieder mit zurücknehmen. Jakob und Lotta würden sich sicher freuen."

„Ja, das würden sie wohl", antwortete ich, während ich mir die Stiefel zuschnürte und den Mantel überzog, „aber ich kann nicht zurück. Ich muss meine Aufgabe erfüllen, sonst bin ich den ganzen weiten Weg bis hierher umsonst gereist und das will ich nicht."

Ich kletterte aus der Kutsche, stopfte all meine Sachen in den Leinenbeutel, den ich die ganze Zeit mit mir herumtrug und verabschiedete mich von Johannes.

„Vielen Dank für alles, was Sie und Ihre Familie für mich getan haben, das werde ich Ihnen nie vergessen. Ach und bitte grüßen Sie Lotta und Jakob von mir. Sie sollen sich keine Sorgen um mich machen, ich komme zurecht. Ich bin immer irgendwie allein zurechtgekommen."

„Na gut, wie du meinst", antwortete er, „dann wünsche ich dir viel Erfolg auf deiner weiteren Reise…"

Vielmehr sagte er nicht zum Abschied. Anscheinend sprach er nie viel.

Dann wendete er seine Kutsche und fuhr den Weg zurück, den wir gekommen waren.

Einen Moment lang stand ich unschlüssig da, sah hinüber zu dem Fluss, über den nur eine ganz schmale Brücke in das Reich voll Schnee und Eis führte.

Mir war durchaus bewusst, dass es keine andere Möglichkeit mehr gab. Ich konnte nicht mehr zurück.

Also nahm ich all meinen Mut zusammen und überquerte die Brücke, um hinüber in die andere Welt zu gelangen.

Als ich auf der anderen Seite meine Füße auf den schneebedeckten Boden stellte, atmete ich tief durch und sah mich beeindruckt um.

In dem Teil des Landes, aus dem ich kam, hatte es nie Schnee gegeben. Diese weiße Pracht war mehr als faszinierend.

Plötzlich erregte etwas meine Aufmerksamkeit. Ein paar Meter weiter stand ein weißes Pferd. Hätte es nicht eine blau-weiß-gelbe Schabracke getragen, hätte man es im Schnee fast nicht erkannt. Es war gesattelt und die Farben stellten die Farben des Königshauses dar.

War das Pferd etwa wegen mir hierhergebracht und mit einem Seil am Baum befestigt worden, damit es nicht weglaufen konnte?

Vorsichtig näherte ich mich dem Tier ein Stück. Es blieb ganz ruhig stehen und sah mich aufmerksam an.

Ich streichelte behutsam seinen Kopf.

„Guten Abend, mein Name ist Aurelia", flüsterte ich ihm zu, als könnte es mich verstehen. „Bist du hier, um mich zum Schloss zu bringen?"

Es schnaubte zur Antwort und ich hoffte, dass das so viel wie „Ja" bedeutete.

Nun band ich es mit Bedacht vom Baum los und stieg auf.

Währenddessen blieb es ganz ruhig stehen. Offensichtlich war es sehr gut dressiert worden.

Sanft streichelte ich es am Hals und wies es an: „Bring mich bitte schnellstmöglich zum Schloss."

Das Pferd setzte sich augenblicklich in Bewegung, als hätte es mich ganz genau verstanden.

Eine Weile ritt ich durch die Schneelandschaft, dann durch einen Wald.

In dem Wald faszinierten mich ebenfalls die mit Schnee bedeckten Bäume. Auf den Tannen lag teilweise so viel Schnee, dass man den Eindruck hatte, sie müssten jeden Moment unter der Last zusammenbrechen, und ich sah Tiere.

Ich konnte es kaum glauben, aber dieser Wald wirkte überhaupt nicht ausgestorben. Ich hörte Vögel, sah weiße Hasen und sogar ein weißes Reh, das genau vor mir über den Weg lief.

Schließlich verließ ich den Wald wieder und mir fiel auf, dass die Sonne mittlerweile unterging und den Schnee in einem wunderschönen orangegelben Licht schimmern ließ.

Nun hatte ich das Gefühl, ich würde genau in die untergehende Sonne reiten, während ich nach wie vor nicht wusste, ob das Pferd mich den richtigen Weg entlangführte.

Genau im nächsten Augenblick sah ich es, das Schloss, das riesengroß und anmutig vor meinen Augen erschien.

Es sah unbeschreiblich schön aus, wie sich die untergehende Sonne in den mit Schnee bedeckten Dächern widerspiegelte.

Für einen Moment musste ich das Pferd zum Stehen bringen, um mir das Schloss in seiner vollen Schönheit ansehen zu können.

Auf Anhieb zählte ich sechs Türme. Der am weitesten links hatte den größten Durchmesser. Rings um diesen Turm herum, befanden sich kleine Balkone, auf deren Geländern Tierskulpturen angebracht waren. Allerdings blendete die Sonne zu sehr, um sagen zu können, welche Tiere die Skulpturen darstellen sollten.

Dieser Turm war eindeutig der schönste. Sofort überlegte ich, ob sich hier das Schlafgemach des Königs befand.

Weiter rechts begrenzte eine Mauer eine Art Terrasse, die in weitere drei kleine Türme überging.

Vermutlich handelte es sich bei diesen Türmen um Wachtürme.

Die beiden anderen Türme auf der rechten Seite befanden sich fast direkt nebeneinander und waren relativ schlicht gehalten.

Doch das Faszinierendste war nicht der Bau, sondern das Eis. Man hatte das Gefühl, das Schloss war vollkommen mit Eis überzogen.

Auch an den großen Fenstern, die meist nach oben hin wie ein Torbogen zusammenliefen, saß je eine Tierskulptur.

Sie alle sahen aus, als wären sie völlig detailliert aus Eis gehauen worden.

Je näher ich kam, umso mehr kam ich mir wie ein einfaches Mädchen vom Dorf vor.

Was machte ich hier? Hatte ich überhaupt das Recht, hier einzutreten?

Nun musste ich nur einen weiteren Fluss auf einer Steinbrücke überqueren, dann stand ich genau vor der riesigen Eingangstreppe und konnte oben das majestätisch verzierte und vereiste Eingangstor erkennen.

Zur linken und zur rechten Seite des Tors stand auch hier jeweils eine Skulptur. Allerdings handelte es sich bei diesen nicht um Tiere, sondern um Menschen, die wie Wachposten positioniert waren.

Wahnsinn, wie detailgetreu diese Statuen aus Eis gehauen waren. Man könnte fast meinen, sie wären echt...

Gerade, als ich von dem weißen Pferd gestiegen war und überlegte, ob und wie ich am besten auf mich aufmerksam machen sollte, begann es neben mir zu wiehern.

Wollte es so unsere Ankunft kundtun?

Tatsächlich schien es gehört worden zu sein, denn nun entdeckte ich in einem Fenster ein Gesicht und kurze Zeit später öffnete sich das große, vereiste Eingangstor.

In dem Mann, der jetzt erschien, erkannte ich den Boten, der vor wenigen Tagen mit den Informationen über den Gesundheitszustand des Königs durchs Land geritten war.

„Guten Tag, Fräulein Aurelia", begrüßte er mich freundlich, als er die große Treppe herabschritt. „Wir haben Sie erwartet."

„Guten Abend", antwortete ich unsicher und war überrascht, dass er sich sogar an meinen Namen erinnern konnte.

Sie hatten mich erwartet? Na gut, das klang nicht so, als wäre es inzwischen zu spät.

„Folgen Sie mir bitte", wies er mich höflich an.

Ich nickte, bevor ich ehrfürchtig die Treppe nach oben und durch das riesige Tor ging.

Es waren so viele Stufen, dass ich sie nicht zu zählen vermochte.

Wenn ich ehrlich war, konnte ich es kaum glauben, ich betrat wahrhaftig das Schloss. Ich war entgegen aller Warnungen hier und es war viel schöner, als ich mir in meinen kühnsten Träumen ausgemalt hatte.

5. Der Eiskönig

An das Tor schloss sich eine lange Eingangshalle an.

Auch hier war alles vereist, aber das war nicht das, was mir Angst einjagte, sondern die Figuren. Ja, zu meiner linken und zu meiner rechten Seite standen weitere dieser lebensgroßen Eisstatuen, sie zierten die gesamte Halle.

Sie sahen sehr echt aus und als ich eine junge Mutter sah, die ihr kleines Kind auf dem Arm hatte, dachte ich, es ist unmöglich, das so perfekt nachzustellen.

Da wurde mir plötzlich klar, warum diese Statuen so detailgetreu waren: Sie waren echt! Vermutlich war jeder von ihnen mal ein echter Mensch gewesen.

Augenblicklich lief mir ein eiskalter Schauer den Rücken hinunter und ich blieb entsetzt stehen.

Der Bote drehte sich zu mir um. „Ist alles in Ordnung, Fräulein Aurelia?"

„Ähm... ja natürlich", antwortete ich schnell und folgte ihm weiter durch diese nun beängstigend wirkende Halle.

In Gedanken hätte ich mich für diese Angst ohrfeigen können. Ich hätte wissen müssen, dass sie stimmen. Mir hätte von Anfang an klar sein müssen, dass diese Geschichten wahren Tatsachen entsprachen, spätestens nach dem ich dieses Reich betreten hatte.

Hör auf damit, versuchte ich mich nun wieder zur Vernunft zu bringen, es ändert nichts an der Sache, dass du hier bist, um ihm zu helfen. Trotzdem ist er ein Mensch wie jeder andere...

In diesem Moment hatten wir das Ende der Eingangshalle erreicht, von der eine breite Treppe nach oben führte.

Rechts neben der Treppe öffnete sich eine Tür und eine kleine, rundliche Frau, die mich sofort an Martha erinnerte, kam lächelnd ein paar Schritte auf uns zu.

Zu mir meinte sie gleich: „Guten Abend, Ihr müsst das Fräulein Aurelia sein."

Es erstaunte mich erneut. Wie kam es, dass hier alle meinen Namen kannten?

„Ja, das bin ich", antwortete ich unsicher.

„Das freut mich", sagte sie überschwänglich. „Mein Name ist übrigens Hildegard. Ich bin hier die Köchin. Fräulein, Ihr habt sicher eine weite Reise hinter euch. Kommt erst einmal mit in die Küche, dort werde ich Euch ein schönes Abendessen kochen und Ihr könnt wieder zu Kräften kommen."

Einen Moment lang zögerte ich, denn ich glaubte, es sei besser, zuerst nach dem König zu sehen, aber anderseits wollte ich nicht unhöflich sein, also stimmte ich schließlich der Mahlzeit zu.

„Vielen Dank, Arthur", bedankte sich Hildegard bei dem Boten und führte mich in einen riesigen Raum, der gut als Küche erkennbar war.

Ohne es zu wollen, ertappte ich mich bei dem Gedanken, dass ich froh war, dass hier keine Eisstatuen standen.

Sie bat mich, Platz zu nehmen und machte sich daran, das Essen vorzubereiten.

Eine Weile saß ich unsicher da und wusste nicht, was ich sagen sollte.

Da drehte sie sich zu mir um, lächelte mich an und fragte: „Hattet Ihr eine angenehme Reise, Fräulein?"

„Ja", sagte ich knapp und konnte mich dann durchringen, die Frage zu stellen, die mir schon die ganze Zeit auf der Zunge brannte. „Sagen Sie mir bitte, wie geht es ihm?"

„Ihr meint Seine Majestät?", wollte Hildegard wissen und wendete sich wieder ihrem Suppenkessel zu.

Irrte ich mich, oder veränderte sich ihre Stimme, als sie antwortete: „Nicht gut. Ich habe versucht, ihm so gut wie möglich zu helfen, aber das ist schwierig, ohne richtige Medizin."

Diese Aussage warf eine weitere Frage in mir auf. „Wieso hat sich dann niemand aus dem Schloss auf den Weg gemacht, Medikamente zu kaufen?"

Die Köchin seufzte und es schien, als würde es ihr schwerfallen, die Antwort auszusprechen. „Weil er es so gewollt hat. Er wollte wissen, ob es irgendjemanden aus seinem Volk interessiert, wie es ihm geht. Er hat sogar gemeint, wenn keiner kommt, um ihn zu helfen, dann sollen wir ihn... wir sollen ihn seinem Schicksal überlassen und... und..."

Sie sprach den Satz nicht zu Ende, sondern wich nur meinem Blick aus, jedoch konnte ich mir denken, was sie damit sagen wollte und mir lief wieder ein Schauer den Rücken hinunter.

„Der König, er bedeutet Ihnen sehr viel, oder?", fragte ich unvermittelt und bereute es im nächsten Moment, denn ich wollte ihr auf keinen Fall zu nahetreten.

Hildegard hatte sich wieder gefangen und antwortete mit einem traurigen Lächeln auf den Lippen: „Ja, das ist wahr. Er ist für mich wie ein eigener Sohn, seitdem das mit seinen Eltern passiert ist..."

Daraufhin wollte ich nichts Falsches sagen, deswegen schwieg ich lieber. Ich meine, natürlich interessierte mich die Geschichte des Königs brennend, aber mir war durchaus bewusst, dass mich das alles überhaupt nichts anging.

Allerdings redete sie weiter. „Sicher habt Ihr viele schreckliche Geschichten über den ‚Eiskönig' gehört, dass er böse ist, dass er Menschen mit einem bloßen Blick in seine Augen in Eis verwandeln kann und so weiter, oder?"

Vorsichtig nickte ich.

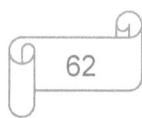

„Und trotzdem seid Ihr hier?", fragte sie verwundet. „Habt Ihr keine Angst?"

„Nein, ich habe keine Angst", antwortete ich mit fester Stimme, obwohl dies nicht ganz der Wahrheit entsprach. „Ich möchte nur helfen."

Wieder wendete die Köchin ihren Blick von ihrem Kochtopf ab und schenkte mir ein warmes Lächeln: „Ich glaube, Ihr seid ein wundervoller Mensch, Fräulein Aurelia. Ich bin mir sicher, Laurenz, also Seine Majestät, wird Euch mögen. Im Gegensatz zu dem, was die Leute erzählen, ist er nämlich gar nicht böse. Ganz im Gegenteil, er wollte nie irgendjemandem etwas Schlechtes. Es ist nur der Fluch, der ihm mit 6 Jahren auferlegt wurde. Aber glaubt mir, er leidet am meisten darunter, denn aus Furcht, selbst zur Eisstatue zu werden, haben alle nach und nach das Schloss verlassen und sich von ihm abgewendet. Nur Arthur und ich sind als seine Bediensteten übriggeblieben, da wir der Meinung sind, dass trotz allem der Glaube an das Gute überwiegt."

Gedankenverloren nickte ich und bevor ich die richtigen Worte gefunden hatte, die ich darauf antworten konnte, redete sie weiter.

„Ihr müsst wirklich keine Angst vor ihm haben", erklärte sie. „Der Fluch zeigt nur außerhalb des Schlosses seine Wirkung. Außerdem ist es gelogen, dass er die Menschen mit seinen Blicken in Eisstatuen verwandelt. Nein, es sind seine Hände…"

Einen Moment lang saß ich schweigend da und ließ mir durch den Kopf gehen, was Hildegard gerade gesagt hatte. Warum erzählte sie mir das alles? Was sollte ich mit all diesen Informationen anfangen?

Sie schien meine Gedanken zu lesen, denn nun meinte sie: „Es tut mir leid, ich wollte Euch nicht verunsichern. Ich dachte nur, so könnt Ihr besser nachvollziehen, wie alles in Wirklichkeit ist."

Ich nickte wiedermal nur, aber eine Sache ergab weiterhin keinen Sinn.

„Aber, wenn es nicht sein Blick ist, der … na ja… gefährlich ist, warum trägt er dann diese Maske?"

Hildegard antwortete traurig: „Weil er sein Gesicht nicht zeigen will. Er will nicht, dass sie wissen, wie der König aussieht, der so viel Leid über sein Volk bringt…"

Nachdenklich schwieg ich und plötzlich ergab alles einen Sinn. Nun war mir auf einmal klar, warum ich diesen Traum hatte und warum der Junge auf mich so traurig wirkte. Er sehnte sich nach jemandem, der trotz allem zu ihm stand, der erkannte, wie er in Wirklichkeit war und nicht nur das Monster in ihm sah. Ja, ich konnte ihn voll und ganz verstehen...

„Fräulein Aurelia?", riss mich Hildegard da aus meinen Gedanken. „Das Essen ist fertig."

„Ja, gut", antwortete ich schnell und probierte den Eintopf, den sie vor mir auf den Tisch gestellt hatte.

„Ihr seid möglicherweise besseres gewöhnt, aber für uns reicht es", meinte sie verlegen.

„Ach was, es ist alles in Ordnung", entgegnete ich wie selbstverständlich. „Isst sonst niemand anderes mit?"

Sie lächelte wieder. „Arthur kommt später dazu, er kümmert sich im Moment um die Pferde und Laurenz... na ja, ich wage es zu bezweifeln, dass er etwas essen wird, leider... Wir können nur hoffen, dass er mit Eurer Hilfe wieder gesund wird..."

„Ja, das hoffe ich auch", murmelte ich und widmete mich gedankenverloren wieder meiner Schüssel.

Irgendwie hatte ich den Eindruck, Hildegard genoss es, beim Essen Gesellschaft zu haben, denn sie erzählte mir weitere Geschichten aus dem Königshaus. Sie erzählte mir, dass sie bereits seit über 30 Jahren hier arbeitete und dass der alte König nach außen hin ein Tyrann war, aber für seine Familie alles tat, dass sie viel zu zeitig gehen mussten und dass Laurenz, als er mit 16 Jahren die Rolle des Königs übernehmen musste, dafür viel zu jung war. Er war viel zu jung, um all das zu ertragen und zu verkraften.

Laurenz war sein Name... aber mir würde wohl eh nie das Recht zustehen, ihn jemals bei seinem richtigen Namen nennen zu dürfen.

Im Nachhinein konnte ich nicht mehr sagen, wie lange ich mit ihr hier saß und all die Geschichten anhörte, die alle ziemlich traurig waren und bei denen ich dachte, es wäre wahrscheinlich besser gewesen, wenn ich sie noch nicht erfahren hätte.

Irgendwann wollte ich diese Geschichten nicht mehr hören, deswegen unterbrach ich sie vorsichtig: „Es tut mir leid, dass ich Ihnen ins Wort falle, aber ich würde gern nach ihm sehen wollen."

„Oh, ja, natürlich", meinte Hildegard mit einem entschuldigenden Lächeln. „Ich bringe Euch nach oben."

Sie führte mich die große, vereiste Treppe hinauf, die mir vorhin aufgefallen war. Am unteren und am oberen Ende standen weitere dieser Skulpturen.

Vermutlich würde ich mich nie an den Gedanken gewöhnen können, dass sie alle einmal echte Menschen waren.

Oben angekommen folgte ich Hildegard einem weiteren Gang. Hier standen allerdings keine Skulpturen, sondern es hingen nur Bilder an den Wänden, von Leuten, die wichtig aussahen.

Vermutlich waren diese Personen alle Vorfahren des Königs.

Ein Gemälde zog meinen Blick besonders auf sich, denn es zeigte eine wunderschöne junge Frau mit strahlend blauen Augen und blonden Haaren, die heller leuchteten, als die Sonne.

Hildegard schien meinen interessierten Blick zu bemerken, denn sie erklärte mir ohne, dass ich nachfragen musste: „Die Frau auf diesem Bild ist Königin Lucinda, die Mutter von Laurenz. Sie war sehr hübsch und hatte ein sehr großes Herz. Sie hätte euch sicher sofort gemocht, Fräulein Aurelia."

Erstaunt nickte ich.

Nun war Hildegard vor einer Tür stehengeblieben und meinte: „Hinter dieser Tür befindet sich das Schlafgemach des Königs. Ich glaube jedoch nicht, dass er wach sein wird."

Sie brach ab, sah mich mit fast flehendem Blick an und sagte leise: „Ich hoffe, dass Ihr ihm helfen könnt."

„Das hoffe ich auch", murmelte ich und verspürte plötzlich wieder diese Angst.

Was geschah, wenn ich ihm nicht helfen konnte? Wenn es inzwischen zu spät war?

Die Köchin klopfte an, als aber keine Reaktion von drinnen zu vernehmen war, öffnete sie vorsichtig die Tür.

„Majestät?", fragte sie ein weiteres Mal mit gedämpfter Stimme, nachdem sie eingetreten war. „Ihr habt Besuch."

Doch auch diesmal blieb alles still.

In der Zwischenzeit hatte ich meinen Blick durch den Raum schweifen lassen. Es stand weniger darin, als ich erwartet hatte. Ein Teppich mit dem Wappen des Königshauses war auf dem Boden ausgelegt und reichte bis zu einem dunklen Vorhang, hinter dem der König vermutlich schlief.

Das Wappen zierte ein großes, verschlungenes, rotes L, in dessen Mitte ein schwarzer Löwe saß, angriffslustig, als würde er auf seine Beute warten. Die Hintergrundfarbe war ein dunkles Gelb, das das Bildnis perfekt zur Geltung brachte.

Zur linken und zur rechten der Zimmertür standen riesige Schränke, die mit vielen Verzierungen gearbeitet waren. An der Decke hing ein kleiner Kronleuchter. Auf der Fensterbank, des wie ein Torbogen gestalteten Fensters, standen zwei Kerzenständer mit roten, ziemlich niedergebrannten Kerzen und ein weiterer Kerzenständer stand auf dem Tisch, dessen Beine wie Löwenpfoten geschnitzt waren. Gegenüber dem Fenster führte eine Tür nach draußen, wahrscheinlich auf einen der Balkone. Mehr befand sich in diesem Raum nicht, denn er war trotz allem kleiner, als ich erwartet hatte. Aber auch hier war, wie im Rest des Schlosses, alles mit einer dünnen Eisschicht überzogen.

Hildegard hatte nun den Vorhang zur Seite geschlagen und sah besorgt aus.

„Stimmt etwas nicht?", fragte ich vorsichtig im Flüsterton und trat neben sie.

„Seht selbst", meinte sie mit einem seltsamen Unterton in der Stimme.

Ehrfürchtig sah ich ihn an und verstand, was sie wahrscheinlich meinte. Er trug, obwohl er in seinem Bett lag, seine Maske.

Die schneeweiße Maske, von der ich geträumt hatte, ging es mir durch den Kopf. Ja, ich war mir sehr sicher, dass es sich um dieselbe handelte.

„Normalerweise trägt er sie nur, wenn er nach draußen geht", meinte die Köchin.

„Vielleicht hat er mitbekommen, dass jemand ins Schloss kommt", überlegte ich und versuchte sie, und um ehrlich zu sein gleichzeitig mich, zu beruhigen. „Haltet Ihr es für angemessen, wenn ich mich nun um ihn kümmere?"

„Ja, natürlich", sagte sie. „Was benötigt Ihr noch?"

Ich überlegte kurz. „Ein Eimer mit lauwarmen und eine Kanne mit frisch gekochtem Wasser wären sehr nett. Ach so und Tücher für Wadenwickel, bitte."

Hildegard nickte eifrig und verschwand.

Auf einmal war ich mit dem König allein.

Nach wie vor unsicher setzte ich mich auf die Bettkante und sah ihn eine Weile lang gedankenverloren an. Ich betrachtete die weiße Maske und die langen schwarzen Haare, die um ihn herum auf dem ebenfalls weißen Kissen ruhten.

Plötzlich packte mich die Neugier. Hildegard war nicht da und ich wusste nicht, ob ich damit zu weit gehen würde, aber ich wollte wissen, wie er ohne die Maske aussah.

Mit klopfendem Herzen berührte ich ganz sanft die Maske und streifte sie ihm vom Gesicht.

Hoffentlich weckte ich ihn damit nicht.

Behutsam legte ich sie zur Seite und wagte es kaum den Blick zu heben und in anzusehen.

Mir stockte fast der Atem, denn er war wunderschön.

Das blasse Gesicht umgeben von den dunklen Haaren, die vollen Lippen, die schmale Nase und diese Augen, auch wenn er sie weiterhin geschlossen hatte, ich konnte mich nicht erinnern, je einen Menschen gesehen zu haben, der so unglaublich schön war, wie er.

Ich erinnerte mich an meinen Traum und obwohl wir beide in diesem Traum einige Jahre jünger waren, erkannte ich ihn wieder.

Wie hätte ich dieses Gesicht je vergessen können?

Eventuell war es Schicksal, dass mich jetzt zu ihm geführt hatte.

Augenblicklich verspürte ich das Bedürfnis ihn zu berühren.

Mir war klar, dass ich dazu überhaupt kein Recht hatte, aber ich konnte es nicht unterdrücken.

Also strich ich ihm ganz vorsichtig über die Wange und war fast überrascht, als er sich warm anfühlte, sehr warm sogar.

Das Fieber, kam mir wieder in den Sinn und ich legte ihm behutsam die Hand auf die Stirn.

Diese glühte förmlich.

Ja, ich musste dringend etwas dagegen tun.

Kaum hatte ich diesen Gedanken zu Ende gedacht, hörte ich, wie sich die Tür öffnete.

Erschrocken fuhr ich herum und wusste vor Schreck nicht was ich sagen sollte, denn ich hatte schließlich nicht die Erlaubnis bekommen, ihm die Maske abzunehmen.

Zu meiner Überraschung schien Hildegard darüber aber nicht verärgert zu sein. Sie kam nur auf mich zu und meinte mit einem sanften Lächeln auf den Lippen: „Er ist wunderschön, nicht wahr?"

„Ja, das ist er", antwortete ich seufzend.

Unverwandt lächelnd stellte sie einen Eimer neben mir auf dem Fußboden, eine Kanne auf dem Nachttisch ab und legte ein paar Leinentücher daneben.

Das Wasser in dieser Kanne schien so heiß zu sein, dass das Eis, auf dem sie stand, ein wenig wegschmolz.

„Vielen Dank", sagte ich freundlich.

„Gern", entgegnete die Köchin. „Ich hoffe Ihr könnt ihm helfen."

„Das werde ich", versprach ich und versuchte damit nicht nur sie, sondern mich ebenfalls zu beruhigen.

Dann verließ sie den Raum und ich war mit dem König allein.

Nun sollte ich endlich das tun, wozu ich hergekommen war.

Also nahm ich eines der Leinentücher, tauchte es in den Eimer mit lauwarmem Wasser und legte ihm das ausgerungene Tuch sanft auf die Stirn.

Solange er nicht bei Bewusstsein war, konnte ich nichts anderes machen.

Er rührte sich nach wie vor nicht und ich fragte mich, ob er mich überhaupt mitbekommen hatte.

Wusste der König, dass ich da war? Dass ich ihm helfen wollte?

Behutsam fuhr ich über seine Wange und flüsterte: „Ihr müsst keine Angst haben, Majestät. Es wird alles gut."

Ich wechselte die Tücher ab und zu, bis ich irgendwann merkte, wie müde ich war.

Das war sicher nicht verwunderlich, schließlich hatte ich eine weite Reise hinter mir und den ganzen Tag neue Eindrücke gewonnen.

Jedoch war jetzt nicht der richtige Zeitpunkt, um zu schlafen, deswegen entzündete ich die Kerzen auf der Fensterbank erneut und entschloss mich kurz an die Luft zu gehen. Die Streichhölzer hatte ich in einer Schublade des Nachttisches gefunden und obwohl sie sich genau so kalt anfühlten, wie die vereisten Möbel, stellte es kein Problem dar, sie zu entzünden.

Augenblicklich zuckten unruhige Schatten durch den Raum.

Vorsichtig erhob ich mich von der Bettkante, warf ihm sicherheitshalber einen prüfenden Blick zu und ging dann zu der Balkontür.

So leise wie möglich versuchte ich sie zu öffnen, was sich als gar nicht so einfach herausstellte, da sie vereist war.

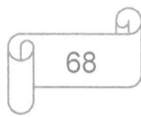

Mit einem leisen Knarren ging die Tür schließlich auf und nach einem weiteren, prüfenden Blick in die Richtung des Königs, trat ich mit dem Kerzenständer in der Hand auf den Balkon.

Wie ich erwartet hatte, war es inzwischen dunkel geworden und wenn ich mich nicht irrte, wehte nun der Wind kälter und kräftiger um die Mauern des Schlosses.

Fröstelnd zog ich meinen Mantel, den ich nach wie vor trug, enger und schlang die Arme um meinen Körper.

Gedankenverloren blickte ich eine Weile hinaus in die Dunkelheit und beobachtete die Kerzenflammen, die vom Wind hin und her gerissen wurden und fast erloschen.

Was die anderen wohl gerade machten?

Martha würde aus Sorge um mich sicher kaum schlafen können und Hanna?

Ob mich Hanna vermisste? Vielleicht war sie auch froh, dass sie ihr Zimmer jetzt eine Weile für sich allein hatte und ich ihr nicht mehr andauernd vorhielt, was sie richtig und falsch machte.

Was tat Eduard wohl? Würde er mich suchen? Oder wäre es ihm in Wahrheit völlig egal, wo ich war?

Wie lange würde ich hierbleiben?

Konnte ich tatsächlich dafür sorgen, dass der König wieder gesund wird?

Was wird geschehen, wenn er erwacht? Wenn er die Hilfe von einem einfachen Mädchen wie mir gar nicht will?

Ich konnte es nicht erklären, aber irgendwie fühlte ich mich auf einmal traurig. War es die richtige Entscheidung gewesen, ganz allein hierher zu kommen?

Eine der drei Kerzen zuckte kurz, bevor sie erlosch. Nun war mir plötzlich richtig kalt und ich ging seufzend wieder hinein.

Dort stellte ich überrascht fest, dass er sich bewegt hatte.

„Majestät?", fragte ich vorsichtig.

Allerdings bekam ich keine Antwort, also ging ich davon aus, dass er nach wie vor schlief.

So leise wie möglich schloss ich die Balkontür hinter mir, stellte den Kerzenständer zurück auf den Nachttisch und setzte mich wieder zu ihm.

Wie er wohl reagierte, wenn er erwachte und mich an seinem Bett sitzen sah?

Ich wechselte erneut das Leinentuch auf seiner Stirn und lehnte mich erschöpft zurück.
Hoffentlich war es für ihn in Ordnung, was ich hier tat.

Irgendwann musste ich eingeschlafen sein, denn ich kam erst wieder zu mir, als die Sonne bereits zum Fenster hereinschien.
Benommen richtete ich mich auf, da fiel eine dicke Wolldecke auf den Boden.
Hatte Hildegard sie mir etwa um gehangen? Warum hatte sie mich nicht geweckt?
Die Hand des Königs, die ich hielt, bewegte sich.
Erschrocken ließ ich sie los und sah ihn an.
Ehrlich gesagt konnte ich mich gar nicht daran erinnern, wann ich sie genommen hatte.
Hätte ich sie bei vollem Verstand überhaupt berührt? Immerhin waren es seine Hände, die...
Halt, hör auf damit, schallte ich mich sofort. Hildegard hatte schließlich betont, dass im Schloss keine Gefahr bestand.
Wie konnte ich das nur denken?
Ich schüttelte energisch den Kopf und wendete meinen Blick wieder ihm zu.
Genau in diesem Moment öffnete er langsam die Augen.
Ich hielt den Atem an, als ich erkannte, dass sie blau waren.
So hellblau, wie das Eis, das uns umgab, genau die gleiche Farbe, die ich in Erinnerung hatte.
Nun bestand für mich endgültig kein Zweifel mehr daran, dass er der Junge aus meinem Traum war.
Vorsichtig berührte er nun das Tuch, das auf seiner Stirn lag und sah mich mit diesen unbeschreiblichen Augen an.
„Wer seid Ihr?", fragte er mit schwacher Stimme. „Seid Ihr ein Engel? Bin ich im Himmel?"
„Nein, Eure Majestät, Ihr seid am Leben und ich bin auch kein Engel", antwortete ich mit einem sanften Lächeln. „Mein Name ist Aurelia. Ich bin hier, um Euch zu helfen."
„Ihr... Ihr seid hier um mir zu helfen?", wiederholte er ungläubig.
„Ja, das werde ich", sagte ich nach wie vor lächelnd und nahm ihm das Tuch ab. „Ich bin erstaunt, das Fieber ist über Nacht gesunken."

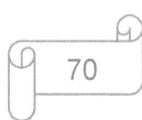

Jetzt konnte ich ein leichtes Lächeln auf seinem Gesicht erkennen. „Ich vermute das ist gut?"

„Natürlich", antwortete ich.

„Wenn Ihr das sagt", meinte er und plötzlich wurde sein Körper von einem heftigen Hustenanfall geschüttelt.

Erschrocken sah ich ihn an, dann meinte ich: „Majestät, ich bin mir sicher Ihr werdet wieder gesund."

Mit diesen Worten stand ich auf. „Ist es recht, wenn ich Euch eine Tasse Tee bringe?"

Er nickte. „Vielen Dank. Ihr müsst doch ein Engel sein, Lady."

Während er dies sagte, sah er mich mit diesen unglaublichen Augen so intensiv an, dass ich weiche Knie bekam.

„Ähm... vielen Dank", meinte ich verlegen, „aber ich bin nur ein einfaches Mädchen, das helfen möchte."

Dabei konnte ich meinen Blick beim besten Willen nicht von ihm abwenden. Aus diesem Grund ging ich mehr oder weniger rückwärts zur Zimmertür und es kam, wie es kommen musste, ich stolperte dabei über die Kante des ausgelegten Teppichs.

Mit einer Hand konnte ich mich am Tisch festhalten, was wohl einen Sturz verhinderte.

„Ist alles in Ordnung bei Euch?", hörte ich die besorgte Stimme des Königs und sah aus dem Augenwinkel heraus, wie er versuchte, sich aufzurichten. Sofort musste er erneut husten.

„Es ist nichts passiert", sagte ich beschämt. „Aber bitte legt Euch wieder hin, Majestät. Ihr seid viel zu geschwächt, um aufzustehen."

Wieder nickte er und legte sich gehorsam zurück in die Kissen.

„Ich bin sofort zurück", versicherte ich nochmals und öffnete die Tür.

Nachdem ich sie hinter mir wieder geschlossen hatte, lehnte ich mich seufzend dagegen und atmete tief durch.

Ich spürte meinen wahnsinnig schnellen Herzschlag und versuchte mich erst mal zu beruhigen.

Na toll, ich hatte ein paar Minuten mit dem König gesprochen und mich schon total blamiert.

Was war es nur, was mich so in seinen Bann zog, dass ich nicht mehr klar denken konnte?

Vermutlich waren es seine Augen, ging es mir durch den Kopf. Diese eisblauen Augen, die er keine einzige Sekunde von mir abgewendet hatte, während ich zur Tür gelaufen war.

Ein weiteres Mal holte ich tief Luft und machte mich auf den Weg nach unten in die Küche zu Hildegard.

Auch ich fühlte mich so, als würde mir gerade ein heißer Tee richtig guttun.

Als ich in die Küche kam, war Hildegard mit putzen beschäftigt.

„Oh, guten Tag, Fräulein Aurelia, wie geht es Euch?"

„Gut", sagte ich lächelnd. „Er ist wach."

Bei diesem Satz wäre ihr fast das Wischtuch aus der Hand gefallen.

„Was sagt Ihr?", wollte sie wissen. „Der König ist wach?"

„Ja, das Fieber ist über Nacht gesunken und fast weg", bestätigte ich. „Ich bin hier um mir und ihm eine Tasse Tee zu machen und ihm dann Medizin gegen den Husten zu geben, aber ich dachte mir, Ihr möchtet sicher zu ihm."

„Ja, natürlich möchte ich das", sagte Hildegard aufgeregt. „aber ich koche euch zuerst den Tee."

„Das mache ich selbst, ist gar kein Problem", versicherte ich ihr.

„Seid Ihr sicher?", fragte die Köchin abermals nach, um auf Nummer sicher zu gehen.

Ich nickte bestätigend.

Daraufhin lächelte sie dankbar und eilte aus der Küche.

Seufzend sorgte ich für Feuer im Ofen, suchte ich mir eine Teekanne und begann das Teewasser zu kochen.

Es war sicherlich besser die beiden erst einmal nicht zu stören.

Was der König wohl über mich dachte? Denn spätestens nach der Sache mit dem Teppich hielt er mich sicher nicht mehr für einen Engel, dachte ich grinsend.

Als ich später mit der Kanne und zwei Tontassen wieder nach oben ging, hörte ich aus dem Raum des Königs die Stimmen von ihm und Hildegard.

Normalerweise war es nicht meine Art, fremde Gespräche zu belauschen, erst recht nicht die des Königs, aber als ich anklopfen wollte, hörte ich ihn fragen: „Sag mir, wer ist dieses Mädchen?"

„Viel weiß ich auch nicht über sie", sagte die Köchin. „Arthur hat erzählt, dass sie ihm in einem armen Dorf über den Weg gelaufen ist und ihre Hilfe angeboten hat, obwohl sie es von ihrer Ziehmutter aus nicht durfte."

„Ihre Kleidung sieht nicht aus, als wäre sie arm", bemerkte der König und ich hörte ihn wieder husten.

„Das ist mir auch aufgefallen", antwortete Hildegard, „aber es ist möglich, dass sie die Sachen von dem Geld gekauft hat, das Arthur ihr für die Reise gab."

Nach dieser Aussage war es kurz still, dann fragte er: „Sie ist die Einzige, die hergekommen ist, oder?"

„Ja, ich glaube sie ist etwas ganz Besonderes", meinte Hildegard und ich konnte mir ihr verschmitztes Lächeln vorstellen, während sie dies sagte.

„Das ist wohl wahr", erwiderte er und musste dabei einmal mehr ein Husten unterdrücken, aber ich konnte seiner Stimme nicht entnehmen, wie er dies genau meinte.

Da es mir langsam unangenehm war, zu lauschen, klopfte ich schließlich.

Ich vernahm ein „Herein" und öffnete die Tür.

„Verzeihung, störe ich gerade?", wollte ich vorsichtshalber wissen.

„Nein, Ihr stört nicht, Lady", antwortete der König sogleich. „Tretet bitte ein."

Schüchtern betrat ich den Raum und sofort ruhte sein Blick erneut auf mir.

„Na gut, ich gehe mal wieder meiner Arbeit nach", meinte Hildegard und eh ich mich versehen hatte, war ich wieder mit ihm allein.

„Bitte sehr, Euer Tee, Majestät", sagte ich nun verlegen, reichte ihm die eine Tasse und blieb unschlüssig vor seinem Bett stehen.

Gerade war ich mir nicht sicher, ob ich mich zu ihm setzen, oder lieber stehen bleiben sollte.

„Vielen Dank", erwiderte er und schenkte mir ein bezauberndes Lächeln. „Für mich seid Ihr trotzdem eine Art Engel."

Nach wie vor verlegen erwiderte ich dieses Lächeln und plötzlich wurde mir warm ums Herz.

Ich konnte nicht erklären warum, aber trotz der Tatsache, dass ich von Schnee und Eis umgeben war, spürte ich eine angenehme Wärme, wenn er mich so ansah.

Was war das nur für ein Gefühl.

6. Zwei einsame Herzen

In den kommenden Tagen tat ich mein Bestes, um dem König zu besserer Gesundheit zu verhelfen.

Er sagte immer, er würde sich freuen mich zu sehen, aber sonst redeten wir nicht viel miteinander, wenn ich bei ihm war.

Ich war mir nicht sicher was ich sagen sollte und hatte außerdem Angst, ihn mit meinen Geschichten zu nerven.

Allerdings brauchten wir nicht viel miteinander zu sprechen. Seine Blicke reichten vollkommen aus und ich konnte beim besten Willen nicht erklären, warum ich mich in seiner Gegenwart so wohl fühlte.

Nachdem ich es tatsächlich innerhalb von drei Tagen geschafft hatte sein Fieber wieder auf Normaltemperatur zu bringen, war es nun an der Reihe, mich um seinen Husten zu kümmern.

Dafür hatte der Mediziner mir unter anderem eine Salbe aus Salbeiextrakten mitgegeben und gemeint, ich solle bei dem Patienten den Brustkorb damit einreiben.

Ich hielt den Atem an, als ich darüber nachdachte. Nein, ich konnte ihn niemals berühren. Es stand mir nicht zu, dem König so nahe zu kommen, oder?

Seufzend stand ich mit dem Salbei-Fläschchen in der Hand von meinem Bett auf und ging zu einem der Fenster.

Ja, in meinem eigenen Zimmer. Hildegard hatte es mir zurechtgemacht und es befand sich nur ein paar Türen vom Schlafgemach des Königs entfernt, damit ich schnell bei ihm sein konnte, wenn er mich brauchte.

Es war kaum größer, als das Zimmer, das ich mir im Heim mit Hanna geteilt hatte und den meisten Platz nahmen das Bett, der Kleiderschrank und der Kamin ein, die alle mit verschiedenen Mustern verziert waren.

So waren in den doppeltürigen Kleiderschrank verschlungene Rosen geschnitzt worden, während der Kamin wirkte, als würde man das Feuer im Maul eines Löwen machen.

Anscheinend hatte die Köchin sogar Kleidung für mich gekauft, denn als ich den Kleiderschrank am dritten Tag zum ersten Mal geöffnet hatte, hing er voll mit faszinierenden Kleidern in allen möglichen Farben und Stoffen.

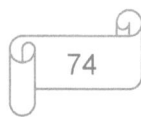

Jedoch hatte ich mich bis jetzt nicht getraut, eines der Kleider anzuprobieren.

Das Bett, das in der Mitte des Zimmers stand, war so groß, dass zwei Menschen darin Platz hatten und nicht nur die Bettwäsche war vermutlich aus reiner fliederfarbener Seide gewoben worden, sondern auch ein Tuch, das über meinem Kopf über das Bett gespannt war, bestand vermutlich aus dem gleichen edlen Material, in einem zartrosa.

Ehrlich gesagt fühlte ich mich fast wie eine Prinzessin, auch wenn ich wusste, dass ich das alles niemals verdient hatte.

Nachdem ich diese Entdeckung in dem Kleiderschrank gemacht hatte, fragte ich Hildegard, was das zu bedeuten hätte, aber sie antwortete lächelnd, dass ich mir die Kleider verdient hätte. Dabei hatte ich gar nichts Besonderes gemacht, oder?

Gedankenverloren sah ich aus dem Fenster. Ich überlegte einen Augenblick hinaus auf die Terrasse zu gehen, die mit einem Geländer begrenzt war, auf dem zwei Adler saßen und aussahen, als würden sie jeden Moment wegfliegen.

Die Tatsache, dass diese Tiere so lebensecht wirkten, jagte mir nach wie vor Angst ein.

Allerdings beschloss ich, nicht nach draußen zu gehen, nicht wegen der Adler, sondern weil es begonnen hatte zu schneien.

An diese kalten weißen Flocken hatte ich mich ebenfalls bisher nicht gewöhnen können, auch wenn sie wunderschön aussahen.

Ich sah den Schneeflocken dabei zu, wie sie lautlos auf die Erde niederfielen und wie der reißende Fluss, der das Schloss umgab, einige von ihnen immer wieder verschlang.

Nun hatte ich das Gefühl, ich war es nicht würdig, mich in diesem Schloss aufzuhalten, wie so oft, seitdem ich hier war.

Ein knackendes Geräusch im Kamin riss mich aus meinen Gedanken.

Überrascht stellte ich fest, dass das Feuer ziemlich niedergebrannt war. Also schob ich neues Holz in die Flammen und seufzte erneut.

Sowohl der Schnee da draußen, als auch das leise Knistern des Kaminfeuers hatten eine beruhigende Wirkung auf mich.

Vielleicht war es am besten, wenn ich Hildegard darum bat, den König mit der Salbei-Salbe einzureiben, denn ich hatte kein

Recht dazu, ihm zu berühren. Ich, das arme Mädchen vom Dorf, das unter normalen Umständen gar nicht hier sein dürfte.

Aber was war schon normal? War es etwa normal, dass er wie ein Magnet auf mich wirkte, oder dass ich mich überhaupt hier befand?

Energisch schüttelte ich den Kopf, warf wiederholt einen Blick auf das Salbei-Fläschchen und beschloss hinunter in die Küche zu gehen.

Hildegard schien überrascht zu sein, als ich sie darum bat, das Einreiben zu übernehmen.

„Das ist gar nicht schwer", meinte sie mit diesem stätig lächelnden Gesicht.

„Ich weiß", murmelte ich verlegen, „aber ich habe es noch nie gemacht und…"

Dies war nicht der Hauptgrund, aber ich konnte ihr schlecht sagen, dass ich mich nicht würdig fand ihn zu berühren.

„Na gut", sagte sie nun, „ich werde Euch zeigen, wie es geht, auch wenn ich mir sicher bin, dass Ihr das auch ohne meine Hilfe hinbekommen würdet."

Ja, da hatte sie vermutlich Recht, nur warum hatte ich dann Angst davor ihn zu berühren?

Es war nicht die Angst vor dem Fluch oder so. Nein, es war etwas ganz anderes. Es war, als würde ich befürchten, dass er mich dann komplett in seinen Bann ziehen würde. Auch wenn es mir ein Rätsel war, wie das überhaupt möglich sein konnte.

Hildegard war aufgestanden.

„Begleitet Ihr mich nach oben, Fräulein Aurelia?", wollte sie nun wissen.

Gedankenverloren nickte ich und folgte ihr.

Im Zimmer des Königs beobachtete ich sie, wie sie ihm erklärte, was wir jetzt vorhatten und ihm dann aus seinem seidenen Oberteil half.

Wie gebannt hing mein Blick an seinem Oberkörper.

Erst als die Köchin mich aufforderte, ihr genau zuzusehen, erwachte ich aus meiner Trance.

Wie hatte sie sich das vorgestellt? Er war so wunderschön, ich konnte mich keine Sekunde auf meine Arbeit konzentrieren.

Kaum hatte sie das Fläschchen geöffnet, erfüllte ein durchdringender Geruch nach Salbei den Raum und ich erinnerte mich daran, dass Martha manchmal auch mit Salbei gearbeitet hatte, wenn sie eins von uns Kindern gepflegt hatte.

Ohne einen Ton zu sagen, sah ich Hildegard zu, wie sie die Salbe auf seinem Brustkorb einmassierte, bis sie plötzlich einen Schritt zurücktrat, mich lächelnd ansah und meinte: „Und jetzt probiert es selbst einmal, mein Fräulein."

Zögernd setzte ich mich auf die Bettkante und spürte sofort, wie mein Herz schneller schlug.

Ich atmete tief durch und musste fast niesen, weil mir der Salbeigeruch in die Nase gestiegen war.

Schüchtern legte ich nun meine Hände auf seine Brust und wusste ohne ihn anzusehen, dass sein Blick auf mir ruhte.

Vorsichtig begann ich ihn zu massieren, war aber verwirrt, als ich seinen Herzschlag spürte, der kaum langsamer war als mein eigener.

„Majestät, ist alles in Ordnung?", fragte ich unsicher.

„Ja, Lady", sagte er und seine Stimme war kaum mehr als ein Flüstern.

Als ich mich später umsah, stellte ich überrascht fest, dass Hildegard den Raum verlassen hatte.

Was hatte das zu bedeuten?

Seitdem massierte ich ihn regelmäßig zweimal am Tag mit diesem Salbeiextrakt ein, morgens und abends.

Dabei redete ich mir immer ein, dass alles in Ordnung war, dass ich hier nur meine Arbeit tat, nur dafür sorgte, dass der König wieder gesund wurde.

Ich versuchte mich auf die Salbe und meine Aufgabe zu konzentrieren und nicht seine Blicke zu erwidern, die mich jedes Mal aufs Neue völlig aus der Fassung brachten.

Dies war ein guter Vorsatz, funktionierte aber nicht immer so, wie es sollte.

Einmal trafen unsere Blicke sich zufällig und wie immer konnte ich mich nicht einfach so von seinen eisblauen Augen wieder losreißen.

Dadurch merkte ich dummerweise erst zu spät, dass ich in meiner Faszination gar nicht mehr auf das Salbei-Fläschchen achtete, das ich in der Hand hielt und nun ein paar Tropfen auf dem Bettlacken verschüttet hatte.

„Mist", murmelte ich, stellte die Flasche ab und wollte es mit einem der vorhandenen Leinentücher auftupfen, als er plötzlich nach meiner Hand griff.

Er sah mich nach wie vor an und nun spürte ich, wie er seine andere Hand an meine rechte Wange legte und flüsterte: „Ihr seid wunderschön, Lady."

Für einen Moment hielt ich den Atem an, während mein Herz nun zum Zerbersten schnell schlug.

Langsam richtete er sich auf, während sein Gesicht meinem immer näherkam und die Hand an meiner Wange sanft eine Haarsträhne hinter mein Ohr schob...

Im nächsten Augenblick wurde mir klar, was ich da gerade tat, senkte meinen Blick und nahm geistesgegenwärtig ein paar Schritte Abstand von ihm.

„Majestät, ich...", murmelte ich verwirrt, „das geht nicht..."

Nun ließ er seine Hand sinken und sah fast traurig aus, als er meinte: „Es tut mir leid, Lady. Ich wollte Euch nicht bedrängen."

Später dachte ich über diesen Augenblick nach.

Was war geschehen? Oder anders ausgedrückt, was wäre passiert, wenn ich es zugelassen hätte?

Hätte der König... hätte er mich wirklich geküsst?

Ob ich anders hätte reagieren sollen? Gab es für mich überhaupt eine Möglichkeit anders zu handeln?

Vermutlich nicht. Wahrscheinlich hatte er nach wie vor Fieber oder so. Denn bei normalem Verstand hätte er dies wohl nie getan.

Ich meine, er der König, der über dieses Land herrschte und offensichtlich auch sehr vermögend war, suchte sich nie im Leben ein Mädchen, wie mich.

Ein Mädchen, das in einem Waisenhaus, in einem armen Dorf aufgewachsen war und nicht mal seine Eltern kannte.

Die anderen und ich waren immer froh gewesen, wenn wir überhaupt genug zu essen für alle auftreiben konnten. Nein, ich war es nicht mal würdig, hier zu sein.

Außerdem stand meine Hochzeit mit Eduard kurz bevor.

Ja, ich würde eh nicht für immer hierbleiben können. Wenn der König gesund war, würde ich wieder nach Hause reisen und mit Eduard den Bund der Ehe eingehen. Warum machte ich mir also überhaupt Gedanken?

Ich beschloss, diesen Vorfall zu vergessen, schließlich hatte er für den König sicher ebenfalls keine Bedeutung gehabt, oder?

Jedoch hatte ich in den nächsten Tagen das Gefühl, dass er distanzierter wirkte, als vor dieser Sache. Er wich meinen Blicken aus und als er wieder in der Lage war, aufzustehen, schenkte er mir kaum mehr Beachtung.

Ich konnte nicht erklären, warum, aber mich machte diese Tatsache traurig.

Na ja, vermutlich war ihm klargeworden, wer ich bin. Es war eh dumm von mir gewesen, zu glauben, dass ich für ihn etwas Besonderes war.

Da er jetzt wieder fast ganz gesund war, brauchte er mich nicht mehr.

Eventuell war es allmählich an der Zeit, wieder nach Hause zu fahren, zu Eduard, der es sicher kaum erwarten konnte, mich wiederzusehen.

Während ich gedankenverloren durch das Schloss streifte, vernahm ich plötzlich eine Melodie.

Angetan blieb ich stehen und lauschte. Diese Melodie... sie klang wunderschön und zugleich traurig.

Fasziniert folgte ich den Klängen bis zu einer verschlossenen Tür.

Vermutlich zu neugierig öffnete ich diese ein Stück, um sehen zu können, wer so wunderschön spielen konnte.

Ich ließ meinen Blick durch den Raum gleiten und entdeckte den großen schwarzen Flügel, der mitten im Raum stand.

Davor, und damit mit dem Rücken zu mir, saß er.

Die langen dunklen Haare fielen ihm anmutig über die Schultern und die Uniform, die er trug, schien, als wäre sie ihm auf den Leib geschneidert worden.

Oh mein Gott, ich hätte es wissen müssen. Nur der König persönlich beherrscht das Klavierspiel so gut.

Eine Weile lang stand ich einfach nur still da, bemüht, keinen Ton von mir zu geben, damit er nicht auf mich aufmerksam wurde. Er durfte mich keinesfalls bemerken, sonst würde er sicher wütend darüber werden, dass ich ihm ohne Erlaubnis zuhörte.

Plötzlich brach er das Spiel ab.

Erschrocken befürchtete ich, dass er mich mitbekommen hatte, sich jede Minute zu mir umdrehte und ich Ärger bekam, aber er stand nur auf und ging zu einem der riesigen Fenster, die in diesem Zimmer bis auf den Boden reichten.

Erst jetzt konnte ich mich aus seinem Bann und dem der Musik wieder befreien und dazu durchringen, die Tür wieder zu schließen.

Im Nachhinein schämte ich mich, ihn heimlich belauscht zu haben. Was erlaubte ich mir überhaupt? Nur, es war kaum auszuhalten, nicht mehr in seiner Nähe sein zu können.

Was war nur geschehen?

In den nächsten Tagen sah ich immer zweimal am Tag nach ihm.

Meistens sagte er, er bräuchte nichts, oder ich erlaubte mir, ihm von mir aus einen Tee mitzubringen. Dafür bedankte er sich höflich und bat mich darum, wieder zu gehen.

Also wanderte ich die meiste Zeit des Tages ziellos durch das Schloss und fühlte mich unglaublich einsam.

Zunehmend vermisste ich Hanna und die anderen und fragte mich, ob es nicht das Beste war, wieder nach Hause zurückzukehren, aber ein Teil von mir kam nicht von ihm los, von dem wunderschönen König…

Wenn ich in der Küche war, fragte mich Hildegard jedes Mal, ob alles in Ordnung sei und ich bejahte, auch wenn es nicht der Wahrheit entsprach.

Dafür stand ich nun jeden Tag vor dem Klavierzimmer und hörte ihm beim Spielen zu.

Auch weiterhin stellte ich fest, dass die meisten seiner Melodie traurig klangen, manchmal sogar so traurig, dass ich anfangen könnte zu weinen.

Je mehr ich über diese Klänge nachdachte, umso mehr verspürte ich den Wunsch, ich könnte ihm helfen, nicht nur seine Erkältung zu heilen, sondern auch, ihn glücklich zu machen.

Allerdings war mir klar, dass ich keinesfalls die Richtige dafür war. Schließlich war ich im Gegensatz zu ihm ein niemand. Außerdem war ich schon einem Mann versprochen.

Mein heimliches Beobachten ging eine ganze Weile gut, bis zu dem Augenblick, als er sich mitten im Spielen auf einmal zu mir umdrehte, als würde er meine Anwesenheit spüren.

Nun waren seine durchdringenden blauen Augen genau auf mich gerichtet und musterte mich von oben bis unten.

Am liebsten wäre ich in Erdboden versunken, denn nachdem ich mit Hildegard darüber gesprochen hatte, trug ich nun ab und an eines der Kleider aus diesem riesigen Kleiderschrank.

Heute hatte ich mich für ein schlichtes dunkelblaues entschieden, über das die Köchin zum Frühstück gemeint hatte, es würde mir perfekt stehen.

Erschrocken stellte ich nun fest, dass ich immer noch keine Erklärung dafür abgegeben hatte, warum ich hier stand und ihn beobachtete.

Also suchte ich nach den richtigen Worten, brachte aber nur stammelnd hervor: „Oh... ähm... es tut mir leid, Eure Majestät. Ich... äh... ich wollte Euch nicht belauschen. Nur diese Melodie, die Ihr gespielt habt... sie war so wunderschön und..."

Zu meiner Überraschung schien er nicht verärgert zu sein.

Unverwandt sah er mich an und nun zeichnete sich ein trauriges Lächeln in seinem Gesicht hab, als er sagte: „Es freut mich, wenn Euch mein Spiel gefällt. Setzt Euch gern zu mir, Lady. Ihr seid wie immer wunderschön."

Er machte mir auf der mit weinroten, samtigen Kissen belegten Bank Platz und ich merkte sofort, wie mein Herz wieder schneller schlug.

Durfte ich mich wirklich direkt neben ihn setzen? Ich spürte, dass es momentan nichts gab, was ich mehr wollte und da ich es auch unhöflich fand, seine Bitte auszuschlagen, setzte ich mich mit klopfenden Herzen zu ihm.

Jedoch wirkte es fast, als würde sich keiner von uns beiden getrauen etwas zu sagen.

Also stimmte er eine neue Melodie an und ich hörte schweigend zu.

Ich erinnerte mich daran, sie von ihm schon mal gehört zu haben und als hätte er diesen Gedanken gelesen, sagte er mit einem traurigen Unterton in der Stimme: „Dieses Stück habe ich sehr oft für meine Mutter gespielt."

„Für Eure Mutter?", wiederholte ich erstaunt. „Ihr meint Königin Lucinda, nicht wahr?"

„Ja", antwortete er, „anscheinend hat Hildegard Euch bereits einiges über meine Familie erzählt."

„Na ja", meinte ich daraufhin verlegen.

„Ich verstehe", erwiderte der König und ließ seine Finger nachdenklich über die Klaviertasten gleiten.

Für einen Moment entstand eine unangenehme Pause und ich überlegte, ob ich etwas Falsches gesagt hatte.

„Majestät?", fragte ich vorsichtig.

Er sah mich wieder an und ich stellte die erstbeste Frage, die mir in diesem Augenblick in den Sinn kam: „Wie lange spielt Ihr mittlerweile?"

„Seit etwa zehn Jahren", antwortete er. „Meine Mutter hat es mir beigebracht."

„Die Königin hatte sicher viele Talente", meinte ich.

„Ja, das hatte sie", bestätigte er, stand plötzlich auf und ging ans Fenster. „Ihr erinnert mich an sie, Lady."

„Ich?", fragte ich verwundert.

Mit einem traurigen Lächeln drehte er sich zu mir um. „Sie hat immer an das Gute in den Menschen geglaubt, selbst wenn es niemand anderes mehr tat."

Daraufhin schwieg ich einen Moment, denn ich hatte eine Vermutung worauf er mit dieser Andeutung hinauswollte.

„Wie kommt Ihr darauf, dass ich genauso bin?", wollte ich schließlich wissen.

„Ganz einfach", erklärte er. „Ihr seid hier, Lady."

„Aber ich bin hier, weil es für mich selbstverständlich ist zu helfen", erwiderte ich.

Ihm entfuhr ein trauriges Lachen, als er meinte: „Ich weiß, aber gewöhnliche Menschen helfen keinem Monster..."

„In meinen Augen seid Ihr kein Monster", widersprach ich und meinte es genauso.

„Ich danke Euch", sagte er nur und schenkte mir ein trauriges Lächeln. „Es ist sehr lange her, dass ich diesen Satz von einer anderen Person als Hildegard gehört habe. Dabei haben sie alle Recht."

Augenblicklich verspürte ich das Bedürfnis ihn zu umarmen. Allerdings unterdrückte ich es und antwortete stattdessen: „Nein, das haben sie nicht. Ich weiß, dass Ihr niemandem Böses wollt. Es ist der Fluch."

„Ja, es ist der Fluch", wiederholte er bitter. „Der Fluch, der mich seit meinem 6. Lebensjahr begleitet und nichts als Leid und Unheil über die Menschen bringt..."

Ich spürte, wie mir ein Schauer über den Rücken lief, wenn er das so sagte.

Was sollte ich darauf jetzt antworten?

Anscheinend erwartete er darauf keine Antwort, denn er wollte von mir wissen: „Ihr habt sie sicher gesehen, die Eisstatuen unten in der Eingangshalle, oder?"

Ich nickte.

„Wisst Ihr auch, warum sie dort stehen?", fragte er weiter.

„Na ja, ich vermute, Ihr habt sie ins Schloss bringen lassen, um sie zu schützen, vor den Schneestürmen da draußen", antwortete ich.

Der König sah mich einen Moment lang verwundert an, bevor er entgegnete: „Genaugenommen stehen sie genau dort, wo ich täglich entlanggehe, damit ich immer daran erinnert werde, was ich getan habe…"

Dieser Satz jagte mir einen weiteren Schauer den Rücken hinab.

Von einem plötzlichen Gefühl getrieben, stand ich auf, ging ein paar Schritte auf ihn zu und blieb genau neben ihm stehen.

Ohne meinen Blick von ihm abzuwenden, wollte ich wissen: „Gibt es keine Möglichkeit, den Fluch zu brechen?"

Er schüttelte den Kopf. „Sie sagte, dass nur ein Feuer das Eis zum Schmelzen bringen kann, aber nicht diese Art von Feuer, die im Kamin entzündet wird…"

„Sie?", wunderte ich mich.

„Die Hexe, die mir diesen Fluch auferlegt hat", erklärte er und klang dabei wieder unheimlich traurig.

Ob mir bewusst war, was ich tat, als ich seine Hand nahm und er es geschehen ließ?

Verstand er meine Botschaft? Wusste er, dass ich ihm sagen wollte, dass ich immer für ihn da bin?

Eine Weile standen wir so da und sahen schweigend aus dem Fenster nach draußen, wo der Wind die Schneeflocken in einem wilden Tanz um das Schloss wehen ließ.

„Warum?", wollte ich schließlich wissen, ohne meinen Blick von dem Schneetreiben abzuwenden. „Warum hat sie das getan?"

„Sie war der Meinung, dass wir sie und ihre Familie beleidigt hätten", antwortete er knapp.

„Deswegen hat sie hier alles zu Eis gefrieren lassen? Das Schloss, die Umgebung und sogar Menschen?" Ich war fassungslos, denn ich konnte mir nicht erklären, dass Laurenz oder seine Familie in der Lage waren, jemanden so zu beleidigen, dass er sich nur in dieser Weise rächen konnte.

„Ja, wahrscheinlich wollte sie sehen, wie wir alle darunter leiden", sagte er leise und ich spürte, wie der Griff um meine Hand stärker wurde, bevor er weitersprach. „Ich weiß es nicht genau. Ich kann mich nur daran erinnern, wie sich damals alles, was ich berührt habe, plötzlich in Eis verwandelt hat. Auch wenn sich der Fluch anfangs nur außerhalb des Schlosses bemerkbar machte, flüchteten die Menschen voller Angst vor mir und ich hatte Angst vor mir selbst, weil ich nicht verstanden habe, was geschieht... Doch das war nicht das Schlimmste. Die vollen Auswirkungen des Fluchs erlebte ich erst zu meinem 16. Geburtstag... Fakt ist, sie haben Recht. Durch meine Hände sind Menschen zu Eis erstarrt. Ich bin ein Monster..."

Was meinte er mit den vollen Auswirkungen des Fluchs? Ich hatte den Eindruck, dass viel mehr dahintersteckte, als er mir eben anvertraute.

Für einen Moment schloss er die Augen und ich spürte, dass jetzt nicht der richtige Zeitpunkt war, um weitere Fragen zu stellen. Vielleicht würde er mir zu einem anderen Zeitpunkt mehr erzählen.

Jetzt fühlte ich, dass ich nicht mehr nur neben ihm stehen und zuhören konnte. Es zerriss mich fast innerlich, ihn so zu sehen. Also fasste ich mir ein Herz und umarmte ihn schließlich.

Zögernd erwiderte der König meine Umarmung und ich spürte sein Zittern.

„Nein", flüsterte ich ihm zu, „Ihr seid kein Monster, ganz im Gegenteil."

Wir standen so lange eng umschlungen da, bis es plötzlich an der Tür klopfte.

Weil keiner von uns sofort reagierte, öffnete Hildegard schließlich vorsichtig die Tür und wollte wissen: „Majestät, ist alles in ... oh!"

Als sie uns so sah, brach sie ab und meinte stattdessen: „Verzeihung, ich wollte nicht stören."

Langsam löste er sich aus meiner Umarmung und meinte zu seiner Köchin: „Nein, du störst nicht. Was gibt es denn?"

Sofort hatte sie wieder dieses verschmitzte Lächeln im Gesicht, das immer Bände sprach und antwortete: „Ich wollte Euch nur Bescheid sagen, dass das Abendessen fertig ist."

„Wir sind gleich da", erklärte der König.

Hildegard nickte und schloss mit einem zufriedenen Lächeln die Tür wieder hinter sich.

„Es tut mir leid", meinte er nun verlegen.

„Nein, ich muss mich entschuldigen...", begann ich.

Allerdings fiel er mir ins Wort. „Warum tut Ihr das?"

„Was?", entgegnete ich verwundert.

„Das alles", antwortete er. „Ihr seid hier und Ihr interessiert Euch für meine Geschichte, Ihr kümmert euch um mich und all das, ohne Angst vor mir zu haben... warum?"

Einen Moment lang sah ich ihn nachdenklich an.

Was sollte ich auf diese Frage antworten? Dass ich mich auf unerklärliche Weise sehr stark zu ihm hingezogen fühle? Oder am besten gleich, dass ich hauptsächlich wegen meinem Traum die Reise zum Schloss angetreten habe?

„Ich weiß es nicht genau", sagte ich schließlich. „wahrscheinlich, weil ich weiß, wie es sich anfühlt, allein zu sein."

Er sah überrascht aus, aber ich wollte jetzt nicht weiter über mich reden, deswegen fügte ich hinzu: „Ich glaube, Hildegard wartet mit dem Essen..."

Soweit ich mich erinnern konnte, war es die erste Mahlzeit, die ich gemeinsam mit dem König zu mir nahm.

Hildegard grinste nur, als wir beide gemeinsam in der Küche eintrafen.

Später, nach dem Abendessen führte er mich in einen Raum, in dem ich nie zuvor war.

Es schien eine Art Bibliothek zu sein, denn an den Wänden des kompletten Zimmers waren Regale angebracht, auf denen ein Buch an dem anderen stand.

„Habt Ihr die Bücher alle gelesen?", fragte ich erstaunt.

„Ja, so ziemlich alle", antwortete er und entzündete ein Feuer in dem riesigen Kamin und bat mich, auf dem großen, gemütlich aussehenden Sofa, das mit weinrotem Samt überzogen war und nah genug am Feuer stand, dass man sich schön die Füße wärmen konnte, Platz zu nehmen.

Er setzte sich neben mich und ich konnte erneut spüren, wie er mich mit seinen intensiven blauen Augen ansah.

Da erregte ein Gemälde meine Aufmerksamkeit, das über dem Kamin hing.

Es zeigte einen stolzen König und seine Königin, beide in festlichen Gewändern und Krone.

Die Königin hielt ein Baby in ihren Armen und als ich genauer hinsah erkannte ich in ihnen König Leonard und Königin Lucinda. Bedeutete das etwa, dass dieses Baby…?

Wieder einmal schien es, als habe er meine Gedanken gelesen, denn er war meinem Blick gefolgt und sagte nun: „Ich kann es selbst kaum glauben, aber dieses Bild ist etwa 20 Jahre alt."

„Heißt das…?", begann ich.

„Ja", sagte er bevor ich die Frage überhaupt zu Ende gesprochen hatte. „Eines der wenigen Familienporträts die es von der letzten Königsfamilie gibt."

„Es ist sehr schön", bemerkte ich.

Zur Antwort schenkte er mir ein Lächeln.

Eine Weile sah ich das Gemälde gedankenverloren an, bis mir eine Frage in den Sinn kam. „Was ist mit Euren Eltern geschehen?"

Als der junge König nicht gleich darauf reagierte, wurde mir bewusst, was ich ihn da gefragt hatte.

Beschämt schlug ich die Hand vor den Mund und murmelte: „Verzeiht, ich wollte Euch nicht zu nahetreten."

„Es ist alles in Ordnung", antwortete er schnell, dann veränderte sich sein Blick, als er hinzufügte: „Sicher werde ich es Euch einmal erzählen, aber nun bin ich es leid, die ganze Zeit nur über mich zu reden. Was ist mit Euch, Lady Aurelia? Wo kommt Ihr her? Was hat Euch bewegt, ausgerechnet hierher zu kommen? Und was meintet Ihr vorhin mit der Aussage, Ihr wüsstet, wie es sich anfühlt, allein zu sein?"

Überrascht über sein plötzliches Interesse, konnte ich erst einmal nur antworten: „Oh, das sind aber viele Fragen auf einmal, Majestät."

„Verzeihung", lächelte er. „Lasst Euch Zeit."

„Also gut", meinte ich und begann zu erzählen, von meinem Leben in diesem armen Dorf, im Heim, dass ich meine Eltern nie kennengelernt hatte, erzählte von Martha, die sich immer alle Mühe gab, sich um alle Kinder gleichzeitig zu kümmern, was manchmal nicht einfach war und dass ich mich, auch wenn ich diese Gedanken immer versucht hatte zu verdrängen, oft genug gefragt hatte, warum meine Eltern mich nicht wollten.

Im Grunde genommen war ich wohl nie wirklich allein, aber immer verstanden gefühlt hatte ich mich deswegen trotzdem nicht.

Bewusst verschwieg ich vor ihm meinen Zukünftigen. Ich konnte nicht mal genau sagen warum, aber ich wollte nicht, dass der König von Eduard erfuhr.

„Diese Gedanken habe ich ehrlich gesagt bisher nie jemandem anvertraut", erklärte ich deswegen bloß. „Im Heim war ich immer die, die allen geholfen hat, wenn Hilfe benötigt wurde, aber ich habe selten mit jemandem darüber gesprochen, wenn es mir nicht gut ging."

Warum ich hier war, war allerdings eine gute Frage. Sollte ich ihm wirklich von meinem Traum erzählen? Würde er sich möglicherweise sogar daran erinnern? Anderseits hatte ich mich damals vor ihm erschreckt und es war eventuell nicht so gut, ihn daran zu erinnern.

„Nun ja, ich glaube, es war dieser unerschütterliche Drang, allen Menschen helfen zu wollen, der mich hierhergeführt hat."

Bis jetzt hatte der König nur aufmerksam zugehört, nun wollte er wissen: „Stimmt es, dass Ihr hier seid, obwohl Eure Pflegemutter es verboten hatte?"

„Ja, das ist wahr", antwortete ich verlegen und wich seinem Blick aus.

„Das bedeutet, Ihr habt einen starken Willen", bemerkte er.

„Nun, wenn Ihr das so sehen wollt, Majestät", meinte ich und hoffte, dass ich vor Verlegenheit nicht rot wurde.

Er lehnte sich in die samtweichen Kissen zurück und sagte: „Wisst Ihr Lady, es tut unheimlich gut, dieses Gespräch mit Euch zu führen."

Ich spürte, wie mein Herz einen kleinen Sprung machte und wieder schneller in meiner Brust schlug.

„Wieso das?", entgegnete ich, obwohl ich die Antwort darauf vermutlich bereits kannte.

Seufzend sagte er: „Es ist sehr lange her, dass ich mit jemandem solch ein Gespräch geführt habe. Da fällt mir ein, ich habe mich bisher gar nicht angemessen dafür bedankt, dass Ihr Euch so beherzt um mich gekümmert habt."

Plötzlich sah er mir direkt in die Augen und nahm meine Hand. Ohne meinen Blick von ihm abwenden zu können, fragte ich mich, was das hier werden würde.

Er hat schon mal versucht, mich zu küssen, ging es mir durch den Kopf und sofort raste mein Puls noch schneller.

„Lady, ich danke Euch für alles, was Ihr für mich getan habt, das werde ich Euch nie vergessen."

„Danke, das habe ich gern getan, Majestät", brachte ich mit wackliger Stimme hervor, denn ich hatte erneut das Gefühl, unter seinem intensiven Blick zu schmelzen.

Nun ließ er meine Hand wieder los, senkte den Blick und meinte: „Ich möchte nicht mehr, dass Ihr mich nur Majestät nennt."

„Was?", fragte ich irritiert, weil ich nicht so recht wusste, was er mir damit sagen wollte.

„Ihr seid mehr für mich, als nur irgendeine junge Frau", erklärte er und klang selbst verlegen. „Außerdem werde ich nie ein würdiger König sein..."

Fragend sah ich ihn an.

Nun nahm er meine Hand wieder und sagte: „Ich möchte nicht mehr, dass Ihr mich nur ‚König' oder ‚Majestät' nennt. Mein Name ist Laurenz."

Das überraschte mich. Ich hatte mit vielem gerechnet, aber nicht damit.

Also stand ich auf, verbeugte mich vor ihm und entgegnete: „Oh, was für eine Ehre. Vielen Dank, Ma... äh ich meinte, Laurenz."

Daraufhin schenkte er mir ein unbeschreibliches Lächeln und küsste meine Hand, die er nach wie vor hielt.

Ich spürte, wie mir ein angenehmer Schauer den Rücken hinunterlief und meinte: „Dann möchte ich aber auch, dass Ihr mich nur Aurelia nennt. Wie Ihr mittlerweile wisst, bin ich keine Lady."

„Natürlich seid Ihr eine Lady", widersprach er sanft, als ich mich wieder zu ihm setzte und er legte mir plötzlich den Arm um die Schultern.

Sofort schoss ein Gefühl durch meinen Körper, dass ich gar nicht beschreiben konnte. Nie zuvor in meinem Leben hatte ich mich so wohl und geborgen gefühlt, wie in diesem Moment.

Eine ganze Weile saßen wir so da, sahen dem Kaminfeuer bei ihrem Flammenspiel zu, bis ich merkte, wie es mir die Augen zuzog.

Vorsichtig fragte ich den König, ob es in Ordnung sei, wenn ich mich für heute zurückzog.

„Selbstverständlich, Aurelia", sagte er freundlich und wünschte mir eine angenehme Nacht.

Als ich wenig später in meinem Zimmer war, konnte ich jedoch ewig nicht einschlafen.

Gedankenverloren wanderte ich in meinem seidenen Nachthemd, das ich ebenfalls in diesem riesigen Kleiderschrank gefunden hatte, zum Fenster und blickte nach draußen in die Nacht.

Was für ein Tag. Ich glaube, so viel wie heute hatte bisher nie mit ihm gesprochen.

Aber scheinbar vertraute er mir, schließlich hatten wir über den Fluch geredet, über sein Schicksal und er sei mir dankbar, für alles.

So richtig konnte ich es nach wie vor nicht glauben. Realistisch betrachtet war ich es nicht mal würdig, mit ihm zu sprechen, aber es schien ihn offensichtlich überhaupt nicht zu stören, dass ich nur ein einfaches Dorfmädchen war.

Seine Nähe fühlte sich so völlig anders an, als wenn mich Eduard umarmte. Ich konnte es nicht erklären, aber es tat mir unglaublich gut.

Ob er diese tiefe Verbundenheit auch fühlte? Diese Verbundenheit, die ich spürte, seitdem ich ihm zum allerersten Mal in die Augen gesehen hatte…

Die nächsten Tage verbrachten wir viel Zeit gemeinsam.

Meistens saßen wir in dieser beeindruckenden Bibliothek.

Ich interessierte mich für die Bücher, vor allem, weil einige von ihnen richtig wertvoll aussahen.

Anfangs erzählte er mir nur von den Geschichten, die sie bargen, irgendwann begann er schließlich mir aus ihnen vorzulesen.

Ich war ziemlich beeindruckt, denn ich hatte nie in die Schule gehen können. Nie hatte ich die Möglichkeit gehabt, richtig lesen und schreiben zu lernen.

Deswegen fragte ich ihn einmal, wer ihm das Lesen gelehrt hatte.

„Meine Mutter hat mich viele Dinge gelehrt", erklärte Laurenz, „und Zeit hatte ich schließlich genug…"

Staunend nickte ich.

So verging die Zeit wie im Fluge, während er mir aus diesen Büchern vorlas und ich in seinen Worten regelrecht versank.

Ich glaube ich hätte kein Problem damit gehabt, für immer hier neben ihm zu sitzen, nebenbei knisterte das Feuerholz im Kamin und ich lauschte seiner Stimme.

An anderen Tagen waren wir im Klavierzimmer.

Dann spielte er und ich tat auch hier nichts anderes, als ihm zuzuhören, vor allem, weil er einmal sagte, dass jede Melodie, die er spielte, eine eigene Geschichte erzählte und wenn ich meine Augen schloss, während ich auf die Töne hörte, bekam ich in etwa einen Eindruck, was diese Geschichten beinhalteten. Doch in erster Linie waren sie wunderschön.

Eines Morgens stand ich vor diesem riesigen Kleiderschrank und überlegte, welches Kleid ich heute anziehen sollte, schließlich wollte ich Laurenz gefallen.

Ich entschied mich schließlich für ein olivgrünes, mit leicht ausgestelltem Rock und Spitzenverzierungen an den Ärmeln.

Ehrlich gesagt erstaunte es mich immer wieder, wie gut mir die Kleider alle standen. Sie waren mir wie auf den Leib geschneidert. Wie war das möglich?

Fasziniert drehte ich mich vor dem Spiegel, der in der Innenseite des Schranks angebracht war, einmal komplett um mich selbst und ließ meine Haare fliegen.

Ich fühlte mich gerade fast wie eine Prinzessin.

Gut gelaunt verließ ich mein Zimmer und wer begegnete mir auf dem Flur? Natürlich der König höchstpersönlich!

„Guten Morgen, Aurelia", rief er lächelnd und ich konnte förmlich spüren, wie er mich von oben bis unten ansah. „Ihr seht bezaubernd aus."

Verlegen murmelte ich ein schüchternes „Danke" und fragte dann höflich, ob er mit in die Küche kommt.

„Aber natürlich", antwortete er und nahm meine Hand, um mich die Treppen nach unten zu führen.

Hildegard warf uns gleich ein verschmitztes Lächeln zu, als wir gemeinsam die Küche betraten und wollte wissen, ob wir gut geschlafen hätten.

Es wirkte fast, als würde ich schon immer hier leben.

Nach dem Frühstück wollte ich der Köchin bei dem Abwasch helfen, aber sie meinte nur, das könne sie nicht verantworten, da ich sonst vielleicht versehentlich mein schönes Kleid dreckig machen würde. Außerdem gäbe es jemanden, der meine Aufmerksamkeit viel mehr benötigt, als die doofen Teller.

Über diese Wortwahl konnte ich mir ein Grinsen nicht verkneifen, aber ich fragte mich gleichzeitig, ob sie das andere auch so meinte, wie sie es sagte…

Als ich die Treppe gerade wieder nach oben gehen wollte, bemerkte ich den König, der scheinbar gedankenversunken nur wenige Meter weiter stand und die Eisfiguren ansah.

„Laurenz?", fragte ich vorsichtig und trat ein paar Schritte auf ihn zu. „Ist alles in Ordnung, Majestät?"

Nun drehte er sich zu mir um und seine wunderschönen Augen wirkten wieder so traurig wie an diesem Tag, als wir über sein Schicksal sprachen.

„Ich möchte Euch gern etwas zeigen", sagte er auf einmal.

Überrascht nickte ich und folgte ihm den langen Gang entlang, bis wir an dessen Ende vor einer riesigen Flügeltür standen.

„Ihr wolltet wissen, was mit meinen Eltern geschehen ist", begann er und versuchte das Schloss, das die Tür verriegelte, zu öffnen.

Ich sah, dass seine Hände zitterten und unweigerlich fragte ich mich, was mich hinter dieser Tür erwarten würde.

Nachdem er die Tür geöffnet hatte, sah ich zuerst den roten Teppich, der in einer geraden Linie ausgelegt war und drei Stufen bis zu einem majestätischen Thron führte. Ein kleinerer und nicht ganz so anmutig aussehender weiterer Thron stand daneben. Vermutlich waren sie für den König und die Königin gedacht.

„Der Thronsaal", murmelte ich und war höchst beeindruckt von diesem Ambiente.

Das Einzige, was mich nach wie vor störte und woran ich mich wahrscheinlich nie gewöhnen konnte, war die Tatsache, dass hier wieder diese Eisstatuen standen, zur linken und rechten des Teppichs, wie die Wachen, die bei einer Audienz Spalier standen und bereit waren, das Königspaar im Ernstfall zu beschützen.

Fast ehrfürchtig führte mich Laurenz ohne ein Wort zu sagen an den Eisstatuen vorbei, bis zu den beiden Thronen.

Ich versuchte aus seinem Gesicht etwas abzulesen, aber es wirkte wie versteinert, während er nun die drei Stufen hinaufstieg.

Erst jetzt fiel mir auf, dass auch neben den Königsstühlen jeweils ebenfalls eine Eisskulptur stand. Sie standen da, wie König und Königin, wie... aber natürlich. Plötzlich viel es mir wie Schuppen von den Augen.

Fast stolperte ich die Stufen rückwärts wieder herunter, als ich sie erkannte, das Königspaar von dem Gemälde... König Leonard und Königin Lucinda... Laurenz' Eltern, anmutig in Eis.

Geschockt rang ich nach Atem und sah ihn an, allerdings wich Laurenz meinem Blick aus.

„Versteht Ihr nun, warum ich neulich nicht darüber sprechen wollte?", fragte er mich mit zitternder Stimme.

„Ja", antwortete ich sanft und legte meine Hand beruhigend auf seine, „aber... ich verstehe nicht, warum auch sie..."

Mir fielen nicht die richtigen Worte ein, um diesen Satz angemessen zu beenden.

„Das war ein Teil des Fluchs", sagte er leise. „Zu meinem 16. Geburtstag haben sie sich vor meinen Augen verwandelt und eines Tages wird auch mir dieses Schicksal drohen..."

Es bedurfte keinen weiteren Erklärungen.

Wortlos umarmte ich ihn und flüsterte ihm zu: „Ganz egal, was geschieht, ich werde immer für Euch da sein, wenn Ihr das wünscht."

Daraufhin sagte er etwas, das klang wie: „Ich wünsche mir gerade nichts mehr, Lady."

Plötzlich hob er den Kopf wieder und sah mir nun direkt in die Augen.

Diese unbeschreiblichen blauen Augen, ich konnte nicht erklären warum, aber sie nahmen mich immer wieder gefangen.

Ich glaube, ich registrierte gar nicht, wie nah wir uns wirklich waren, als er seine Hand an meine Wange legte, mich streichelte und ich kaum wagte mich zu bewegen, oder nur zu atmen. Sein Gesicht kam meinem immer näher.

Im nächsten Augenblick berührten sich unsere Lippen und diesmal ließ ich es geschehen, denn es fühlte sich unbeschreiblich schön an...

7. Verletzte Gefühle

Als wir uns wieder voneinander lösten, taumelte ich ein paar Schritte zurück. Dabei spürte ich, wie ich am ganzen Körper zitterte, mein Herz zum Zerbersten schnell schlug und ich keinen klaren Gedanken fassen konnte.

Vorsichtig berührte Laurenz meine Hand und wollte wissen: „Aurelia, ist alles in Ordnung?"

„Ich weiß nicht recht", antwortete ich wahrheitsgemäß.

Hatten wir uns eben wahrhaftig geküsst?

„Verzeihung, Lady", meinte er nun und klang unsicher. „Ich wollte Euch nicht bedrängen..."

„Das ist es nicht", erwiderte ich mit gesenktem Blick. „Es war ... wunderschön, aber es geht trotzdem nicht..."

„Warum nicht?", fragte er und ich spürte, wie sich sein Griff um meine Hand wieder löste.

„Weil ich Euer nicht würdig bin", entgegnete ich nun, „schließlich bin ich keine Königin."

Und weil ich einem anderen versprochen bin, fügte ich in Gedanken hinzu.

Mit diesen Worten drehte ich mich um und beeilte mich, den Thronsaal zu verlassen, dessen riesige Eingangstür zum Glück nur angelehnt war.

So schnell es mir möglich war, lief ich die vereiste Treppe nach oben und schloss mich in meinem Zimmer ein.

Dort ließ ich mich auf das große Bett fallen, starrte eine Weile regungslos auf das rosafarbene Seidentuch über mir und lauschte nach draußen.

Jedoch vernahm ich keine Geräusche von dem Flur.

Also war er mir nicht gefolgt, oder?

Oh mein Gott, was mochte er jetzt über mich denken? Immerhin hat er mich geküsst, und ich? Ich lief davon. Was erlaubte ich mir eigentlich?

Er konnte mich unmöglich aus Liebe geküsst haben. Sicher war es aus Dankbarkeit geschehen, dafür, dass ich gerade in diesem Moment da war, er sich mir anvertrauen konnte.

Anderseits, es war seine Entscheidung gewesen, mir den Thronsaal zu zeigen und das Schicksal seiner Eltern zu offenbaren.

Ich schloss die Augen und sah ihn vor mir, Laurenz, den einsamen König, mit seinen wunderschönen blauen Augen und diesem unbeschreiblichen Lächeln...

Wenn ich ehrlich war, hatte ich mir nichts sehnlichster gewünscht, als ihm nur ein einziges Mal so nah sein zu dürfen.

Mein Herz schlug erneut wahnsinnig schnell, bei diesem Gedanken und tat irgendwie auch weh.

Langsam verstand ich gar nichts mehr. Was hatte das alles zu bedeuten?

Es fühlte sich an, als würde mein Körper brennen, an jeder Stelle, an der er mich berührt hatte.

War ich etwa verliebt? In den König?

Energisch schüttelte ich den Kopf.

Nein, das konnte nicht sein, oder besser gesagt, es durfte nicht sein! Niemals würde er ein Mädchen wie mich lieben. Ich wäre niemals gut genug für ihn.

Gedankenvoll stand ich auf und trat hinaus auf den Balkon.

Vorsichtig fuhr ich mit meinen Fingern über die Schneeschicht, die sich auf dem Geländer gebildet hatte.

Es fühlte sich kalt an. So kalt, dass ich am ganzen Körper Gänsehaut bekam.

Was machte ich überhaupt hier? Warum konnte ich an nichts anderes mehr denken, als an ihn? Seine Augen, seine Lippen, seine Nähe...

Verdammt, ich musste damit aufhören! Ich würde niemals zu ihm gehören können.

Den Rest des Tages hatte ich das Gefühl, dass Laurenz mir aus dem Weg ging.

Er erschien nicht zum Mittagessen und ich bekam kaum einen Bissen herunter.

Hildegard fragte sogleich, ob irgendwas vorgefallen sei. Ich verneinte, obwohl ich genau wusste, dass das nicht der Wahrheit entsprach.

Daraufhin sah sie mich einen Moment lang prüfend an, bevor sie sich wieder dem Essen zuwandte und meinte: „Na gut, Fräulein Aurelia, es geht mich nichts an, aber wenn Ihr jemanden zum Reden braucht, bin ich gern für Euch da."

Ich bedankte mich für dieses Angebot und widmete mich dann weiterhin meinem Teller.

Vermutlich wusste sie längst Bescheid, oder hatte zumindest einen Verdacht, aber mir fehlte momentan die Kraft mit ihr darüber zu sprechen.

Vor allem nicht, weil sich kurz darauf Arthur zu uns gesellte.

Auch er wunderte sich, wo der König sei, aber ich hatte keine Erklärung. Schließlich konnte ich den beiden unmöglich von dieser Begebenheit im Thronsaal erzählen.

Später überlegte ich, ob es vielleicht am sinnvollsten wäre, mit Hildegard über den König zu sprechen, schließlich kannte ihn niemand besser als sie und möglicherweise konnte sie mir sagen, wie er die Sache mit dem Kuss gemeint hatte?

Oder sollte erst ich das Gespräch mit ihm suchen? Irgendwie wusste ich gerade überhaupt nicht mehr, was richtig und was falsch war…

Als er mir dann zufällig über den Weg lief, versuchte ich ein Gespräch mit ihm zu beginnen.

„Majestät? Die Sache von heute Morgen tut mir leid", meinte ich vorsichtig.

„Was genau?", erwiderte er bitter. „Der Kuss oder Euer Versprechen?"

Da ich mit so einer Reaktion nicht gerechnet hatte, zögerte ich kurz.

„Schweigt bitte", sagte er da auf einmal, „vermutlich habe ich mich in Euch getäuscht. Ich dachte, Ihr seid wahrhaft besonders. Es tut mir leid, Fräulein Aurelia."

Nun war er es, der mich mit diesen Worten stehen ließ und ging.

Fassungslos sah ich ihm hinterher und nun tat es wieder weh.

Was hatte ich getan, dass er auf einmal alles in Frage stellte? Verdammt, natürlich hatte ich das Versprechen ernst gemeint. Wie konnte er nur daran zweifeln?

Ich spürte, wie plötzlich Tränen in mir aufkamen und ich beeilte mich auf mein Zimmer zu kommen.

Dort lag ich dann wieder auf dieser seidenen Decke und dachte ernsthaft darüber nach, ob es nicht am besten wäre, jetzt nach Hause zu fahren.

Hanna und die anderen vermissten mich sicher und würden sich freuen, wenn ich wieder da wäre.

Denn im Gegensatz zu ihnen wusste ich bei Laurenz gerade gar nicht mehr, woran ich bin.

War der Kuss ernst gemeint gewesen? Hatte ich ihn so sehr verletzt, als ich einfach gegangen bin? Empfand er für mich etwa wirklich mehr als nur Dankbarkeit? Aber das war völlig unmöglich. Ich meine, ich konnte niemals die Frau an seiner Seite werden. Ich, das arme Waisenmädchen vom Dorf, das eh bald einen anderen heiraten soll.

Je länger ich darüber nachdachte, umso mehr sah ich nur eine Lösung: Endlich wieder nach Hause fahren, bevor er von meinen wahren Gefühlen erfuhr.

Ja, ich würde wieder in mein Dorf fahren, Eduard zu meinem Gemahl nehmen und Laurenz vergessen. Eine andere Möglichkeit gab es für mich nicht.

Beim Abendessen stand mein Entschluss ziemlich fest und ich hatte keinen Hunger.

Ich konnte es nicht erklären, aber ich bekam keinen Bissen herunter.

Abwesend stocherte ich in dem Essen herum, das vor mir auf dem Tisch stand.

Die Köchin beobachtete mich eine Weile, dann setzte sie sich auf einmal zu mir und meinte: „Fräulein Aurelia, ich schaue mir das nicht länger an. Was ist zwischen Euch und Laurenz vorgefallen? Und sagt nicht ‚nichts‘, denn Ihr seid heute beide wieder so distanziert und verloren, wie ganz am Anfang und das, obwohl ich in den letzten Tagen das Gefühl hatte, Ihr würdet Euch sehr gut verstehen…?"

Ertappt senkte ich den Blick.

„Es tut mir leid", meinte Hildegard nun. „Ich weiß, heute Mittag sagte ich noch, dass Ihr zu mir kommen sollt, wenn Ihr reden möchtet, aber ich kann es nicht mit ansehen…"

Seufzend schob ich den Teller bei Seite und beschloss, dass es am besten sei, mit ihr über alles zu sprechen, vor allem, weil sie mich mit dem gleichen besorgten Blick ansah, wie es Martha immer getan hatte.

„Ihr habt Recht", gab ich zu.

Sie warf mir einen aufmunternden Blick zu und erwiderte: „Gut, aber bevor Ihr es mir erzählt, möchte ich, dass wir die Förmlichkeiten sein lassen. Ich bin schließlich nur die Küchenfee."

„Ähm... einverstanden", sagte ich und versuchte ein Lächeln.

„Ich danke Euch."

„Dir", verbesserte sie mich. „Ich bin einfach nur Hildegard, die Köchin."

„Also gut", murmelte ich verlegen und ließ meinen Blick gedankenverloren durch die Küche schweifen. „Dann möchte ich aber ebenfalls nicht mehr wie etwas Besseres behandelt werden. Ich bin nur ein armes Mädchen vom Dorf..."

„Nun gut, Aurelia", sagte sie freundlich. „Ich möchte dir gern helfen."

Ich nickte und brachte hervor: „Irgendwie verstehe ich ihn nicht..."

„Was ist geschehen?", fragte mich Hildegard abermals geduldig.

Oh, wie sollte ich ihr das mit dem Kuss nur erklären?

Schließlich begann ich von vorn. Ich berichtete von meiner Frage nach seinen Eltern und dass er mir daraufhin heute nach dem Frühstück den Thronsaal gezeigt und von dem Fluch erzählt hatte, von dem Versprechen, dass ich ihm gab und schließlich von dem Kuss.

Während ich redete, erkannte ich wieder dieses verschmitzte Lächeln im Gesicht der Köchin.

„So etwas in der Art habe ich mir gedacht", meinte sie lächelnd.

„Wie, das hast du dir gedacht?", wunderte ich mich. Es war seltsam, sie auf einmal zu duzen.

„Na ja", erklärte sie. „ich habe den König sehr lange nicht mehr so glücklich gesehen, wie in den letzten Tagen. Glaube mir, deine Nähe tut ihm sehr gut."

„Bist du sicher?", wollte ich wissen und gestand ihr: „Denn bei mir sieht es nicht anders aus."

Nun lächelte sie erneut und wollte wissen: „Das hört sich zauberhaft an. Wo liegt das Problem?"

„Ich... wie soll ich sagen? ... Ich bin nach dem Kuss geflüchtet... und jetzt denkt er vermutlich, ich meinte mein Versprechen nicht ernst, dabei habe ich nichts ernster gemeint, als das."

„Ja, ich kann verstehen, dass er enttäuscht ist", meinte Hildegard nachdenklich. „Aber warum bist du nach dem Kuss gegangen?"

„Weil ich seiner nicht würdig bin", antwortete ich traurig. „Ich
werde niemals gut genug für ihn sein. Schließlich bin ich nur
das Waisenkind aus einem armen Dorf..."

Auch ihr verschwieg ich Eduard lieber.

„Ach Aurelia", meinte Hildegard nun. „Ich dachte, dir ist klar,
dass dies für Laurenz keine Rolle spielt."

„Doch", widersprach ich, „natürlich spielt es eine Rolle. Ich
glaube nicht, dass er mich wahrhaftig lieben kann."

Plötzlich stand die Köchin auf, ging zur Feuerstelle, legte
Brennholz nach und wollte dann wissen: „Sag mir Mädchen,
warum bist du hierhergekommen?"

„Aber das weißt du bereits", sagte ich überrascht. „Ich bin hier,
weil ich helfen wollte."

Sie sah mich prüfend an. „Du nimmst diese weite und gefährliche Reise auf dich, für jemanden, den du nicht kennst, über
den es unzählige Horrorgeschichten gibt? Und spätestens seitdem du hier angekommen bist, dürfte dir klar sein, dass die
meisten dieser Geschichten wahr sind und trotzdem bist du
hiergeblieben. Ich hatte nie den Eindruck, dass du Angst vor
ihm hättest. Ganz im Gegenteil. Ich hatte vom ersten Augenblick an das Gefühl, dass ihr euch blind versteht und blind vertraut. Also erzähl mir nicht, dass du ‚nur helfen wolltest'. Denn
soweit ich mitbekommen habe, waren alle anderen aus deinem
Heim dagegen, dass du diese Reise wagst."

Einen Moment lang schwieg ich und sah sie nur fragend an.

Was sollte ich daraufhin sagen? Sollte ich ihr die ganze Wahrheit erzählen, von dieser tiefen Verbundenheit? Von dem
Traum?

Weil ich auf die Schnelle keine passende Antwort fand, meinte
Hildegard: „Weißt du Mädchen, ich hatte sofort das Gefühl,
dass zwischen euch eine ganz besondere Vertrautheit herrscht,
als wärt ihr in Wahrheit gar keine Fremden. Verstehst du, was
ich meine?"

Langsam nickte ich und fügte schließlich hinzu: „Ich glaube
auch, wir sind uns schon einmal begegnet, vor einigen Jahren,
in einer verregneten Nacht..."

Interessiert sah sie mich an und bat mich, mehr davon zu erzählen.

Also berichtete ich ihr von meinem Traum, nachdem mir der Gesundheitszustand des Königs bekannt war, von den Parallelen, die ich von diesem Traum zur Wirklichkeit feststellte und dass ich daraufhin um jeden Preis wissen musste, ob das alles wahr ist.

„Ja, es gab eine Zeit, in der er öfters nächtelang unterwegs, manchmal tagelang verschwunden war, obwohl er laut den Anweisungen seines Vaters, das Schloss gar nicht verlassen durfte. Wenn er wieder auftauchte und wir wissen wollten, wo er war, meinte er immer nur, es sei egal. Natürlich hat das König Leonard immer noch wütender gemacht. Königin Lucinda dagegen hat ihren Sohn verstanden, oder hat es zumindest versucht. Sie hat versucht, ihm ein paar Freiheiten zu lassen..."

Interessiert nickte ich.

Daraufhin lächelte sie wieder und meinte: „Natürlich bist du wahrhaft etwas Besonderes."

Diese Aussage verwunderte mich.

„Aber, ich habe mich ebenfalls vor ihm erschreckt", wandte ich ein.

„Auch das ist verständlich. So würde wohl jeder reagieren, der dies nie zuvor gesehen hat", versuchte sie mich zu beruhigen. „Viel wichtiger und bemerkenswerter ist, wie du dich nun entschieden hast."

„Meinst du wirklich?", versicherte ich mich.

„Ja, na sicher", lächelte sie.

„Vielen Dank", erwiderte ich verlegen, „und was soll ich jetzt tun?"

„Suche einmal mehr das Gespräch mit Laurenz", riet mir die weise Köchin. „Sag ihm die Wahrheit und teile ihm auch deine Zweifel mit. Ich bin mir sicher, dann wird er dich verstehen."

Nun nickte ich dankbar und auch wenn ich nicht ganz so von diesem Plan überzeugt war, wie Hildegard, fühlte ich mich nach diesem Gespräch sehr erleichtert.

Wenn ich dem, was sie mir gesagt hatte, Glauben schenken durfte, bedeutete ich ihm ebenfalls etwas.

Bei diesem Gedanken wurde mir wieder warm ums Herz.

Konnte das alles gut gehen? Wie konnte ich mich überhaupt in den König verlieben?

Ich seufzte, als ich wieder auf mein Zimmer ging.

Am nächsten Morgen, als ich zu Hildegard in die Küche gehen wollte, kam er gerade aus seinem Schlafgemach.
Sofort schlug mein Herz schneller, als ich Laurenz erblickte.
„Guten Morgen, Majestät", grüßte ich freundlich und versuchte, mir meine Nervosität nicht anmerken zu lassen.
„Oh, guten Morgen, Aurelia", erwiderte er knapp und ich konnte seiner Stimme nicht entnehmen, ob er sich über mein Erscheinen freute, oder nicht.
„Ähm... habt Ihr eine Minute Zeit?", fragte ich unsicher. „Ich ... ich würde mit Euch gern abermals über die Ereignisse von gestern sprechen und erklären, warum..."
Da fiel er mir ins Wort. „Das ist nicht nötig", sagte er unbeeindruckt und ich hatte das Gefühl, dass plötzlich ein eisiger Wind um ihn herum wehte. „Ihr seid mir keine Erklärung schuldig. Ihr seid hier, um mir zu besserer Gesundheit zu verhelfen und das ist Euch gelungen. Dafür bin ich Euch sehr dankbar, Fräulein Aurelia. Mehr müsst Ihr nicht tun."
Dann schritt er anmutig an mir vorbei, bis er auf einmal unvermittelt stehen blieb.
Ich dachte kurz, ihm wäre klargeworden, dass er wider Erwartens mit mir sprechen wollte, allerdings sagte er nur: „Richtet Hildegard bitte aus, dass sie mir das Frühstück auf mein Zimmer bringen möge."
Nachdem er diese Bitte formuliert hatte, verschwand er in einem der Räume und ich stand zum zweiten Mal da und fühlte mich einfach nur elendig.
Warum war er auf einmal so abweisend zu mir? Wieso ließ er überhaupt nicht mit sich reden?
Jedoch mischte sich nun in meine Verzweiflung und Ratlosigkeit auch Wut.
Was bildete er sich überhaupt ein? Dachte er, nur, weil er König war, konnte er mit mir umspringen, wie es ihm gerade passte?
Vermutlich hatte er gemerkt, dass ich nicht die war, die er wollte, dass der Kuss in Wirklichkeit keine Bedeutung für ihn hatte.

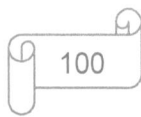

Er hatte Recht, genaugenommen war ich nur hier, um ihn gesund zu pflegen. Dieses Ziel war erreicht, also brauchte er mich nicht mehr.

Von wegen, ihm tat meine Anwesenheit gut. Wie hatte ich dies nur glauben können? In Wahrheit brauchte er mich nicht.

Eduard würde mich niemals so behandeln.

Keine Ahnung wieso, aber diese Erkenntnis tat unheimlich weh.

Ich musste mich mit beiden Händen an dem Geländer festhalten, dass die die große Treppe umfasste und ein paarmal tief durchatmen, um die Tränen zu unterdrücken, die sich in meiner Kehle gesammelt hatten.

Erst danach begab ich mich langsam nach unten in die Küche zu Hildegard.

Anscheinend bemerkte sie sofort, wie niedergeschlagen ich war, denn sie sah mich besorgt an und wollte bevor sie mir einen guten Morgen wünschte, wissen, was vorgefallen sei.

„Der König wünscht, sein Frühstück auf seinem Zimmer zu sich zu nehmen", entgegnete ich nur abwesend.

„Also hast du versucht mit ihm zu sprechen?", fragte sie.

Allerdings schaffte ich nur ein Nicken zur Antwort und meinte: „Er ist der Meinung, ich wäre ihm keine Erklärung schuldig und meine Aufgabe, wegen der ich hier wäre, hätte ich erfüllt..."

„Oh, was für ein Narr er ist", murmelte die Köchin. „Was gedenkst du nun zu tun, mein Kind?"

Ratlos zuckte ich mit den Schultern und plötzlich sah ich genau vor mir, was die einzige Lösung war. „Er hat Recht, er ist wieder gesund. Meine Aufgabe hier ist erfüllt, also werde ich wieder in mein Dorf fahren."

Dieser Entschluss schien die Köchin zu überraschen. „Du willst tatsächlich wieder nach Hause?"

Entschlossen nickte ich. „Laurenz hat mir deutlich zu verstehen gegeben, dass er mich nicht mehr braucht, also habe ich keinen Grund meinen Aufenthalt hier am Schloss zu verlängern. Außerdem werde ich mich nicht der Anweisung des Königs widersetzen."

Daraufhin seufzte Hildegard. „Ja, ich verstehe dich, Aurelia. Natürlich vermisst du auch deine Freunde und dein Heimatdorf, aber du wirst mir fehlen. Durch dich war wenigstens für die Zeit, die du hier am Schloss verbracht hast, mehr Leben eingekehrt."

„Vielen Dank", erwiderte ich freundlich.

„Ich bin mir sicher, dass du Laurenz ebenfalls fehlen wirst", fügte sie unvermittelt hinzu.

„Nein, das glaube ich nicht", widersprach ich. „Er hat betont, dass er mich nicht mehr braucht."

Energisch schüttelte sie den Kopf. „Das kann ich nicht glauben. Ich werde ein weiteres Mal mit ihm sprechen."

Gleichgültig zuckte ich mit den Schultern. Was sollte das bitte ändern?

Meine Entscheidung stand fest. Was sollte ich länger hier? Die Tatsache, dass ich ihm offenbar gleichgültig war, machte mich nur traurig.

Dabei sollte es mir gleichgültig sein, immerhin war Eduard meine Zukunft und niemand anderes.

Gerade, als wir das Frühstück beendet hatten, betrat Arthur die Küche und Hildegard unterbreitete ihm gleich meinen Plan, das Schloss zu verlassen.

„Ihr wollt uns wirklich verlassen?", wendete er sich am mich.

„Ja", sagte ich, „meine Aufgabe hier ist erfüllt und ich habe auch nicht den Eindruck, dass der König meine Anwesenheit länger erwünscht, deswegen werde ich abreisen."

Der Bote nickte. „Ich bedauere sehr, dass Ihr uns verlassen wollt, aber wenn Ihr wünscht, bringe ich Euch gern nach Hause, in Euer Dorf."

Mit einem freundlichen Lächeln bedankte ich mich für dieses großzügige Angebot.

Später stand ich in meinem Zimmer und packte die wenigen Dinge zusammen, die wirklich mir gehörten.

Hildegard hatte zwar gemeint, dass ich auch ein paar der Kleider mitnehmen durfte, wenn ich wollte.

Allerdings wusste ich nicht, ob das eine gute Idee war, da mich alles nur an Laurenz erinnern würde.

Ob ich ihn überhaupt jemals vergessen konnte? Würde dieser Schmerz jemals nachlassen, selbst wenn ich Eduard heiratete?

Schließlich war es die wahre Liebe, nach der ich immer gesucht hatte. Vermutlich war der König genau diese Liebe. Aber ich musste aufhören zu träumen, denn es war von vornherein klar gewesen, dass ich nicht ewig bei ihm bleiben konnte.

Da stieß ich auf einmal auf das olivgrüne Kleid, jenes, das ich an diesem Tag trug, als er mich geküsst hatte.

Nun spürte ich die Tränen wieder in mir aufkommen und vergrub mein Gesicht für einige Augenblicke in dem edlen Stoff.

Ich spürte ihn noch immer, seine Lippen auf meinen, seine Hand an meiner Wange, seine Nähe...

Energisch unterdrückte ich ein Schluchzen, stand auf und hing das Kleid zurück in den Schrank, denn nichts davon war echt gewesen. Es hätte eh keine Zukunft gehabt, niemals.

Irgendwie fühlte es sich komisch an, zu wissen, dass ich nun wieder zurück in mein Dorf zu Martha, Hanna und den anderen fahren würde, zurück zu Eduard, um mit ihm den Bund der Ehe einzugehen.

Sicher wären sie alle neugierig und würden wissen wollen, wie er wirklich ist, der mysteriöse König, vor dem alle Angst hatten.

Vermutlich werde ich ihnen erzählen, dass er nett, aber ein wenig unheimlich war. Ich würde ihnen sagen, dass man keine Angst vor ihm haben musste. Er ist kein Monster. Aber ich würde ihnen nicht den wahren Grund sagen, warum ich abgereist war. Nein, sie sollten nichts von dem Kuss erfahren, oder von meinen Gefühlen für ihn. Vor allem Eduard durfte es niemals erfahren.

Wie konnte ich mich überhaupt in ihn verlieben? Das war dumm und töricht von mir gewesen. Mein ganzer Traum von der wahren Liebe war dumm und töricht gewesen.

Traurig ließ ich mich auf das Bett sinken. Höchstwahrscheinlich war dies das letzte Mal, dass ich auf seidenen Decken lag.

Auch werde ich vermutlich nie wieder etwas sehen, was so wunderschön und anmutig ist, wie dieses Schloss, wie... der König selbst.

Eine Träne stahl sich aus meinem linken Auge. Ich wusste genau, dass ich all das hier vermissen werde.

Keine Ahnung wie viel Zeit vergangen war, als ich mein Zimmer verließ und nach unten ging, um Hildegard und Arthur davon in Kenntnis zu setzen, dass es losgehen konnte.

„In Ordnung", meinte die Köchin. „Ich gebe Arthur Bescheid, dass er die Pferde füttern und die Kutsche reisefertig machen soll. Ich werde dich holen, sobald alles bereit ist."

Zustimmend nickte ich. Ich hatte erwartet, dass all dies mittlerweile erledigt war, aber ich hatte schließlich Zeit.

Gerade hatte ich den Fuß auf die letzte Stufe, der Treppe gesetzt, als plötzlich Laurenz vor mir stand.

Ehrlich gesagt war ich richtig erschrocken, ihn zu sehen.

Bildete ich mir das nur ein, oder sah er traurig aus, als er wissen wollte: „Ist es wahr, dass Ihr wieder nach Hause fahren wollt?"

„Ja, das stimmt", antwortete ich und versuchte meine Stimme so fest und unbeirrt klingen zu lassen, wie nur irgendwie möglich. „Im Schloss werde ich schließlich nicht mehr gebraucht."

„Ich verstehe", erwiderte er mit gesenktem Blick. „Dann wünsche ich Euch eine gute Reise."

„Vielen Dank", sagte ich höflich und dann rutschte mir ein Satz heraus, was ich gar nicht hätte sagen wollen: „Ihr habt schließlich nie verstanden, wie viel Ihr mir bedeutet, Majestät."

Sofort nachdem ich es ausgesprochen hatte, schlug ich mir entsetzt die Hand vor den Mund und murmelte: „Oh... äh... vergesst am besten, was ich eben gesagt habe, Majestät."

Jedoch sah er mich nun an, mit diesen intensiven blauen Augen und ich wäre am liebsten im Erdboden versunken, oder zu Eis erstarrt.

„Was meint Ihr damit, Lady?", wollte er wissen und seine Stimme war kaum mehr als ein Flüstern.

„Nichts", erwiderte ich schnell, „und ich muss jetzt auch nach unten. Arthur wartet sicher schon auf mich."

Das entsprach zwar nicht ganz der Wahrheit, aber ich hielt es keine Sekunde länger in der Gegenwart des Königs aus.

Also wollte ich mich mit diesen Worten umdrehen und gehen, als er auf einmal nach meiner Hand griff.

„Bitte geht nicht", sagte er leise.

„Was?", entgegnete ich überrascht, weil ich glaubte, mich verhört zu haben.

„Ich bitte Euch, geht nicht", wiederholte er und seine Stimme zitterte. „Ich brauche Euch. Ich glaube, ich habe mich in meinem ganzen Leben nie zuvor so lebendig, glücklich und verstanden gefühlt, wie in der letzten Zeit, seitdem Ihr im Schloss seid und ich fürchte, ich kann nicht mehr ohne Euch leben..."

„Aber sagtet Ihr nicht, dass meine Aufgabe hier beendet sei und..." Ich geriet ins Stocken. „...und ich dachte, Ihr wollt, dass ich gehe..."

„Nein", widersprach er, „ich wollte nie, dass Ihr geht und natürlich weiß ich, dass Ihr Euer Versprechen ernst gemeint habt.

Ich war nur verwirrt, als Ihr mich im Thronsaal wortlos habt stehen lassen und dachte, Ihr wollt mich nicht."

Ehrlich gesagt konnte ich es kaum glauben. „Majestät, ist das wirklich Euer Ernst?"

„Ja", sagte er leise. „Ich kann dieses Gefühl nicht in Worte fassen, das ich verspüre, wenn Ihr in meiner Nähe seid. Es ist, als habt Ihr jegliche Last von meinen Schultern genommen, jeglichen Kummer ausgelöscht. Ich muss Euch nur ansehen und mir wird warm, trotz dieser Massen von Eis, die mich umgeben…"

Da spürte ich, wie sich seine Hand noch fester um die meine schloss und er seinen Blick beschämt wieder senkte, als er hinzufügte: „Aurelia, bitte bleib. Denn … denn ich liebe dich!"

In diesem Augenblick hatte ich ein Gefühl, das ich gar nicht in Worte fassen konnte.

Es gab auch nichts mehr zu sagen, also fiel ich ihm einfach nur um den Hals.

Der König schloss seine Arme um mich, so fest, als würde er mich nie wieder loslassen wollen und küsste mich voller Leidenschaft.

Ich schloss meine Augen und gab mich diesem Kuss voll und ganz hin.

Ja, ich wusste, diesmal würde ich nicht weglaufen, nie mehr…

8. Engel ohne Flügel

Wir lösten uns erst wieder voneinander, als wir Schritte auf der Treppe vernahmen. Im nächsten Augenblick tauchte Hildegard auf und ihr Blick sprach wie so oft Bände.

„Na, ich sage Arthur mal Bescheid, dass er die Kutsche heute nicht mehr benötigt, oder?", wollte sie lächelnd wissen.

„Ja, es sieht ganz danach aus", antwortete ich verlegen und sah Laurenz an, der nach wie vor seinen Arm um mich gelegt hatte, als würde er befürchten, dass ich es mir noch mal anders überlegen könnte.

Als sie wieder verschwunden war, sah er mich eindringlich an und fragte: „Bist du dir wirklich sicher, dass du hierbleiben möchtest?"

„Da fragt Ihr noch, Majestät?", erwiderte ich leicht empört.

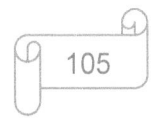

„Dann ist ja gut", sagte er mit einem unbeschreiblichen Lächeln und eh ich mich versehen hatte, nahm er mich auf seine Arme und trug mich in die Bibliothek.

„Huch", rief ich überrascht aus, jedoch setzte er mich auf den weichen Kissen des Sofas ab, sorgte für ein Feuer im Kamin und machte es sich neben mir bequem.

„Ich bitte um Verzeihung, meine Lady", erwiderte er daraufhin nur, „ich dachte nur, es wäre unangemessen die ganze Zeit im Gang zu stehen. Vor allem, weil wir beide wissen, wie neugierig die liebe Hildegard ist, oder?"

„Das stimmt wohl", stimmte ich ihm lächelnd zu, dann kam mir eine andere Frage in den Sinn: „Ihr seid Euch also auch sicher, dass ihr mich wollt? Mich, das arme Waisenmädchen, aus dem kleinen Dorf?"

Darauf antwortete er nicht, sondern schloss mich wieder in seine Arme und küsste mich erneut. Dann flüsterte er mir ins Ohr: „Eure Herkunft spielt keine Rolle, meine Lady, denn der wahre Reichtum besteht nicht in Gold oder Edelsteinen, sondern aus Euerm Herzen. Glaubt mir Aurelia, ein großes Herz ist viel mehr wert, als alle Reichtümer dieser Erde. Ich habe nie gedacht, dass es so etwas wie Liebe wahrhaftig gibt, vor allem für ein Monster wie mich."

Ich spürte, wie mir ein angenehmer Schauer den Rücken hinunterlief und ich sprachlos war.

Er war unbeschreiblich und ich konnte nicht mal andeutungsweise in Worte fassen, was ich gerade fühlte, deswegen murmelte ich nur ein verlegenes „Vielen Dank, Eure Majestät."

Eine ganze Weile saßen wir nur hier, ich hatte meinen Kopf an seine Schulter gelehnt und seine Finger der Hand, die er seit einiger Zeit um mich geschlungen hatte, spielten mit meinen Haaren.

Wir redeten nicht viel, aber das war auch nicht nötig, ich fühlte mich auch so in seinen Armen unglaublich wohl und geborgen, so als hätte ich jetzt erst das Ziel einer weiten Reise erreicht, als wäre ich jetzt erst angekommen…

Irgendwann klopfte es an der Zimmertür. Erschrocken fuhr ich zusammen, aber Laurenz strich mir nur sanft über meine Wange und gewährte Hildegard Einlass.

„Verzeiht bitte die Störung", meinte sie gleich, „ich dachte mir nur, eventuell mögt Ihr eine Kleinigkeit essen?"

Der König und ich sahen uns einen Moment lang an. Scheinbar schien er genau so zu überlegen, ob wir Hildegard in die Küche folgen sollten, oder lieber allein bleiben wollen.

Weil wir nicht gleich antworteten, sagte die Köchin mit ihren freudig strahlenden Augen: „Es ist gar kein Problem, wenn Ihr allein bleiben wollt. Es ist nur: Ich freue mich so sehr für Euch. Ach was rede ich da? Bereits, als ich Fräulein Aurelia das allererste Mal gesehen habe, wusste ich, dass sie unser aller Leben für immer zum Guten verändern wird…"

Sie hielt kurz inne und fügte dann hinzu: „Das Essen ist sofort da."

Nachdem sie das Zimmer wieder verlassen hatte, sahen Laurenz und ich uns grinsend an.

Ja, das passte zu Hildegard.

In den nächsten Tagen gab es nur ein „wir". Laurenz wich mir kaum von der Seite und ich konnte es immer noch nicht glauben, dass das Ganze Wirklichkeit war. Nicht einmal in meinen kühnsten Träumen hätte ich gedacht, dass er mich lieben könnte.

Mein ganzes Leben lang hatte ich nach einem Sinn gesucht. Nicht selten hatte ich mir die Frage gestellt, wer ich bin und wo ich hingehöre.

Hatte ich nun endlich die Antworten auf meine Fragen gefunden? Vielleicht gab es wirklich ein Schicksal und es hatte mich genau in seine Arme geführt.

Plötzlich ergab alles einen Sinn und es fühlte sich unbeschreiblich schön an, zu wissen, dass er mich liebte.

Eines Morgens wurde ich von ein paar Sonnenstrahlen geweckt, die sich überraschenderweise in mein Zimmer stahlen.

Als ich aus dem Fenster sah, stellte ich fest, dass der Himmel heute strahlend blau erschien und keine einzige Wolke zu sehen war.

Dies fand ich ziemlich ungewöhnlich, denn sonst schneite es immer fast pausenlos aus dicken grauen Wolken.

Gut gelaunt schlüpfte ich in eines meiner Kleider, ein schwarzgrünes mit weiten Ärmeln und goldenen Verzierungen, eines der schönsten, die der Kleiderschrank hergab, und betrachtete mich eingehend vor dem Spiegel.

Gerade überlegte ich, ob ich meine Haare offenlassen, oder mit einer der goldenen Haarklammern hochstecken sollte, als es an der Tür klopfte.

Überrascht gewehrte ich Einlass und im nächsten Augenblick stand die freudestrahlende Hildegard vor mir.

„Guten Morgen, Fräulein Aurelia", begrüßte sie mich. „Habt Ihr gut geschlafen?"

Mir war aufgefallen, dass sie sich wieder sehr viel förmlicher ansprach, seitdem Laurenz und ich uns nähergekommen waren.

Vermutlich sah sie in mir schon die zukünftige Königin, aber ich selbst war ehrlich gesagt nicht von dieser Tatsache überzeugt. Ich meine, die Vorstellung war zwar wunderschön, aber ich versuchte weiterhin so vernünftig, wie nur möglich zu bleiben, auch wenn sich meine kleine Welt in den letzten Wochen eh völlig auf den Kopf gestellt hatte...

„Guten Morgen", antworte ich deshalb nur, „ja, ich habe gut geschlafen."

„Das freut mich", sagte die Köchin stetig lächelnd. „Seine Majestät erwartet Euch übrigens in der Küche."

„Danke für diese Information", bedankte ich mich freundlich und wollte an ihr vorbeieilen, als sie mich aufhielt.

„Einen Moment bitte, Fräulein, ich binde Euch eben Euer Kleid richtig, wenn es genehm ist."

„Ja, natürlich", antwortete ich verwundert.

Sie behandelte mich tatsächlich, als wäre sie meine Bedienstete, aber vermutlich konnte ich ihr das jetzt auch nicht mehr ausreden. Denn wie hatte sie gemeint? Sie sei seit über 30 Jahren Bedienstete des Königshauses, da war diese Art der Anrede sicher mehr als Routine für sie.

Dabei war ich nichts Besseres als sie, ganz im Gegenteil. Ich war nur ein einfaches Dorfmädchen, oder?

Nachdenklich folgte ich ihr, nachdem mein Kleid richtig geschnürt war, nach unten in die Küche.

Als Laurenz mich erblickte, stand er sofort auf und fiel mir stürmisch um den Hals.

„Guten Morgen, meine Schöne", begrüßte er mich mit seinem zauberhaften Lächeln, „was hältst du davon, wenn wir heute ein Stück ausreiten? Das Wetter ist herrlich dafür."

„Ausreiten?", wiederholte ich überrascht.

„Ja", bestätigte er lächelnd, „ich möchte dir gern ein bisschen von der Gegend zeigen, wenn es heute mal nicht schneit."

Ich musste zugeben, dass mich dieser Gedanke reizte. Bisher hatte ich nicht viel von der Umgebung gesehen, war nur ein einziges Mal auf dem Weg zum Schloss durch diesen verzauberten Wald geritten, also stimmte ich diesem Vorschlag angetan zu.

„Hildegard, würdest du bitte Arthur Bescheid sagen, dass er zwei Pferde für uns satteln soll?", wies er seine Köchin an.

„Selbstverständlich", antwortete sie, verbeugte sich leicht vor uns und eilte aus der Küche.

Ihr Verhalten verwunderte mich nach wie vor.

„Heißt das, wir reiten direkt nach dem Frühstück los?", wollte ich überrascht wissen.

Laurenz nickte. „Ja, denn ich weiß nicht, wie lange das Wetter aushält."

Natürlich, das klang logisch.

Als sich Hildegard einige Zeit später wieder zu uns gesellte, hatte sie ein Bündel dabei, das sie vor uns auf den Tisch legte.

„Was ist da drin?", wollte ich interessiert wissen.

Mit einem schiefen Lächeln antwortete die Köchin: „Ich habe mir gedacht, da Ihr sicher auch durch den Wald reiten werdet, könnt Ihr hiermit die Tiere füttern. Ihr werdet es sicher kaum glauben, Fräulein Aurelia, aber die Tiere in diesem Wald können sehr zutraulich sein. Sie haben seltsamerweise keine Angst vor Menschen."

Sie öffnete das Päckchen und ich sah Äpfel und Möhren für die Rehe, Körner für die Vögel, Nüsse für die Eichhörnchen und sogar kleinere Knochen mit Fleisch, die vermutlich von dem gestrigen Abendessen übriggeblieben waren.

Ich war von dieser Idee richtig begeistert, allerdings erkannte ich aus dem Augenwinkel heraus plötzlich ein wehmütiges Lächeln auf Laurenz' Gesicht.

„Ist alles in Ordnung?", fragte ich und sah ihn besorgt an.

Nun nickte er schnell und erklärte: „Als ich klein war, war ich oft mit Mutter im Wald, um die Tiere zu füttern. Das ist so viele Jahre her…"

Bewegt stand ich auf, setzte mich zu ihm und legte ihm meine Arme um den Hals.

„Das sind schöne Kindheitserinnerungen", murmelte ich gedankenverloren.

Wieder einmal sah er mich mit diesem traurigen Lächeln an und meinte: „Ich erinnere mich, wie ich einmal eines der Kaninchen streicheln wollte..."

Er musste nicht weitersprechen, ich konnte mir auch so denken, was dann geschehen war.

Seufzend verstärkte ich die Umarmung und dachte einen Moment lang nach.

Ach ja, der Fluch. Erstaunlicherweise hatte ich dieses Thema in den letzten Tagen völlig verdrängt, wahrscheinlich, weil es im Schloss nicht problematisch war und ich wusste, dass es für mich keinen Unterschied machte. Ich würde ihn so, oder so lieben...

Entschlossen stand ich auf, gab ihm einen schüchternen Kuss und wollte wissen: „Was ist nun, wollen wir los, oder möchtet Ihr nicht mehr, Majestät?"

„Doch, natürlich", antwortete er schnell und erhob sich ebenfalls.

Bevor wir das Schloss verließen, kam Hildegard abermals zu mir und trug etwas über ihrem Arm.

„Fräulein Aurelia, ich habe hier einen extra für Euch angefertigten Mantel", sagte sie und öffnete das Kleidungsstück, dass sie eben noch über dem Arm hängen hatte.

Erstaunt betrachtete ich ihn und fuhr ehrfürchtig über den Stoff. Der Mantel war schwarz, hatte sogar eine Kapuze und fühlte sich sehr warm an. Damit würde ich draußen wohl nicht frieren.

„Oh... vielen Dank, das wäre aber nicht nötig gewesen", erwiderte ich ziemlich verlegen. „Immerhin habe ich mir erst einen Mantel gekauft, als ich auf dem Weg zum Schloss war."

Die Köchin lächelte: „König Laurenz hat mich beauftragt, diesen Mantel für Euch anfertigen zu lassen."

Jetzt war ich wirklich sprachlos, aber wenigstens konnte ich die Stiefel anziehen, die ich selbst gekauft hatte.

Ich bekam ein schlechtes Gewissen, wenn ich daran dachte, dass Laurenz so viel Geld für mich ausgab.

Sie hatte unverwandt ein Lächeln auf den Lippen, als sie mir in den Mantel half und mich nach unten führte, in einen Anbau, in dem die Pferde offensichtlich gehalten wurden.

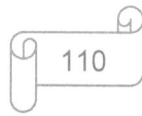

Mein geliebter König saß mittlerweile auf einem schwarzen Rappen, den mir Arthur als Ramon vorstellte.

Laurenz hatte die Zügel raffiniert um seine Handgelenke gewickelt. Offensichtlich war dies eine Methode, die Kontrolle über das Tier zu behalten, ohne es oder die Zügel mit den Händen berühren zu müssen.

Für mich hatte Arthur ein weißes Pferd zurechtgemacht und als ich es genauer betrachtete, konnte es sogar sein, dass es sich um dasselbe Tier handelte, dass mich damals zum Schloss gebracht hatte.

Als habe er meine Gedanken gelesen, meinte Arthur zu mir: „Diese Stute heißt übrigens Mathilde, aber Ihr habt, soweit ich mich erinnere, schon ihre Bekanntschaft gemacht, nicht wahr, Fräulein Aurelia?"

Lächelnd nickte ich, streichelte Mathilde liebevoll den Hals und stieg schließlich auf.

Hildegard reichte mir das Päckchen mit dem Futter für die Waldtiere.

Bevor wir den Stall verließen, brachte Laurenz sein Pferd abermals genau neben mir zum Stehen und gab mir einen Kuss.

Dann sah er mich an und meinte: „Ich hoffe du weißt, wenn wir jetzt nach draußen gehen, kann ich nichts mehr berühren…"

Ich nickte und fuhr ihm sanft mit der rechten Hand über seine rechte Wange. „Ja, das weiß ich. Es ist alles in Ordnung."

Er lächelte wieder und gab seinem Pferd schließlich die Anweisung, dass es den Stall verlassen durfte.

Ich folgte ihm und bekam flüchtig mit, wie Hildegard uns einen schönen Ausritt und viel Spaß wünschte, dann ritten wir gleich darauf über die schmale Brücke, die den Fluss, oder wohl besser gesagt, den Schlossgraben überquerte, der das gesamte Schloss umgab.

Nun lag nur die weite verschneite Landschaft vor uns und ich atmete die angenehm kalte Winterluft ein. Der Wind spielte mit meinen Haaren und irgendwie fühlte ich mich gerade richtig frei.

Laurenz verlangsamte das Tempo seines Pferdes, um mit mir auf der gleichen Höhe zu sein, dann begann er zu erklären: „Die weit verschneiten Flächen waren früher alles mal Wiesen und Felder, die bewirtschaftet wurden. Ich kann mich jedoch kaum an die Zeit erinnern, als hier noch kein Schnee lag…"

Neugierig sah ich mich um. So weit das Auge reichte, war alles tief verschneit. Einzelne Bäume, die hier standen, trugen hohe Schneemützen und am Horizont ging das strahlende Weiß in einen bezaubernden blauen Himmel über.

„Ich finde es wunderschön hier", antwortete ich wahrheitsgemäß. „Aus dem Teil des Landes, aus dem ich stamme, gab es nie Schnee. Ich finde, dieses gleichmäßige Weiß ist unglaublich beruhigend."

Er lächelte wieder, als er sagte: „Kommt Lady, ich zeige Euch lieber den Wald, dort gibt es am meisten zu sehen und die Tiere sind wahrlich faszinierend."

Freudig nickte ich.

Ja, ich konnte mich sehr gut daran erinnern, als ich durch den Wald geritten war. Die Tiere hatten meinen Weg gekreuzt, als hätten sie überhaupt keine Angst vor mir, oder meinem Pferd.

Mein König ritt wieder voran und ich folgte ihm lächelnd, während ich auf jedes Geräusch um mich herum achtete.

So nahm ich beispielsweise das Knirschen unter den Hufen der Pferde wahr und als ich einen Blick zurückwarf, erkannte ich unsere Spuren im Schnee. Es faszinierte mich, dass ich genau erkennen konnte, aus welcher Richtung wir gekommen waren.

Das alles hatte ich auf meinem Weg zum Schloss gar nicht so wahrgenommen.

Kurze Zeit später hatten wir den Rand des Waldes erreicht. Bereits hier konnte ich ganz deutlich das Zwitschern der Vögel vernehmen.

Schweigend folgte ich ihm in den Wald und lauschte nur dem Pfeifen des Windes durch die Bäume und den Gesang der Vögel.

Wie ich es in Erinnerung hatte, war der Wald so tief verschneit, dass wir kaum Wege fanden, die die Pferde passieren konnten, ohne im Schnee zu versinken.

Ein weißer Hase kam angehoppelt, blieb vor uns sitzen, schnupperte kurz in die Luft, als würde er überlegen, ob er uns kennt und sah uns mit seinen dunklen Knopfaugen an.

Fasziniert brachte ich mein Pferd zum Stehen.

Wie war das möglich? Die Schneedecke schien so dick und undurchdringlich zu sein, dass ich es für unmöglich hielt, dass die Tiere hier Futter finden konnten und ich hielt es für unwahrscheinlich, dass Hildegard regelmäßig in den Wald kam, um die Tiere zu füttern.

In diesem Augenblick drehte sich Laurenz zu mir um.

Es schien fast so, als habe er meine Gedanken gelesen, als er erklärte: „Dieser Wald ist wahrhaft ein magischer Ort. Es scheint so, als würden all die Tiere hier auch ohne Futter überleben können, denn es ist unmöglich in diesen Schneemassen Nahrung zu finden."

„Aber wie ist das möglich?", wunderte ich mich.

„Diese Frage stelle ich mir, seitdem ich dieses Phänomen zum allerersten Mal gesehen habe. Wahrscheinlich ist es ein Geschenk der Hexe gewesen. Mutter meinte mal, Tiere sind so viel friedvollere Wesen, als die Menschen. Sie kennen weder Hass, noch Neid, sie töten nur, wenn es unbedingt sein muss, um selbst zu überleben und sie begegnen sich untereinander und auch den Menschen ohne Vorurteile… Daraus schlussfolgerte sie, dass die Hexe nicht von Grund auf böse war und es Hoffnung auf Erlösung des Fluchs gab."

Höchst beeindruckt nickte ich und dachte eine Weile darüber nach, was er mir damit sagen wollte.

Ich hatte das Bedürfnis, irgendetwas zu antworten, vielleicht zum Thema, man sollte die Hoffnung nicht aufgeben, aber mir fehlten gerade die richtigen Worte, also schwieg ich lieber und nickte nur anerkennend.

Wir ließen den Hasen passieren und ritten weiter. Es schien so, als habe Laurenz ein ganz bestimmtes Ziel vor Augen, wohin er mich führen wollte.

Wenig später sah ich, wo er mich hinführen wollte, denn wir erreichten nun eine Lichtung, auf der sich schon einige Tiere aufhielten.

Weiße Rehe machten uns Platz und kamen dann interessiert näher.

Es war unglaublich, denn Martha hatte uns immer gelehrt, dass Rehe sehr scheue Tiere seien, die sich Menschen nur sehr selten zeigten.

„Ich denke hier ist der richtige Ort, um sie zu füttern", stellte Laurenz mit einem zufriedenen Lächeln fest.

Zustimmend nickte ich, glitt von Mathildes Rücken und öffnete das Bündel mit den Essensresten.

Die Stute schien sofort das Obst zu wittern und stupste mich mit ihrer Schnauze sanft an der Schulter.

Lächelnd tätschelte ich ihr den Kopf und flüsterte: „Natürlich habe ich dich nicht vergessen."

Sie ließ ein zufriedenes Schnauben verlauten, als ich ihr eine der Möhren hinhielt und sie mir diese aus der Hand fraß.

Auch Ramon gab ich eine Mohrrübe, damit er sich nicht benachteiligt fühlte, dann entfernte ich mich von den Pferden und legte etwa in der Mitte der Lichtung das aufgeschlagene Päckchen auf den schneebedeckten Boden, damit sich die Tiere im Zweifelsfall nicht durch uns gestört fühlten.

Kaum war ich ein paar Schritte zurückgetreten, hatten die Waldtiere die Witterung des Futters aufgenommen und ich zählte bald neben den drei Rehen, vier Kaninchen, drei oder vier Eichhörnchen, von denen eines rotbraun und die anderen grau waren, und einige Vögel, darunter Amseln und Meisen.

Plötzlich raschelte es und aus einem Gebüsch tauchte ein grauer Wolf auf. Vermutlich hatte ihn der Geruch des Fleisches angelockt.

Erschrocken wich ich weitere Schritte zurück, als ich merkte, dass der Wolf mich mit seinen glühend gelben Augen direkt ansah und leicht knurrte.

Ich sah zu Laurenz auf, aber er stand ganz ruhig da und wies mich nur an: „Macht keine hastigen Bewegungen, dann nimmt er Euch auch nicht als mögliche Beute wahr."

Na toll, dachte ich, da ich merkte, dass die Pferde ebenfalls unruhig wurden.

Genau in diesem Augenblick wendete der Wolf den Kopf von uns ab und lief zu der Futterstelle, an der nach wie vor einige Tiere saßen und fraßen.

Mit angehaltenem Atem beobachtete ich das riesige Tier. Würde er eines der Rehe reißen?

Umso erstaunter war ich, als ich sah, wie die anderen ihm Platz machten, er sich die Knochen schnappte, die er jeweils mit nur wenigen Bissen verschlang, sich dann ein weiteres Mal umsah, uns schließlich den Rücken zudrehte und so plötzlich wieder im Wald verschwand, wie er aufgetaucht war.

Die Tiere widmeten sich wieder ihrem Futter, als wäre nichts geschehen und mir fiel ein riesiger Stein vom Herzen.

Ehrlich gesagt hätte ich nicht gewusst, was ich hätte tun sollen, wenn der Wolf eines der Tiere, oder sogar uns angegriffen hätte.

Da erinnerte ich mich daran, was Laurenz vorhin gesagt hatte. Tiere töten nur, wenn es ums Überleben geht, wenn sie Hunger hatten. Tiere seien so viel friedvoller als Menschen. Ja, langsam glaubte ich, dass diese Aussage sehr viel Wahrheit enthielt.

Als ich das nächste Mal einen Blick auf die Futterstelle warf, war sie leer. Offensichtlich hatten sie alles Obst und Gemüse inzwischen gefressen.

Nun kamen zwei der Rehe zu mir und sahen mich mit ihren großen dunklen Augen an, als wüssten sie genau, dass ich ihnen das Futter mitgebracht hatte.

Vorsichtig streckte ich meine Hand nach ihnen aus und berührte das größere der beiden Tiere sanft am Kopf.

Zu meiner großen Überraschung schreckte es nicht vor mir zurück, ganz im Gegenteil, es schnupperte an meiner Handfläche und ließ sich von mir streicheln.

Diese Tiere waren wirklich mehr als beeindruckend.

„Es tut mir leid", flüsterte ich, „meine Vorräte für euch sind aufgebraucht. Ich habe nichts mehr."

Als habe es mich verstanden, senkte es den Kopf und die beiden trabten zurück.

Seufzend drehte ich mich zu Laurenz um und bemerkte seinen gedankenverlorenen Blick.

Verunsichert lief ich zu ihm hinüber, und wollte wissen: „Majestät, stimmt etwas nicht?"

Ich legte ihm meine Hand auf den Arm und schien ihn erst damit in die Gegenwart zurückzuholen, denn nun zuckte er leicht zusammen und sah mich an.

„Es ist alles in Ordnung", antwortete er nach wie vor abwesend und entzog seinen Arm meiner Hand, „ich fand es nur beeindruckend, wie gut Ihr mit den Tieren umgehen könnt, meine Lady."

Vermutlich sollte mich diese Aussage beruhigen, aber irgendwie hatte ich das Gefühl, es steckte mehr dahinter. Was dachte er gerade wirklich?

Jedoch getraute ich mich nicht, danach zu fragen. Keine Ahnung warum, aber ich hatte gerade das Gefühl, ich könnte ihm zu nahe treten und das wollte ich auf keinen Fall.

Plötzlich landete eine Schneeflocke auf meiner Hand und gleich darauf eine weitere.

„Oh es beginnt zu schneien", stellte ich überrascht fest.

„Ja", bestätigte Laurenz, „wir sollten uns langsam auf den Rückweg machen, nicht, dass wir in einen Schneesturm geraten, oder ähnliches. Das Wetter kann hier ziemlich schnell umschlagen."

„In Ordnung", sagte ich schnell und war ein wenig enttäuscht. Ich wäre gern noch einen Moment länger geblieben, in diesem verzauberten Wald, dessen Bewohner so unglaublich zutraulich waren.

Der König stieg auf sein Pferd. Ich sammelte schnell das Leinentuch ein, in das das Futter eingewickelt gewesen war und tat es ihm gleich.

Nachdem wir den Wald wieder verlassen hatten, stellte ich fest, dass sich der Himmel in der Zwischenzeit ganz schön zugezogen hatte. Vermutlich entsprach es der Wahrheit, dass sich der Schneefall schnell drastisch verstärkte.

Aber bis jetzt fielen nur vereinzelte Flocken vom Himmel und ich war nach wie vor beeindruckt von ihnen, deswegen brachte ich schließlich Mathilde zum Stehen und fragte Laurenz, ob wir eine kurze Pause machen konnten.

Erst sah er mich verwundert an, ließ mich aber gewähren und stieg ebenfalls von seinem Pferd.

„Vielen Dank", meinte ich lächelnd und tanzte vergnügt durch den Schnee.

Ich hockte mich auf den Boden und ließ die kalte, weiße Pracht durch meine Finger rieseln.

Aus dem Augenwinkel heraus bemerkte ich, wie Laurenz mich beobachtete. Allerdings konnte ich seinen Gesichtsausdruck nicht deuten.

Ob er mich gerade für verrückt hielt, weil ich mich so über den Schnee freute?

Gut gelaunt kam ich zu ihm, legte ihm meine Hände auf die Schultern und küsste ihn, bevor ich wissen wollte, ob alles in Ordnung sei.

Schnell nickte er und antwortete: „Ja, ich finde es nur faszinierend, Euch zuzusehen, Lady. Ihr seid die pure Lebensfreude."

Bildete ich mir das ein, oder klang ein wenig Wehmut in seiner Stimme mit, als er das sagte?

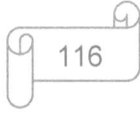

„Wisst Ihr, Majestät, ich bin auch sehr glücklich", entgegnete ich lächelnd und ließ mich der Länge nach in den Schnee fallen.

„Aurelia!", rief er erschrocken, aber ich lächelte nur.

„Könnt Ihr Euch daran erinnern, dass Ihr mich mal gefragt habt, ob ich ein Engel sei?", wollte ich wissen.

Verwundert nickte er.

„Ich konnte kein Engel sein", erklärte ich im Schnee liegend, „dafür fehlt mir eine wichtige Sache, nämlich die Flügel."

Nun bewegte ich meine Arme so im Schnee, dass es bald so aussah, als würden mich weiße Flügel umgeben.

Dann stand ich vorsichtig wieder auf, wohl darauf bedacht, meinen Engel im Schnee nicht zu zerstören.

Der König betrachtete das Muster im Schnee eine Weile, bis er auf einmal sagte: „Für mich seid Ihr auch so ein Engel, Lady Aurelia. Offensichtlich gibt es auch Engel ohne Flügel auf der Erde."

Als Antwort darauf schenkte ich ihm ein Lächeln und verspürte, obwohl ich hier draußen im Schnee stand, diese Wärme, dieses unglaubliche Gefühl der Geborgenheit, wenn er mich so intensiv mit seinen blauen Augen ansah.

Am liebsten wäre ich ihm um den Hals gefallen, aber ich wusste nicht, ob es in diesem Moment angebracht war, deswegen ließ ich es sein.

Mir fiel auf, dass das Schneetreiben inzwischen zugenommen hatte und vermutlich hätte ich mich nicht in den Schnee legen sollen, denn nun spürte ich auf einmal, dass mir langsam kalt wurde.

Wahrscheinlich war ich noch immer nicht an dieses Wetter gewöhnt, auch wenn ich mittlerweile seit einigen Wochen in diesem Reich des Eis und Schnees lebte.

„Ich denke, wir sollten uns langsam wieder auf den Weg zum Schloss machen", meinte ich und schlang mir fröstelnd die Arme um den Körper.

Laurenz nickte zustimmend und ich folgte ihm zurück zu den Pferden.

Fast hatte ich ihn eingeholt, als plötzlich der Schnee unter meinen Füßen nachgab und wegrutschte.

Ich merkte, wie ich das Gleichgewicht verlor.

Genau in diesem Moment drehte er sich zu mir um und rief erschrocken meinen Namen.

Er wollte mich auffangen, doch er merkte im gleichen Augenblick, dass dies für ihn unmöglich war. Da landete ich bereits auf ihm und wir fielen beide in den Schnee.

„Verzeihung", meinte ich sofort und richtete mich so schnell wie möglich wieder auf.

„Alles gut", erwiderte Laurenz benommen, „Hauptsache, Ihr habt Euch nicht verletzt."

„Nein, mir fehlt nichts", antwortete ich und sah ihn besorgt an, „aber was ist mit Euch?"

Daraufhin schüttelte er nur den Kopf und starrte abwesend auf seine Hände.

„Majestät, ist wirklich alles in Ordnung?", fragte ich abermals, nachdem er aufgestanden war.

„Ja", antwortete er und wirkte dabei nach wie vor seltsam abwesend, dann senkte er die Stimme, bevor er weitersprach: „Es ist nur... ich hätte Euch fast berührt..."

Ich verstand, was er meinte, deswegen schenkte ich ihm ein Lächeln und erwiderte: „Keine Sorge, Majestät, es ist nichts passiert. Mir geht es gut."

Meine Absicht war, ihn mit dieser Antwort beruhigen, aber da bemerkte ich erneut seinen traurigen Blick, als er meinte: „Ja, zum Glück geht es Euch gut, meine Lady."

Dann stieg er auf sein schwarzes Pferd und sagte nur: „Lasst uns endlich zum Schloss zurückreiten."

Zustimmend nickte ich und hoffte, dass die Sache von eben damit erledigt sei, allerdings fiel mir auf dem Rückweg auf, dass er seltsam still und abwesend wirkte.

Wir ritten den ganzen Weg zum Schloss hauptsächlich schweigend nebeneinander her.

Was hatte ich falsch gemacht, oder falsches gesagt?

Als wir den Hof erreicht hatten und die Pferde wieder in den Stall führten, wollte ich ihn küssen, aber er wich mir aus.

Stattdessen sah er mich nur an, mit seinen blauen Augen, die noch immer so traurig wirkten, wie vorhin und bat mich: „Aurelia, bitte nehmt es mir nicht übel, aber ich wäre jetzt gern eine Weile allein."

Überrascht nickte ich und versicherte ihm natürlich, dass dies für mich in Ordnung sei, aber das war es in Wirklichkeit nicht.

Tief in meinem Herzen verspürte ich einen Stich.

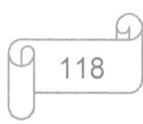

Niemals würde ich mich den Wünschen und Anweisungen des Königs widersetzen, jedoch machte ich mir Sorgen.

Was war vorhin da draußen geschehen, was ihn so beschäftigte, dass er nicht mal mit mir darüber sprechen wollte oder konnte? Wieso hatte ich auf einmal das Gefühl, dass er mir aus dem Weg ging? Er wollte schließlich nicht mal, dass ich ihn küsse.

Was hatte ich falsch gemacht? Ich wusste es nicht...

9. Die Schatten der Vergangenheit

Langsam folgte ich ihm von den Stallungen ins Schloss.

Er hatte Arthur ganz knapp angewiesen, sich um die Pferde zu kümmern und eilte nun mit schnellen Schritten voran. Da es mir kaum möglich war, ihn einzuholen und er meine Gegenwart im Moment offensichtlich eh nicht wollte, blieb ich hinter ihm zurück.

Im Schloss schien uns Hildegard inzwischen zu erwarten.

Mit ihrem stätig freundlichen Lächeln auf den Lippen, fragte sie uns, wie der Ausflug war.

Umso mehr schien es sie zu verwirren, als Laurenz nur ein flüchtiges „Ereignisreich" zur Antwort äußerte und sich dann entschuldigte.

Tatsächlich bat er sie ebenfalls darum, dass er die nächste Zeit nicht gestört werden möchte, dann ließ er uns allein.

Nun ruhte ihr verwunderter Blick auf mir, als sie mir aus dem Mantel half und wissen wollte: „Fräulein Aurelia, was ist unterwegs geschehen?"

„Ehrlich gesagt, weiß ich es selbst nicht so recht", antwortete ich seufzend und spürte, dass mir nach wie vor kalt war.

Dies schien mir die Köchin offensichtlich anzusehen, denn sie meinte plötzlich: „Ihr seht aus, als würdet Ihr frieren, mein Fräulein. Was haltet Ihr davon, wenn ich Euch erst einmal ein heißes Bad einlasse? Dann könnt Ihr Euch aufwärmen und reden können wir auch danach in Ruhe."

Dankend nahm ich dieses Angebot an und folgte ihr nach unten in die Waschküche.

Diese befand sich direkt neben der Küche und war ziemlich klein. Den Großteil des Raumes nahm eine riesige Badewanne ein, die offenbar mit einem großen Ofen beheizt wurde.

Auch hier war alles mit einer Eisschicht überzogen.

Unwillkürlich fragte ich mich, ob das Eis nicht schmolz, wenn hier Feuer machte und das Wasser in der Wanne erhitzte. Dabei wusste ich, dass in diesem Schloss, in diesem Reich vieles nur auf Magie zu begründen war.

Als erstes öffnete Hildegard ein kleines Fläschchen und sofort erfüllte ein angenehmer Duft den Raum, einen Duft, den ich nicht sofort einordnen konnte.

„Was ist das?", fragte ich überrascht.

„Rosenblütenöl", antwortete sie lächelnd und gab ein paar Tropfen in die Wanne. „das riecht nicht nur gut, sondern ist auch gesund für die Haut."

Daraufhin nickte ich nur und genoss diesen Geruch.

Während sie die Wanne mit Hilfe eines großen Eimers, mit Wasser füllte und Feuerholz in den Ofen legte, wollte sie wissen, was vorgefallen war.

Ratlos zuckte ich mit den Schultern und fragte sie stattdessen, ob ich ihr irgendwie behilflich sein konnte, doch sie lehnte wie immer ab. Ja, für sie war ich offenbar schon die neue Königin.

Ob ich mich jemals daran gewöhnen würde?

Nun sah sie mich wieder erwartungsvoll an.

Ach so, ich hatte ihr immer noch keine zufriedenstellende Antwort auf die Frage geliefert, was denn nun da draußen vorgefallen war.

Also erzählte ich ihr schließlich von unserem Ausritt, von der Begegnung mit den Waldtieren, wie zutraulich sie waren und wie sehr mich dieses Verhalten faszinierte, dass sogar der Wolf, der auf einmal auf der Lichtung erschienen war, keines der Tiere angefallen hatte.

„Ja, das ist die Magie dieses Waldes", bemerkte Hildegard und schien für einen Augenblick mit ihren Gedanken ganz wo anders zu sein, bevor sie weiter nachhakte: „Und was ist dann geschehen?"

Ich stieß einen Seufzer aus und erzählte weiter, von dem Zwischenstopp, der Sache mit dem Engel im Schnee und wie ich schließlich auf dem Schnee ausgerutscht war.

„Seitdem ist er so seltsam", schloss ich meinen Bericht ab.

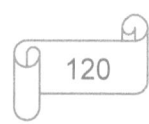

Einen Moment lang schien Hildegard nachzudenken.

In der Zwischenzeit war die Wanne ordentlich gefüllt und musste nun erwärmt werden.

„Ich glaube, er hat Angst, Euch zu verlieren", sagte Hildegard nach einer Weile, während sie erneut Feuerholz nachlegte.

Verwundert sah ich sie an. „Aber warum? Dafür gibt es keinen Grund. Ich meine, er weiß genau, dass ich ihn liebe und ich werde niemals wieder gehen."

Hildegard hob den Kopf und sah mich wieder mit einem Lächeln auf den Lippen an, als sie antwortete: „Ja, ich denke, das weiß er."

Jetzt verstand ich allmählich gar nichts mehr. „Aber was meinst du dann damit?"

In diesem Augenblick wechselte sie ganz abrupt das Thema, als sie mich anwies, die Wassertemperatur zu kontrollieren.

Nun dauerte es tatsächlich nicht mehr lange, bis ich in die warme Wanne steigen konnte.

Dabei half mir die Köchin aus meinem Kleid und nachdem ich hineingestiegen war, meinte sie, dass sie mich nun allein lassen würde. Wenn etwas sei, solle ich nur nach ihr rufen, da sie sich in der Küche nebenan aufhalten würde.

Nickend stimmte ich zu und sank langsam in das angenehm duftende Wasser.

Wahnsinn, eine richtige Badewanne hatten wir im Heim nie besessen, wenn dann nur diese tragbaren Kübel, in die eigentlich nur die Kinder hineinpassten.

Erst nachdem sie den Raum verlassen hatte, fiel mir auf, dass sie mir auf meine letzte Frage gar keine Antwort gegeben hatte.

Was meinte sie damit, dass er Angst habe mich zu verlieren? Ich war hier und ich würde auch nicht wieder weggehen. Ich liebe Laurenz schließlich.

Seufzend lehnte ich mich zurück. Das warme Wasser tat meinem Körper richtig gut.

Erstaunt beobachtete ich den Wasserdampf, der um mich herum aufstieg.

Normalerweise müsste das Eis, mit dem dieser Raum komplett überzogen war, schmelzen, oder? Anderseits, wie ich mehrfach festgestellt hatte, war an diesem Ort nichts normal. Es bestand fast alles aus einer unerklärlichen Magie.

Manchmal hatte ich das Gefühl Laurenz und Hildegard waren das einzig echte hier. War es möglicherweise genau das, wovor er Angst hatte? Dass ich auch nur aus einem Zauber heraus entstanden und in Wahrheit gar nicht existierte? Dass meine Gefühle für ihn gar nicht echt waren?

Aber das war Schwachsinn. Trotz der ganzen Magie in diesem Schloss, fühlte ich mich hier bei ihm so wohl und geborgen, wie nie zuvor an einem Ort und bei einem Menschen.

Ja, genau das musste ich ihm klarmachen. Hoffentlich ließ er dann mit sich reden.

Ich war völlig in Gedanken versunken, als sich plötzlich die Tür öffnete und Hildegard hereintrat.

„Fräulein Aurelia?", fragte sie ein wenig besorgt. „Ist das Wasser noch warm, oder soll ich Feuerholz nachlegen?"

„Äh, … vielen Dank, aber das ist nicht nötig", antwortete ich überrascht. „Ich denke, ich habe lange genug gebadet."

„In Ordnung", nickte Hildegard und bot mir Hilfe an, aus der Wanne zu kommen, aber nicht, bevor sie von irgendwo her ein fliederfarbenes Handtuch gezaubert hatte, dass sie mir nun anbot.

Während ich mich abtrocknete, wollte ich wissen: „Hast du Laurenz in der Zwischenzeit wiedergesehen?"

Hildegard schüttelte den Kopf. „Seine Majestät hat sich nach wie vor in seinen Gemächern zurückgezogen."

„Ich verstehe", murmelte ich nachdenklich, „also wird er mich auch nicht empfangen wollen…"

„Das weiß ich leider nicht, mein Fräulein", erwiderte die Köchin und lief zur Tür. „Wartet kurz hier, dann hole ich Euch ein trockenes Kleid."

Dankend stimmte ich zu und kuschelte mich in das Handtuch, das mir erstaunlicherweise fast bis zu den Füßen reichte. Ein weiteres, kleines Handtuch, das dieselbe Farbe hatte, wickelte ich mir um die Haare.

Anders, als ich vermutet hatte, war es in dem gesamten Raum angenehm warm, selbst der Fußboden erweckte nicht den Eindruck, als würde ich auf einer Eisschicht stehen.

Wenig später betrat Hildegard wieder die Waschküche. Sie hatte mir ein verhältnismäßig schlichtes, weinrotes Kleid mitgebracht und fragte mich nun, ob dieses für mich in Ordnung sei.

„Ja, natürlich", antwortete ich schnell. Diese übertriebene Förmlichkeit brachte mich einmal mehr völlig aus dem Konzept. Ich zog das Kleid an und Hildegard half mir wieder bei den Schnürungen.

„Meinst du, ich kann jetzt nach ihm sehen?", fragte ich sie verunsichert, als ich mir die Haare kämmte.

„Genau weiß ich es auch nicht", antwortete die Köchin ratlos, bevor sie mich im nächsten Augenblick wieder anlächelte, als sie hinzufügte: „Aber einen Versuch ist es wert, oder?"

Abwesend nickte ich.

„Ach Fräulein Aurelia", meinte Hildegard seufzend, da sie sicher die Unsicherheit in meiner Stimme bemerkt hatte, „ich bin mir sicher, Laurenz wird sich Euch anvertrauen, wenn er sich bereit dazu fühlt. Glaubt mir, er vertraut Euch."

„Gut, ich werde nach ihm sehen", erwiderte ich nun, da ich hoffte, dass sie Recht hatte. Dann bedankte ich mich bei ihr und verließ die Waschküche.

Wo würde ich Laurenz finden? War er überhaupt bereit mit mir zu sprechen? Hatte ich das Recht, ihn danach zu fragen?

Gedankenverloren lief ich die Treppe nach oben, als ich plötzlich Klavierklänge vernahm.

Oh, er spielte wieder, ging es mir durch den Kopf, ob ich es versuchen sollte?

Erneut machte sich Unsicherheit in mir breit. Was, wenn ich einen Fehler begangen hatte? War ich ihm irgendwie zu nahe getreten? War er wütend auf mich?

Ich musste wissen, woran ich bin, also nahm ich all meinen Mut zusammen und klopfte vorsichtig an die Tür zum Klavierzimmer.

Drinnen verstarben die Klänge des Klaviers und mein Herz schlug schlagartig schneller. Einen Moment lang tat sich allerdings gar nichts. Hatte er das Klopfen vielleicht nicht vernommen? Was sollte ich jetzt tun? Erneut klopfen?

Genau in diesem Augenblick hörte ich Schritte und ich hielt den Atem an. Hatte er mich doch mitbekommen?

Bevor ich wusste, was ich tun sollte, öffnete sich die Tür zum Klavierzimmer und Laurenz stand vor mir.

„Lady Aurelia", stellte er überrascht fest und musterte mich.

„Verzeihung, ich wollte Euch nicht stören, Majestät", erwiderte ich verunsichert.

„Ihr stört nicht", sagte er und die Überraschung in seinem Gesicht wich einem liebevollen Lächeln.

Ohne ein weiteres Wort reichte er mir die Hand, führte mich in das Zimmer und bat mich, auf der Sitzbank vor dem Klavier Platz zu nehmen.

„Also habe ich Euch nicht verärgert?", wollte ich verwundert wissen, nach dem ich mich gesetzt hatte.

Nun stand er direkt neben mir und seine blauen Augen ruhten auf mir.

„Wieso solltet Ihr mich verärgert haben?", fragte er und nahm wieder meine Hand, als er sich neben mir niederließ.

„Weil … na ja…" Für einen Moment wusste ich nicht, wie ich es ausdrücken sollte.

„Nach unserem Ausflug vorhin wart Ihr so abweisend", brachte ich zögernd über die Lippen und fragte mich sofort wieder, ob ich dies überhaupt so direkt hätte aussprechen dürfen.

Sein Blick wandelte sich nun zu nachdenklich, als er antwortete: „Verzeiht meine Lady, es war nicht Euer Fehler."

Bei diesem Satz spürte ich, wie mir ein Stein vom Herzen fiel.

Zu gern hätte ihn gefragt, was ihn vorhin so beschäftigt hatte, jedoch traute ich mich nicht. Also saßen wir eine Weile schweigend nebeneinander, während er seine Finger der freien Hand wieder gedankenverloren über die Tasten des Klaviers fahren ließ.

Dann legte er meine Hand sanft in meinen Schoß, stand auf und ging zum Fenster.

„Ihr solltet nicht hier sein, Aurelia", sagte er schließlich, ohne mich anzusehen. „Ich bin nicht gut für Euch."

Von hier aus konnte ich erkennen, dass sein Blick sich irgendwo da draußen im Schneetreiben verlor.

„Was?", erwiderte ich rau und sah ihn verständnislos an. „Das … das ist nicht wahr."

„Doch", sagte der König und seine Stimme war kaum mehr als ein Flüstern, „vorhin im Wald… wenn ich Euch berührt hätte… Es ist viel zu gefährlich für Euch, sich in meiner Gegenwart aufzuhalten…"

„Mir ist nichts passiert", bemerkte ich fassungslos.

„Aber fast", beharrte er.

Nun drehte er sich endlich wieder zu mir um und mir lief ein kalter Schauer über den Rücken, als ich erkannte, dass da Tränen in seinen wunderschönen Augen funkelten.

„Aurelia, ich habe solche Angst davor, Euch zu verlieren... dass Euch etwas zustößt, wenn ich mal einen Augenblick unachtsam sein sollte."

Ich stand auf und ging zu ihm.

Behutsam legte ich meine Hände auf seine Brust und sah ihn an.

„Mir wird nichts passieren, ich werde achtsamer sein", versuchte ich es erneut und bemühte mich dabei so unbeirrt wie möglich zu klingen. „Schließlich kenne ich die Gefahr. Ihr werdet mich nicht verlieren, versprochen."

Laurenz ergriff meine Hände und sah mich an. Irrte ich mich, oder war da ein leichtes Lächeln auf seinen Lippen?

Nur verschwand es sofort wieder, als er antwortete: „Aurelia, ich liebe Euch, aber es wäre besser für Eure Sicherheit... und nicht nur deswegen. Der Schnee, das Eis, die Kälte und die Tatsache, dass hier kaum Menschen sind... Bestimmt fühlt Ihr Euch einsam."

„Meine Sicherheit", murmelte ich nachdenklich, dann schüttelte ich energisch den Kopf, „es klingt vielleicht seltsam, aber ich habe mich nie irgendwo sicherer und mehr geborgen gefühlt, als in Eurer Nähe. Ich weiß genau, dass Ihr mir niemals Leid zufügen würdet. Und warum sollte ich mich einsam fühlen? Ihr seid bei mir."

Sein Griff um meine Hände verstärkte sich, als er wissen wollte: „Ich bin die Einsamkeit gewöhnt, aber Ihr? Ihr seid in diesem Kinderheim aufgewachsen, Für Euch ist es normal, ständig Leute um Euch herum zu haben, aber hier ist niemand weiter, außer Hildegard und Arthur. Aber selbst Arthur lässt sich kaum blicken, da er die meiste Zeit mit den Pferden beschäftigt ist."

„Ihr habt in Eurer Aufzählung eine wichtige Person vergessen", meinte ich lächelnd und sah ihn an, „nämlich Euch selbst, mein König."

Er wich meinem Blick aus, als er wissen wollte: „Aber was ist mit Euren Freunden, oder Eurer Pflegemutter? Verzeihung, wie war ihr Name?"

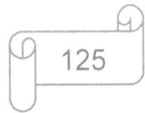

„Sie heißt Martha", antwortete ich sanft, „und sicher kann ich sie irgendwann mal besuchen fahren für ein paar Tage, das ist völlig in Ordnung."

„Das ist also wirklich in Ordnung für Euch?", fragte er ungläubig erneut nach.

Dabei war mir durchaus bewusst, dass es nicht ganz so einfach war. Zu Hause würde mich außer Martha und den Kindern auch Eduard erwarten und er wäre sicher nicht begeistert zu erfahren, dass ich ihn niemals heiraten werde, weil mein Herz einem anderen gehörte.

Nein, ich konnte nicht zurück. Nicht so lange, wie er kein anderes Mädchen zur Frau genommen hat...

Allerdings sollte Laurenz nach wie vor nichts davon erfahren, also nickte ich um meine Aussage zu bestätigen.

Plötzlich fiel er mir ohne Vorwarnung um den Hals.

„Oh Aurelia", flüsterte er leise und umarmte mich so fest, als würde er mich nie wieder loslassen wollen. „Ich liebe Euch so sehr."

Nun spürte ich, wie mir ein warmer Schauer über den Rücken lief und war verwundert, als ich bemerkte, dass er zitterte.

Wir standen eine ganze Weile eng umschlungen da, bis er sich auf einmal wieder von mir löste und murmelte: „Verzeiht mir."

Wieder sah ich einen Augenblick nur an, bevor ich flüsterte: „Es wird alles gut, Majestät."

Er nickte nur und küsste mich. Dann nahm er mich bei der Hand und sagte auf einmal: „Kommt, Lady Aurelia, ich möchte Euch etwas zeigen."

Überrascht nickte ich und folgte ihm.

Laurenz führte mich einen langen Flur entlang, der mit weinrotem Teppich ausgelegt war. An den Wänden hingen Bilder von Männern in Uniformen. Sie sahen jedoch nicht so majestätisch aus, wie die Bildergalerie, wo ich auch Königin Lucinda erkannt hatte. Demnach handelte es sich bei den Männern auf den Gemälden hier vermutlich nicht um Könige. Eventuell waren es Soldaten, oder oberste Offiziere, die einst für das Königreich gekämpft hatten.

Dabei fiel mir auf, dass keines der Bilder vereist war. Bedeutete das, sie wurden regelmäßig enteist, oder hatte das wieder einen übernatürlichen Grund?

Während wir diesen Gang entlangliefen, überlegte ich, ob ich Laurenz danach fragen sollte, aber als ich ihn von der Seite ansah, wirkte es erneut, als wäre er mit seinen Gedanken völlig woanders. Deshalb beschloss ich, lieber zu schweigen.

Wir erreichten eine schmale, vereiste Wendeltreppe, die steil nach oben führte.

Verunsichert blickte ich zu meinem König um. Wollte er, dass ich da hinaufstieg?

Auf seinen Lippen erkannte ich ein leichtes Lächeln, aber er war scheinbar weiterhin in Gedanken versunken, als er nur meinte: „Nach Euch, meine Lady."

Vorsichtig setzte ich einen Fuß auf die erste Stufe und griff nach dem Geländer auf der linken Seite, das nicht mehr als eine dünne Eisenstange war, die nicht sehr stabil aussah.

Zu meiner Erleichterung merkte ich allerdings, dass mich Laurenz die ganze Zeit nicht losließ und tatsächlich schaffte ich es die ganze Treppe nach oben, ohne auch nur einmal auszurutschen.

Oben angekommen standen wir nun vor einer Holztür, deren bogenförmiger Rahmen kunstvoll mit Blumenranken verziert war.

Ja, ich war einmal mehr höhst beeindruckt.

Während ich damit beschäftigt war, den Türrahmen zu bewundern, schob sich der König sanft an mir vorbei und öffnete die Tür.

„Tretet nur ein, meine Liebe", wies er mich freundlich an und ich machte ein paar Schritte in den Raum, der kleiner war, als ich erwartet hatte.

Offensichtlich handelte es sich hier um ein Turmzimmer, denn der Raum war durchgängig rund und eine kleine Tür schien nach draußen auf einen Balkon zu führen.

An den Wänden befanden sich Regale aus Eis und darauf standen Bücher und Kerzenständer. Die Bücher sahen älter aus, als die, die sich unten in der Bücherei befanden. An der Decke hing ein riesiger Kronleuchter, der viel zu groß für dieses Turmzimmer wirkte und die Wände, an denen sich keine Regale befanden, waren mit Teppichen behangen, auf denen das Wappen des Königshauses abgebildet war. Darunter standen halbrunde Sitzgelegenheiten, die ebenfalls mit diesen weinroten Kissen bedeckt wurden.

Mein Blick hing einen weiteren Moment an den Wandteppichen mit den Wappen. Der schwarze Löwe in der Mitte schien mich regelrecht anzusehen.

Welches Tier passte auch besser zu meinem König, als ein Löwe? Ja, auch er musste jeden Tag kämpfen, gegen den Fluch, den Schnee und das Eis. Es grenzte an ein Wunder, dass sich diese Kälte nicht mittlerweile in seinem Herzen ausgebreitet hatte, in so vielen Jahren der Einsamkeit.

„Aurelia?" Seine Stimme riss mich aus meinen Gedanken. „Woran denkt Ihr gerade, Lady?"

„Ich… ich habe gerade nur die Wandteppiche bewundert", antwortete ich schnell und das war nicht mal unwahr.

„Ach so, ich verstehe", antwortete er. An seinem Blick und dem Lächeln auf seinen Lippen, konnte ich jedoch erahnen, dass er wusste, dass mehr dahintersteckte.

Dann erklärte er: „In dieses Turmzimmer habe ich mich in den vergangenen Jahren oft zurückgezogen, wenn ich allein sein wollte, wenn ich dem allen hier, dem Fluch, entfliehen wollte…" Nachdenklich nickte ich.

Nun schien Laurenz zu bemerken, dass ich nach wie vor ratlos herumstand, denn er bot mir an: „Setzt Euch bitte, meine Lady."

Gehorsam nahm ich auf den weinroten Kissen Platz, während er durch den Raum schritt, die Kerzen in den Kerzenständern entzündete.

Ich beobachtete jede seiner Bewegungen und fragte mich, woran er wohl gerade dachte.

Schließlich kam er zu mir zurück. Allerdings setzte er sich nicht zu mir, sondern blieb neben mir stehen.

Als ich ihn ansah, erkannte ich, dass sein Blick wieder leer war.

„Ich habe mich oft gefragt, was geschehen wäre, wenn ich mich damals anders entschieden hätte", sagte er leise und legte eine Hand auf die Armlehne der Bank.

„Was meint Ihr damit, Majestät?", fragte ich vorsichtig nach und war mir nicht sicher, ob ich meine Hand auf seine legen durfte, oder nicht.

„Die Hexe, die mir damals den Fluch auferlegt hat, war sehr reich, hatte irgendeinen Adelstitel, aber ich weiß nicht mehr genau, welchen", begann Laurenz zu erzählen und wanderte wieder ziellos durch den Raum, „und sie hatte eine Tochter, die

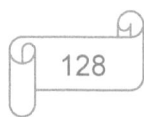

etwa in meinem Alter war. Wilma hieß das Mädchen, wenn ich mich recht entsinne. Ihre Mutter hatte wohl mit meinen Eltern vereinbart, dass ich Wilma heirate, wenn wir erwachsen sind."

„Das wurde einfach so vereinbart, ohne Euch vorher zu fragen?", wollte ich entsetzt wissen.

„Ja, das ist so üblich in den Königsfamilien. Normalerweise dürfen nur Adlige untereinander heiraten. Eine Liebesbeziehung zwischen Adligen und normalen Bürgern? Unmöglich. Deswegen wurden die meisten Hochzeiten bereits vereinbart, wenn man noch Kind war."

Also nicht anders, als in der unteren Gesellschaft. Tja, man wollte eben um jeden Preis verhindern, dass sich die Schichten miteinander vermischten.

Ich musste schwer schlucken, denn nach dem, was er da eben erzählt hatte, durften wir überhaupt nicht zusammen sein. Nicht nur ich verhielt mich rechtswidrig, wenn ich Eduard verschmähte und bei Laurenz blieb. Nein, auch mein König verstieß gegen diese Regelung. Doch ich sprach ihn besser nicht darauf an.

Da er sich offenbar dazu entschlossen hatte, mir nun alles über den Fluch zu erzählen, wollte ich ihn nicht unterbrechen, deswegen fragte ich nur: „Aber Ihr wolltet dieses Mädchen nicht heiraten, richtig?"

Er drehte sich wieder zu mir um und nickte. „Ich habe mich geweigert. Ich meine, ich war damals gerade mal 6 Jahre alt. Ich hatte von all dem noch keine Ahnung."

„Deswegen hat sie Euch verflucht? Wusste denn vorher niemand, dass sie eine Hexe ist?"

„Nein, von ihren Fähigkeiten wusste das Königshaus vorher nichts, aber mein Vater hatte offenbar auch nicht damit gerechnet, dass ich mich dagegen wehren würde." Laurenz schmunzelte ein wenig, bevor er fortfuhr. „Ich muss wohl damals gesagt haben, dass sie so hässlich sei, dass ich lieber sterben würde, als sie zu meiner Gemahlin zu nehmen."

„Oh", brachte ich daraufhin nur hervor und wusste nicht ganz, ob ich diese Aussage amüsant finden, oder ob es mich eher erschrecken sollte.

Als habe er meine Gedanken gelesen, fügte er hinzu: „Ich weiß, dass war kein sehr angemessenes Verhalten für einen kleinen Prinzen, aber das war mir damals wohl nicht bewusst.

Ich kann mich daran erinnern, wie Wilma weinend zu ihrer Mutter lief und diese meinte, das habe ein Nachspiel."

„Das war also der Grund, warum sie Euch verflucht hat?", fragte ich, obwohl ich mir die Antwort denken konnte.

Wieder nickte er langsam und sein Gesichtsausdruck verdunkelte sich schlagartig. „Sie sagte, ich sei so kalt wie Eis und das solle ich auch zu spüren bekommen. Dann folgte eine Art Erdbeben und als die Erde wieder stillstand, verlangte die Hexe, dass wir mit nach draußen kamen. Ich sollte einen Baumstamm berühren. Nun ja, wie Ihr Euch denken könnt, ist er vereist. Ich weiß genau, wie mein Vater sie angeschrien hat, dass sie es wieder rückgängig machen soll. Natürlich weigerte sie sich. Nachdem die ersten Menschen durch mich zu Eis erstarrt waren, ließ mein Vater die Hexe und ihre Familie suchen und in den Kerker sperren, aber selbst dort habe sie nur gelacht und gemeint, das volle Ausmaß würde sich erst viel später bemerkbar machen. Was soll ich sagen? Sie hatte Recht."

Nun konnte ich mich durchringen, diese eine Frage zu stellen. „Was meint Ihr mit dem vollen Ausmaß?"

Laurenz seufzte und schloss für einen Moment die Augen. „Wir fanden heraus, dass der Fluch innerhalb des Schlosses keine Wirkung zeigte, also versteckte man mich. Ich weiß nicht, ob sie dem Volk erzählten, dass der Prinz nicht mehr am Leben sei, aber Vater sorgte davor, dass man nicht mehr nach mir fragte. Fast zehn Jahre habe ich das Schlossgelände nicht verlassen. Nur einige vermeintliche Zauberer ließ er in meine Nähe, aber sie haben es alle nicht geschafft, den Fluch zu bannen. Im Gegenteil, am Ende wurden sie selbst alle zu Eisstatuen. Zu meinem 16. Geburtstag vereiste dann plötzlich alles, das Schloss, die Umgebung und sie... Die verbliebenen Bediensteten flüchteten und ich war auf einmal König... Ich wüsste nicht, was ich getan hätte, wenn Arthur und Hildegard auch gegangen wären. Vor allem Hildegard hat mich sehr unterstützt, aber sie fehlen mir trotzdem, Vater und Mutter..."

„Ja, das kann ich gut verstehen", murmelte ich betroffen.

Ich sah, dass sich seine Hände in den weichen Stoff der Rückenlehne gegraben hatten und er zitterte.

Vorsichtig stand ich auf und legte ihm beruhigend die Hand auf den Rücken. Nun drehte er sich zu mir und sah mich mit glänzenden Augen an.

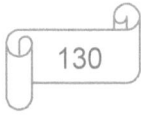

Nun legte ich meinem König die Arme behutsam um den Hals und drückte ihn an mich.

„Keine Angst, Majestät", flüsterte ich ihm ins Ohr, „ich bin da und ich bleibe. Kein Eis und keine Hexe der Welt wird das verhindern können."

Als Antwort darauf schlang er seine Arme fest um mich und küsste mich.

Überrascht stellte ich fest, dass seine Lippen salzig schmeckten. War er etwa die ganze Zeit im Zimmer auf und ab gegangen, damit ich seine Tränen nicht bemerkte?

Zu wissen, wie sehr ihn sein Schicksal belastete, tat mir selbst unglaublich weh, denn ich wusste nicht, wie ich ihm helfen konnte.

„Danke für alles, Lady Aurelia", sagte er schließlich, als er sich wieder aus meiner Umarmung löste. „Ich hätte nicht gedacht, dass es so schwer ist, über das alles zu sprechen."

Er ließ seinen Blick wieder in Richtung Fenster gleiten, als er hinzufügte: „Im Moment scheint es so, als wenn Ihr das Einzige seid, was meinem Leben einen Sinn gibt."

Mir lief ein Schauer über den Rücken und ich war mir nicht sicher, ob ich mich über dieses Kompliment freute, oder ob es mir Angst machte.

Nachdem ich einen Augenblick lang verzweifelt nach den richtigen Worten gesucht hatte, sagte ich letztendlich: „Sicher finden wir eine Möglichkeit, den Fluch zu brechen."

Laurenz sah mich an und auf seinen Lippen bildete sich ein bitteres Lächeln. „Vielen Dank, Liebste, aber glaubt mir, wir haben mit den Jahren alles versucht."

So schnell wollte ich aber nicht aufgeben. „Sagtet Ihr nicht einmal, es gäbe eine Möglichkeit, den Fluch zu brechen?"

Erschöpft zuckte er mit den Schultern. „Wenn ich mich recht entsinne, sagte die Hexe damals, nur Feuer könne das Eis zum Schmelzen bringen. Allerdings handle es sich hierbei nicht um gewöhnliches Feuer, das im Kamin brennt. Keine Ahnung, was sie damit meinte."

„Was ist aus ihr geworden?", wollte ich wissen. „Also aus der Hexe und ihrer Familie? Könnten wir nicht zum jetzigen Zeitpunkt abermals versuchen, mit ihr zu sprechen? Vielleicht würde sie nach so vielen Jahren Gnade walten lassen?"

„Wohl kaum", erwiderte er schwach. „Nicht lange, nachdem Vater sie in den Kerker hat sperren lassen, waren sie alle, also die ganze Familie, spurlos verschwunden. Er hat damals viele Soldaten nach ihnen suchen lassen, aber sie blieben unauffindbar."

„Aber irgendeine Möglichkeit muss es geben", erwiderte ich beharrlich.

Wieder erkannte ich ein leichtes Lächeln auf seinen Lippen. „Ich bewundere Euren Kampfgeist, Aurelia. Woher nehmt Ihr nur Eure Kraft?"

„Ich weiß nicht genau", musste ich zugeben. „Vermutlich, weil ich fest davon überzeugt bin, dass es irgendeine höhere Macht gibt, die mich den richtigen Weg beschreiten lässt. Eventuell seid Ihr mein Schicksal, Majestät."

Jetzt sah er mich überrascht an. „Was genau meint Ihr damit?"

Einen Moment lang dachte ich nach, wie ich ihm das am besten erklären könnte. Am besten erzählte ich ihm von meinem Traum.

Also begann ich mit: „Nachdem ich erfuhr, dass Ihr gesundheitliche Probleme hattet, hatte ich einen Traum, der sich sehr echt anfühlte. Majestät, ich glaube, wir sind uns vor einigen Jahren schon einmal begegnet."

Ungläubig fragte er: „Meint Ihr das Ernst?"

Ich nickte mit einem leichten Lächeln auf den Lippen. „Eine verregnete Nacht. Ein Mädchen mit einem weißen Regenschirm, den sie Euch unbedingt geben wollte. Ihr trugt schwarze Kleidung und die Maske. Das ist etwa 5 oder 6 Jahre her. Könnt Ihr Euch daran erinnern?"

Einige Sekunden sah mich Laurenz nachdenklich an, dann nickte er plötzlich.

„Ihr wart das Mädchen?" Er schien es immer noch nicht glauben zu können.

„Ja", bekräftigte ich meine Aussage, „und es tut mir leid, dass ich damals Angst vor Euch hatte. Ich meine, als Ihr den Schirm berührt habt…"

Nun war er es, der mir ein Lächeln schenkte. „Ich kann es Euch nicht verübeln, dass Ihr Euch damals erschreckt habt. Das wäre wohl jedem so ergangen. Dabei weiß ich, dass Ihr es nicht böse gemeint habt. Ihr habt ein sehr großes Herz, meine Lady, schließlich wolltet Ihr mir mit dem Schirm etwas Gutes tun, vielen Dank."

„Immer wieder gern", lächelte ich und er schloss mich erneut in seine Arme.

Ich versank in seinen Armen und fühlte mich geehrt, dass er den Mut aufgebracht hatte, mir seine ganze Geschichte zu erzählen, von all den Schatten seiner Vergangenheit, die ihn nach wie vor verfolgten. Jedoch war ich mir nach wie vor sicher, dass es einen Weg geben würde, diesen Fluch zu brechen. Ob ich das Feuer finden würde, das das Eis endgültig zum Schmelzen bringt?

10. Heimweh

Die nächsten Tage kam es mir vor, als hätte uns das intensive Gespräch über seine Vergangenheit stärker zusammengeschweißt.

Der Schnee und das Eis spielten für mich keine Rolle. Ich war mir ganz sicher, dass ich genau so wenig ohne meinen König leben konnte, wie er ohne mich.

Nun, da ich dieses Turmzimmer kannte, mit dem er so viele Erinnerungen an seine Kindheit verband, verbrachten wir mehr Zeit in diesem Raum.

Laurenz hatte mir erklärt, dass ihm die Bücher, die auf den Regalen hier standen sehr viel bedeuteten, deswegen bat ich ihn, mir die Geschichten, die sie enthielten, vorzulesen.

Gemeinsam saßen wir auf den weinroten Kissen, er hatte einen Arm um meine Schultern gelegt und ich lehnte meinen Kopf sanft an seine Schulter.

Wenn die Geschichten, die er vorlas nicht so spannend gewesen wären, hätte ich sicher in dieser Haltung einschlafen können, so geborgen fühlte ich mich immer wieder in seinen Armen.

Ja, ich wusste genau, dass ich diese Art von Gefühlen niemals für einen anderen Mann empfinden könnte, auch nicht für Eduard.

Verflucht, warum musste ich ausgerechnet jetzt an Eduard denken?

Energisch richtete ich mich auf und spürte sofort den fragenden Blick des Königs in meinem Nacken.

„Stimmt etwas nicht?", wollte er besorgt wissen und ich sah aus dem Augenwinkel heraus, wie er das Buch zur Seite legte, aus dem er mir gerade vorgelesen hatte.

Die Geschichte handelte vom tapferen Ritter Gustav, der seine Prinzessin Elisabeth aus einem verwunschenen Turm retten musste, der von einem riesigen feuerspeienden Drachen bewacht wurde.

„Es ist alles in Ordnung", antwortete ich schnell. „Ich muss mir nur mal kurz die Beine vertreten."

Was sollte ich auch sonst antworten? Er durfte niemals von Eduard erfahren.

Ich unterdrückte einen Seufzer und lief ein paar Schritte im Raum auf und ab, bevor ich mich wieder zu ihm setzte und ihn bat, weiterzulesen.

Während er las, verlor ich mich in seinen Worten, schwebte hinüber in die Welten, von denen er mir erzählte.

In einer anderen Geschichte wurde ganz genau beschrieben, wie ein Reiter einem Weg folgte, an grünen Wiesen vorbei und durch dunkle Wälder, vorbei an klaren Seen. Menschen empfingen ihn in kleinen Dörfern, auf dessen Märkten an kleinen Ständen eigens hergestellte Waren verkauft wurden…

Diese Beschreibungen erinnerten mich stark an das kleine Dorf, in dem ich aufgewachsen war. Auch dort grüßten sich die Menschen auf den Straßen, weil jeder jeden kannte und auf dem Marktplatz hatte auch ich öfter gestanden, um unsere Töpferwaren zu verkaufen. Es war immer ein reges Treiben gewesen.

Plötzlich überkam mich ein wehmütiges Gefühl. Wenn ich ehrlich war, vermisste ich es tatsächlich ein wenig, dieses bunte Dorf und seine Einwohner…

Jedoch schüttelte ich diesen Gedanken ab, als ich Laurenz ansah. Ich wusste, wofür ich die anderen zurückgelassen hatte und dass ich es niemals bereuen würde. Mein König war jetzt mein Leben, mein geliebter Eiskönig.

Mitten in der Nacht wachte ich mit einem seltsamen Gefühl auf. Es dauerte einen Augenblick, bevor ich wieder wusste, wo ich mich befand.

Benommen richtete ich mich auf und tappte in der Dunkelheit und mit bloßen Füßen auf den Balkon.

Sofort wehte mir eine kalte Briese entgegen und ich schlang meine Arme fröstelnd um mein dünnes Nachthemd. Es schien fast, als hätte ich vergessen, dass ich mich im Reich aus Schnee und Eis befand.

Nun erinnerte ich mich allmählich an meinen Traum. Ich hatte von meinem kleinen Dorf geträumt, von Martha, Hanna und den anderen. Ich war barfuß durch das warme Gras auf unserem Grundstück gelaufen und hatte bunte Blumen in den Haaren, die mir Hanna und Marie zu einem Kranz gebunden hatten. Während ich auf der Wiese lag, konnte ich bis zu den Bergen blicken, die man nur bei schönem Wetter vom Heim aus sehen konnte. Vögel kreisten in der Luft über mir und ich hörte das Lachen von Kindern in meinen Gedanken nachhallen. Ich konnte immer noch den Blütenduft riechen.

Gedankenversunken fuhr ich mir mit einer Hand durch die Haare, als würde ich hoffen, die Blüten dort wiederzufinden und starrte eine Weile in die Dunkelheit.

Wieso hatte ich von ihnen geträumt?

In diesem Moment wehte mir erneut eine Windböe entgegen und erfasste mein Nachthemd. Augenblicklich bekam am ganzen Körper Gänsehaut. Also beschloss ich wieder nach drinnen zu gehen.

Seufzend tapste ich zurück zum Bett und wickelte meine inzwischen eiskalten Füße in die warme Decke.

Ich versuchte wieder zu schlafen, aber aus irgendeinem Grund wollte es mir nicht gelingen. Mein Kopf war plötzlich voller Gedanken an das Heim, die Kinder und Martha.

Wie es ihnen wohl ging? Dachten sie ab und zu an mich? Vielleicht glaubten sie, ich wäre längst nicht mehr am Leben. Warum sonst sollte ich nicht wieder zurückkommen? Ich wusste nicht mal genau, wie lange ich inzwischen weg war.

So gern würde ich sie besuchen, ihnen sagen, dass es mir gut geht, wenigstens für ein paar Tage…

Ja, Laurenz hatte mir angeboten, sie zu besuchen, aber er kannte nicht die ganze Wahrheit.

Wenn ich tatsächlich für ein paar Tage in mein kleines Dorf zurückkehren sollte, würde ich nicht so einfach wieder wegfahren können.

Sicher, Martha hätte bestimmt Verständnis für meine Gefühle, aber wie sollte ich Eduard erklären, dass ich ihn nicht heiraten kann? Er würde niemals akzeptieren, dass ich einen anderen Mann ihm vorzog, denn soweit ich wusste, fühlte er mehr für mich, als Freundschaft. Er würde mich niemals ohne Protest einem anderem überlassen, erst recht nicht, wenn diesen alle für ein Monster hielten.

Energisch drehte ich mich auf die andere Seite und versuchte, diese Gedanken zu verdrängen, in dem ich an Laurenz dachte, an seine leuchtend blauen Augen, an sein wunderschönes Gesicht und sein liebevolles Lächeln. Seine Berührungen raubten mir jedes Mal fast den Verstand und ich wusste, dass ich alles dafür tun würde, um ihn glücklich zu machen.

Doch egal wie sehr ich versuchte, es zu verdrängen, ich spürte auf einmal ganz deutlich, dass mir etwas fehlte.

Er hatte es bereits geahnt, nur ich hatte diesen Gedanken immer wieder von mir weggeschoben.

Nachdem ich mich einige Zeit in meinem Bett hin und her gewälzt hatte, fiel ich in einen unruhigen Schlaf, aus dem ich erst wieder erwachte, als sich die ersten Sonnenstrahlen durch mein Fenster stahlen.

Benommen richtete ich mich auf und sah mich um. Die Sonne brachte das Eis an den Wänden zum Funkeln. Es sah wunderschön aus.

Aus meinem Kleiderschrank suchte ich mir ein weinrotes Kleid heraus, auf dem sich goldene Blätterranken wanden und am Kragen in einem Streifen aus goldenem Samt endeten. Auf den Ärmeln verwuchsen sich die Ranken zu wunderschönen goldenen Rosen. Die Taille wurde von einem schmalen goldenen Gürtel betont und auf dem weiten Rock verlor sich das Muster allmählich.

Dazu fand ich farblich passende Schuhe aus dunkelrotem Samt und jeweils einer goldenen Schnalle.

Wenn ich diese Kleider betrachtete, fühlte ich mich erneut wie eine Königin. Ich hatte hier mehr, als ich mir in meinen kühnsten Träumen jemals ausmalen konnte, also warum sollte ich zurück wollen in das arme Dorf, wo ich fast gar nichts hatte? Das war völlig närrisch.

Genau in diesem Moment klopfte es an der Tür und die helle, freundliche Stimme von Hildegard fragte, ob sie eintreten dürfe.

„Sehr gern", rief ich und in der nächsten Sekunde stand sie vor mir.

Ihre allmählich ergrauenden Haare hatte sie zu einem Dutt zusammengebunden und sie trug wie immer, wenn ich sie sah, eine weiße Schürze über ihrem dunklen Kleid. Ihre dunkelgrünen Augen strahlten, als sie mich ansah.

„Guten Morgen, Fräulein Aurelia", begrüßte sie mich mit einem leichten Knicks. „Kann ich Euch beim Ankleiden behilflich sein?"

Ich schenkte ihr ein Lächeln, als ich ihr ebenfalls einen guten Morgen wünschte und ihr Angebot dankend annahm.

Während sie mir in das ausgewählte Kleid half, erklärte sie, dass dieses Kleid einst Königin Lucinda gehörte, aber Laurenz wollte, dass ich es ebenfalls trug.

Ich versuchte mir die Königin in diesem Kleid vorzustellen. Sicher stand es ihr tausendmal besser als mir.

Fertig angekleidet drehte ich mich vor dem Wandspiegel mit dem goldenen, verschnörkelten Rahmen einmal um mich selbst und fühlte mich selbst fast wie eine Königin.

Hatte ich das wahrhaftig alles verdient?

Nach dem Frühstück führte mich Laurenz wieder in das Klavierzimmer. Er spielte ein Stück, dass ich bisher nicht kannte und ich verlor mich in dieser wunderschönen Melodie. Allerdings hatte ich meine Gedanken nicht unter Kontrolle und prompt wanderten sie wieder in Richtung meines kleinen Dorfs und Martha.

Die Stimme meines Königs ließ mich aufschrecken.

„Ist alles in Ordnung, Aurelia?", wollte er wissen und strich mir vorsichtig eine Haarsträhne aus der Stirn. „Es scheint, als seid Ihr mit Euren Gedanken völlig woanders."

„Es ist alles gut, keine Sorge", antwortete ich schnell, an seinem eindringlichen Blick konnte ich allerdings erkennen, dass er sich damit nicht zufriedengab.

„Seid Ihr Euch da sicher, meine Lady?", fragte er nun erneut nach. „Möglicherweise täusche ich mich, aber mir scheint es, als wärt Ihr schon seit ein paar Tagen so nachdenklich. Was liegt Euch auf der Seele?"

Laurenz legte sanft einen Arm um meine Schultern und seine intensiven blauen Augen ruhten auf mir.

Fieberhaft suchte ich nach einer glaubhaften Erklärung, schließlich konnte ich ihm unmöglich die Wahrheit sagen.

Jedoch fiel mir keine Ausrede ein und ich wollte meinen geliebten König auch nicht anlügen, also stieß ich einen Seufzer aus und antwortete: „Es ist nichts Dramatisches. Ich habe letzte Nacht nur von meinem Dorf und Marthas Heim geträumt."

Sofort veränderte sich sein Gesichtsausdruck, als er wissen wollte: „Ihr vermisst sie, das Dorf, Eure Ziehmutter und die Kinder, nicht wahr?"

Ich versuchte gleichgültig mit den Schultern zu zucken und entgegnete: „Ein bisschen eventuell, aber das spielt keine Rolle. Ihr seid jetzt mein Leben."

Bei dieser Aussage huschte ein Lächeln über sein Gesicht, aber er wurde sofort wieder ernst. „Ihr wisst, dass Ihr jederzeit nach Hause fahren könnt, für ein paar Tage oder Wochen. Das ist völlig in Ordnung für mich. Lady, ich möchte nicht, dass Ihr Euer gewohntes Leben für mich aufgebt."

Wieder sah ich ihn einen Moment lang an, ohne zu wissen, was ich dazu sagen sollte.

„Es gibt keinen Grund für mich zurückzukehren", versuchte ich es erneut. „Ich habe mich für ein Leben mit Euch entschieden, Eure Majestät und das wird auch so bleiben."

Nachdenklich wickelte er eine meiner Haarsträhnen um seinen Finger und entgegnete: „Das weiß ich wohl, Liebste. Aber ich sehe, dass es Euch nicht gut geht und das will ich nicht. Bitte fahrt ein paar Tage nach Hause. Ich kann Arthur anweisen, dass er Euch nach einer bestimmten Anzahl von Tagen wieder abholt. Bitte, ich möchte, dass es Euch an nichts fehlt…"

Nun musste ich schwer schlucken und ich spürte, wie sich Tränen in meiner Kehle ansammelten.

Er hatte so viel Verständnis für mich. Er brachte mir so viel Vertrauen entgegen, dass er mir seine komplette Lebensgeschichte anvertraut hat und ich? Ich hatte es trotz allem nicht geschafft, ihm die ganze Wahrheit zu sagen.

Aber wie sollte ich das machen? Ich soll einen anderen Mann heiraten… Wenn Laurenz das erfuhr, ich würde ihm das Herz brechen.

Um nicht augenblicklich in Tränen auszubrechen, wich ich seinem Blick aus und schüttelte langsam den Kopf.

„Es geht trotzdem nicht", brachte ich mühsam hervor und meine Stimme war kaum mehr als ein Flüstern.

Sanft aber entschieden löste ich mich aus seiner Umarmung und stand auf.

Daraufhin sagte er nichts und ließ mich gewähren. Dennoch spürte ich, dass sein fragender Blick auf mir ruhte. Er verstand mein Verhalten nicht und ich konnte es ihm nicht mal verübeln.

Gedankenvoll trat ich an eines der großen Fenster und blickte nach draußen. Es hatte wieder begonnen zu schneien.

In diesem Augenblick spürte ich eine Bewegung hinter mir. Laurenz war hinter mich getreten und legte nun vorsichtig seine Arme um mich.

„Aurelia, was ist los?", flüsterte er in mein Ohr.

Unfähig zu antworten schüttelte ich nur den Kopf und verbarg mein Gesicht an seiner Brust. Behutsam verstärkte Laurenz seine Umarmung und stellte keine weiteren Fragen.

Ich klammerte mich regelrecht an ihm fest und konnte die Tränen nicht länger zurückhalten.

Als er mich schluchzen hörte, schlang er seine starken Arme noch fester um meinen Körper und ich wünschte mir, er würde mich nie wieder loslassen.

Geduldig wartete er, bis ich mich einigermaßen beruhigt hatte und sah mich dann besorgt an.

„Aurelia, was ist passiert?"

„Ich kann nicht zurück", murmelte ich an seine Brust.

„Aber warum denn nicht?", blieb er hartnäckig. „Es wäre schließlich nur für ein paar Tage."

„Das weiß ich", erwiderte ich und sah schweren Herzens ein, dass ich keine andere Wahl hatte, als ihm die Wahrheit zu sagen.

Mit einem tiefen Seufzer löste ich mich aus seiner Umarmung und sagte mit gesenktem Blick: „Wenn ich zurückkehre, muss ich einen anderen Mann heiraten."

„W... was?", brachte Laurenz mit rauer Stimme hervor und ich musste ihn nicht ansehen, um sein fassungsloses Gesicht vor mir zu sehen. „Aber davon habt Ihr nie einen Ton gesagt..."

„Ich weiß", erwiderte ich schuldbewusst, „ich wollte nicht, dass Ihr davon erfahrt, Majestät, denn es spielt für mich keine Rolle. Mein Herz gehört nur Euch."

Jetzt war er es, der sich von mir abwandte und angespannt im Raum auf und ab lief.

„Ihr meint also, es spielt keine Rolle?", wiederholte er leise. Dann veränderte sich seine Stimme, als er sagte: „Es spielt sehr wohl eine Rolle. Ihr hättet es mir sagen sollen, Aurelia."

„Warum?", erwiderte ich und meine Stimme klang ungehaltener, als ich beabsichtigt hatte. „Dann wärt Ihr gar nicht erst eine Beziehung mit mir eingegangen, habe ich Recht?"

„Vermutlich", antwortete Laurenz nachdenklich. „Ihr gehört nicht mir, sondern ihm."

Nach wie vor stand er mit dem Rücken zu mir und ich spürte, wie die Verzweiflung in mir aufstieg.

„Genau aus diesem Grund habe ich es Euch verschwiegen, Majestät. Ich habe geahnt, dass Ihr so reagieren würdet." Ich versuchte tief Luft zu holen.

Langsam drehte er sich wieder zu mir um. Sein Gesicht wirkte wie versteinert, aber seine wunderschönen Augen sprachen Bände. Er schwieg.

Ich machte ein paar Schritte auf ihn zu und streckte meine Hand nach ihm aus. Weil er darauf nichts erwiderte, fügte ich hinzu: „Die Hochzeit mit Eduard wurde vereinbart, als wir Kinder waren, aber ich habe nie ansatzweise das für ihn empfunden, was ich für Euch empfinde. Bitte glaubt mir das."

Jetzt umfasste er zögernd meine Hand. Seine Finger waren erstaunlich kalt.

„Ich glaube Euch, Lady", sagte er, klang allerdings unglaublich traurig.

„Was ist es dann?", wollte ich wissen.

„Wenn Ihr diesen Eduard heiratet, kann er Euch glücklich machen. Ihr könnt in dem Dorf leben, dass Euer Zuhause ist und ein erfülltes Leben führen."

„Nein", rief ich mit bebender Stimme, „Ihr macht mich glücklich, Majestät. Ich will mein Leben mit Euch verbringen, in diesem Schloss, in diesem Reich voll Eis und Schnee."

„Ihr werdet hier nicht glücklich", erwiderte er matt. „Ich kann Euch nicht all das geben, was Ihr braucht."

„Laurenz, Ihr seid alles, was ich brauche. Ich wüsste nicht, wie ich ein Leben ohne Euch führen sollte", startete ich erneut einen Versuch, aber ich hatte keine Kraft mehr für dieses Gespräch.

Als würde er dies nun spüren, sagte er nichts mehr, sondern schloss mich stumm in seine Arme. In diesem Augenblick wünschte ich mir wiedermal die Zeit anhalten zu können, denn nur, weil dieses Thema für heute beendet schien, war dieses Problem nicht endgültig geklärt.

In den nächsten Tagen stand spürbar etwas zwischen uns. Immer wenn ich bei ihm war, hatte ich das Gefühl, mein König sei mit seinen Gedanken völlig wo anders.

Er fragte mich ein paar Mal, ob ich nach Hause fahren wollen würde, aber ich lehnte entschieden ab.

Auf gar keinen Fall wollte ich, dass Eduard mich zur Frau nahm. Denn ich würde es nicht verhindern können, wenn ich zurückkehrte. Er als der Mann hatte mich gewählt und ich musste mich dem fügen. Meine Gefühle spielten dabei keine Rolle. Auch wenn Martha sicher Verständnis für meine Situation hätte, stand es nicht in meiner oder ihrer Macht, diesen Vertrag wieder rückgängig zu machen.

Vielleicht glaubten sie, ich sei längst nicht mehr am Leben. Möglicherweise hatte Eduard in der Zwischenzeit ein anderes Mädchen zur Frau genommen, weil er eh nicht mehr an meine Rückkehr glaubte, aber dies war sehr unwahrscheinlich. Eduard war schon immer ein sehr geduldiger Mensch gewesen.

Traurig wanderte ich im Schloss umher. Allmählich konnte ich nicht mehr verdrängen, dass mir Martha und die anderen fehlten.

Wenn ich nur wüsste, wie ich den Fluch brechen könnte. Wenn ich Laurenz von seinem Schicksal befreien könnte und das ganze Eis endlich verschwinden würde, dann könnte er mich begleiten, dann könnten wir irgendwo anders glücklich werden... Allerdings würde dies vermutlich nie geschehen. Ich konnte den Fluch nicht brechen. Vermutlich war ich nicht die richtige Frau für ihn.

Was sollte ich tun? Gab es überhaupt eine Lösung für dieses Problem?

Auf einmal hörte ich jemand meinen Namen rufen.

Überrascht erhob ich mich von der Fensternische, in der ich mich niedergelassen hatte und sah mich um.

Hildegard stand vor mir, nur wirkte ihr Lächeln nicht so entspannt, wie sonst. Nein, sie sah viel mehr besorgt aus.

„Aurelia, mein Kind, was ist los? Habt ihr euch gestritten, der König und du? Ihr verhaltet euch beide so seltsam, als würde etwas zwischen euch stehen."

Ach ja, die gute Hildegard hatte ihr wachsames Auge wie immer überall.

Allerdings konnte ich nur mit den Schultern zucken. Wir hatten uns nicht direkt gestritten... Keine Ahnung, wie ich ihr das erklären sollte.

„Kommt mit mir, Mädchen. Ihr seht so traurig aus. Es hilft, wenn man mit jemandem spricht und der König kann manchmal ein wahrer Sturkopf sein."

Sie schenkte mir ein aufmunterndes Lächeln und bot mir ihren Arm an.

Zögernd hakte ich mich bei ihr unter und die Köchin führte mich nach unten in die Küche.

„Es liegt nicht an ihm", murmelte ich, ohne sie anzusehen. „Es ist meine Schuld."

Nun nahm sie am Tisch gegenüber von mir Platz und wollte beharrlich wissen: „Was ist Eure Schuld? Ihr wisst, dass es für jedes Problem eine Lösung gibt."

„Für dieses nicht", erwiderte ich und konnte sie nach wie vor nicht ansehen. „Vermutlich war es von Anfang an falsch, die Reise in dieses Schloss anzutreten..."

„Jetzt ist aber mal gut", wies mich Hildegard zurecht. „Ihr wisst, dass Laurenz ohne Eure Hilfe jetzt vermutlich nicht mehr am Leben wäre. Außerdem macht Ihr ihn glücklich, das weiß ich."

„Wir waren glücklich", erwiderte ich, „bevor ich aus meinem Traum erwacht bin. Es war ein schöner Traum, aber die Wirklichkeit sieht anders aus. Vermutlich hat er recht. Wir können nicht für immer zusammenbleiben, es steht zu viel zwischen uns."

Als ich den Blick hob, um sie anzusehen, sah ich in ihr fragendes Gesicht und ich verstand, dass mir nichts anderes übrigblieb, als ihr alles zu erzählen.

Ich stieß einen tiefen Seufzer aus und begann damit, dass die Geschichten, die er mir vorgelesen hatte, das Heimweh geweckt hatten.

„Als er erfahren hat, dass ich die anderen vermisse, hat er mir ein wahnsinnig großzügiges Angebot gemacht, aber ich kann es nicht annehmen", erklärte ich leise und spürte erneut Tränen in mir aufsteigen.

„Wieso nicht?", fragte Hildegard mit sanfter Stimme.

Mit brüchiger Stimme, erzählte ich ihr von meinem Verlobten Eduard und das ich wegen ihm nicht zurückkonnte.

„Ich bin mir sicher, Laurenz versteht das", sagte die Köchin nun, „schließlich gibt es in den Königshäusern auch dieses Gesetz."

Verzweifelt schüttelte ich den Kopf und versuchte ein Schluchzen zu unterdrücken. „Er meinte, ich solle trotzdem fahren, für immer, weil Eduard mich angeblich glücklicher machen könne, als er."

„Aber Ihr wollt diesen Eduard nicht heiraten?", wollte Hildegard wissen.

„Nein, auf keinen Fall", antwortete ich entschieden. „Ich möchte hierbleiben, bei Laurenz und dir."

Sie nickte mit einem leichten Lächeln und fragte weiter: „Dennoch vermisst Ihr Eure Heimat, sehe ich das richtig?"

Traurig nickte ich. Ja, ich vermisste sie wirklich, Martha, Hanna, Lukas und die anderen aus dem Heim.

„Ich verstehe", antwortete die Köchin und stand auf.

Eine Weile lief sie nachdenklich im der Küche auf und ab, bevor sie sich neben mir stehen blieb und meinte: „Das ist wirklich eine schwierige Situation."

„Wie ich bereits sagte, für dieses Problem gibt es keine Lösung", schluchzte ich. Mittlerweile rannen mir Tränen über das Gesicht. „Warum… warum kann ich den Fluch nicht brechen?"

„Oh mein Kind, niemand weiß, wie dieser Fluch zu brechen geht, außer eine und die ist seit damals unauffindbar", sagte sie leise und schloss mich in ihre Arme.

„Aber, was soll ich tun?", fragte ich erschöpft. „Ich meine, Laurenz spürt, dass ich hier bei ihm nicht vollkommen glücklich bin."

„Ja, das tut er", meinte Hildegard, „und wie ich es sehe, leidet er genauso unter dieser Situation, wie Ihr. Aber ich kann Euch leider nicht helfen. Ich kann die Entscheidung nicht für Euch treffen, ob Ihr hierbleiben oder nach Hause zurückkehren sollt. Ihr könnt dabei nur auf Euer Herz hören. Diese Entscheidung kann Euch niemand abnehmen."

Darauf konnte ich nicht mehr antworten. Ich vergrub mein verweintes Gesicht in ihrer Schürze und hielt mich fest. Was sollte sie auch anderes tun? Ich wusste, dass sie Recht hatte, aber ich konnte mich nicht einfach für das eine oder das andere entscheiden. Es gab eben keine Lösung für dieses Problem.

Später lief ich nach oben in das Stockwerk, in dem sich die Gemächer des Königs befanden. Ich hoffte ihn dort anzutreffen, denn auch, wenn ich nicht ohne weiteres so eine Entscheidung treffen konnte, so musste ich trotzdem irgendwas tun, damit diese Sache nicht mehr zwischen uns stand.

Aber hier oben war alles still und ich getraute mich nicht zu klopfen.

Was, wenn er meine Gesellschaft jetzt gar nicht wünschte?

Ratlos trat ich auf einen Balkon und starrte in die Ferne, in einen blauen Himmel, der den Schnee auf der Erde funkeln ließ. Ich verlor mich in diesem Blau und wünschte mir, ein Vogel zu sein, der überall hinfliegen konnte, wo er wolle…

Plötzlich hörte ich hinter mir ein Geräusch und fuhr erschrocken herum.

Laurenz trat zu mir auf den Balkon. „Verzeiht meine Lady, ich wollte Euch nicht erschrecken."

„Das habt Ihr nicht", antwortete ich schnell und machte ein paar Schritte auf ihn zu.

Als ich ihn ansah, fiel mir auf, dass seine Augen leicht gerötet waren, als… ja, als habe er geweint.

Ich erinnerte mich an die Worte Hildegards, die meinte, wie sehr er ebenfalls unter dieser Situation litt und es brach mir fast das Herz, meinen geliebten König so zu sehen.

Nun stand ich direkt vor ihm und wollte ihm meine Arme um den Hals legen, jedoch wich er ein paar Schritte vor mir zurück.

„Wartet", sagte er und ich spürte, wie sehr er versuchte, das Beben in seiner Stimme unterdrücken. „Ich habe eine Entscheidung getroffen."

„Was?" Augenblicklich schlug mein Herz um einiges schneller. So wie er das sagte, mochte es nichts Gutes verheißen.

Er wich meinem Blick aus, als er sagte: „Glaubt mir, diese Entscheidung ist mir alles andere als leichtgefallen, aber es gibt keine andere Lösung. Es ist das Beste für Euch und ich möchte nur, dass Ihr ein glückliches und erfülltes Leben führt, mit den Menschen, die Eure Familie sind, die Ihr liebt…"

Er machte eine kurze Pause und ich starrte ihn stumm an, als wüsste ich längst, was er mir sagen wollte.

Dann sah er mich an, als er mit fester Stimme sagte: „Aurelia, ich möchte, dass Ihr nach Hause fahrt, Euren Eduard heiratet und glücklich werdet. Das mit uns hat keine Zukunft. Es ist vorbei."

11. Der Abschied

„Nein!", keuchte ich entsetzt auf, „bitte nicht."

„Es tut mir leid", erwiderte er mit schwacher Stimme, „aber es geht nicht anders. Ich werde Arthur anweisen, dass er Euch morgen direkt nach dem Frühstück nach Hause in Euer Dorf fährt."

Mit diesen Worten drehte er sich um und verließ mit schnellen Schritten den Balkon.

Ich hatte keine Kraft ihm nachzulaufen. Ich wollte es, aber meine Beine gaben nach und ich sank im Schnee auf die Knie. Ich spürte nicht einmal die Kälte, sondern nur diesen Schmerz, der sich anfühlte, als würde jemand mein Herz in zwei Teile zerreißen, während mir Tränen aus den Augen rannen, die vor mir in den Schnee fielen.

Dabei hatte ich es vorher gewusst. In dem Augenblick, als er zu mir auf den Balkon getreten war, wusste ich es.

Allerdings bedeutete das nicht, dass es deswegen weniger wehtat, ganz im Gegenteil. Ich fühlte mich, als würde ich kaum atmen können, als würde irgendwas in mir zerbrechen…

Vermutlich war nicht viel Zeit vergangen, als ich auf einmal Schritte vernahm und Hildegards entsetzte Stimme meinen Namen rief, trotzdem fühlte es sich wie eine Ewigkeit an.

Benommen hob ich den Kopf und war überrascht, dass sie mittlerweile vor mir stand.

„Oh, es tut mir so leid, mein Kind", sagte sie und hockte sich neben mich.

„Du… du weißt es?", brachte ich zwischen zwei Schluchzern hervor.

„Ja, Laurenz kam zu mir, meinte, dass er eine schwere Entscheidung getroffen habe und ich unbedingt nach Euch sehen solle. Den Rest konnte ich mir denken…"

Ich fuhr mir mit dem Ärmel meines Kleides übers Gesicht und wollte wissen: „Hat er sonst noch etwas gesagt?"

Die warmherzige Köchin schüttelte den Kopf und hielt mir ihre Hände entgegen. „Nein, aber ich bin dafür, dass Ihr erst einmal mit in die Küche kommt. Dort mache ich Euch einen warmen Tee, sonst holt Ihr Euch hier draußen in der Kälte den Tod."

Daraufhin zuckte ich gleichgültig mit den Schultern und ließ mich willenlos von ihr nach unten in die Küche führen.

„Er will, dass ich morgen bereits fahre", murmelte ich abwesend, als mir Hildegard wenig später eine warme Tasse mit Kräutertee reichte. „Ich verstehe das nicht. Ich dachte er liebt mich..."

„Das tut er auch", erwiderte sie sanft.

Schniefend griff ich nach der dampfenden Tasse. „Aber warum will er dann, dass ich gehe?"

„Weil es hier um mehr geht, als die Gefühle, die ihr füreinander hegt. Zwar hat das Schicksal euer beider Wege kreuzen lassen, aber jeder muss letztendlich den Weg weitergehen, der für ihn bestimmt ist. Und Eure Bestimmung, mein Fräulein, ist das Leben in Eurem Dorf, die Hochzeit mit Eduard."

„Aber wenn es nicht mein Schicksal ist, den König zu lieben, warum bin ich dann hier? Und warum tut es so weh?"

„Weil man keine Macht über seine Gefühle hat", antwortete sie nur, „und die Frage warum Ihr hier seid, muss ich Euch, glaube ich, nicht beantworten. Das wisst Ihr selbst am besten."

Ich schluckte leer. All das von dem ich bis vor kurzem dachte, es ergäbe Sinn, ergab auf einmal überhaupt keinen Sinn mehr. Ich wollte das nicht. Ich wollte, dass es wieder so wurde, bevor Laurenz von Eduard erfahren hatte.

Ja, es stimmt, ich hatte mich nach meinem Heimatdorf gesehnt, aber damit hätte ich leben können. Dieses Gefühl, dass mich jetzt gefangen hielt, war dagegen unerträglich. Wie sollte ich ohne ihn leben?

Oder war vielleicht noch nicht alles verloren? Eventuell konnte ich ihn überreden zu bleiben, schließlich empfand er genau so viel für mich, oder? Konnte er etwa ohne mich leben?

Entschieden stellte ich die halbleere Teetasse auf den Tisch und stand auf.

„Wo wollt Ihr hin, Aurelia?", fragte die Köchin überrascht.

„Ich muss ein weiteres Mal mit ihm sprechen", sagte ich. „Möglicherweise kann ich ihn überzeugen, bleiben zu dürfen."

„Meint Ihr wirklich, dass dieser Versuch Erfolg hätte?", wollte Hildegard behutsam wissen.

„Ich muss es versuchen", murmelte ich und spürte, wie erneut Tränen in mir aufstiegen. „Ich meine, ich kann nicht ohne weiteres aufgeben. Er kann mich nicht einfach so gehen lassen. Wie... wie soll ich ohne ihn leben?"

Nun nickte sie bloß und ließ mich gehen.

Die ganze Zeit über, die ich hier war, hatte ich es innerhalb des Schlosses trotz Eis und Schnee nie als sonderlich kalt empfunden, aber während ich durch die große Halle lief, auf der Suche nach ihm, war mir unglaublich kalt. Ich fror am ganzen Körper und wünschte mir nur, er würde hinter einer der Türen hervortreten und mich in seine Arme schließen. Er war schließlich mein König...

Im oberen Stockwerk vernahm ich bekannte Klänge. Kein Zweifel, Laurenz war im Klavierzimmer und spielte. Diese wunderschöne und gleichzeitig unglaublich traurig klingende Melodie würde ich niemals vergessen.

Für einen Moment schlug ich die Augen nieder, um gegen die Tränen anzukämpfen, die erneut in mir aufstiegen.

Ich muss es versuchen, sagte ich mir, das durfte nicht das Ende sein.

Mit zitternden Fingern klopfte ich an die Tür, vermutlich viel zu zaghaft, aber ich konnte beim besten Willen nicht mehr Kraft aufbringen.

Da verstummte die Musik. Hatte er mein Klopfen tatsächlich gehört, oder spürte er viel mehr, dass ich vor der Tür stand?

„Wer ist da?", fragte er mit rauer Stimme.

„Ich bin es, Aurelia", antwortete ich wahrheitsgemäß.

Schweigen.

„Bitte Laurenz", versuchte ich es erneut und konnte die Verzweiflung in meiner Stimme nicht mehr verbergen. „Bitte sprecht mit mir. Das kann nicht so enden mit uns."

Nach einem weiteren Augenblick der Stille sagte er ohne die Tür zu öffnen: „Doch meine Lady, Ihr seid frei. Kehrt nach Hause zurück und findet Euer Glück."

„Aber ich will nicht weg von Euch", schluchzte ich auf und presste beide Hände auf das Eis der Tür, als würde ich hoffen, auf diese Weise ein wenig von seiner Wärme spüren zu können.

„Es geht nicht anders und das wisst Ihr genauso gut, wie ich", hörte ich wieder Laurenz' Stimme, aber ich konnte nicht mal sagen, ob diese echt war, oder ob es sie nur in meinem Kopf gab.

Vermutlich wollte ich es nicht wahrhaben. Ich wollte nur aus diesem Albtraum aufwachen und ihn an meiner Seite wissen.

Schluchzend sank ich vor der Tür auf die Knie, während meine Hände sich nach wie vor an der Tür festklammerten.

Um mich herum war auf einmal kein Laut mehr zu vernehmen, auch nicht aus dem Klavierzimmer. Es war fast, als würde er auf der anderen Seite der Tür stehen und sich genauso nach meiner Nähe sehnen, wie ich nach seiner.

Jedoch hatte er Recht, es stand mehr zwischen uns, als nur eine verschlossene Tür. Es war etwas Unüberwindbares...

Erneut war es Hildegard, die mich nach einiger Zeit vor der Tür des Klavierzimmers fand. Sie wollte mich wieder nach unten in die Küche bringen, aber ich wollte lieber allein sein. Also begleitete sie mich in den Raum, der für so viele Nächte mein Schlafgemach war.

Ich müsse packen, sagte ich ihr.

Sie nickte und meinte nur, dass ich jederzeit zu ihr kommen könne, wenn ich Hilfe bräuchte, beim Sachen packen, oder zum Reden.

Der Rest des Tages verstrich, ohne dass es mir wirklich bewusst war. Gedankenverloren lag ich auf dem Federbett mit dem seidenen Überzug.

Die Köchin hatte mir Hilfe beim Packen meiner Sachen angeboten, aber was von hier gehörte tatsächlich mir? Genaugenommen nur das Kleid, das ich auf meiner Reise zum Schloss getragen hatte, sowie den Mantel und die Stiefel, die ich mir unterwegs gekauft hatte. Außerdem fiel mir der elegante, schwarze Mantel in die Hände, die Hildegard mir für unseren Ausflug in den Wald gegeben hatte. Laurenz habe ihn für mich kaufen lassen. Nur für mich. Weil er mich liebte.

Moment mal, in Wahrheit gehörten nicht mal der dunkelbraune Mantel und die Stiefel mir, schließlich hatte ich beides von dem Geld des Königs gekauft...

Auf einmal war das alles so unwirklich, so als hätte ich die schönen Stunden mit ihm nur geträumt. Dabei entsprach es der

Wahrheit, unsere Liebe hätte nicht für ewig bestehen können. Wir lebten in verschiedenen Welten und wären uns unter normalen Umständen niemals begegnet und hätten uns erst recht nicht ineinander verliebt.

Es war immer nur eine Frage der Zeit gewesen, bis ich in mein Dorf zurückkehren würde. Wenn ich ehrlich war, hatte ich die ganze Zeit über gewusst, dass Eduard der Mann war, den ich heiraten würde. Er war meine Zukunft und niemals Laurenz.

Lange war ich auf der Suche gewesen nach diesem Besonderen, nach der wahren Liebe. Jetzt wusste ich, dass es sie gab. Sie war wie Feuer: wunderschön, aber eh man sich versehen hatte, hatte man sich daran verbrannt...

Irgendwann klopfte es an meiner Zimmertür.

Erschrocken setzte ich mich auf und fuhr mir über das Gesicht. Eventuell war es Laurenz, der es sich anders überlegt hatte?

Aber als sich die Tür öffnete, trat nur Hildegard herein.

Enttäuscht ließ ich mich zurück in die Kissen sinken.

Vorsichtig fragte sie, ob ich eine Kleinigkeit essen möchte, sie hätte eine deftige Suppe gekocht.

„Keinen Hunger", murmelte ich abwesend.

„Das habe ich mir gedacht", meinte die Köchin sanft, „aber esst bitte wenigstens ein paar wenige Löffel. Ihr habt morgen eine weite Reise vor Euch."

Damit hatte sie wohl Recht, also gab ich nach und folgte ihr in die Küche.

Dort würgte ich ein paar Bissen der Hühnersuppe herunter und gab mir alle Mühe, dem zu folgen, was Hildegard sagte.

Auf einmal redete sie die ganze Zeit davon, dass ich mich voll und ganz auf meine Heimreise konzentrieren solle. Die Heimleiter, die Kinder und die Menschen aus dem Dorf wären sehr glücklich, mich wiederzusehen und mein Verlobter erst. Ich hätte viel Glück Menschen zu haben, die auf mich warten.

Ich war mir allerdings nicht sicher, ob sie überhaupt noch mit meiner Rückkehr rechneten. Was, wenn Eduard mittlerweile ein anderes Mädchen aus dem Dorf zu seiner Frau genommen hatte? Dann hätte ich gar keinen Grund gehabt, um zurückkehren zu müssen.

Seltsamerweise erfüllte mich der Gedanke an mein Heimatdorf und die Leute daraus gerade in überhaupt nicht mit Freude. Nein, ich fühlte mich nur unglaublich leer und einsam...

Keine Ahnung, wie lange es dauerte, bis ich meine Schüssel endlich leergegessen hatte und danach hatte ich das Gefühl, mein Magen würde sich umdrehen und ich müsse mich übergeben.

Allerdings kämpfte ich es nieder, als Hildegard darauf bestand, mich nach oben zu begleiten und mir dabei zu helfen, meine Sachen zusammenzupacken.

Schweigend folgte ich ihr nach oben und sah mich um. Vermutlich wollte ich mir jede Ecke des Schlosses genau einprägen, bevor ich es für immer verlassen würde, oder ein Teil von mir hoffte nach wie vor, dass Laurenz hinter einer der Türen hervortrat und mich bat zu bleiben.

Dies geschah jedoch nicht, ich bekam ihn ebenfalls den ganzen Abend lang nicht zu Gesicht, aber was hatte ich auch erwartet? Er hatte seinen Entschluss gefasst und dabei schien es keine Rolle zu spielen, was die letzten Wochen zwischen uns war. Es hätte eh nie eine Zukunft gehabt...

„Welches Kleid wollt Ihr morgen tragen?", riss mich Hildegard aus meinen Gedanken. Sie war gerade dabei, ein paar Kleider in eine große Ledertasche zu packen, die ich zum ersten Mal sah und die ganz sicher nicht mir gehörte.

„Mein eigenes", murmelte ich abwesend, „und ich will auch keins von hier mitnehmen."

„Aber warum nicht?", wunderte sich die Köchin. „Viele habe ich nur für Euch gekauft."

„Ich weiß, aber ich kann nicht", erwiderte ich leise. „Diese Kleider würden mich alle an ihn erinnern, dabei ich weiß jetzt schon nicht, wie ich ohne ihn leben soll..."

Daraufhin nickte sie nur und hängte ein paar Kleider zurück in den Schrank. Dann fragte sie mich, ob ich noch etwas bräuchte, aber als ich verneinte, zog sie sich zurück und ließ mich allein.

Überrascht stellte ich fest, dass es draußen inzwischen dämmerte. Wie viel Uhr es wohl sein mochte?

Gedankenverloren ging ich mit einer Kerze in der Hand auf den Balkon und starrte in die Ferne, so lange, bis es um mich herum stockdunkel war und nur die Kerzenflamme vor mir auf der Brüstung zuckende Schatten warf.

Ich versuchte meine Gedanken voll und ganz auf meine Heimkehr zu konzentrieren. Ich würde nach so langer Zeit endlich Martha, Hanna und die anderen wiedersehen. Elli konnte in der

Zwischenzeit bestimmt laufen. Ebenfalls dachte ich an das warme Gras, die bunten Blumen und die strahlende Sonne, all das, was ich hier nicht haben konnte.

Allerdings gelang es mir nicht, mich vollständig darauf zu freuen, denn wenn ich in das Dorf zurückkehrte, war dort auch Eduard. Ich konnte nicht zu ihm zurück. Ich konnte ihn nicht heiraten. Es ekelte mich, wenn ich daran dachte, dass er mich berühren würde. Laurenz war der einzige Mann von dem ich berührt werden wollte. Dabei wusste ich, dass es keine andere Möglichkeit gab.

Traurig schüttelte ich den Kopf. Ich muss damit aufhören, dachte ich, sonst zerstört es mich.

Da erfasste plötzlich ein Windstoß die Kerzenflamme. Sie zuckte gefährlich und drohte zu erlöschen, genau wie meine Hoffnung…

Mit einem tiefen Seufzer ging ich zurück in mein Zimmer. Ohne das Licht der Kerze hätte ich vermutlich nicht den Weg zurück zum Bett gefunden, dafür war es viel zu dunkel.

Den Kerzenständer stellte ich auf den Nachttisch und schlüpfte unter die seidene Bettdecke. Es war Zeit zum Schlafen, das letzte Mal in diesem Bett, in diesem Schloss, in seiner Nähe…

Ein Schluchzen drang aus meiner Kehle und ich rollte mich zusammen, in der Hoffnung, dass mir dadurch wärmer wurde.

Gedankenvoll starrte ich in die zuckende Kerzenflamme, bis das Wachs niedergebrannt war und sie auf dem Tonteller erlosch.

Nun legte sich die Dunkelheit wie eine schwere Decke über mich und hinterließ in mir nichts als Leere.

Ich schloss die Augen und sah ihn vor mir. Laurenz, mein König. Ich sah seine strahlend blauen Augen, in denen ich immer regelrecht seine Gedanken lesen konnte, sein sanftes, aber meist traurig wirkendes Lächeln. Ich sah seine Lippen, hörte ihn leise flüstern, wie sehr er mich liebt, während er mich in seine starken Arme schloss und liebevoll küsste.

Diese Worte würde ich vermutlich nie wieder von ihm hören und er würde mich wohl auch nie wieder so umarmen, so liebevoll und zärtlich küssen…

Nun spürte ich Tränen auf meiner Haut. Sie tropften von meinen Wangen auf meine Hände und ich wusste nicht, was ich tun sollte.

Wie konnte er mit dieser Entscheidung leben, mich gehen zu lassen? Konnte er ohne mich leben? Was er wohl gerade machte? Konnte er ebenfalls nicht schlafen, weil er an mich dachte?

Keine Ahnung, wie lange ich da lag und leise in mein Kissen weinte, bis ich vor Erschöpfung einschlief.

Ich fiel in einen sehr unruhigen Schlaf, träumte von meinem Heimatdorf, in dem sie mich plötzlich nicht mehr erkannten, von Laurenz, der mich anschrie, dass ich endlich aus seinem Leben verschwinden solle und schließlich von Eduard, der mir vorwarf, dass ich ihn betrogen habe. Da ich etwas mit einem anderen Mann hatte, sei ich nun schmutzig und er könne mich nicht mehr gebrauchen...

Als ich panisch aufschreckte, war mein Gesicht ganz nass. Allerdings wusste ich nicht, ob es Schweiß oder Tränen waren.

Überrascht stellte ich fest, dass draußen mittlerweile die Sonne aufging. Heute würde ich meine Heimreise antreten und spürte erneut Tränen in mir aufsteigen.

Ich atmete tief durch und versuchte mich wieder einigermaßen zu beruhigen.

Ja, ich konnte mich ganz genau daran erinnern, was ich geträumt hatte.

Vor allem Eduards Reaktion könnte ich sehr gut nachvollziehen. Um ihn zu heiraten musste ich rein sein, durfte keinen anderen Mann vor ihm gehabt haben. Also durfte keiner aus dem Dorf erfahren, was zwischen Laurenz und mir tatsächlich war. Wir hatten nicht miteinander geschlafen, also würde der Dorfarzt nach wie vor meine Jungfräulichkeit feststellen. Meiner Hochzeit mit Eduard würde demnach nichts im Wege stehen, wenn ich meinen Mund hielt.

Ich wünschte, ich könnte mich damit abfinden und glücklich darüber sein, dass ein Mann wie Eduard ein Waisenmädchen wie mich heiraten wollte, aber wie sollte ich jemals mit ihm glücklich werden, wenn sich mein Herz nach Laurenz sehnte? Oder wäre es mir möglich, ihn irgendwann zu vergessen? Wollte ich das überhaupt?

Verzweifelt schluchzte ich auf und krümmte mich unter der Bettdecke zusammen. So blieb ich liegen, bis es irgendwann an der Tür klopfte.

Weil ich nicht in der Lage war zu antworten, trat Hildegard leise ein und fragte vorsichtig, ob ich schlief.

„Nein, ich bin wach", murmelte ich mehr in mein Kissen, als zu ihr.

„Gut", meinte die Köchin und erklärte mir, dass sie Frühstück für mich vorbereitet habe.

„Ich bedauere es sehr, dass Ihr uns heute verlasst", fügte sie hinzu, „aber Arthur möchte sich so bald wie möglich auf den Weg machen, damit ihr die Wegstrecke heute schafft."

Mühsam richtete ich mich auf und nickte.

Als ich mir kurz darauf das olivfarbene Kleid anzog, das ich auf dem Weg zum Schloss getragen hatte, fühlte es sich an, als würde ich mich außerhalb meines Körpers befinden und mich selbst beobachten. Ich fühlte auf einmal gar nichts mehr, außer unendlicher Leere.

Nachdem ich angezogen war und Hildegard mir die Haare gemacht hatte, reichte sie mir den Arm, um mich nach unten in die Küche zu geleiten. In der anderen Hand trug sie die Ledertasche, in der mittlerweile all meine Sachen verpackt waren.

Vermutlich würde ich nach dem Frühstück sofort in die Kutsche steigen und nicht nochmals nach oben kommen. Nun sah ich das alles hier zum letzten Mal.

In meinem Magen krampfte sich erneut alles zusammen, aber ich kämpfte das Gefühl der Übelkeit nieder. Ich hatte bisher nicht mal gefrühstückt.

Unten am Esstisch nagte ich in Zeitlupe an meinem Brot, einerseits, weil mir nach wie vor unwohl war, anderseits aber vermutlich auch, weil ich hoffte, Laurenz einmal mehr sehen zu können. Vielleicht überlegte er es sich in letzter Sekunde anders und bat mich zu bleiben.

Doch ich musste schmerzhaft einsehen, dass meine Hoffnung vergebens war, denn selbst, als ich einige Zeit später durch die riesige Eingangshalle schritt, während Arthur die Kutsche vorfuhr, war von Laurenz weit und breit nichts zu sehen.

War ich ihm plötzlich so egal, dass er sich nicht mal von mir verabschieden wollte? Dieser Gedanke tat fast mehr weh, als die Trennung selbst.

Nach wie vor in meine Gedanken versunken blieb ich immer wieder vor den Eisstatuen stehen und versuchte mir ihre Gesichter einzuprägen. Welche Geschichten bargen sie alle? Wer waren sie einst? Wenn sie alle einmal Menschen waren, gab es dann nicht irgendeine Möglichkeit, sie zu retten? Sie alle, also ebenfalls Laurenz und seine Eltern?

Mit zwei Fingern fuhr ich über das eisige Gesicht einer jungen Frau, die sicher kaum älter war als ich, als sie das Eis gefangen genommen hatte. Und auch wenn ich atmen und mich bewegen konnte, fühlte ich, wie sich das Eis in meinem Inneren ausbreitete. Hoffentlich fühlte ich bald tatsächlich nichts mehr...

Abwesend bekam ich mit, wie Hildegard meinen Arm nahm und mich sachte nach draußen führte. Gern wäre ich ein paar Minuten länger bei den Eisstatuen verweilt, aber ich war zu schwach, um Widerstand zu leisten.

Draußen hatte Arthur mittlerweile die Kutsche vorgefahren und tränkte abermals die Pferde. Es waren unsere Pferde, das schwarze und das weiße, Ramon und Mathilde...

Ohne es zu wollen musste ich an unseren gemeinsamen Ausritt in den Wald denken.

Damals hatte der König meine Leichtigkeit und meine Lebensfreude bewundert. Allerdings hatte ich nun das Gefühl, davon war überhaupt nichts geblieben...

Ich hing ununterbrochen meinen Gedanken nach, als mich Hildegard am Fuße der Eingangstreppe ungefähr zum 6. Mal umarmte und mir alles Gute für die Zukunft wünschte. Sie brach fast in Tränen aus, als sie mir versicherte, dass ich ein großer Segen in diesem Schloss gewesen wäre und sie mich niemals vergessen würde.

Ich erklärte ihr, dass auch ich sie niemals vergessen könne und bedankte mich für ihre großartigen Dienste, aber in Gedanken war ich nach wie vor bei dem König.

Warum kam er nicht, um sich von mir zu verabschieden? Mittlerweile hatte Arthur die Pferde versorgt und wartete darauf, dass ich einstieg.

„Ihr müsst gehen", flüsterte die Köchin in mein Ohr.

Schweren Herzens löste ich mich von ihr und erwiderte benommen: „Lebt wohl, Hildegard und zum wiederholten Male vielen Dank für alles."

„Aber gern", lächelte diese und blinzelte eine Träne weg.

Gerade wollte ich mich umdrehen und zur Kutsche laufen, als ich ihn plötzlich sah. Laurenz stand reglos am oberen Ende der Treppe und beobachtete uns stumm.

Dabei konnte ich seinen Gesichtsausdruck nicht ausmachen, denn wie ich überrascht und gleichzeitig entsetzt feststellen musste, trug er seine schneeweise Maske, die von den Augen und den Lippen nur schmale Schlitze erkennen ließ.

Er schien meinen Blick bemerkt zu haben, denn nun schritt er langsam die Treppe nach unten und kam auf mich zu.

Ich dagegen blieb wie angewurzelt stehen.

Das heißt, ich wäre am liebsten auf ihn zu gerannt und wäre ihm um den Hals gefallen, aber es ging nicht. Die Tatsache, dass er die Maske trug, schockierte mich. Warum durfte ich sein Gesicht nicht mehr sehen?

Genau vor mir blieb er stehen und trotz der Maske spürte ich seinen Blick, der auf mir ruhte.

Weil mir nichts Besseres einfiel, sagte ich nur: „Guten Morgen, Majestät. Ich hatte die Befürchtung, Ihr wollt mich ohne ein Wort des Abschieds gehen lassen."

Dabei versuchte ich meine Stimme so gefasst wie möglich klingen zu lassen. Ich wollte meine Verzweiflung vor ihm verbergen, so wie er sein Gesicht vor mir verbarg, damit ich darin nicht seine wahren Gefühle lesen konnte.

„Oh, wie könnte ich Euch gehen lassen, ohne Euch ‚Lebe wohl' zu sagen?", erwiderte er leise.

Zögernd nickte ich und reichte ihm meine Hand.

Fast in Zeitlupe griff er nach ihr und ich fühlte sofort wieder diese Magie, die ich immer vernommen hatte, als er mich berührt hatte.

Irgendetwas in mir verspürte den Wunsch, dass er mich ebenfalls in eine Eisstatue verwandeln würde, damit ich diesen Schmerz nicht mehr fühlte und für immer bei ihm bleiben konnte.

Allerdings war mir bewusst, dass er dies niemals tun würde. Er wusste genau, wie weit er gehen durfte, bevor seine Berührung eine Gefahr für mich darstellen würde. Also stand er auf der letzten Stufe der Eingangstreppe.

Würde er mich nur nie wieder loslassen…

Da zog er seine Hand wieder von mir weg, so schnell, als habe er sich an mir verbrannt.

Schließlich sagte er mit rauer Stimme: „Lebt wohl meine Lady und vielen Dank für alles. Ihr habt mir die letzten Wochen Hoffnung gegeben. Nun möchte ich, dass Ihr glücklich werdet. Alles Gute für Eure Zukunft. Ihr werdet Eduard eine gute Gemahlin sein, da bin ich mir ganz sicher."

Wieder nickte ich stumm und musste ein paarmal tief durchatmen, um nicht hier und jetzt in Tränen auszubrechen.

„Ich wünsche Euch, dass Ihr einen Menschen trefft, der es schafft, Euren Fluch zu brechen und glücklich zu werden. Mir war es schließlich nicht möglich. Lebt wohl, Majestät."

Mit diesen Worten wendete ich mich abrupt von ihm ab und lief zur Kutsche. Ich konnte seine Anwesenheit keine Sekunde länger ertragen.

Ein Teil von mir hoffte vermutlich immer noch, dass er mich im letzten Augenblick zurückhielt und bitten würde zu bleiben. Das hatte er schließlich schon einmal getan.

Jedoch hoffte ich vergebens. Zwar konnte ich bei jedem einzelnen meiner Schritte bis zur Kutsche seinen Blick in meinem Rücken spüren, allerdings blieben seine Lippen stumm und als ich mich vorm Einsteigen ein weiteres Mal nach ihm umdrehte, war er verschwunden. Nur Hildegard stand allein am Schlosstor und winkte mir zu.

Verwirrt wendete ich meinen Blick wieder von ihr ab und betrachtete die Kutsche.

Sie war faszinierend, ganz anders als der Planwagen von Bauer Max mit dem Hanna und ich in die Stadt gefahren waren, vor einer halben Ewigkeit, dieser nur aus einem Kutschbock und einem Laderaum bestanden hatte, der mit einer Plane überdeckt war und auch nicht ansatzweise mit der Kutsche zu vergleichen, mit der mich Johannes an die Grenze des Reiches gebracht hatte, obwohl diese ebenfalls edel war.

Nein, die königliche Kutsche war nicht nur um einiges größer, als die des Kaufmannes, sondern auch ganz anders gebaut. Hier bestand die Überdachung aus dem gleichen fast schwarzen Holz, wie der Rest der Kutsche, auf der Tür war das Wappen des Königs eingeschnitzt und wie ich sah, war sie vorn geschlossen, die Insassen waren also vom Kutscher abgetrennt. Schließlich war es nicht üblich, dass die Adligen während der Fahrt mit ihrem angestellten Kutscher sprachen. Sie wollten ungestört bleiben.

Erst bei genauerem Hinsehen konnte man erkennen, dass auch die Kutsche mit einer dünnen Eisschicht überzogen war.

Gedankenverloren fuhr ich mit den Fingern über den eingeschnitzten Löwen.

„Seid Ihr bereit für Eure weite Reise, Fräulein Aurelia?", fragte mich Arthur freundlich und riss mich somit aus meinen Gedanken.

Als ich langsam nickte, öffnete er mir die Tür zur Kutsche und anbot mir seine Hand an, damit ich hineinsteigen konnte.

Dankend nahm ich sein Angebot an und stieg vorsichtig erst in die Steigbügel und dann in das Innere der Kutsche.

Überrascht sah ich mich um. Im Innenraum waren gegenüber voneinander zwei Sitzreihen angebracht und bot Platz für ungefähr 4 Menschen. Außerdem hätte ich erwartet, dass die Sitze die Farben des Königshauses entsprechen würden, also weiß, gelb oder blau wären, aber der samtige Überzug war weinrot, fast so wie die Sitzbank in Laurenz Bibliothek.

Nachdem ich platzgenommen hatte, reichte mir Arthur die Ledertasche mit meinen Sachen und erklärte mir, dass ich nur gegen die vordere Scheibe klopfen müsse, wenn etwas wäre, ansonsten würde er mich in Ruhe lassen.

Ich sagte ihm, dass das für mich in Ordnung sei, aber in Wirklichkeit war ich mir alles andere als sicher, dass ich die Fahrt allein hier drin überstehen würde. Ich fürchtete mich vor meinen eigenen Gedanken.

Na gut, dachte ich im nächsten Moment, dann konnte ich wenigstens weinen, ohne dass es jemand mitbekommen würde.

Da setzte sich die Kutsche in Bewegung und ich winkte Hildegard so lange zu, bis sie aus meinem Blickfeld verschwunden war.

Ein letztes Mal hing mein sehsüchtiger Blick an dem vereisten Schloss und plötzlich vernahm ich einen Schatten hinter einem der Fenster.

Ich blinzelte verwundert und suchte das Fenster erneut nach dem Schatten ab, aber ich konnte nichts mehr erkennen.

Hatte ich mir das nur eingebildet, oder stand dort tatsächlich jemand? Beobachtete Laurenz die Kutsche vom Fenster aus? Was dachte und fühlte er wohl gerade? Konnte er ohne mich leben? Konnte ich ohne ihn leben? Ich hatte auf diese Fragen keine Antwort, aber irgendwie musste es gehen…

Erschöpft ließ ich mich in die roten Kissen sinken und sah mit tränenverschleiertem Blick so lange dem Schloss nach, bis es vollständig aus meinem Blickfeld verschwunden war.

Jetzt war mein Abschied endgültig. Ich hatte bis zur letzten Sekunde gehofft, dass er mich aufhalten würde, so wie er es getan hatte, als ich das letzte Mal heimkehren wollte, weil er mich liebte.

Aber was ist Liebe überhaupt? Es war dumm von mir gewesen, mich in ihn zu verlieben, schließlich hatte ich Eduard in meinem Heimatdorf, der auf mich wartete. Er war der Richtige für mich.

Laurenz dagegen war nur ein Traum, unwirklich, aussichtslos. Wir hätten nie auf Dauer ein gemeinsames Leben führen können.

Erneut rannen mir Tränen übers Gesicht und ich wünschte, ich könnte meine Erinnerungen hinter mir lassen, genau so, wie ich das Schloss hinter mir gelassen hatte. Ich vermisste ihn jetzt bereits so schrecklich. Was sollte ich nur tun?

Kurze Zeit später passierten wir den verwunschenen Wald und ich wagte meinen Augen kaum zu trauen, als wir die Lichtung erreichten, auf der Laurenz und ich die Waldtiere gefüttert hatten:

Rehe, Kaninchen, Eichhörnchen und sogar der Wolf waren hier und schienen die Kutsche zu beobachten. Es wirkte fast, als würden auch sie mir „Lebe wohl" sagen wollen.

Ich unterdrückte ein Schluchzen und hatte das Bedürfnis auszusteigen, zu ihnen zu gehen und sie zu streicheln. Ich wollte ihnen sagen, dass sie nicht traurig über meinen Abschied sein müssten, aber Arthur schien das sonderbare Verhalten der Tiere nicht aufzufallen und ich wollte ihn diesbezüglich nicht belästigen.

Also winkte ich den Waldtieren nur zu, in der Hoffnung, sie würden meine Botschaft verstehen.

Nachdem wir den Wald verlassen hatten, lehnte ich mich zurück und versuchte, meine Gedanken in Richtung meines Heimatdorfs zu lenken. Ich wollte mich auf sie freuen, auf Hanna, Martha und die anderen. Sie waren es schließlich, die ich trotz Laurenz' Nähe vermisst hatte.

Je länger ich darüber nachdachte, umso mehr wurde mir klar, dass es meine eigene Schuld war, dass Laurenz mich nicht bei

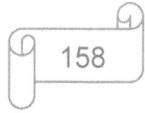

sich haben wollte. Warum konnte ich nicht meinen Mund halten? Warum musste ich ihm ausgerechnet von meinem Heimweh und von Eduard erzählen?

Mir hätte völlig klar sein müssen, dass er mich dann nicht mehr im Schloss haben wollte. Wer will oder kann mit jemandem zusammen sein, wenn er weiß, dass sein Partner in Wahrheit zu jemand anderes gehört?

In diesem Moment sah ich die Brücke, den einzigen Weg um in das Reich voll Schnee und Eis zu gelangen und um daraus wieder zurückzukehren. Na ja, vielleicht gab es auch andere Wege, aber dieser war der einzige, den ich kannte.

Arthur passierte die Brücke ohne zu zögern und sobald die Kutsche wieder Staub und Gestein unter den Rädern hatte, anstatt des Schnees, fühlte ich mich, als hätte ich mein Herz zurückgelassen. Ich spürte endgültig nichts mehr. Gar nichts, außer unendlicher innerer Leere.

Nur wenige Meter weiter hielt die Kutsche und Arthur öffnete meine Tür.

„Stimmt etwas nicht?", wollte ich überrascht wissen.

„Alles in Ordnung", antwortete der Kutscher. „Ich dachte nur, Ihr wollt Euch eventuell Eurer dicken Kleidung entledigen."

Ich nickte abwesend und kletterte mit seiner Hilfe aus der Kutsche. Ich zog den schweren Mantel aus und tauschte die Stiefel gegen meine uralten, abgenutzten Lederschuhe.

Einen Augenblick lang betrachtete ich den braunen Mantel.

Ja, ich hatte mich für diesen entschieden und den schwarzen, den Laurenz mir geschenkt hatte, zurückgelassen. Ich wusste, dass ich es nicht ertragen würde, seine Kleider in meinem Kleiderschrank zu Hause hängen zu sehen...

Dabei wunderte es mich, dass die Luft hier wesentlich wärmer war, als im Reich voll Schnee und Eis, obwohl wir gerade mal ein paar Meter entfernt waren. Ich konnte fast die Brücke noch sehen und die Landschaft um mich herum sah ziemlich karg aus.

Nachdem ich wieder eingestiegen war und meine Winterkleidung in die Ledertasche legen wollte, stellte ich überrascht fest, dass Hildegard mir ein Päckchen mitgegeben hatte. Darin befanden sich belegte Brote und ein Krug, der mit einem Korken verschlossen war. Die gute Köchin hatte mir Essen und Trinken mitgegeben, ohne dass ich sie darum gebeten hatte.

Erneut spürte ich Tränen in mir aufsteigen und legte die Brote zurück in die Tasche. Im meiner momentanen Verfassung hätte ich vermutlich eh keinen Bissen herunterbekommen.

Während der Weiterfahrt verloren sich meine Gedanken in Erinnerungen an meinen König. Ich erinnerte mich an unsere erste Begegnung, daran, wie er mich im Schloss das erste Mal mit seinen intensiven eisblauen Augen angesehen hatte, an unseren ersten Kuss, nach dem ich die Flucht ergriffen hatte... Ich wusste genau, wie er mir das erste Mal seine Liebe gestanden hatte, als ich das letzte Mal das Schloss verlassen wollte... Diese Erinnerungen waren allesamt unfassbar schön, taten aber auch unglaublich weh. Wie war das möglich?

Bei meinem nächsten Blick aus dem Fenster stellte ich erstaunt fest, dass wir ziemlich zügig vorankamen. Wir hatten sogar inzwischen die ersten Dörfer erreicht. Wenn das so weiterging, würde ich sicher vor Sonnenuntergang in meinem Dorf sein.

So langsam freute ich mich ein wenig auf meine alte Heimat, auch wenn ich genau wusste, dass dieses Loch in meinem Herzen für immer bleiben würde...

Später konnte ich nicht mehr sagen, wie lange wir unterwegs waren, bis mir die Gegend bekannt vorkam.

Mir wurde klar, dass ich fast zu Hause war und mich überkam plötzlich eine unglaubliche Angst. Was, wenn sie mich gar nicht mehr kannten? Oder wenn sie mich gar nicht mehr bei sich haben wollten? Was sollte ich ihnen sagen, warum ich so lange weg war? Ich konnte ihnen schlecht von unserer Liebe erzählen. Und wenn Eduard inzwischen eine andere geheiratet hatte? Dann war ich völlig umsonst zurückgekehrt.

Erneut stieß ich einen Seufzer aus und beobachtete die Menschen auf den Straßen. Ihren Gesichtern konnte ich entnehmen, dass sie über das Auftauchen der königlichen Kutsche nicht erfreut schienen. Sie wirkten eher verunsichert, wenn nicht sogar verängstigt. Sicher hatte sich auch mein „Verschwinden" in unserem Dorf und der Umgebung herumgesprochen.

Dann standen wir auf einmal auf diesem Marktplatz, den ich besser kannte, als meine Westentasche.

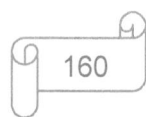

Die Leute wichen ehrfürchtig vor der königlichen Kutsche zurück und Arthur brachte sie schließlich zum Stehen. Er stieg vom Kutschbock und kam zu mir, um mich zu fragen, wo er nun langfahren solle.

Ich lotste ihn durch ein paar schmale Gassen und konnte unseren Hof schließlich sehen. Das Kinderlachen konnte ich bis hierher hören und als Arthur die Kutsche endgültig zum Stehen brachte, wurde mir klar: Ich war tatsächlich wieder zu Hause und trotz meiner Sehnsucht überwog auf einmal eine unglaubliche Freude. Ich war endlich zurück...

12. Blütenduft

Arthur öffnete mir die Tür und sagte höflich: „Wir sind da, mein Fräulein."

Ich wollte nach meiner neuen Ledertasche mit meinen Sachen greifen, als er hinzufügte: „Macht Euch keine Sorgen um Eure Tasche, die trage ich selbstverständlich."

Überrascht nickte ich, dann bat er mir seine Hand an, um aus der Kutsche zu steigen.

Sofort nachdem ich meine Füße auf den staubigen Schotterboden gesetzt hatte, stieg mir ein vertrauter Geruch in die Nase. Es roch nach frisch gehauenem Gras und nach einer von Marthas deftigen Eintöpfen, die sie so gern kochte.

Unsicher ging ich ein paar Schritte und sah mich um. Dieses Dorf, in dem ich aufgewachsen war kam mir so vertraut vor, aber auf eine unerklärliche Weise auch fremd.

Was mochte sich in der Zeit alles verändert haben, in der ich nicht hier war? Hatte ich mich sehr verändert?

Ich musste kräftig schlucken, als ich mir diese Frage selbst beantwortete. Ja, ich hatte mich verändert. Laurenz hatte mich verändert. Meine Gefühle für ihn hatten mich verändert.

Doch bevor ich diesem Gedanken weiter nachhängen konnte, rief auf einmal eine aufgeregte Stimme meinen Namen; eine Stimme, die mir sehr vertraut vorkam.

Ich sah auf und erblickte Hanna, die auf mich zugestürmt kam. Sie sah genau so aus, wie ich sie in Erinnerung hatte. Ihre blonden, sehr langen Haare, die fast bis zum Fußboden reichten waren zu zwei Zöpfen gebunden, deren Schleifen wild im Wind wehten. Irgendwann hatte sie sich schlichtweg geweigert, die Haare schneiden zu lassen.

Als sie direkt vor mir stand, glänzten ihre grünen Augen und auf ihrer Nase konnte ich ein paar ihrer Sommersprossen erkennen.

Im nächsten Augenblick fiel sie mir um den Hals.

„Oh mein Gott Aurelia, du bist wieder da", murmelte sie in mein Ohr, „und ich befürchtete, wir werden dich nie wieder sehen."

„Ja, jetzt bin ich wieder hier", antwortete ich sanft, aber bei weitem nicht so stürmisch, wie Hanna.

Dabei wurde mir je bewusst, wie sehr ich sie tatsächlich vermisst hatte. Hanna war immer wie meine kleine Schwester gewesen.

Während sie sich an mich kuschelte, als würde sie mich nie wieder loslassen wollen, sah ich wie Martha und ein paar andere Kinder aus dem Haus gelaufen kamen.

„Ein Wunder ist geschehen!", rief meine Ziehmutter völlig außer sich vor Freude. „Mein Mädchen ist zurück!"

Sie fiel mir ebenfalls um den Hals und vergoss ein paar Freudentränen.

Ich dagegen stand nur ganz still da und wusste nicht recht, was ich fühlen sollte. Einerseits war ich sehr glücklich, endlich wieder zu Hause zu sein, bei Martha, Hanna und all den anderen, die irgendwie meine Familie waren. Anderseits war tief in mir diese Traurigkeit. Ich würde Laurenz niemals wiedersehen...

Martha ließ mich wieder los und ihre Stimme drang an mein Ohr. „Oh Gott, ich muss sofort den anderen die frohe Botschaft verkünden. Du wirst ein riesiges Willkommensfest bekommen."

Sie war völlig aufgelöst.

Einen Augenblick lang sah ich sie nachdenklich an.

Kam es mir nur so vor, oder war sie in der Zeit, in der ich weg war um einiges gealtert? Durch ihre dunkelbraunen Haare zogen sich dünne, graue Strähnen und um ihre strahlenden Augen hatten sich ein paar Fältchen gebildet. Außerdem war sie viel dünner, als das letzte Mal, dass ich sie gesehen hatte...

War ihre Sorge um mich etwa der Grund dafür? Augenblicklich bekam ich ein schlechtes Gewissen.

Da räusperte sich Arthur neben mir.

Überrascht drehten wir uns um. Über so viel Willkommens-freude hatte selbst ich ihn für einen kurzen Augenblick verges-sen.

„Ich möchte nur ungern stören", meinte er verlegen und reichte Martha meine Tasche, „aber die Nacht bricht bald herein und ich muss mir nun eine Unterkunft suchen."

Martha nickte verständnisvoll und sagte mit einem strahlenden Lächeln: „Guten Tag mein Herr und vielen Dank, dass Ihr meine Aurelia wohlbehalten zurückgebracht habt. Theodor wird Euch den Weg zu dem besten Gasthof des Dorfes zeigen."

Dieser trat vor und nickte freundlich.

„Vielen Dank", erwiderte Arthur daraufhin und reichte mir ein letztes Mal die Hand. „Lebt wohl, Fräulein Aurelia."

„Lebt ebenfalls wohl", meinte ich und versuchte zu lächeln. „Grüßt Hildegard und Laurenz von mir und abermals vielen Dank."

Er verbeugte sich flüchtig vor mir und ging dann zurück zu sei-ner Kutsche. Dort sprach er kurz mit Theodor und stieg dann ein.

Sehnsüchtig sah ich der Kutsche nach, bis sie aus meinem Blickfeld verschwunden war. Dabei fühlte ich mich, als würde ein schwerer Stein auf meiner Brust liegen, denn mit Arthur ging ebenfalls mein letztes Fünkchen Hoffnung, das Schloss und Laurenz jemals wiederzusehen. Es war endgültig vorbei...

„Komm mit ins Haus, Mädchen", riss mich da Marthas Stimme aus meinen wehmütigen Gedanken, „du hast sicher Hunger."

Gleichgültig ließ ich mich von Hanna und Martha in den Spei-sesaal führen. Dort sah ich mich um, als wäre ich noch nie hier gewesen. Diese steinernen Wände, die vielen akkuraten Tische und Stühle, die alle nach dem gleichen Muster angeordnet wa-ren... das alles war mir so unglaublich vertraut, auf der anderen Seite irgendwie fremd.

An den Tischen saßen einige Kinder beim Essen und muster-ten mich mit seltsamen Blicken. Ob sie überlegten, wer ich war? Oder wunderten sie sich nur, wo ich auf einmal wieder herkam? Mit einigen von ihnen, vor allem den jüngeren Kindern, hatte ich nicht viel zu tun gehabt.

An einem Tisch in der hinteren rechten Ecke entdeckte ich Ma-rie, die die kleine Elli auf dem Schoß hatte und gerade fütterte.

Dabei bildete ich mir ein, dass Elli ein ganzes Stück gewachsen war, seitdem ich sie das letzte Mal gesehen hatte.

Oh Gott, wie lange war ich überhaupt weg gewesen?

Marie war so mit der Kleinen beschäftigt, dass sie erst auf uns aufmerksam wurde, als Hanna und ich uns zu ihr an den Tisch setzten.

Nun sah sie auf und musterte mich einen Moment ungläubig, bevor sie aufsprang und mit Elli auf dem Arm zu mir herüber gelaufen kam.

„Ich kann es gar nicht glauben, dass du es wirklich bist!", rief sie fast genau so begeistert, wie Hanna vorhin, dann hielt sie mir Elli entgegen und fügte hinzu: „Ich glaube, hier ist jemand, der dich mindestens genauso sehr vermisst hat, wie ich."

Zu der Kleinen meinte sie: „Schau mal, die Aurelia ist wieder da."

Als hätte sie das verstanden, strahlte Elli über das ganze Gesicht und brabbelte fröhlich: „Aura, Aura", als ich sie auf den Arm nahm und durch die schwarzen Locken wuschelte.

„Ich denke, das soll Aurelia heißen", grinste Hanna, die unverwandt neben mir stand.

Lächelnd nickte ich und fragte Elli: „Na, erkennst du mich wieder?"

„Dada", brabbelte Elli vergnügt und klammerte sich an meinem Ärmel fest.

Vermutlich bedeutete das „ja".

In diesem Augenblick kam Martha mit einem riesigen Topf an unseren Tisch und meinte: „So Mädchen, jetzt lasst Aurelia erst mal essen."

Es roch nach ihrem köstlichen Bohneneintopf und ich merkte auf einmal, dass ich tatsächlich Hunger hatte.

Wie ich vermutete, kam ich allerdings nicht wirklich zum Essen, denn es gesellten sich Lukas und ein paar andere Kinder an unseren Tisch, die nun ganz aufgeregt wissen wollten, wo ich so lange war, was ich dort erlebt hatte und vor allem, wie ich nach so langer Zeit wieder nach Hause gekommen bin.

„Nun lasst das arme Mädchen erst mal in Ruhe essen", wies Martha die anderen zurecht, worüber ich ehrlich gesagt ganz froh war, denn so konnte ich mir einen weiteren Augenblick lang überlegen, was ich ihnen erzählen sollte.

Allerdings konnte ich auch in den Augen meiner Ziehmutter erkennen, dass sie meine Geschichte hören wollte.

Wenig später war ich fertig mit Essen und während Martha den Teller wegräumte, wollten die anderen nicht länger mit ihren Fragen warten.

„Wir dachten alle, der König hätte dich in eine Eisstatue verwandelt", platzte es aus Hanna heraus.

„Also stimmen die Geschichten und er ist wahrhaftig verflucht?", wollte Marie wissen.

Ich stieß einen energischen Seufzer aus. Ja, ich hatte gewusst, dass sie all diese Fragen stellen würden, aber ich wusste nach wie vor nicht, ob ich über ihn sprechen konnte, ohne, dass es mein Herz zerriss. Schließlich durfte ich ihnen auf keinen Fall erzählen, wie nah wir uns gekommen waren.

„Die Geschichten über den Eispalast und die Eisstatuen sind wahr", sagte ich schließlich und konnte das Entsetzen in den Gesichtern der Kinder sehen.

„Wie bist du dann dort lebend wieder herausgekommen?", fragte Lukas weiter.

„Der König ist kein Monster", erwiderte ich und ließ meinen Blick sehnsüchtig in die Ferne schweifen. „Ganz im Gegenteil, er ist einer der liebsten und verständnisvollsten Menschen, die ich jemals kennengelernt habe. Er wurde als Kind verflucht und glaubt mir, es gibt niemanden, der mehr unter diesem Fluch leidet, als er selbst."

Jetzt sahen mich die anderen so ungläubig an, als würden sie erahnen, dass mehr zwischen uns war.

„Er hat dich also nicht gezwungen im Schloss zu bleiben?", fragte Hanna abermals nach. „Warum bist du dann jetzt erst zurückgekehrt?"

Ich schluckte leer. Ja, mir war völlig klar gewesen, dass ebenfalls diese Frage früher oder später kommen würde, aber trotzdem versetzte sie meinem Herzen einen Stich. Ich musste sie nun anlügen. Niemals konnte ich ihnen erzählen, was tatsächlich zwischen uns war.

Die anderen sahen mich erwartungsvoll an.

„Weil er mir leidtat", antwortete ich und versuchte mein schmerzendes Herz keine Beachtung zu schenken. „Er ist einsam. Außer einer Köchin und dem Boten, der mich gefahren hat, lebt niemand anderes in diesem Schloss."

„Wieso das?", ließ Hanna immer noch keine Ruhe. „Sind alle anderen Bediensteten jetzt Eisstatuen?"

Diese Art, wie sie das sagte, machte mich irgendwie wütend.

„Nein", erwiderte ich energisch. „Sie sind aus Angst geflohen."

„Das wäre ich wohl auch", murmelte Hanna. „Ich kann nicht verstehen, wie du freiwillig bei so jemandem bleiben konntest, während hier deine Freunde und dein Verlobter auf dich gewartet haben."

„Ihr müsst auch nicht alles verstehen", antwortete ich mittlerweile ziemlich sauer und stand abrupt vom Tisch auf. „Hört bloß auf schlecht über Leute zu reden, die ihr nicht kennt."

Mit diesen Worten verließ ich das Zimmer und konnte die verwunderten Blicke in meinem Rücken spüren.

Ich zitterte regelrecht vor Wut, als ich die Tür hinter mir schloss und nach draußen lief. Dabei fühlte ich mich, als könnte ich augenblicklich in Tränen ausbrechen, weil ich so verärgert war und weil ich ihn gerade einmal mehr vermisste.

Warum hatte ich Laurenz nur von ihnen erzählt? Warum konnte ich nicht bei ihm bleiben?

Wenn ich drüber nachdachte, konnte ich den Kindern ihre Vorurteile nicht übelnehmen. Sie wussten es nicht besser. Sie kannten nur die Geschichten, die sich die Leute erzählten und hatten ihn nie persönlich kennengelernt.

Mist, vermutlich hätte ich anders reagieren sollen und nicht ohne weiteres abhauen dürfen. So merkten sie sofort, dass mehr dahintersteckte, als ich ihnen erzählte, aber es ging nicht. Ich konnte ihre hartnäckigen Fragen und abfälligen Bemerkungen nicht länger ertragen. Es tat nur weh, dass vor allem Hanna, die für mich immer wie eine kleine Schwester war, so über ihn sprach.

Allerdings zeigte es mir einmal mehr, dass sie nicht verstehen würden, warum ich tatsächlich so lange weg war. In ihrer Welt gab es wahre Liebe nicht. Jede Frau heiratete eben den Mann, dem sie versprochen wurde. Die Eheschließung soll schließlich jeder Familie den höchstmöglichen Gewinn bringen. Da spielten Gefühle keine Rolle...

Ziellos lief ich durch die Gegend und hing meinen Gedanken nach.

Ich lief an den kleinen Holzhütten und schiefen Häuschen aus Stein vorbei, die in unserem Dorf standen. In der Nase hatte ich einen vertrauten Duft von Blüten und frisch gehauenem Gras. Die Sonne schien mit voller Kraft und ich vernahm entfernt Stimmen, von Menschen, die auf den Dorfstraßen unterwegs waren. Soweit ich blicken konnte, war alles grün und bunt. Nirgends war auch nur ein Krümelchen Schnee zu finden.

Irgendwas in mir erinnerte sich daran, dass ich einst hier zu Hause war, aber es fühlte sich so an, als wäre das bereits Ewigkeiten her...

Unvermittelt blieb ich stehen, als ich einen jungen Mann am Wegesrand stehen sah. Auch wenn er mit dem Rücken zu mir stand, war das eindeutig Eduard. Ich erkannte ihn an seinem braunen Pferdeschwanz und der Tischler-Kluft.

Er unterhielt sich mit einer schwarzhaarigen Frau und ich überlegte für den Bruchteil einer Sekunde, ob ich weitergehen sollte, ohne ihm Beachtung zu schenken, aber da schien er meine Anwesenheit zu spüren, denn nun drehte er sich zu mir um.

Einige Augenblicke starrten wir uns stumm an und ich musterte sein Gesicht, seine braunen Augen, die wohlgeformte Nase, den schmalen Mund, die braunen Bartstoppeln, die an seinem Kinn wuchsen und die zart gebräunte Haut, als würde ich nach Vertrautem darin suchen. Es war mir fremd, auch wenn ich es schon hundertmal gesehen hatte.

Es sah gut aus, aber es war eben nicht das Gesicht von Laurenz...

Dann kam er langsam auf mich zu und wollte ungläubig wissen: „Aurelia? Bist du es wirklich?"

Vorsichtig nickte ich und murmelte: „Ja, ich bin wieder zurück." Zu mehr fühlte ich mich gerade nicht in der Lage.

Da nahm er mich in seine Arme und flüsterte: „Endlich. Ich hatte ehrlich befürchtet, ich hätte dich für immer verloren."

Ich schloss die Augen und ließ seine Worte in meinem Kopf nachhallen.

... befürchtet, ich hätte dich für immer verloren... für immer verloren...

Für einen Moment bildete ich mir ein, Laurenz' Stimme zu hören, die diese Worte zu mir sagte.

Doch als ich meine Augen wieder öffnete, blickte ich nur in die braunen Augen von Eduard.

Laurenz war nicht hier. Natürlich nicht.

Bei dieser Erkenntnis brach in mir irgendein Damm und bevor ich es verhindern konnte, brach ich ausgerechnet vor meinem Verlobten in Tränen aus.

Zu meiner Überraschung stellte er keine Fragen, sondern schloss mich erneut in seine Arme und flüsterte in mein Ohr: „Oh Aurelia, es ist alles gut. Du bist wieder hier, es ist alles in Ordnung."

Als ob er eine Ahnung hätte...

Eduard wartete geduldig, bis ich mich wieder beruhigt hatte, dann reichte er mir seine Hand und führte mich zu einer Bank.

Überrascht blickte ich mich um. Mir war gar nicht aufgefallen, dass wir direkt vor der Tischlerei seines Vaters standen.

Er bot mir freundlich an mich zu setzen und legte mir, nach dem er neben mir Platz genommen hatte, seinen Arm um die Schultern.

„Du glaubst gar nicht, wie froh ich bin, dass du wieder da bist", meinte er lächelnd.

„Bedeutet das, du hast in der Zwischenzeit keine andere zu deiner Frau genommen?", wollte ich wissen.

Keine Ahnung, warum ich ihn das fragte. Vielleicht hoffte ich, wenn er mittlerweile verheiratet war, konnte ich zurück zu Laurenz...

Nun sah er mich eindringlich an und antwortete: „Oh Aurelia, niemals würde ich eine andere zur Frau nehmen wollen, als dich. Die ganze Zeit über, in der du weg warst, wusste ich, dass du zurückkommen wirst."

Daraufhin brachte ich nur ein Nicken zustande. Was sollte ich sonst dazu sagen? Mein Herz gehörte nicht Eduard. Es hatte ihm schon nicht gehört, bevor ich im Schloss war...

Weil mir nichts Besseres einfiel, wollte ich schließlich wissen: „Sag mal, wie lange war ich eigentlich weg?"

„Zwei Monate und ein paar Tage", antwortete er.

Zwei Monate, wiederholte ich in Gedanken. Das war keine allzu lange Zeit und trotzdem hatte sie ausgereicht, um mein Herz zu verlieren...

Bevor ich darauf etwas erwidern konnte, stand Martha vor mir.

„Ach hier bist du", meinte sie und klang beruhigt. „Die Kinder meinten, du wärst gegangen ohne jemandem zu sagen wohin."

„Wo, außer bei meinem Verlobten, sollte ich denn sonst sein?", entgegnete ich, um den Schein zu wahren.

„Da hast du Recht, mein Mädchen", meinte meine Ziehmutter daraufhin nur, was mich ehrlich gesagt überraschte, „aber bleib nicht mehr so lange, ja? Die Sonne geht inzwischen unter."

Daraufhin nickte ich nur und ließ meinen Blick in die Ferne schweifen. Es stimmte, der rote Feuerball war fast komplett hinter den Bergen verschwunden.

Wehmütig kam mir in den Sinn, wie Laurenz und ich manchmal an einem Schlossfenster standen und den Sonnenuntergang beobachteten, während er seine Arme liebevoll um meinen Körper gelegt hatte...

Hör endlich auf damit, schallte ich mich in Gedanken, es ist vorbei, mein Leben ist hier in diesem Dorf, an der Seite von Eduard, den ich bald heiraten werde.

Ja, ich wusste, dass ich Laurenz irgendwie vergessen musste, auch wenn ich mir zum jetzigen Zeitpunkt nicht vorstellen konnte, wie das gehen sollte.

„Bitte mache dir keine Sorgen, Martha", hörte ich nun die Stimme meines Verlobten. „Ich werde Aurelia wohlbehalten zurückbringen."

„Davon bin ich überzeugt", sagte sie nun freundlich und ich konnte in ihrem Gesicht erkennen, wie glücklich sie über meine Rückkehr war. Wie sehr sie sich erst freuen mochte, wenn Eduard und ich heirateten...

Nachdem sie uns wieder allein gelassen hatte, begann ich Eduard über die Veränderungen im Dorf auszufragen. Ich wollte ihm keine Gelegenheit lassen, mir Fragen über die Zeit im Schloss zu stellen. Er war der Letzte, mit dem ich über Laurenz, oder die Tatsache, warum ich so lange weg war, reden wollte.

Zu meiner Erleichterung fragte er auch nicht nach. Möglicherweise interessierte es ihn gar nicht, oder er dachte, ich würde von mir aus Einzelheiten erzählen, wenn ich mich dazu bereit fühlte.

Irgendwann, als die Sonne längst untergegangen war, brachte er mich zurück zum Heim. Auch Hanna schien erstaunlicherweise in ihrem Bett zu liegen und zu schlafen, also machte ich leise und löschte die Kerze auf meinem Nachttisch, bevor ich unter die Bettdecke schlüpfte.

Das bedeutete jedoch nicht, dass ich auch schlafen konnte. Meine Gedanken überschlugen sich regelrecht, während ich da lag, in die Dunkelheit starrte und das einzige Geräusch, das ich vernahm, Hannas leiser, gleichmäßiger Atem war.

Vermutlich wurde mir erst jetzt so richtig klar, dass ich wieder zu Hause war. Es fühlte sich alles so unwirklich an, so als ob ich nur träumte. Möglicherweise würde ich gleich aufwachen und war wieder bei Laurenz. Oder war meine Zeit im Schloss nur ein Traum gewesen?

Genau betrachtet war ich heute Morgen noch im Schloss aufgewacht, oder nicht?

Andererseits spielte das keine Rolle mehr. Es war vorbei. Wir würden uns eh niemals wiedersehen.

Mein Leben musste ohne ihn weitergehen, schließlich hatte ich bald Geburtstag und an dem Tag würde ich Eduard zu meinem Gemahl nehmen. So und nicht anders war meine Vorhersehung. Damit musste ich mich abfinden…

Mir traten Tränen in die Augen.

Aber wie sollte ich mich damit abfinden, wenn ich meinen Eiskönig mit jeder Sekunde mehr vermisste?

Verzweifelt vergrub ich das Gesicht in meinem Kissen und weinte mich schließlich in den Schlaf.

Am nächsten Morgen wurde ich durch laute Stimmen vor dem Fenster geweckt.

Verwundert richtete ich mich auf und sah mich um.

Wieso war hier nirgends Eis zu sehen? Wo war ich? Wieso war ich nicht im Schloss?

Erst nach einigen Augenblicken fiel mir wieder ein, dass ich wieder zu Hause war und nicht mehr bei Laurenz…

Mit einem tiefen Seufzer stand ich auf und warf einen Blick nach draußen. Zu meiner Überraschung stand die Sonne bereits ziemlich hoch am Himmel und es herrschte reges Treiben. Sogar Hanna lag nicht mehr in ihrem Bett.

Wie spät es wohl sein mochte?

Genau in diesem Moment sprang die Tür auf und Hanna kam hereingestürmt.

„Na endlich bist du wach!", rief sie mir aufgeregt zu. „Zieh dich schnell um und komm mit!"

Nach wie vor verwundert sah ich sie an. „Was ist denn los?"

„Martha ist mittlerweile seit Sonnenaufgang auf den Beinen und organisiert ein Willkommensfest für dich", erklärte sie wie

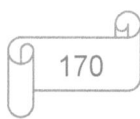

selbstverständlich. „Also komm endlich, wir warten alle nur auf dich."

Völlig überrumpelt nickte ich und bevor ich mich versehen hatte, stand ich in einem zarten hellblauen Kleid mitten im Trubel und beobachtete, wie Martha alle Kinder auf die Bänke sortierte, die im Innenhof an langen Tafeln standen.

Das Kleid musste sie in der Zeit gekauft haben, in der ich nicht da war. Offenbar hatte sie die Hoffnung nie aufgegeben, dass ich eines Tages wiederkommen würde.

„Guten Morgen meine Schöne", begrüßte mich ein freudiger Eduard und drückte mir einen flüchtigen Kuss auf die Wange.

Dabei fühlte ich nicht das Geringste. Wie soll ich diesen Mann jemals heiraten können?

„Ich hoffe, du hast gut genächtigt?", wollte er wissen und legte seinen Arm um meine Schultern, um allen zu zeigen, dass ich ihm gehörte.

„Ja, das habe ich", antwortete ich knapp. Er musste die Wahrheit nicht wissen.

Nun trat auch Martha zu mir und meinte: „Guten Morgen Aurelia, der heutige Tag gehört ganz allein dir. Nimm bitte Platz."

Bevor ich wusste, was ich machen sollte, hatte mich Eduard an die Hand genommen und zu einer der Bänke geführt, während Martha und ein paar der Kinder alle möglichen Speisen auftrugen.

Ich konnte Brote und Brötchen neben frischen Würsten vom Fleischer, Schüsseln mit Marthas selbst gemachter Marmelade und alles Mögliche an frischem Obst entdecken, was man hier in der Gegend bekommen konnte.

„Wie ist das möglich? Wo hat Martha das alles so schnell herbekommen?", fragte ich ungläubig. „Immerhin bin ich gestern Abend erst zurückgekehrt."

„Sie ist eben ein Genie", grinste Hanna und nahm zu meiner Linken Platz. „Außerdem kennt sie hier eben viele Leute."

Daraufhin konnte ich nur völlig überwältigt nicken und mir wurde auf einmal klar, warum ich meine Ziehmutter vermisst hatte. Sie schaffte es fast immer, das Unmögliche möglich zu machen.

Mein Verlobter setzte sich an meine rechte Seite und ich atmete die süße Sommerluft ein. Es war fast perfekt.

Als ich zu Hanna blinkte, stellte ich fest, dass sie sich einen Platz ziemlich weit weg von Lukas gesucht hatte. Lag es nur daran, dass sie bei mir sein wollte, oder hatten sich die beiden wiedermal gestritten?

Ich hatte bisher gar keine Gelegenheit gehabt, mit ihr über solche Dinge zu sprechen. Obwohl, eventuell sollte ich lieber nicht nachfragen, sonst begann sie mich erneut über meinen Aufenthalt im Schloss auszufragen und darauf wollte ich lieber verzichten.

„Was möchtest du essen, mein Mädchen?", riss mich Marthas Stimme aus meinen Gedanken.

Ratlos zuckte ich mit den Schultern und beschloss von jedem ein bisschen zu kosten. Sie hatte sich wirklich Mühe gegeben und wie ich erwartet hatte, war alles sehr köstlich.

Während des Essens redete Hanna wie ein Wasserfall, darüber, was alles geschehen war, als ich weg war. So stand mittlerweile fest, wen sie heiraten sollte: Ein Junge namens Martin. Seiner Familie gehörte die große Mühle im Dorf und als er vor kurzem 16 wurde, hat er bei Martha um ihre Hand angehalten.

Ich überlegte kurz, ob ich diesen Jungen kannte.

„Was sagt denn Lukas dazu, dass du verheiratet werden sollst?", fragte ich schließlich, als Eduard kurz unseren Tisch verlassen hatte, um mit irgendjemand ein wichtiges Gespräch zu führen.

„Was interessiert mich denn Lukas?", erwiderte Hanna daraufhin nur. „Der ist eh ein Blödmann. Mit dem will ich gar nichts mehr zu tun haben."

„Ach so?", wunderte ich mich, aber bevor ich weiterfragen konnte, trat Martha an unseren Tisch und wollte wissen, ob sie uns noch etwas bringen darf.

„Nein danke, ich bin wunschlos glücklich", antwortete ich schnell und setzte mein schönstes Lächeln auf, damit sie mir das abkaufte.

„Das ist aber schön", meinte sie lächelnd und räumte das Geschirr ab.

Ich wollte aufspringen, um ihr zu helfen, aber sie meinte nur: „Setz dich wieder hin, Mädchen. An deinem Ehrentag musst du nicht arbeiten."

„Aber ich möchte dir helfen", beharrte ich.

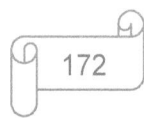

„Ach mein liebes Mädchen", sagte sie liebevoll und wendete sich dann an Hanna und Eduard. „Sorgt ihr bitte dafür, dass unsere Aurelia heute nicht ans Arbeiten denkt?"

„Na klar", grinste Hanna, sprang auf und zog so lange an meinem Arm, bis ich mich ebenfalls von der Bank erhob und ihr folgte.

Sie führte mich auf die große Wiese direkt neben unserem Grundstück, auf der sich in der Zwischenzeit einige Menschen aus dem Dorf versammelt hatten.

Bevor ich mich versehen hatte, hatten sich einige von ihnen um mich versammelt und wollten nun ebenfalls wissen, was mit mir die letzten Wochen geschehen war.

Zum Glück hatte ich mir in der Zwischenzeit einen glaubhaften Text ausgedacht, den ich ihnen nun beharrlich erzählte.

Vor allem versuchte ich ihnen klarzumachen, dass der Eiskönig kein Ungeheuer war und am meisten selbst unter diesem Fluch litt. Außerdem war ich so lange bei ihm geblieben, weil er mir leid tat so allein. Er hat mich zu nichts gezwungen.

Erstaunlicherweise gaben sich die Leute tatsächlich mit dieser Aussage zufrieden. Vielleicht interessierte es sie auch nicht ernsthaft, sondern waren nur sehr neugierig, denn schließlich sei angeblich vorher nie jemand aus dem Reich des Schnees und Eises zurückgekehrt.

Oh, wie viel Verachtung ich für diese Menschen empfand, die solche Geschichten verbreiteten.

Eine gefühlte Ewigkeit später hatten offenbar alle ihre Neugier befriedigt und ließen mich zu Hanna gehen, die sich in der Zwischenzeit ein sonniges Plätzchen auf der Wiese gesucht hatte.

„Ist alles in Ordnung bei dir?", wollte sie wissen, als hätte sie meine Gedanken gelesen.

Abwesend nickte ich ließ, mich neben ihr in das weiche, warme Gras fallen und schloss die Augen.

Zu meiner Erleichterung stellte sie keine weiteren Fragen. Also lagen wir eine Weile schweigend nebeneinander im Gras. Ich lauschte dem Zwitschern der Vögel und dem Summen der Insekten.

Dabei wurde mir klar, warum ich das alles hier vermisst hatte. Die wärmende Sonne auf der Haut, die vertrauten Geräusche und der liebliche Duft der vielen bunten Blumen konnte nichts ersetzen.

Ach wenn Laurenz nur hier sein könnte...

Wie vom Blitz getroffen, schreckte ich auf, denn bei diesem Gedanken hatte ich einmal mehr das Gefühl, mir hätte jemand einen Pfeil ins Herz gerammt.

Verdammt, es brachte mich irgendwann um, wenn ich ständig an ihn dachte...

Verwundert öffnete Hanna die Augen und wollte wissen: „Was ist los?"

„Nichts", erwiderte ich schnell, „es ist nur so unwirklich, dass ich tatsächlich wieder zu Hause bin."

„Das kann ich mir vorstellen", meinte sie. „Dort gab es immerhin nichts anderes als Schnee und Eis, oder?"

„Na ja nicht ganz", schwelgte ich erneut in Erinnerungen. „In unmittelbarer Nähe zum Schloss gab es einen verwunschenen Wald, mit vielen sehr zutraulichen Tieren. Die Rehe dort haben mir fast aus der Hand gefressen..."

„Der König hat dir also erlaubt, das Schloss zu verlassen?", fragte sie überrascht.

„Ja, warum nicht? Ich war schließlich nicht seine Gefangene. Einmal sind wir sogar gemeinsam ausgeritten", erzählte ich gedankenversunken, ohne dass mir wirklich bewusst war, was ich da sagte. „Es war wunderschön."

„Ihr seid also sogar zusammen ausgeritten?", wiederhole Hanna und ich musste meine Augen nicht öffnen, um ihren verwunderten Blick vor mir zu sehen.

Bevor ich darauf eine passende Antwort finden konnte, rief eine aufgeregte Stimme: „Schau mal Aurelia, was wir für dich gemacht haben!"

Erleichtert öffnete ich die Augen und sah Marie und zwei jüngere Mädchen, die freudestrahlend auf mich zu kamen. Marie hielt eine Art Kranz in der Hand, den sie aus vielen verschiedenen bunten Blumen gebastelt hatten.

„Wahnsinn, der ist wunderschön", meinte ich und versuchte zu deuten, aus welchen Blumen er zusammengeflochten worden war. „Der ist wirklich für mich?"

Neben Margriten und Stiefmütterchen, konnte ich auch Primeln und Flieder erkennen.

„Ja, den haben wir nur für unsere Heimkehrerin gebastelt", erklärte eins der jüngeren Mädchen, „und es freut uns, wenn er dir gefällt."

„Er gefällt mir sogar sehr, vielen Dank", versicherte ich und Marie platzierte den Kranz auf meinem Kopf.

„Jetzt siehst du aus, wie eine Prinzessin", stimmte auch Hanna zu.

Ich schenkte ihnen ein glückliches Lächeln, obwohl ich in Gedanken erneut bei Laurenz war. Ach wenn er nur hier sein könnte, um mich so zu sehen. Das wäre so schön...

Der Tag verging schließlich wie im Flug. Genaugenommen waren die paar Minuten, die ich mit Hanna im Gras gelegen hatte, die einzigen ruhigen Minuten des Tages, denn es gab immer einen Dorfbewohner, der meine Geschichten über den Eiskönig noch nicht kannte und deswegen erneut neugierige Fragen stellte.

Zum Abendessen tauchte Eduard an meiner Seite auf, der mit einem strahlenden Lächeln verkündete, dass ich die Schönste hier sei und er es kaum erwarten konnte, mich endlich zu seiner Frau zu nehmen.

Ich erwiderte sein Lächeln, damit keiner Verdacht schöpfte. Wir gaben tatsächlich ein schönes Paar ab.

An diesem Abend lernte ich auch Martin kennen, Hannas Zukünftigen. Er wirkte ganz nett, auch wenn er ein bisschen schüchtern war. Abgesehen davon, hatte er blonde Locken und wollte meiner Meinung nach so gar nicht zu Hanna passen.

Hatte sie wegen ihm gesagt, dass sie Lukas nicht mehr leiden konnte, oder steckte etwas anderes dahinter?

Als Hanna und ich an diesem Abend schließlich in unseren Betten lagen, war lange nicht an Schlaf zu denken.

„Das war ein schöner Tag, oder?", wollte sie wissen.

„Ja das war es", antwortete ich gedankenvoll. „Vor allem habt ihr euch alle solche Mühe gegeben, um dieses Fest auf die Beine zu stellen."

„Da kannst du dich in erster Linie bei Martha bedanken. Es war allein ihre Idee und sie hat das alles allein organisiert", erklärte meine Mitbewohnerin.

„Ach ja, ich weiß, warum ich euch alle so sehr vermisst habe", seufzte ich. „Es ist ehrlich schön, wieder hier zu sein."

„Aber so richtig glücklich scheinst du nicht zu sein", bemerkte Hanna auf einmal.

Erschrocken setzte ich mich in meinem Bett auf und sah sie an: „Wie kommst du darauf?"

„Ich habe dich letzte Nacht weinen gehört", platzte es aus ihr heraus, „außerdem wirkst du die ganze Zeit so abwesend und dein Lächeln so aufgesetzt. Was ist im Schloss wirklich geschehen?"

Einen Augenblick lang konnte ich Hanna nur fassungslos ansehen. Ihr war es tatsächlich aufgefallen?

„Ich... ähm... es ist nichts geschehen", stotterte ich ertappt und suchte krampfhaft nach einer sinnvollen Antwort.

„Das glaube ich dir nicht", blieb sie hartnäckig. „Was hat dir dieser eisige König in Wahrheit angetan? Ich meine, ich kann verstehen, wenn du es den anderen aus dem Dorf nicht erzählen möchtest, aber mir kannst du es sagen. Wir sind schließlich sowas wie Schwestern, oder nicht?"

Damit hatte sie allerdings Recht. Sie kannte mich zu gut. Sie hätte eh früher oder später mitbekommen, dass irgendwas nicht stimmt. Aber wie sollte ich ihr die Wahrheit sagen? Sie würde das niemals verstehen.

„Es tut mir leid Hanna, aber ich kann es dir trotzdem nicht sagen", unternahm ich einen neuen Versuch und kämpfte gegen Tränen an, die in mir aufstiegen. „Ich kann nicht darüber sprechen."

Nun konnte ich erkennen, wie sich ihr Blick veränderte.

„Also hat er dir doch wehgetan", meinte sie und in ihrer Stimme klang Wut mit. „Was hat dieses Ungeheuer mit dir gemacht?!"

„Nichts", erwiderte ich schwach, „und jetzt hör bitte auf so über ihn zu reden. Er ist nicht so, wie du denkst."

„Ich fasse es nicht", empörte sie sich. „Wie kann es sein, dass du ihn in Schutz nimmst, obwohl er dir so wehgetan hat, dass du dich nachts in den Schlaf weinst? Was hat er dir angetan, verdammt noch mal?"

Ihre eindringliche Stimme ließ in mir einen Damm brechen. Auf einmal war ich unglaublich wütend auf sie.

„Sei endlich still!", schrie ich sie an, ohne es steuern zu können. „Er ist kein Monster und er hat mir auch nie wehgetan, ganz im Gegenteil. In Wahrheit habe ich keine Ahnung, wie ich ohne ihn leben soll."

Dann brach ich vor ihr in Tränen aus. Verdammt, das wollte ich eigentlich vermeiden.

Einen Moment lang sah sie mich verstört an, dann schien ihr langsam klar zu werden, was ich da gesagt hatte.

„Du hast keine Ahnung, wie du ohne ihn leben sollst?", wiederholte sie ungläubig. „Bedeutet das etwa... du hast dich in ihn verliebt? Warst du deswegen so lange weg?"

Erschöpft nickte ich. Zu mehr fühlte ich mich gerade nicht in der Lage.

Mit einem Satz war sie von ihrem Bett gesprungen und setzte sich neben mich.

„Jetzt wird mir so einiges klar", murmelte sie, „warum du ihn immer so in Schutz genommen hast und warum du nie wirklich über ihn reden wolltest. Ja und vor allem, warum du so lange weg warst. Aber ich dachte immer, die wahre Liebe wäre nur eine Geschichte?"

„Das dachte ich bisher auch", schniefte ich und wischte mir energisch die Tränen aus dem Gesicht. „Ich habe nie gedacht, dass es Liebe wahrhaftig gibt. Ich meine eine andere, als das, was wir dem Mann gegenüber empfinden, der uns zur Frau nimmt, sondern wahre Gefühle."

„Bei diesem König hast du die wahre Liebe gefunden? Wie ist das möglich?", wollte sie wissen.

Jedoch hatte ich darauf keine logische Antwort. „Ich weiß es nicht. Es ist einfach passiert."

Und bevor Hanna weitere Fragen stellte, auf die ich keine Antwort wusste, erzählte ich ihr ergeben, wie ich die Zeit im Schloss erlebt hatte und von unserer Begegnung im Regen, die der Hauptgrund für meine Reise war. Irgendwie hatte ich bereits damals eine gewisse Verbundenheit zwischen uns gespürt...

Sie hörte mir aufmerksam zu und murmelte am Ende nur: „Unglaublich. Ich werde auf jeden Fall kein schlechtes Wort mehr über ihn verlieren, versprochen. Er scheint tatsächlich ein guter Mensch zu sein."

Nun sah ich sie eindringlich an. „Aber bitte Hanna, das darf auf gar keinen Fall jemand erfahren. Also vor allem nicht Martha oder Eduard, hörst du?"

„Das ist mir klar", antwortete sie fast beleidigt. „Aber da kannst du Eduard jetzt gar nicht mehr heiraten, oder?"

Erneut stieß ich einen tiefen Seufzer aus, als ich meinte: „Was habe ich für eine Wahl? Sie würden es niemals verstehen, oder gutheißen. Außerdem hätten Laurenz und ich eh keine Zukunft gehabt, oder was denkst du, warum er mich sonst nach Hause geschickt hat?"

Jetzt war es Hanna, die nachdenklich nickte und murmelte: „Ich glaube, ich verstehe ziemlich gut, wie du dich fühlst."

„Was meinst du damit?", fragte ich nach.

„Ich will diesen Martin nicht heiraten", antwortete sie und blickte auf ihre Füße.

„Wieso nicht?", wunderte ich mich. „Ist es wegen Lukas?"

Sie schüttelte den Kopf. „Was interessiert mich der? Der verbringt seine Zeit eh viel lieber mit Marie... Nein, erinnerst du dich an unseren Ausflug in die Stadt, bevor du zum König gereist bist? Da waren das kleine Mädchen und ihr Bruder..."

Ich nickte. Ja, ich konnte mich ziemlich gut an die beiden mit ihren feuerroten Haaren erinnern. Dass er offenbar so viel Eindruck bei meiner kleinen Hanna hinterlassen hatte, überraschte mich allerdings ein wenig.

„Du meinst also, du bist in diesen Jungen verliebt?", wollte ich wissen. „Wie hieß er überhaupt?"

„Sein Name ist Jakob", antwortete sie und wirkte auf einmal wirklich traurig, „aber woher soll ich wissen, ob ich in ihn verliebt bin? Was ist Liebe überhaupt? Ich weiß nur, dass ich ständig an ihn denken muss und mir wünschen würde, dass ich immer in seiner Nähe sein kann."

„Ja, das kenne ich", sagte ich leise und wischte mir erneut eine Träne aus dem Augenwinkel.

„Weißt du, ich bin sogar ein paar Mal mit dem Bauer Max in die Stadt gefahren, um meinen Jakob wiederzusehen", erzählte sie weiter.

„Aber du hast ihn nicht mehr gefunden?", wollte ich behutsam wissen.

„Doch, wir haben uns getroffen und er hat mir auch gesagt, dass er mich genau so mag, wie ich ihn, aber wir haben auch keine Zukunft. Kannst du dich daran erinnern, dass seine Familie sehr arm ist? Wir haben ebenfalls nicht viel Geld. Also habe ich keine andere Wahl, als diesen Martin zu heiraten, oder?"

„Vermutlich nicht", seufzte ich. „Ich habe auch keine andere Möglichkeit, als Eduard zu meinem Mann zu nehmen. Wir müssen uns unserem Schicksal fügen, Hanna. Unser Weg ist nun mal vorbestimmt..."

„Ja, leider", sagte sie leise und irgendwie wusste ich, dass dieses Gespräch damit beendet war.

Es entsprach allerdings der Wahrheit, ich musste Laurenz irgendwie vergessen. Mein Leben war hier, in diesem Dorf, mit Martha und den Kindern. Außerdem würde ich Eduard zu meinem Gemahl nehmen, wie es sein sollte.

Die nächsten Wochen würde meine Aufmerksamkeit eh voll und ganz den Hochzeitsvorbereitungen gelten, dass ich gar keine Gelegenheit mehr hatte, an Laurenz zu denken. Ich werde ihn vergessen, irgendwie. Denn das Thema wahre Liebe war von Anfang an nur Träumerei gewesen...

13. Der Splitter im Herzen

Wie sich in den nächsten Tagen herausstellte, sollte ich mit meiner Vermutung Recht behalten, dass sich nun alles fast ausschließlich um die bevorstehende Hochzeit drehen würde.

Martha ging völlig darin auf, alle nötigen Vorbereitungen zu treffen. Mir schien es, als solle das ganze Dorf bei unserer Trauung anwesend sein.

Dabei fragte sie mich ständig, wie ich es haben wollte, aber in den meisten Fällen hatte ich keine Ahnung, deshalb sagte ich ihr nur, dass sie das bitte mit Eduard und seinem Vater besprechen solle. Schließlich hatten diese ein entscheidendes Wort dabei mitzureden und normalerweise war es eh nicht üblich, die Braut so sehr in die Vorbereitungen mit einbeziehen. Also sollte ich mich wohl geehrt fühlen, dass sie es dennoch taten.

In Wahrheit war es mir wider jeder Logik egal. Es spielte für mich keine Rolle, ob es Rosen, Narzissen, Tulpen oder irgendwelche andere Blumen gab, welche Speisen gereicht wurden, oder ob die Dorfjugend für uns auf ihren Instrumenten spielen sollten.

Ja, ich hatte gehofft, dass mir diese Art von Ablenkung helfen würde, meinen Eiskönig zu vergessen, aber eher das Gegenteil war der Fall. Ich vermisste ihn von Tag zu Tag mehr und hatte nicht die leiseste Ahnung, was ich dagegen tun sollte.

Wie konnte ich Eduard zu meinem Gemahl nehmen, wenn meine Gedanken und Sehnsüchte einem anderen Mann galten? Und er ahnte nichts davon...

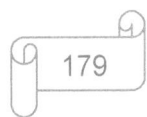

Zu meinem Glück konnte ich mich auf Hanna verlassen. Sie hatte offenbar tatsächlich niemandem von meinem Geheimnis erzählt.

Die größte Herausforderung wurde für mich aber das Hochzeitskleid. Martha hatte einige Hebel in Bewegung gesetzt, dass die beste Schneiderin des Dorfes an ihm arbeiten sollte. Die Kosten dafür übernahm sicherlich Eduard.

So stand ich nun vor einem Spiegel, während diese Frau Maß für dieses Kleid nahm. Es sollte aus weißem und grünen Stoff genäht werden, weite Ärmel haben und über der Brust zum Schnüren sein.

Die Schneiderin hatte mir vorher eine grobe Zeichnung gezeigt, wie in etwa das Kleid aussehen würde.

Es war sehr hübsch, aber ich konnte die ganze Zeit an nichts anderes denken, als daran, wenn mich Laurenz nur in diesem Kleid sehen könnte.

Ich konnte mir nach wie vor nicht vorstellen, wie ich Eduard heiraten sollte, ohne nur das Geringste für ihn zu empfinden.

Dabei konnte ich es kaum glauben, dass Martha offenbar gar nicht mitbekam, wie ich mich fühlte. Früher hatte sie immer gesehen, wenn es mir nicht gut ging und jetzt? Vermutlich versuchte sie mit ihrer ganzen Kraft, die perfekte Hochzeit für mich zu organisieren und kam dabei nicht in ihren kühnsten Träumen auf die Idee, dass ich das nicht wollen könnte. Warum auch?

Sie hatten alle nicht die leiseste Ahnung, was im Schloss wirklich geschehen war, außer Hanna und sie würde es niemandem sagen.

„Wir sind für heute fertig", riss mich die Stimme der Schneiderin aus meinen Gedanken, „und ich kann dir versprechen, dass du wunderschön aussehen wirst. Dein Bräutigam wird gar nicht anders können, als dich heiraten zu wollen."

Daraufhin nickte ich nur abwesend und bedankte mich höflich für ihre Bemühungen.

Vermutlich sollte ich mehr Begeisterung zeigen, vor allem, da ich mir vorstellen konnte, wie viel Zeit und Geld all diese Vorbereitungen kosteten, aber ich war nicht dazu in der Lage.

„Was ist los mit dir, mein Kind?", fragte mich Martha schließlich, als wir das Haus der Schneiderin wieder verlassen hatten.

„Nichts, warum?", erwiderte ich schnell.

„Du hast die ganze Zeit so abwesend gewirkt, während der Planung für dein Kleid. Gefällt es dir nicht?"

„Natürlich gefällt es mir", versicherte ich ihr wie selbstverständlich. „Vermutlich bin ich nur aufgeregt. Eine Hochzeit verändert schließlich alles."

„Da hast du Recht, mein Mädchen", antwortete sie nun und legte mir versöhnlich den Arm um die Schultern. „Aber glaube mir, Eduard ist der beste Bräutigam, den ich mir für dich vorstellen kann. Er ist schon immer ein lieber und höflicher Junge gewesen und er mag dich. Es wird dir gut gehen bei ihm."

„Ja, bestimmt", meinte ich nur und dachte erneut sehnsüchtig an Laurenz.

Das schien alles so weit weg und unwirklich zu sein, was ich mit meinem Eiskönig einst hatte.

„Ich hoffe, du kommst uns dann trotzdem immer mal besuchen, auch wenn du bei Eduard wohnst?", scherzte sie.

„Aber selbstverständlich", versicherte ich und zwang mich zu einem Lächeln.

Ich hätte mich dafür ohrfeigen können, dass ich immer noch an Laurenz dachte, obwohl mein Leben und alles, was ich hatte und mir etwas bedeutete, hier war. Ich musste ihn endlich vergessen!

Aber mein Kopf und mein Herz taten alles andere, als ihn zu vergessen.

Ganz im Gegenteil, ich hatte Träume von meiner Hochzeit. Ich stand mit Laurenz vorm Traualtar, der sich plötzlich in Eduard verwandelte, oder ich hatte Eduard gerade das Jawort gegeben, als Laurenz hereinkam und als Wut über diese Ehe meinen Gatten in eine Eisstatue verwandelte und ich meinem Eiskönig trotzdem liebevoll um den Hals fiel...

So und ähnlich verliefen all diese Träume.

Morgens wachte ich immer mit einem feuchten Gesicht auf und wusste nicht, ob es Schweiß oder Tränen waren.

Wenn Hanna das mitbekam, schenkte sie mir immer mitfühlende Blicke, aber sie zeigte zum Glück ebenfalls Verständnis dafür, dass ich meistens keine Kraft hatte, über meine Träume und vor allem über Laurenz zu sprechen.

Manchmal hatte ich tatsächlich das Gefühl, meine kleine aufgeweckte Hanna ist in der Zeit, in der ich im Schloss war, erwachsen geworden und das machte mich ein wenig stolz.

Letztendlich verging die Zeit bis zu meiner Hochzeit viel zu schnell. Einen Tag bevor die Vermählung in unserer Dorfkirche mit über 30 Gästen stattfinden sollte (einige von ihnen kannte ich nicht mal näher), wurde auch das Kleid fertig. Die Schneiderin brachte es sogar persönlich vorbei.

Es war wunderschön.

„Ich hoffe, dein Bräutigam taucht nicht gerade jetzt hier auf", bemerkte die Schneiderin, während sie und Martha mir bei der Anprobe des Kleides halfen.

„Nein, er muss arbeiten", antwortete ich knapp, „warum?"

„Na es bringt Unglück, wenn der Bräutigam die Braut vor der Hochzeit in ihrem Brautkleid sieht", erklärte mir Martha.

„Ach so", meinte ich daraufhin nur und zuckte gleichgültig mit den Schultern. „Ich glaube nicht an solche Märchen."

„Das solltest du aber mal lieber, mein Kindchen", schmunzelte Martha und schnürte mich so fest ein, dass ich nach Atem ringen musste.

Verdammt, nicht Eduard sollte mich in diesem Kleid sehen, sondern Laurenz.

Nun, was soll ich sagen, das Kleid passte wie angegossen und meiner Hochzeit stand nichts mehr im Wege.

Seufzend ließ ich mich wieder aus dem Kleid pellen, während meine Ziehmutter die überaus grandiose Arbeit der Schneiderin lobte. Ich würde darin wie eine Prinzessin aussehen, fand sie.

Die beiden fragten mich, wie es mir gefallen würde und ich stimmte ihnen wie selbstverständlich zu.

Wir verstauten das Kleid wieder unter dem Umhang und ließen es im Kleiderschrank verschwinden. Zumindest bis morgen...

Als wir die Schneiderin wenig später zum Tor begleiten wollten, vernahmen wir vom Tor laute Stimmen.

Sofort liefen wir schneller, um zu sehen, was da los war.

Nur blieb ich wie angewurzelt stehen, als ich den Reiter und sein schwarzes Pferd erkannte und mein Herz machte unweigerlich einen Satz. Vor unserem Tor stand tatsächlich Arthur, auf dem Rücken des edlen Ramons.

Auch Martha schien an seiner Kleidung erkannt zu haben, dass dieser Mann zum Königshaus gehörte, denn sie sah mich fragend an und wollte wissen: „Was hat das jetzt zu bedeuten?"

„Ich weiß es nicht", erwiderte ich schwach. „Vielleicht möchte der König mir Glückwünsche zu meiner Hochzeit übermitteln lassen."

Das wäre wohl die einfachste und logischste Erklärung, was den Boten des Königs ausgerechnet jetzt wieder hierhertreiben konnte, aber mein Herz hoffte offensichtlich auf einen anderen Grund, denn es hämmerte wie wild in meiner Brust, als ich mich dem Tor weiter näherte.

In dem Moment schien Arthur mich erkannt zu haben, denn er sprang von seinem Pferd und rief lauthals: „Fräulein Aurelia!"

So schnell ich konnte, bahnte ich mir einen Weg durch die neugierigen Kinder, die sich inzwischen am Tor versammelt hatten, um bloß nichts zu verpassen und stand schließlich genau vor ihm.

„Guten Tag Arthur, was verschafft mir die Ehre?" Dabei versuchte ich meine Stimme so ruhig wie möglich klingen zu lassen.

„Fräulein Aurelia", wiederholte er abermals meinen Namen und klang dabei merklich erleichtert.

Mit einem Seitenblick auf die anderen, die uns interessiert beobachteten, fügte er hinzu: „Können wir irgendwo ungestört reden? Es geht um seine Majestät."

Als ich dies hörte, fühlte sich mein Herz für einen Augenblick so an, als würde es aus meiner Brust springen wollen.

Was meinte er damit, es würde um Laurenz gehen? War er anders als ich erwartet hatte, nicht gekommen, um mir alles Gute für meine Vermählung zu wünschen?

Bevor ich jedoch darauf antworten konnte, stand Martha neben mir und fauchte: „Was wollen Sie schon wieder hier?"

Er sah ihr ins Gesicht und antwortete ganz ruhig: „Das würde ich gern allein mit Fräulein Aurelia besprechen wollen."

Ich sah sie eindringlich an. „Bitte Martha."

„Na gut", gab sie nun nach, „aber damit Sie es gleich wissen: Aurelia heiratet morgen. Sie wird also nicht noch einmal mit Ihnen mitkommen."

Ich schenkte ihren Kommentar keine Beachtung und bat Arthur, mir zu folgen, während sich Theodor ohne ein Wort

Ramon annahm und ihn zur Wassertränke unserer Pferde führte.

Auf die Schnelle war mir kein besserer Ort eingefallen, um ungestört reden zu können, als die Hütte, in der Hanna und ich schliefen.

Zu meiner Erleichterung folgten uns die anderen nicht, nicht mal Martha.

Um auf Nummer sicher zu gehen, schloss ich hinter uns ab und konnte ich den Boten endlich fragen: „Was ist mit Laurenz ... ähm... ich meine seiner Majestät?"

„Nun ja, wie soll ich sagen?", begann Arthur zögernd und räusperte sich. „Seitdem Ihr das Schloss verlassen habt, hat sich seine Majestät stark verändert. Er verlässt kaum mehr seine Gemächer, lässt die Mahlzeiten oft stehen, die Hildegard ihm vor die Tür stellt und vor allem..."

Er machte eine Pause, um sich erneut zu räuspern.

Ich hing wie gebannt an seinen Lippen, während ich das Gefühl hatte, mein Herz würde in meiner Brust fast zerspringen.

Für mich dauerte es eine halbe Ewigkeit, bis er endlich weitersprach.

„Hildegard macht sich große Sorgen um ihn. Sie erzählte mir letztens, dass er geäußert habe, er würde sich nach dem Tod sehnen."

Diese Aussage versetzte meinem Herzen einen Stich und ich vergaß einen Augenblick zu atmen.

„Was?", hauchte ich fassungslos.

Der Bote nickte mit gesenktem Kopf.

„Aber... wieso sind Sie damit zu mir gekommen? Ich meine... was kann ich denn tun?", brachte ich mit zittriger Stimme hervor.

„Hildegard und ich sind zu dem Entschluss gekommen, dass Ihr der einzige Mensch seid, der ihm helfen kann."

Meine Gedanken überschlugen sich fast. „Wollt Ihr damit sagen, dass ich wieder mit zum Schloss kommen soll?"

Wieder nickte er. „Ich weiß, dass ich damit viel von Euch verlange, vor allem jetzt, wo Ihr heiraten werdet."

„Das konntet Ihr nicht wissen", wandte ich ein und verfluchte Martha stumm, dass sie ihm das sofort unter die Nase reiben musste. „Aber ich kann nicht einfach... ich meine, er hat mich weggeschickt. Ich wäre sicher die letzte, die er sehen möchte."

Nun bildete sich auf seinem besorgten Gesicht ein kleines Lächeln. „Ich bin mir ziemlich sicher, dass Seine Majestät Euch sehr gern wiedersehen würde. Als er erfuhr, dass Ihr einem anderen Mann versprochen seid, hat er Euch gehen lassen, aber das bedeutet nicht, dass Ihr ihm nichts bedeutet, ganz im Gegenteil."

„Ihr meint also wirklich, dass Seine Majestät nach wie vor etwas für mich empfindet?", fragte ich mit bebender Stimme und versuchte dabei verzweifelt, meine Gedanken zu ordnen.

Arthur nickte. „Wenn er mit uns spricht, dann oft von Euch, mein Fräulein."

Nun konnte ich nur stumm nicken und biss mir auf die Unterlippe, um nicht in Tränen auszubrechen, oder Arthur augenblicklich um den Hals zu fallen und versprechen, dass ich auf jeden Fall mitkommen werde. So einfach war das alles nicht.

„Ich kann nicht mit Euch kommen, selbst wenn ich es wollen würde", sagte ich schließlich mit gesenktem Blick. „Ich heirate morgen. Er hätte mich nicht wegschicken dürfen."

„Ja, da habt Ihr wohl Recht", antwortete Arthur nun nachdenklich. „Vermutlich ist es besser, wenn ich wieder gehe."

Weil mir darauf keine passende Antwort einfiel, nickte ich nur. Der Bote stand auf und ging langsam zur Tür. „Lebt wohl, mein Fräulein und alles Gute zur Vermählung."

„Vielen Dank", erwiderte ich und wollte ihn zur Tür begleiten.

Doch als ich ihn so ansah, traf mich die Erkenntnis wie ein Blitz. Ich konnte ihn nicht ohne weiteres gehen lassen. Dass Arthur hier war und tatsächlich wollte, dass ich ihn zum Schloss begleite, musste ein Zeichen sein. Außerdem machte ich mir nach dem, was der Bote mir erzählt hatte, Sorgen um meinen Eiskönig. Was meinte er damit, Laurenz würde sich nach dem Tod sehnen?

Von einer plötzlichen Verzweiflung gepackt, rief ich: „Arthur, wartet bitte!"

Überrascht blieb er stehen und blickte sich zu mir um. „Ja, mein Fräulein?"

„Ich möchte zu ihm", sagte ich mit bebender Stimme. „Es macht mir Angst, was Ihr erzählt, vor allem, dass er über den Tod nachdenken würde. Lasst mich Euch begleiten, bitte."

„Aber es geht nicht, weil Ihr einen jungen Mann von hier zu Eurem Gemahl nehmen werdet, habe ich Recht?", meinte Arthur nur.

„Ja", murmelte ich benommen. „Eventuell kann ich mit Martha reden. Möglicherweise würde sie mich verstehen, aber ich weiß es nicht. Ich meine, wenn ich Eduard jetzt sitzen lasse, kann ich vermutlich nie wieder zurückkehren."

Ich hatte das Gefühl, in meinem Kopf dreht sich alles und ich wusste weder ein noch aus.

Nun nickte Arthur verständnisvoll und meinte: „Es tut mir leid, ich wollte Euch nicht so durcheinanderbringen. Es ist wohl besser, wenn ich Euch erstmal allein lasse. Ich werde mich im örtlichen Gasthof niederlassen und auf Eure Entscheidung warten."

Meine Entscheidung, dachte ich fast belustigt. Als ob ich wirklich eine Wahl hätte, als Eduard zu ehelichen.

Stumm nickte ich.

Ohne den Blick von mir abzuwenden, fügte Arthur hinzu: „Ich kann sehr gut verstehen, wenn Ihr mich nicht begleitet, Hildegard meinte nur, ich soll es zumindest versuchen. Macht es gut, Aurelia."

„Auf Wiedersehen Arthur", antwortete ich, aber meine Stimme war kaum mehr als ein Flüstern.

Nachdem er fort war, hätte ich mir gewünscht, eine Weile allein sein zu können, um über all das, was mir der Bote erzählt hatte, nachdenken zu können, aber in diesen Genuss kam ich nicht.

Die Tür wurde aufgerissen und bevor ich mich versehen hatte, kam Hanna hereingestürmt, gefolgt von Martha.

Sie sahen mich fragend und besorgt zugleich an.

„Aurelia, was wollte er denn hier?", fragte Hanna sofort.

„Er möchte, dass ich wieder mit zum Schloss komme", antwortete ich abwesend und konnte vor allem Martha dabei nicht ansehen.

„Was?", empörte sich diese sogleich. „Ich hoffe, du hast ihm klar gemacht, dass das nicht in Frage kommt!"

Ich brachte nur ein kaum merkliches Nicken zustande und hatte erneut das Gefühl, den Kampf gegen die angesammelten Tränen bald zu verlieren.

Offensichtlich sah sie mir jedoch an, dass ich ihm das nicht so weitergegeben hatte, denn nun hockte sie sich vor mich und nahm meine Hände, so dass ich sie ansehen musste.

„Aurelia, Kind, was ist los mit dir? Schließlich heiratest du morgen Eduard."

Eine Träne rollte über meine Wange und ich schüttelte verzweifelt den Kopf.

„Ich kann Eduard nicht heiraten", schluchzte ich.

Meine Ziehmutter verstärkte den Griff um meine Hände und sah mich fassungslos an. „Wie meinst du das, mein Mädchen?"

„Ich kann ihn nicht heiraten", wiederholte ich mit erstickter Stimme. „Ich liebe ihn nicht. Dabei wollte ich immer mit jemandem zusammenleben, für den ich wahrhaftig Gefühle habe, ohne den es sich anfühlt, als würde das Leben keinen Sinn machen."

„Oh, du hast offensichtlich zu viele Geschichten gehört", meinte sie nun. „Diese Art von Liebe, die du da beschreibst, gibt es nicht in Wirklichkeit. Sobald Eduard und du verheiratet seid, wirst du lernen, ihn zu lieben, da er dir ein Dach über den Kopf gibt und eine Familie schenkt."

Wieder schüttelte ich den Kopf. „Das will ich nicht und ich kann es auch nicht. Ich weiß, dass es diese wahre Liebe gibt und ich vermisse ihn so sehr."

Einen Moment lang sah mich Martha fragend an. „Wovon sprichst du da, mein Kind? Und wieso ausgerechnet jetzt?"

Stimmt, ich hatte ihr nie von meinen Gefühlen für Laurenz erzählt.

Allerdings hatte ich keine Worte, um es zu erklären. Ich saß einfach nur da und weinte.

Nach einigen Augenblicken hatte ich mich wieder ein bisschen beruhigt, aber das Einzige, was ich über die Lippen bekam, war: „Ich muss zu ihm. Ich muss wieder zum Schloss."

Nun schien Martha verstanden zu haben, von wem und was ich rede, denn sie sah mich erneut mit diesem entsetzten Blick an und wollte wissen: „Du meinst nicht etwa den König?"

„Doch", brachte ich zwischen zwei Schluchzern hervor. „Ich liebe ihn."

„Aber mein Mädchen, woher willst du wissen, dass du tatsächlich verliebt bist?", wollte sie nun wissen und klang ziemlich verzweifelt. „Du weißt gar nicht, wie sich Liebe wirklich anfühlt."

Traurig seufzte ich. „Vermutlich hast du recht. Ich weiß wahrlich nicht, was wahre Liebe ist. Ich weiß nur, dass es nichts Schöneres für mich gab, als seine Nähe zu spüren und dass ich nun, wo ich nicht mehr bei ihm bin, ihn vermisse und jede Sekunde wird es schlimmer. Dabei fühlt es sich nicht so an, als würde sich das jemals ändern. Auch wenn ich Eduard versprochen bin und ich fürchte, die Vermählung wird meine Sehnsucht nicht lindern, ganz im Gegenteil."

Das schien meine Ziehmutter allerdings weiterhin nicht vollständig zu überzeugen.

„Na gut", überlegte sie, „nehmen wir an, es war tatsächlich Liebe zwischen euch, warum bist du dann zurückgekehrt?"

„Seine Majestät hat mich Heim geschickt, als er erfahren hat, dass ich einem anderen versprochen bin", erklärte ich traurig und wischte mir mit dem Handrücken über die Augen, „aber nach der Aussage von Arthur, also des Boten, fehle ich ihm genau so sehr, wie er mir."

Nun nickte sie nachdenklich und stand auf, um im Zimmer auf und ab zu laufen.

„Jetzt wird mir so einiges klar", meinte sie gedankenversunken. „Warum hast du mir nichts davon gesagt?"

„Was hätte es für einen Unterschied gemacht, wenn ich es dir gesagt hätte?", wollte ich wissen. „Ich muss Eduard so oder so zu meinem Gemahl nehmen, oder?"

„Deswegen warst du auch so lange weg", murmelte sie wohl mehr zu sich selbst, als zu mir, ohne auf meine letzte Frage einzugehen. „Ich hätte es merken müssen."

Dann drehte sich Martha zu Hanna um, die lautlos an der Tür stand und wollte von ihr wissen: „Hast du davon gewusst?"

Diese nickte mit einem entschuldigenden Lächeln. „Das ließ sich nicht vermeiden, schließlich schlafen wir im gleichen Raum."

„Ich verstehe", erwiderte Martha nachdenklich.

„Was soll ich jetzt tun?", fragte ich verzweifelt. „Ich meine, ich kann nicht Eduard heiraten, wenn mich mein geliebter König braucht."

„Ach mein Kind", seufzte meine Ziehmutter, kam zurück zu mir und schloss mich in ihre Arme. „Du weißt genau, dass das nicht so einfach ist. Du bist seit langer Zeit Eduard versprochen. Du kannst dich nicht plötzlich für einen anderen entscheiden, der erstens König ist und um den es zweitens so viele unschöne Geschichten gibt. Außerdem brauchen wir das Geld, dass Eduards Vater für dich zahlt. Ich kann das nicht alles rückgängig machen, selbst wenn ich es wollen würde und erst recht nicht so kurzfristig. Schließlich findet eure Vermählung bereits morgen statt."

„Das weiß ich alles", murmelte ich kraftlos. „Aber ich bin mir sicher, dass auch der König bereit wäre, dem Heim ein wenig von seinem Geld zur Verfügung zu stellen. Du bist nicht abhängig von Eduard."

Martha sah mich mit ernstem Blick an und sagte entschieden: „Nein. Ich werde dich nicht erneut gehen lassen. Du wirst Eduard zu deinem Mann nehmen und im Dorf wohnen. Weißt du Aurelia, ich möchte dich in meiner Nähe wissen, bei deiner Hochzeit dabei sein, sehen wie deine Kinder aufwachsen und für sie wie eine Großmutter sein. Schließlich bist du für mich wie eine Tochter und ich möchte nicht erneut das Gefühl haben, ich hätte dich für immer verloren, so wie beim letzten Mal, als du im Schloss warst. Und was ist mit Eduard? Er liebt dich und würde alles für dich tun, aber er wird dich nicht zurückwollen, wenn du eines Tages vom Schloss zurückkehrst, weil du feststellen musstest, dass dein König nicht so wunderbar ist, wie du dachtest."

Daraufhin wusste ich nicht, was ich sagen sollte. Irgendwie hatte sie mit all dem Recht, aber anderseits fühlte ich mich von ihr so unverstanden, wie nie zuvor.

„Ja ich verstehe es", meinte ich deswegen scheinbar reumütig. „Es tut mir leid. Ich wäre jetzt gern allein."

„Bist du sicher, dass wir nicht bei dir bleiben sollen?", versicherte sich Martha.

„Ja, ganz sicher", nickte ich. „Ich muss nachdenken."

„Und du wirst auch ganz sicher hier sein, wenn ich euch zum Abendessen rufe und nicht in der Zwischenzeit mit diesem Boten auf dem Weg zum Schloss sein?"

„Natürlich bin ich hier", versprach ich wie selbstverständlich.

Wo soll ich denn sonst sein?, fügte ich in Gedanken traurig hinzu.

„Na gut", gab sie sich geschlagen, griff nach Hannas Arm, die nach wie vor reglos im Türrahmen stand und führte sie mit sich nach draußen.

Na endlich, dachte ich und ließ mich völlig fertig auf mein Bett fallen.

Was sollte ich nur tun?

Mit Tränen in den Augen lag ich nun da, starrte an die Decke und wollte am besten nichts mehr fühlen und denken müssen, nicht an Laurenz, nicht an Eduard und auch nicht an morgen.

Natürlich gelang es mir nicht, meine Gedanken abzustellen. Sie drehten sich so lange im Kreis, bis ich zu dem Entschluss kam, dass ich mich nicht widerstandslos mit meinem Schicksal abfinden konnte. Ich musste zu Laurenz, egal, was Martha oder irgendwelche blöden Gesetze sagten.

Wieso kam Martha überhaupt auf die Idee, dass mich diese Regeln interessierten? Schließlich war ich schon einmal beim Schloss gewesen, obwohl sie es mir streng verboten hatte.

Das Einzige, womit sie Recht hatte, war wohl, dass das Heim das Geld brauchte, aber sicher gab es andere Möglichkeiten, an Geld heranzukommen. Hanna würde wohl bald heiraten, oder Marie. Außerdem wäre Laurenz ganz sicher bereit, das Heim finanziell zu unterstützen, wenn ich ihn darum bat.

Ich dagegen würde hier niemals glücklich werden mit Eduard. Ich liebte ihn nicht und das hatte ich auch nie.

Für mich gab es keine andere Lösung, als zum Schloss zurückzukehren.

Entschieden sprang ich vom Bett auf und warf ein Blick aus dem Fenster. Die Sonne stand ziemlich tief am Himmel, also musste es später Nachmittag sein.

Die meisten Kinder waren draußen und spielten ausgelassen miteinander.

So leise, wie nur irgendwie möglich, verließ ich die Hütte und schlich mich geduckt zum Tor.

Sie sollten nicht bemerken, dass ich das Gelände verließ, vor allem nicht meine Ziehmutter, denn dann dürfte ihr sofort klar sein, wo ich hinwill.

Es überraschte mich ein wenig, dass Martha mich tatsächlich allein gelassen hatte und nicht mal jemanden beauftragt hatte, regelmäßig nach mir zu sehen, damit ich nicht auf dumme Ideen kommen würde. Offenbar vertraute sie mir.

Als ich mich am Eingangstor umsah, überkam mich das schlechte Gewissen. Ich hatte ihr versprochen, es nicht zu tun.

Auch wenn ich bis zum Abendessen ganz sicher zurück sein würde, hatte ich sie trotzdem belogen.

Erleichtert, dass mich wirklich niemand zu bemerken schien, schloss ich das Tor hinter mir und lief schnellen Schrittes zu dem alten Gasthof, in dem Arthur die Nacht verbringen wollte.

An der Tür fing mich der Wirt ab und fragte mich mit überraschtem Blick, was ich hier wollte und ob Martha wusste, dass ich hier bin.

Oh, wie ich es leid war, dass hier im Dorf wirklich jeder jeden kannte...

Wie selbstverständlich bejahte ich, auch wenn es nicht der Wahrheit entsprach und fragte ihn, wo ich den Boten des Königs finden könne.

Zu meiner Überraschung saß er noch in der Gaststätte an einem Krug mit Bier.

„Arthur?", fragte ich unsicher.

Er sah auf und rief mir freundlich zu: „Guten Abend Fräulein Aurelia, ehrlich gesagt habe ich nicht damit gerechnet, Euch so schnell wiederzusehen."

„Nun ja", begann ich zögernd und warf einen Blick auf die anderen Gäste, „können wir irgendwo ungestört reden?"

„Aber selbstverständlich", antwortete er und hatte mit einem Zug seinen Bierkrug geleert.

Dann legte er dem Wirt das Geld auf den Tisch und meinte zu mir: „Dann lasst uns auf mein Zimmer gehen. Dort können wir ungestört reden."

Mir war durchaus bewusst, dass das auf die anderen Gäste seltsam wirken musste und ich sah mich vorsichtshalber abermals um. Jedoch konnte ich unter den Männern niemanden ausmachen, der Martha näher kannte. Also musste ich mir wohl keine Sorgen machen, dass sie von meinem Vorhaben erfuhr, bevor ich weg war.

Mit klopfendem Herzen folgte ich ihm.

In seinem Zimmer schloss Arthur hinter mir die Tür und sah mich erwartungsvoll an. „Ihr sagt, Ihr hättet Euch entschieden?"

Entschlossen nickte ich. „Für mich gibt es nur eine Möglichkeit."

Ich zögerte kurz, bevor ich weitersprechen konnte.

„Wartet", unterbrach mich da der Bote, „ich denke, ich weiß, was Ihr sagen wollt. Ihr heiratet morgen. Selbstverständlich ist das wichtiger, als eine erneute Reise zum Schloss."

„Hm", murmelte ich nun verwirrt.

Damit hatte er mich aus dem Konzept gebracht.

„Es ist wahr, dass ich morgen heiraten soll, aber das wollte ich nicht sagen", meinte ich schließlich. „Ich werde die Hochzeit ausfallen lassen und mit Euch gehen, wenn Seine Majestät meine Hilfe benötigt."

Jetzt sah mich Arthur überrascht, fast sogar schockiert an.

„Ihr wollt tatsächlich Eurer Dorf und Euren Verlobten jetzt so knapp vor der Vermählung zurücklassen, nur um ans Schloss zurückkehren zu können?", fragte Arthur ungläubig. Offenbar hatte er fest damit gerechnet, dass ich ihn nicht begleiten würde.

„Versteht bitte, ich kann nicht hierbleiben und einen Mann zu meinem Gemahl nehmen, wenn mein Herz dem König gehört. Es ist kein Tag, keine Minute, keine Sekunde vergangen, in der ich nicht an Laurenz... Verzeihung... Seine Majestät nicht vermisst hätte. Ich muss mit Euch gehen."

Der Bote musterte mich nachdenklich und sagte dann: „Aber ich weiß nicht, ob Seine Majestät Eure Anwesenheit tatsächlich wünscht. Schließlich hat er Euch das letzte Mal weggeschickt. Ich will nicht, dass Ihr Euch dann Eure Zukunft verbaut habt, versteht Ihr?"

Getroffen nickte ich.

Ehrlich gesagt hatte ich daran bisher gar keinen Gedanken verschwendet, aber er hatte durchaus Recht. Laurenz hatte mich weggeschickt, damit ich Eduard heiraten kann. Uns war beiden klar gewesen, dass wir uns nie wieder sehen werden. Vielleicht will er mich gar nicht mehr bei sich haben.

Anderseits hat Arthur erzählt, dass der König nach wie vor viel über mich spricht. Wieso sollte er das tun, wenn er nichts mehr für mich empfand? Wenn ich heute oder morgen zum Schloss fuhr, würde meine Vermählung nicht stattfinden und Laurenz hatte keinen Grund mehr, mich wegzuschicken. Dann gehörte ich einzig und allein ihm.

„Fräulein Aurelia?", riss mich da Arthurs Stimme aus meinen Gedanken. „Ist alles in Ordnung?"

„Ja", erwiderte ich schnell, „und falls Seine Majestät mich tatsächlich nicht im Schloss haben möchte, werde ich sofort meine Sachen nehmen und wieder verschwinden, völlig egal, was mich danach erwartet. Aber ich habe die Hoffnung, dass ich ihm helfen kann. Schließlich ist mir das schon einmal gelungen."

„Ihr seid wahrhaftig eine wunderbare junge Dame", sagte er nun, „aber wie wollt Ihr das Eurer Ziehmutter erklären, warum Ihr sie ausgerechnet jetzt verlasst?"

„Am besten gar nicht", murmelte ich. „Sie würden es eh nicht verstehen und mich erst recht nicht gehen lassen."

Ich konnte dem Boten ansehen, dass er mit dieser Antwort nicht gerechnet hatte, aber nach einem kurzen Innehalten zuckte er mit den Achseln und meinte nur: „Wenn Ihr denkt, dass das der richtige Weg ist."

„Vermutlich ist es nicht der richtige Weg", murmelte ich beschämt, „aber es ist der einzige."

Schließlich einigten wir uns darauf, dass ich morgen früh, bevor die Sonne aufgehen würde zu ihm vor den Gasthof kommen sollte.

Um die Uhrzeit schliefen die Dorfbewohner alle noch und die Chance, von Martha, oder einer anderen Person erwischt zu werden, die mich kannte, war ziemlich gering.

Auf dem Heimweg hoffte ich nur, dass alles nach Plan laufen würde, denn ich konnte nicht länger warten. Ich musste vor meiner Hochzeit verschwinden, sonst war alles zu spät und ich könnte nicht mehr zu Laurenz gehen. Nie mehr...

Die Kirchturmuhr zeigte gerade halb 7 an, als ich unseren Hof betrat. Wie immer wird Martha gerade für alle Abendessen machen.

Einen Moment lang überlegte ich, ob ich zu ihr in die Küche gehen sollte, um ihr bei den Vorbereitungen zu helfen, aber ich verwarf diesen Einfall gleich wieder, denn ich befürchtete, dass sie mir mein schlechtes Gewissen ansehen würde.

Also ging ich wieder auf mein Zimmer und begann, meine Sachen zusammenzupacken, die ich bei meiner erneuten Reise zum Schloss benötigen würde, viel war es schließlich nicht.

Ich entschied mich dafür, nur zwei Kleider, sowie den braunen Mantel und dem Paar Stiefeln, die ich mir auf meiner letzten Reise zum Schloss gekauft hatte, mitzunehmen.

Dann verstaute ich meine Tasche im untersten Fach des Schranks, in der Hoffnung, dass sie bis morgen früh niemand fand und wartete mit klopfendem Herzen, bis mich Hanna zum Essen holte.

Ich gab mir den ganzen Abend Mühe, mich so normal, wie nur irgendwie möglich zu verhalten, denn vermutlich ahnte Martha sehr wohl, dass ich mich mit meinem Schicksal so nicht abfinden konnte.

Allerdings schwieg ich und sie hatte glücklicherweise so viel mit den Kindern zu tun, dass sie nicht dazu kam, mich ein weiteres Mal auf Arthurs Besuch anzusprechen.

Dafür hatte ich das Gefühl, Hanna würde mich die ganze Zeit über im Auge behalten und als wir später in unseren Betten lagen, wollte sie prompt wissen: „Du wirst Eduard nicht heiraten, habe ich Recht?"

„Was?" Ich sah sie überrascht an.

„Na ja", meinte sie nun kleinlaut und richtete sich in ihrem Bett auf. „Ich denke, dass du mit ihm gehen wirst... Mit dem Boten zum Schloss, zu deinem Eiskönig, wahrscheinlich vor deiner Hochzeit."

Zögernd nickte ich. „Ja Hanna, das werde ich. Ich liebe ihn. Es tut mir leid."

„Das muss dir nicht leidtun", erwiderte sie ohne mich anzusehen. „Ich glaube sogar, dass ich dich ganz gut verstehen kann."

„Du meinst, wegen Jakob?", fragte ich unvermittelt.

Sie nickte. „Ja, aber das spielt jetzt keine Rolle. Ich meine, du wirst diese Nacht gehen, oder?"

„Morgen früh, bevor die Sonne aufgeht", gab ich zu.

„Und dann wirst du für immer gehen, sehe ich das richtig?" Nun klang ihre Stimme auf einmal unglaublich traurig und sie ließ sich zurück in ihre Kissen sinken.

„Oh Hanna", seufzte ich. „Ich werde dich besuchen kommen, versprochen."

„Das weiß ich", murmelte sie in ihr Kissen. „Gute Nacht, Aurelia."

Mit diesen Worten drehte sie mir den Rücken zu. Offensichtlich wollte sie nicht weiter über unseren Abschied reden und mir fiel nichts ein, mit was ich die Situation hätte verbessern können.

Ich meine, sie hatte Recht, vermutlich würde ich nicht zurückkehren. Denn selbst, wenn Laurenz meine Anwesenheit im Schloss nicht wünschte, konnte ich trotzdem niemals in dieses Dorf zurückkommen. Nach der geplatzten Vermählung würden mich die Dorfbewohner wohl davonjagen, wenn ich hier jemals wieder auftauchen sollte...

Deshalb hauchte ich nur ein erschöpftes „Gute Nacht, Hanna" und drehte mich mit dem Gesicht zur Wand.

Jedoch bedeutete das nicht, dass ich auch Schlaf fand. Ganz im Gegenteil, ich bekam kein Auge zu. Meine Gedanken rauschten durch meinen Kopf, wie ein niemals stillstehender Wasserfall.

Ich dachte an Martha und schämte mich, weil ich sie belogen hatte, an Eduard und überlegte, wie zeitnah er wohl ein anderes Mädchen zu seiner Frau nehmen würde, damit die Schmach, dass ich ihn verlassen hatte, nicht zu groß war, an meine kleine Hanna, was sie wohl ohne mich tun würde, denn ich würde sie auf jeden Fall vermissen und natürlich dachte ich auch an meinen König. Ob er mich tatsächlich vermisste und genau so sehr ein Wiedersehen wünschte, wie ich?

Konnte ich hier tatsächlich alle zurücklassen, ohne zu wissen, was mich erwartete? Obwohl, das stimmte so nicht. Ich wusste sehr viel genauer, was mich erwartete, als das letzte Mal, als ich zum Schloss gereist war.

Tief in meinem Inneren wusste ich genau, dass ich das Richtige tat, auch wenn ich meine Heimat dafür wohl endgültig verlassen musste.

Irgendwann musste ich vor Erschöpfung eingenickt sein, denn ich kam erst wieder zu mir, als Hanna an mir rüttelte.

Verwundert sah ich sie an und sie meinte nur: „Die Sonne geht bald auf, du solltest dich auf den Weg machen."

Langsam richtete ich mich auf und sah sie an. „Danke mein Liebes."

Darauf antwortete sie nicht, sondern beobachtete mich nur schweigend, wie ich meine Sachen aufnahm. Dann öffnete sie ein Schubfach unter ihrem Bett und drückte mir eine Tüte mit belegten Broten in die Hand.

„Die habe ich gestern beim Abendessen mitgehen lassen", sagte sie nur.

„Du hast was?", fragte ich überrascht.

„Nun ja, ich habe geahnt, was du vorhast", meinte sie mit tonloser Stimme.

Von meinen Gefühlen überwältigt, fiel ich ihr um den Hals und flüsterte mit Tränen in den Augen: „Oh meine kleine Hanna, ich danke dir von ganzem Herzen."

„Ich werde dich auch vermissen", murmelte sie in mein Ohr, dann löste sie sich abrupt von mir und meinte: „Jetzt geh endlich, sonst wirst du möglicherweise entdeckt."

Ich nickte nur und ging langsam zur Tür. „Lebe wohl, Hanna."

Sie verzog das Gesicht zu einem gequälten Grinsen und meinte: „Mach es gut, große Schwester und wehe, du kommst mich nicht irgendwann mal besuchen."

„Ganz bestimmt", versprach ich, auch wenn wir wohl beide wussten, dass ein Wiedersehen diesmal sehr unwahrscheinlich war.

Ich umarmte sie zum wiederholten Male flüchtig und verließ dann unsere Hütte, damit mir der Abschied nicht noch schwerer fiel.

Schnellen Schrittes und so leise wie möglich verließ ich das Gelände und lief zum Gasthof, während ich meinen Gedanken nachhing.

Es erstaunte mich, dass Hanna gar nicht mit ins Dorf gehen wollte, um mich dort zu verabschieden. Sonst war sie immer sehr neugierig gewesen, oder war sie in den letzten Wochen etwa so vernünftig und erwachsen geworden, dass sie einsah, dass wir unauffälliger waren, wenn ich allein ging?

Als ich am Gasthof ankam, schien mich Arthur schon zu erwarten.

„Guten Morgen mein Fräulein, seid Ihr bereit für die weite Reise?", begrüßte er mich freundlich.

Zurückhaltend bejahte ich und wünschte ihm ebenfalls einen guten Morgen.

Dann verschwand er im Stall und führte kurz darauf zwei Pferde an den Zügeln heraus. Sie waren beide bereits gesattelt und hatten das Geschirr angelegt bekommen.

Ich stutzte kurz. Das eine Pferd war eindeutig der rabenschwarze Ramon, aber das andere Tier war schwarz-weiß gefleckt und ich hatte es nie zuvor gesehen.

Arthur schien meinen verwunderten Blick zu bemerken, den nun führte er das unbekannte Pferd zu mir, überreichte mir die Zügel und meinte feierlich: „Mein liebes Fräulein Aurelia, darf ich Euch Dora vorstellen? Sie gehört ab sofort Euch."

Völlig überrumpelt sah ich ihn an und stammelte: „Was? Ein eigenes Pferd für mich? Das kann ich nicht annehmen. Wo habt Ihr es überhaupt so schnell herbekommen?"

Jetzt lächelte er mich freundlich an: „Ich habe dieses Prachtexemplar von Stute im Nachbardorf gekauft, gestern Abend, nachdem wir uns geeinigt hatten, heute aufzubrechen."

Ungläubig blickte ich zwischen ihm und dem Pferd hin und her und stammelte fassungslos: „Oh mein Gott... ich weiß gar nicht, was ich sagen soll... vielen Dank..."

„Gern geschehen", erwiderte Arthur nun und wirkte ungeduldig, als er einen Blick in Richtung Himmel warf. „Wir sollten uns endlich auf den Weg begeben."

Da hatte Arthur Recht, denn die Sonne war mittlerweile im Begriff aufzugehen und wir hatten einen weiten Weg vor uns.

Über die Tatsache, dass mir jetzt offenbar ein Pferd gehörte, konnte ich mir auch unterwegs Gedanken machen.

Ich war gerade im Begriff, auf Doras Rücken zu steigen, als ich auf einmal eine ungläubige Stimme meinen Namen rufen hörte.

Erschrocken wirbelte ich herum und blickte genau in Eduards fragendes Gesicht.

„Aurelia, was tust du da?", wollte er nun mit tonloser Stimme wissen.

Panisch warf ich einen Blick zwischen meinem Verlobten und Arthur hin und her.

Das Blut in meinen Ohren rauschte, während ich nach den richtigen Worten suchte, jedoch fiel mir auf die Schnelle nichts Besseres ein, als ihm die Wahrheit zu sagen. Spätestens in ein paar Stunden hätte er es eh gewusst.

Also nahm ich all meinen Mut zusammen, sah Eduard an und sagte mit so fester Stimme wie möglich: „Ich werde das Dorf verlassen."

Seine Augen weiteten sich vor Entsetzen. „Was? Jetzt? Aber wir heiraten in ein paar Stunden..."

Ich stieß einen Seufzer aus, als mir klar wurde, dass er tatsächlich keine Ahnung von meinen Plänen hatte. Offenbar hatte ihm Martha nicht von dem eindeutigen Gespräch erzählt, das ich am Vortag mit ihr geführt hatte.

Augenblicklich bekam ich ein richtig schlechtes Gewissen, aber es gab kein Zurück mehr. Ich musste zu Laurenz, koste, was es wolle.

„Eduard", begann ich schließlich und versuchte ruhig zu bleiben. „Versteh endlich, es wird keine Vermählung geben."

Fassungslos rang er nach Atem. „Was? Nein Aurelia, das geht nicht... Das kannst du nicht machen..."

Dann hielt er kurz inne und musterte Arthur mit durchdringendem Blick. Als dieser wieder zu mir wanderte, schien ihm klar zu sein, wo ich hinwill und dass der Bote des Königs neben mir stand.

Seine dunklen Augen waren nun zu schmalen Schlitzen verengt, als er wissen wollte: „Du willst mich also nicht zu deinem Mann nehmen, sehe ich das richtig?"

„Ja", sagte ich entschieden. „Ich kann dich nicht zu meinem Gemahl nehmen, Eduard. Mein Herz gehört einem anderen."

Wütend machte er einen Schritt auf mich zu und fauchte: „Dein Herz gehört einem anderem? Etwa diesem Bastard von König, der eh nur Schmach und Schande über dieses Land bringt?"

Er machte einen weiteren Schritt auf mich zu und ich wich erschrocken zurück. Ich stieß aber mit Dora zusammen, die sich daraufhin aufbäumte und wieherte.

„Ganz ruhig, meine Schöne", versuchte Arthur nun das Pferd zu beruhigen und griff nach den Zügeln, bevor er entschieden zwischen Eduard und mich trat und brummte: „Das reicht jetzt, junger Mann. Ihr habt kein Recht, das Fräulein zu bedrängen!"

„Ich habe kein Recht?", schnaubte dieser verächtlich. „Jetzt hör mal, Bote. Aurelia ist meine Braut, also kann ich mit ihr auch machen, was ich will, klar? Und jetzt geh gefälligst zur Seite!"

Allerdings dachte Arthur gar nicht daran, aus dem Weg zu gehen. Ganz im Gegenteil, während er eine Art Schutzschild zwischen uns beiden darstellte, wies er mich entschieden an: „Mein Fräulein, ich denke, es ist jetzt wirklich an der Zeit, aufzubrechen, steigt bitte auf."

Gehorsam nickte ich und machte mich erneut daran, auf Doras Rücken zu steigen. Zu meiner Erleichterung, hielt sie nun wieder ganz ruhig.

Beschützend meinte Arthur zu Eduard: „Wie ich Euch eben kennengelernt habe, sehe ich es als richtige Entscheidung an, Fräulein Aurelia nicht in Eure Obhut überlassen zu haben. Ganz offensichtlich seid Ihr ein sehr jähzorniger Mensch, Eduard."

Aus dem Augenwinkel heraus konnte ich Eduards finsteren Blick erkennen, der auf mir ruhte und er sagte ganz langsam: „Das wirst du bereuen, Aurelia."

Bei der Art und Weise, wie er dies sagte, lief mir ein eiskalter Schauer den Rücken hinunter.

Bisher hatte ich ihn immer für einen sehr netten und hilfsbereiten Menschen gehalten, aber das Gesicht, das er jetzt zeigte, machte mir richtig Angst.

„Lebe wohl, Eduard", meinte ich schließlich nur und straffte die Zügel. Ich konnte die Anwesenheit meines eigentlichen Verlobten nicht länger ertragen.

Aus diesem Grund war ich echt froh, als Arthur und ich wenige Minuten später das Dorf verlassen hatten.

„Ist alles in Ordnung, mein Fräulein?", wollte er besorgt wissen.

Wie selbstverständlich nickte ich, aber der Bote schien mir anzusehen, dass das nicht ganz der Wahrheit entsprach, also sagte ich schließlich: „Ich hatte nicht damit gerechnet, dass ich ausgerechnet Eduard begegne. Ich hatte gehofft, gar niemandem über den Weg zu laufen..."

Arthur sah mich verständnisvoll an und meinte: „Ich denke, Ihr könnt froh sein, ihn nicht zu Eurem Gemahl nehmen zu müssen. Es schien mir, als wäre er ein sehr jähzorniger Mensch."

Seufzend antwortete ich: „Bisher war er nie bösartig oder jähzornig. Ganz im Gegenteil, ich habe ihn für seinen Mut und Hilfsbereitschaft immer bewundert und irgendwie kann ich seine Wut auch verstehen, immerhin habe ich ihn nur wenige Stunden vor der Hochzeit verlassen."

Der Bote musterte mich einen Moment lang nachdenklich, dann meinte er: „Euer unerschütterliche Glauben an das Gute in den Menschen ist wirklich bewundernswert."

„Einerseits ist es das", murmelte ich, denn mir war in diesem Moment etwas klar geworden. „anderseits ist es einfach nur dumm."

Mir war klar geworden, dass ich bisher nicht das wahre Gesicht von Eduard kennengelernt hatte, schließlich war ich ihm seit meiner Kindheit versprochen und angehalten, immer nett zu ihm zu sein und ihm immer alles recht zu machen. Als seine zukünftige Frau hatte ich mich ihm unterzuordnen und ihn zu ehren. Also hatte er wohl irgendwie Recht. Ich gehörte Eduard und sonst niemandem.

So gesehen hatte ich wohl erneut ein Gesetz gebrochen, indem ich mich von ihm getrennt habe...

„Ich hoffe nur, er wird uns nicht folgen", fügte ich gedankenversunken hinzu.

„Das denke ich nicht", versuchte mich Arthur aufzumuntern. „Er hat hier sein Leben, seinen Betrieb und genügend alleinstehende junge Frauen, die einiges dafür tun würden, um einen Mann wie ihn heiraten zu dürfen. Warum sollte er sich die Blöße geben und sein Leben in Gefahr bringen, für eine Frau, die ihn verschmäht hat?"

„Ja, ich hoffe, Ihr behaltet damit Recht", murmelte ich und ließ meinen Blick in die Ferne schweifen.

Allmählich gelang es mir, wieder einen klaren Gedanken zu fassen.

Offenbar wurde mir jetzt, auf dem Rücken dieses Pferdes, das tatsächlich mein eigenes war und meinem Blick, den ich über die Wiesen und Felder gleiten ließ, an denen wir vorbeiritten, erst so richtig klar, dass es diesmal endgültig war.

Spätestens nach meinem letzten Gespräch mit Eduard konnte ich mich nie wieder im Dorf blicken lassen.

Ich konnte nur mit ganzem Herzen hoffen, dass ich im Schloss erwünscht war, sonst wäre ich für immer verloren...

Ansonsten ritten wir die meiste Zeit schweigend entweder nebeneinander her, oder Arthur ritt vor mir, um mir den rechten Weg zu weisen.

Dabei fiel mir auf, dass er uns nicht durch die Stadt, sondern um sie herumführte, mit der Erklärung, es würde schneller gehen.

Ab und an machten wir Pause, um die Pferde zu tränken und zu entlasten, denn vor allem Dora war es noch nicht gewöhnt, so weite Strecken am Stück zurückzulegen.

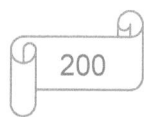

Nach meinen Erfahrungen und Arthurs Berechnungen, würden wir am frühen Abend am Schloss ankommen und bei diesem Gedanken schlug mein Herz unwillkürlich schneller.

Der Angst überwog mittlerweile die Freude, meinen geliebten König endlich wiederzusehen.

Dabei redete ich mir immer wieder ein, dass er keinen Grund mehr hatte, mich wegzuschicken. Ich hatte meine Hochzeit mit Eduard platzen lassen, also war ich nun frei. Frei für Laurenz.

Vermutlich war es dumm von mir, zu glauben, dass wir jetzt für immer zusammenbleiben konnten, aber es bestand Hoffnung und an die würde ich mich bis zum Schluss klammern...

Als wir irgendwann an der magischen Brücke ankamen und ein eisiger Wind von der schneereichen Seite zu uns herüber wehte, wurde mir auf eine seltsame Art und Weise warm ums Herz. Es kam mir alles so seltsam vertraut vor.

Arthur brachte sein Pferd vor mir zum Stehen, sprang ab und bot mir Hilfe beim Ankleiden meines Mantels an.

Dankend nahm ich sein Angebot an und versuchte meine Nervosität so gut wie möglich zu verbergen, während ich ebenfalls in meine Schuhe schlüpfte.

Bei der Gewissheit, Laurenz in absehbarer Zeit wiederzusehen, drehte es mir fast den Magen um.

Wie wird er wohl reagieren, wenn er mich wiedersieht?

„Mein Fräulein, seid Ihr bereit, das Reich des Schnees zu betreten?", riss mich der Bote aus meinen Gedanken.

Entschlossen richtete ich mich auf und nickte.

Ja, ich war mehr als bereit, meinen Eiskönig endlich wieder zu sehen, auch wenn mich nach wie vor eine gewisse Furcht gefangen hielt.

Ob er sich wohl verändert hatte, seitdem ich das letzte Mal hier war? Arthur hatte erwähnt, dass es ihm nicht gut ging. Womöglich hatte er abgenommen... und über das andere wollte ich mir lieber gar keine Gedanken machen.

Nein, die erneute Reise zum Schloss, war das einzig Richtige, was ich tun konnte. Außerdem gab es jetzt für mich auch kein Zurück mehr.

Völlig in Gedanken versunken, stieg ich wieder auf den Rücken meiner Stute und folgte dem Boten über die schmale Brücke.

Erstaunlicherweise schneite es zurzeit nicht.

Kaum hatte sie einen Huf auf den schneebedeckten Boden gesetzt, schnaubte Dora skeptisch und hob die Füße.

Ach ja, im Gegensatz zu Ramon und Mathilde war sie diesen Boden nicht gewöhnt.

Ich tätschelte ihren Hals und flüsterte ihr zu, dass alles gut ist.

Mein Begleiter drehte sich erneut zu mir um. Offenbar wollte er sicher gehen, dass bei mir alles in Ordnung war.

Bestätigend nickte ich ihm zu und wir setzten unseren Weg durch den Schnee fort.

Erstaunlicherweise war mir alles andere als kalt.

Kurze Zeit später passierten wir den verwunschenen Wald, in dem mir das rege Vogelgezwitscher ein vertrautes Gefühl hervorrief und sogar die Tiere kamen neugierig herbeigeeilt, um zu sehen, wer da ihren Wald besuchte.

Einige Kaninchen und Rehe kamen mir bekannt vor, aber da konnte ich mich auch täuschen.

Und schließlich dauerte es nicht mehr lange, bis ich in der Ferne die Türme des vereisten Schlosses ausmachen konnte. In diesem Moment erschien es viel schöner und anmutiger, als ich es in Erinnerung hatte.

Offensichtlich hatte Arthur auch die Zeit richtig eingeschätzt, die wir für unsere Reise benötigen würden, denn die Sonne stand mittlerweile ziemlich tief und spiegelte sich in den eisigen Dächern der Schlosstürme in einem wunderschönen Orange.

Je näher wir dem Palast kamen, umso mehr überkam mich ein Gefühl, dass ich kaum in Worte fassen konnte. Es fühlte sich irgendwie nach Geborgenheit an.

Oh Gott, ich konnte nur hoffen, dass Laurenz das genauso empfand, wenn ich gleich vor ihm stand...

Vor den Schlosstoren brachten wir unsere Pferde zum Stehen.

Kurz darauf öffneten sich die Tore, die Zugbrücke wurde heruntergelassen und im nächsten Augenblick kam eine völlig aufgelöste Hildegard angerannt.

Ich hatte es gerade so geschafft, von dem Rücken meines Pferdes zu steigen, als mir die Köchin so stürmisch um den Hals fiel, dass ich fast das Gleichgewicht verloren hätte.

„Aurelia", rief sie völlig außer sich vor Freude. „Ich fasse es nicht. Arthur hat es wahrhaftig geschafft, dass du zurückkommst."

„Guten Abend Hildegard, ich freue mich auch, dich zu sehen", antwortete ich lächelnd.

Als sie sich kurz darauf wieder von mir löste, griff sie sich meine Tasche und mit der anderen Hand umfasste sie meinen linken Arm.

„Jetzt kommt, ich muss Seiner Majestät unbedingt die frohe Botschaft verkünden", rief sie aufgeregt, „und dann habt Ihr sicher Hunger, oder?"

Mit klopfendem Herzen und ohne auch nur der geringsten Idee, was ich dazu sagen könnte, folgte ich ihr die Eingangstreppe nach oben.

In der großen Empfangshalle mit den unzähligen Eisstatuen blieb ich plötzlich wie angewurzelt stehen.

Jedoch nicht, weil ich mich vor ihnen fürchtete, sondern weil ich hörte, wie jemand die Treppe herunterkam. Das konnte nur Laurenz sein!

Für einen kurzen Augenblick glaubte ich, mein Herz würde aussetzen, als ich ihn erkannte. Er war ganz in schwarz gekleidet, aber ich konnte sein Gesicht erkennen. Blass sah er aus und müde, so als habe er ewig nicht mehr richtig geschlafen.

Einen kurzen Moment lang war ich überrascht, dass er nicht seine Maske trug, aber vermutlich war ich die Letzte, mit deren Besuch er rechnete.

Da schien der König mich auch erkannt zu haben, denn er blieb wie angewurzelt stehen und seine blauen Augen weiteten sich.

Ich erwiderte seinen Blick einfach, weil ich nicht die richtigen Worte fand. Ich wagte nicht mal zu atmen. Es war fast, als hätte ich vergessen gehabt, welche Gefühle allein seine Blicke bei mir auslösten.

Einen viel zu langen Moment verharrten wir in dieser Bewegung, dann, wie von einer unsichtbaren, wahnsinnig starken Macht getrieben, liefen wir scheinbar gleichzeitig los. Genau am Fuße der Treppe hatten wir uns erreicht und ohne ein Wort zu sagen, fielen wir uns in die Arme.

„Ich fasse es nicht", murmelte er in mein Ohr. „Ihr seid zurück."

„Ja, das bin ich", flüsterte ich mit kaum hörbarer Stimme.

„Du bist wahrhaftig zurück, mein Engel", brachte er mit brüchiger Stimme hervor.

Dann drückte er mich zärtlich an sich. Es bedurfte keiner weiteren Worte. Wir hatten uns endlich wieder. Das war alles, was in diesem Moment zählte...

14. Blut im Schnee

Keine Ahnung, wie lange wir so dastanden, eng umschlungen und ohne einen Ton zu sagen. Es schien keine Worte zu geben, für dieses Glück, dieses unbeschreibliche Gefühl, endlich wieder bei ihm sein zu dürfen und ich wusste genau, dass er dasselbe empfand.

Als er sich langsam von mir löste, trat er einen Schritt zurück und betrachtete mich von oben bis unten, als könne er noch immer nicht fassen, dass ich es tatsächlich bin.

„Wie kann es sein, dass Ihr hier seid?", wollte er schließlich wissen, während sein Blick unentwegt auf mir ruhte.

„Arthur hat mich zum Schloss gebracht", antwortete ich und wusste nicht recht wohin mit meinem Blick.

„Aber Eure Vermählung...", brachte er knapp hervor und ich konnte die Verwirrung in seinen eisblauen Augen erkennen. „Ich dachte, Ihr habt mich längst vergessen."

„Die Hochzeit habe ich abgesagt", sagte ich entschieden. „Ich meine, wie kann ich einen anderen Mann zu meinem Gemahl nehmen, geschweige denn, Euch vergessen, wenn Euch mein Herz gehört, Majestät?"

Er sah mich ungläubig an. „Ihr habt Euer Leben in Eurem Heimatdorf vollständig aufgegeben? Für ein Ungeheuer wie mich? Obwohl ich Euch weggeschickt habe?"

Ich griff nach seiner Hand, die wie so oft kalt war und führte sie langsam in Richtung meines Herzens, bevor ich erwiderte: „Ich weiß, dass es Euch schwerfällt, mir das zu glauben, aber ich habe Euch nie als Ungeheuer angesehen und das werde ich auch nie. Ganz im Gegenteil, Ihr seid der wundervollste und einfühlsamste Mensch, der mir jemals begegnet ist."

Nun suchte er erneut meinen Blick und sagte mit schwacher Stimme: „Es stimmt, ich muss wahrlich etwas Besonderes für Euch sein, sonst wärt Ihr nicht zu mir zurückgekehrt."

Lächelnd nickte ich.

Daraufhin schloss er mich erneut in seine Arme und flüsterte: „Willkommen zurück in meinem bescheidenen Reich, Aurelia." Dann küsste er mich und ich hatte das Gefühl, zu schmelzen. Ich hätte hier ewig so mit ihm stehen bleiben, ihn ansehen und seine Nähe spüren können. Es fühlte sich so unwirklich an, als würde ich wie so oft in den letzten Wochen nur meinen Erinnerungen und Träumen nachhängen. Im nächsten Augenblick sah ich ihn an, fing seinen intensiven Blick ein und spürte seine Hand die zärtlich meine Wange streichelte, somit wusste ich, dass es wahr war.

Auf einmal trat Hildegard zu uns. Sie lächelte glücklich und sagte: „Verzeiht bitte, dass ich Eure Zweisamkeit störe, ich wollte nur Bescheid geben, dass das Abendessen bereitsteht. Ihr habt sicher Hunger nach der langen Reise, Fräulein Aurelia?"

Nur ganz langsam löste ich mich von Laurenz und nickte der Köchin zu.

Erst jetzt, als sie es sagte, merkte ich, wie sehr mir tatsächlich der Magen knurrte. Auch wenn alles so nebensächlich erschien, wenn ich meinen König ansah.

Ich war unbeschreiblich glücklich.

„In Ordnung, lasst uns in die Küche gehen", stimmte er zu und bot mir seinen Arm an, um mich zu geleiten. Ich spürte, dass er mich ebenso wenig loslassen wollte, wie ich ihn. Viel zu groß schien die Angst, dass wir gleich aus einem wunderschönen Traum erwachen würden und wieder allein waren.

Während des Essens warf uns Hildegard vielsagende Blicke zu.

Ich war mir sicher, dass sie brennend interessierte, wie Arthur es geschafft hatte, dass ich ihn erneut zum Schloss begleitet hatte, aber sie hielt sich zurück.

Sie sagte allgemein nicht viel, außer wie sehr sie sich freute, dass ich wieder zurück war und dass sie sich nach dem Essen sofort daranmachen würde, das Bett in meinem einstigen Zimmer neu zu beziehen. Auch meine Kleider hätte sie nicht weggeräumt, da sie immer die Hoffnung hatte, dass ich eines Tages wieder zurückkehren würde.

Ich dagegen spürte nur, wie mich Laurenz unentwegt ansah, während ich mich in der kleinen gemütlichen Küche umsah.

Sie wirkte so vertraut, mit ihrer großen Feuerstelle, dem ovalen Holztisch, an den gerade mal vier Stühle passten und alles wie gewöhnlich mit einer dünnen Eisschicht überzogen war. An den Wänden hingen an zwei Stellen Wandteppiche, die dem Raum Gemütlichkeit verliehen. Es hatte sich nichts verändert, seitdem ich das letzte Mal hier war.

Sicher gab es in diesem Schloss ebenfalls einen Speisesaal mit einer riesigen Tafel, an der früher viele Gäste empfangen wurden, aber diesen hatte ich nie zu Gesicht bekommen.

Er wurde sicher nicht mehr genutzt, seitdem...

Erschrocken brach ich meinen Gedanken ab und warf Laurenz einen Blick zu, als hätte ich Angst, er könnte er lesen, was mir gerade durch den Kopf ging, jedoch waren seine Augen unentwegt liebevoll.

Als sich Seine Majestät nach dem Essen kurz zurückzog, bot ich Hildegard an, ihr in der Küche behilflich zu sein.

Erst lehnte sie freundlich ab. Ich sei sicher erschöpft und solle mich ein wenig ausruhen. Dann schien sie zu verstehen, dass ich ihr die Gelegenheit geben wollte, die Fragen zu stellen, die ihr die ganze Zeit über unter den Nägeln brannten und nicht nur ihr...

Als erstes umarmte sie mich erneut und sagte: „Ich kann es einfach nicht fassen, dass Ihr wieder hier seid. Arthur hat es wahrhaftig geschafft."

„Hildegard, bitte", widersprach ich mit einem schiefen Lächeln. „Du kannst ruhig zugeben, dass das deine Idee war, nicht wahr? Wusste Seine Majestät überhaupt davon?"

Nun wirkte sie verlegen, als sie zugab: „Natürlich war das meine Idee gewesen. Ich habe mir solche Sorgen um ihn gemacht. Es wirkte, als würde nichts mehr einen Sinn ergeben, nachdem Ihr das Schloss verlassen hattet... Und nein, Seine Majestät habe ich selbstverständlich nicht eingeweiht. Er hätte das nie im Leben zugelassen."

„Ja, das hat Arthur auch so in der Art gesagt", murmelte ich nachdenklich, „aber wie konntest du wissen, dass ich tatsächlich zurückkommen werde? Schließlich stand meine Vermählung kurz bevor..."

Ihr Lächeln wirkte nachdenklich, als sie antwortete: „Ganz genau wusste ich es natürlich nicht, aber ich hatte Hoffnung.

Schließlich ist mir nicht entgangen, welch besondere Verbindung zwischen Euch und Seiner Majestät erwachsen war, als Ihr hier wart. Ich habe gesehen, wie unglücklich Ihr wart, als er Euch weggeschickt hat und wie sehr er selbst unter diesem Abschied gelitten hat."

„Aber eigentlich sollte ich einen anderen heiraten", murmelte ich.

„Mein Fräulein ich weiß", sagte sie und legte ein Handtuch, das sie in den Händen hielt, zur Seite. „Und trotzdem seid Ihr wieder hier."

Sie schenkte mir ein herzliches Lächeln und ich dachte kurz nach.

Ja, ich war wahrhaftig wieder hier. Realistisch betrachtet hatte ich keine Sekunde ernsthaft gezögert, Arthur zu begleiten.

Ich konnte nicht anders und das war Hildegard offenbar klar gewesen.

Plötzlich änderte sich ihr Gesichtsausdruck, als sie murmelte: „Ich hoffe sehr, dass Ihr diese Entscheidung nicht eines Tages bereuen werdet."

Überrascht sah ich sie an. „Ich bin mir sicher, dass ich diesen Entschluss nicht bereuen werde, auch wenn ich mein altes Leben dafür vollständig hinter mir lassen muss. In meinem Heimatdorf, an Eduards Seite hätte ich eh nie glücklich werden können. Für ihn hätte ich nie nur ansatzweise das empfinden können, wie für..."

In diesem Augenblick wurde unser Gespräch unterbrochen, als Laurenz den Raum betrat. Es schien fast, als hätte er gespürt, dass ich von ihm sprach.

„Lady Aurelia, Ihr seid wahrhaftig hier", stellte er überrascht fest.

Einen Moment lang fragte ich mich, ob er damit die Küche meinte, oder viel mehr die Tatsache, dass ich wirklich im Schloss war und er sich meine Gegenwart nicht nur eingebildet hatte.

„Oh das ist meine Schuld", meinte die Köchin sofort und deutete eine Verbeugung an. „Wir haben nur geplaudert."

Der König nickte verständnisvoll und wollte wissen, ob er mich nun nach oben „entführen" könne.

„Selbstverständlich", schmunzelte sie und sah uns nach, als er mir seinen Arm anbot und mich aus der Küche führte.

Wie ich mir hätte denken können, geleitete er mich in das Klavierzimmer. Offenbar war dies nach wie vor der Raum, in dem er sich am liebsten aufhielt.

Er bat mich, auf den weinroten, samtigen Kissen vor dem Klavier Platz zu nehmen und er setzte sich neben mich. Wir saßen so eng nebeneinander, dass ich jede seiner Bewegungen spürte, erst recht, als er seinen linken Arm um mich legte.

Dann legte er seine freien Finger auf die Tasten des Instruments und die Melodie, die er spielte, kam mir erstaunlich bekannt vor.

Eine angenehme Wärme durchflutete meinen Körper und ich erinnerte mich an den Augenblick, in dem wir hier zum allerersten Mal gemeinsam saßen. Damals hatte noch eine gewisse Distanz zwischen uns geherrscht und meine Angst, ihm irgendwie zu nahe kommen zu können.

Dies war so lange her und doch fühlte es sich an, als wäre es erst gestern gewesen, dass wir hier so zusammensaßen.

Es war so viel geschehen seitdem. Es hatte sich so viel verändert, aber eines war gleichgeblieben: Das Gefühl von Geborgenheit und Sicherheit, das ich in seiner Nähe verspürte.

Als ich ihn von der Seite betrachtete, fing ich seinen Blick ein, der auf mir ruhte, als könne er gar nicht genug von meinem Anblick bekommen.

„Hier hat irgendwie alles begonnen, nicht wahr?", sagte er mit einer Stimme, die kaum mehr als ein Flüstern war. Es schien, als habe er meine Gedanken gelesen.

Behutsam nickte ich, lehnte meinen Kopf an seine Schulter und erwiderte genau so leise: „Ich bin so glücklich, wieder bei Euch sein zu können."

„Ihr glaubt gar nicht, wie froh ich darüber bin", erwiderte er und hauchte mir einen Kuss auf die Haare. „Ich hätte Euch niemals gehen lassen dürfen..."

„Ja", murmelte ich an seine Schulter, „ich wollte nie an einem anderen Ort sein, als bei Euch, denn ich war niemals glücklicher, als mit Euch, Laurenz."

Plötzlich richtete er sich auf und sein Blick war von einer Sekunde auf die nächste erstaunlich ernst geworden. „Wie kann es sein, dass Eure Ziehmutter und Euer Verlobter Euch erneut haben gehen lassen?"

„Sie hatten keine andere Wahl", erwiderte ich schnell. „Martha habe ich es nur indirekt mitgeteilt und Eduard hätte es ebenfalls nicht erfahren, wenn er mich nicht in letzter Sekunde erwischt hätte..."

Im nächsten Moment bereute ich es wieder, Laurenz das gesagt zu haben, denn nun sah er mich entsetzt an und wollte wissen: „Euer Verlobter hat das tatsächlich mitbekommen?"

Zögernd nickte ich. „Er ist richtig böse geworden, als ich ihm gesagt hatte, dass die Hochzeit nicht stattfinden wird und ich das Dorf verlassen werde."

„Was verständlich ist", meinte mein König und ließ seinen Blick in die Ferne schweifen. „Aber trotzdem seid Ihr hergekommen. Hattet Ihr gar keine Angst?"

„Doch, die hatte ich", musste ich gestehen, „aber Arthur hat mich beschützt und wir konnten die Reise zum Schloss ohne weitere Hindernisse antreten."

Über sein Gesicht huschte ein kurzes Lächeln, als er meinte: „Ja, Arthur war meiner Familie schon immer ein treuer Diener."

Dann wurde seine Miene sofort wieder ernst, als er wissen wollte: „Das bedeutet, Ihr könnt tatsächlich nie wieder in Euer Heimatdorf zurückkehren, oder?"

Daraufhin bekam ich bloß ein kaum merkbares Nicken zustande und antwortete: „Solange Eduard keine neue Braut gefunden hat, kann ich wohl nicht zurückkehren, das ist wahr."

„Das tut mir sehr leid", sagte Laurenz und ich konnte dieses Leid förmlich in seinen blauen Augen sehen.

Allerdings wollte ich nicht, dass er weiterhin traurig war, obwohl ich hier bei ihm saß. Also nahm ich seine Hände und sah ihn entschlossen an.

„Es gibt nichts, was Euch leidtun müsste, Majestät. Ich habe meine Entscheidung getroffen, erneut zu Euch zu kommen und ich bereue es nicht. Ich würde mich jedes Mal wieder für Euch entscheiden... weil ich Euch liebe!"

Gerührt nahm er mein Gesicht in seine Hände und flüsterte liebevoll meinen Namen, bevor er mich zärtlich küsste.

Viel mehr geschah an diesem Abend nicht. Laurenz spielte ein wenig Klavier und ich fühlte mich so wohl dabei, hier an seiner Seite sitzen zu dürfen, dass ich an seiner Schulter fast einschlief.

Als er dies bemerkte, streichelte er behutsam meine Haare und sagte leise: „Ich denke, es ist langsam Zeit, dass wir uns in unsere Schlafgemächer zurückziehen, oder was meint Ihr, meine Lady? Heute war ein aufregender Tag, für uns beide."

Langsam nickte ich. Er hatte Recht, es war spät geworden und inzwischen dunkel draußen. Der Tag war lang gewesen, vor allem, wenn man bedenkt, dass ich in der vergangenen Nacht kaum ein Auge zubekommen hatte.

Dabei wollte ich nicht weg von ihm. Es war so schön, hier bei meinem König zu sitzen und seine Nähe zu spüren. Es fühlte sich an, als hätte ich nach wie vor Angst, das alles nur zu träumen und morgen beim Erwachen wieder meilenweit entfernt zu sein...

Seine weiche Stimme riss mich aus meinen Gedanken, als er eine Haarsträhne hinter mein Ohr strich und hinzufügte: „Oh scheinbar schlaft Ihr bereits. Soll ich Euch in Euer Zimmer tragen?"

Überrascht von diesem Angebot richtete ich mich auf und sah ihn an. Dabei konnte ich ein sanftes Lächeln auf seinen Lippen erkennen.

„Danke, aber ich denke das schaffe ich selbst", erwiderte ich verlegen.

„Schade", meinte er mit einem schelmischen Lächeln, „aber ich darf Euch sicher ein Stück begleiten, oder? Nicht dass Ihr Euch in meinem Schloss verlauft."

Zufrieden nickte ich und hakte mich bei ihm unter.

Es war so schön, meinen verwunschenen König lächeln zu sehen. Als ich das letzte Mal im Schloss war, war er viel zu oft traurig gewesen, oder in der Zeit ohne mich... Darüber wollte ich lieber gar nicht erst nachdenken.

Er führte mich zu dem Raum, der einst ebenfalls mein Schlafgemach war. Hier schien ebenfalls alles unverändert zu sein.

Ich erkannte es alles wieder, den mit Rosen verzierten Kleiderschrank, den Kamin, der aussah wie ein Löwenmaul und das Bett, auf dem sich, wie ich im Kerzenschein erkennen konnte, die gleiche fliederfarbene, seidene Bettwäsche befand, wie zu meinem letzten Aufenthalt im Schloss.

Für einen Augenblick schien es mir erneut so, als wäre ich nie fort gewesen, denn sogar im Kleiderschrank befanden sich nach wie vor die Kleider, die Laurenz und Hildegard damals nur für mich gekauft hatten.

Der König bemerkte meinen gedankenverlorenen Blick, denn er strich mir sanft übers Haar und wollte wissen, ob alles in Ordnung sei.

„Selbstverständlich ist alles in bester Ordnung", antwortete ich und schmiegte mich erneut an ihn. „Als ich diesen Raum betrat, hatte ich nur das Gefühl, nach Hause gekommen zu sein. Es ist alles so schön und vertraut hier."

„Das freut mich sehr", antwortete Laurenz und ich konnte Rührung in seinen Augen erkennen.

Dann gab er mir einen Kuss und wünschte mir eine angenehme Nachtruhe, bevor er sich schließlich zurückzog.

Ich konnte nicht verhindern, dass ich darüber enttäuscht war.

Zu gern wäre ich noch eine Weile bei ihm geblieben und hätte seine Nähe genossen, aber dafür hatten wir die nächsten Tage und Wochen hoffentlich mehr als genug Zeit.

Nie wieder würde ich ihn allein lassen, völlig egal was das Schicksal weiterhin für uns bereithielt.

Erst als ich wenig später in den seidenen Kissen lag und die Kerzen auf meinem Nachttisch gelöscht hatte, war es mir möglich einen halbwegs normalen Gedanken zu fassen.

Wie erwartet mischte sich in die Freude, wieder hier zu sein, auch das schlechte Gewissen. Ich dachte daran, dass Martha mich darum gebeten hatte, im Dorf zu bleiben und an Eduards wütendes Gesicht, als er verstand, dass ich ihn nicht heiraten würde. Bekam das Kinderheim möglicherweise wirklich Geldnot durch die abgesagte Eheschließung?

Lag es jetzt an Hanna, dass sie das Heim rettete, indem sie den Müllersohn zu ihrem Gemahl nehmen musste? Dabei wollte sie diese arrangierte Ehe genau so wenig, wie ich sie gewollt hatte.

Hanna und ich waren uns viel ähnlicher, als ich all die Jahre gedacht hatte und ich wusste, dass ich sie am meisten vermissen würde.

Aber auch Martha würde mir fehlen. Sie war mein ganzes Leben lang wie eine Mutter für mich gewesen, hatte alles für mich getan und am Ende war ich gegangen, obwohl sie mich regelrecht angefleht hatte, zu bleiben. Wenn ich daran zurückdachte, fühlte ich mich unsagbar schlecht.

Allerdings wusste ich, dass es die richtige Entscheidung war, zum Schloss zurückzukehren. Im Dorf an Eduards Seite wäre ich auf Dauer nicht glücklich geworden und wenn ich Gras über meine geplatzte Hochzeit wachsen ließ, konnte ich mein Heimatdorf sicher eines Tages besuchen.

Dieser Gedanke tröstete mich ein wenig und ließ mich schließlich einschlafen, in der Hoffnung, dass ich mich morgen früh immer noch im Schloss befinden würde...

Als ich am nächsten Morgen erwachte, erblickte ich zuerst den hauchdünnen, zartrosa Stoff, der über das Bett gespannt war.

Leicht verwundert richtete ich mich auf und sah mich in dem Raum um. Die eleganten, mit einer dünnen Eisschicht überzogenen Möbel und die riesigen Fenster, die bis auf den Boden reichten, ließen keinen anderen Schluss zu: Ich befand mich wahrhaftig im Schloss. Die Ereignisse von gestern waren erfreulicherweise mehr als nur ein Traum gewesen.

Glücklich ließ ich mich zurück in die Kissen sinken und blieb liegen, bis es an meiner Tür klopfte.

„Herein", rief ich überrascht und eine freudestrahlende Hildegard trat ein.

„Guten Morgen, mein Fräulein", begrüßte sie mich. „Hattet Ihr eine angenehme Nacht?"

Ich bejahte diese Frage und schenkte ihr ein Lächeln. Ihre Fürsorge fand ich vertraut und ungewohnt zugleich.

Sie half mir beim Ankleiden und bot mir an, mich nach unten in die Küche zu begleiten.

Auf dem Flur trafen wir überraschenderweise auf Laurenz.

Sobald er mich erblickte, bildete sich ein zauberhaftes Lächeln auf seinem Gesicht. Kurzerhand schloss er mich in seine Arme und fragte mich ebenfalls, ob ich gut geschlafen habe.

„Selbstverständlich", antwortete ich, „aber das Erwachen war viel schöner."

„Nun", erwiderte er, „bis eben hatte ich die Befürchtung, meine Erinnerung hätte mir wieder mal einen Streich gespielt, aber Ihr seid wahrhaftig hier, mein Engel."

Bei diesen Worten wurde mir ganz warm ums Herz und ich hatte das Gefühl zu schweben.

Diese Art von Gesprächen führten wir während des Frühstücks fort, woraufhin uns Hildegard uns nur schmunzelnd „Turteltäubchen" nannte.

Daraufhin verdrehte ich zwar gespielt entrüstet die Augen, aber Laurenz grinste nur und meinte: „Na mein Täubchen?"

In solch einem Augenblick wünschte ich mir wieder einmal, die Zeit anhalten zu können, weil es gerade so unsagbar schön war. Alles wirkte so unkompliziert und alle möglichen Probleme so weit entfernt...

Erfahrungsgemäß hielten diese Momente leider viel zu kurz an, bevor einen die Wirklichkeit erneut einholte und so sollte es auch kommen.

Es war nicht viel Zeit vergangen, nachdem der König und ich wieder nach oben gegangen waren, als ich seltsame Geräusche vernahm.

Ich hatte mich gerade frisch gemacht und wartete nun auf ihn, da er mit mir in die Bibliothek gehen wollten, als ich laute Stimmen hörte, die mir vertraut vorkamen.

Verwirrt ging ich die Treppe ein paar Schritte nach unten und beugte mich vorsichtig ein wenig über das vereiste Geländer, in der Hoffnung, herausfinden zu können, was am Schlosstor vor sich ging.

Scheinbar führte Arthur mit jemandem eine wilde Diskussion.

Dabei war mir völlig klar, dass es sich nicht zierte, zu lauschen, aber ich musste wissen, wem die andere Stimme gehörte, denn sie klang irgendwie nach...

Bevor ich diesen Gedanken beenden konnte, legte mir jemand von hinten die Hand auf die Schulter.

Ertappt fuhr ich herum und blickte in die blauen Augen meines Königs.

Sofort meinte er: „Bitte verzeiht, ich wollte Euch nicht erschrecken. Stimmt etwas nicht?"

„Ich muss um Verzeihung bitten", erwiderte ich so leise wie möglich. „Ich stehe hier und lausche fremden Gesprächen. Aber könnt Ihr mir sagen, mit wem sich Arthur so aufgeregt unterhält?"

Mir schlug das Herz bis zum Hals, denn ich hatte eine üble Vermutung, wer das sein könnte.

Erst jetzt schien Laurenz die Stimmen bemerkt zu haben, denn sein Blick änderte sich und er schob sich behutsam an mir vorbei, um einen Blick auf die Leute zu bekommen, die da miteinander diskutierten.

Als er sich wieder zu mir umdrehte, runzelte er verwundert die Stirn.

Auffordernd sah ich ihn an. „Habt Ihr jemanden erkennen können?"

Langsam nickte er und antwortete mit gesenkter Stimme: „Es ist ein junger Mann, mit dem mein Diener spricht. Sie scheinen beide sehr aufgebracht zu sein. Jedoch habe ich diesen Menschen nie zuvor gesehen."

Ich biss mir auf die Unterlippe und lief die Stufen so weit nach unten, dass ich nach wie vor in Deckung war, aber gleichzeitig erkennen konnte, was da unten vor sich ging.

Fast wäre ich vor Schreck gestolpert und die Treppe heruntergefallen, als ich den Mann neben dem Boten erkannte. Es handelte sich tatsächlich um Eduard!

Laurenz griff schnell nach meinem Arm und sah mich besorgt an.

„Vorsicht", meinte der König. „Was ist los, meine Lady? Kennt Ihr den Mann?"

„Allerdings", brachte ich mit brüchiger Stimme hervor. „Das ist Eduard, der Mann, den ich heiraten sollte."

Auf einmal war mir richtig übel. Wieso war er hier? Wie hatte er überhaupt zum Schloss finden können?

Ich sah Laurenz' entsetzten Blick, doch bevor ich weiter darüber nachdenken konnte, hörte ich Eduard brüllen: „Mir reicht es jetzt endgültig. Bringt mich sofort zum König, sonst passiert hier gleich was!"

Arthur rührte sich allerdings keinen Millimeter von der Stelle und versperrte seinem Gegenüber somit den Weg ins Innere des Schlosses.

Bevor ich verstand was geschah, hatte mein ehemaliger Verlobter bereits ein Schwert gezogen und stach ohne Vorwarnung auf Arthur ein.

Nur mühsam unterdrückte ich einen Entsetzensschrei, als der Bote auf dem Boden zusammensackte.

„Was ist nun, König?", schrie Eduard und seine Stimme klang fast spöttisch. „Euern Diener habe ich problemlos erledigt. Wollt Ihr Euch und meine Braut noch immer feige verstecken?"

Laurenz deutete mir mit Gesten an, dass er nach unten gehen würde. Sein Gesicht war wie versteinert.

„Nein, bitte nicht", flüsterte ich und war den Tränen nahe.

„Ich habe keine andere Wahl", erwiderte er und löste sich aus meiner Umklammerung. „Ich muss gegen ihn kämpfen."

Eh ich mich versah, war er die Treppe nach oben gelaufen und hatte sich ein Schwert genommen, das an einer Ritterrüstung hing.

Auf dem Weg nach unten, sah er mich eindringlich an und sagte leise, aber bestimmt: „Ich werde ihn nach draußen locken. Bitte holt Hildegard zur Hilfe, wenn die Luft rein ist und kümmert Euch um Arthur!"

Ich sah ihn unverwandt mit weit aufgerissenen Augen an und wollte etwas sagen, aber Laurenz legte mir den Finger auf die Lippen und flüsterte: „Bitte folgt meinen Anweisungen. Es wird alles gut, vertraut mir."

Traurig nickte ich und ließ ihn gehen. Was hatte ich für eine andere Wahl?

Ich konnte nur beten, dass bei diesem Kampf keiner der beiden Männer ernsthaft verletzt wurde und vor allem, dass für Arthur nicht bereits jede Hilfe zu spät kam.

Fürs erste duckte ich mich jedoch wieder hinter das Treppengeländer und beobachtete meinen König, wie er anmutig die Treppe nach unten schritt und mit fester Stimme sagte: „Hier bin ich, Fremder. Was wollt Ihr hier?"

Auf Eduards Gesicht bildete sich ein spöttisches Grinsen, als er antwortete: „Ach Ihr seid der König? Ich hätte gedacht, dass Ihr älter seid, Majestät. Na ja, was soll's. Genaugenommen bin ich nur gekommen, um meine Braut zurückzuholen, aber, wenn ich nebenbei das Monster töten kann, das im ganzen Land Angst und Schrecken verbreitet, wird mich das sicher zu einem Helden machen, wenn nicht sogar zum neuen König."

„Jetzt nehmt den Mund mal nicht zu voll, mein Herr", meinte Laurenz scheinbar völlig unbeeindruckt. „Um Aurelia zu bekommen, müsst Ihr erst einmal an mir vorbei und ich werde es Euch nicht einfach machen."

„Ach nein?" Eduards spöttisches Grinsen, war so widerlich, dass mir speiübel wurde. „Wollt Ihr etwa mit unfairen Mitteln kämpfen und mich zu einer dieser hübschen Statuen dort werden lassen?"

Er machte eine ausschweifende Handbewegung in Richtung der Eisskulpturen, die in der Eingangshalle standen.

Allerdings konnte ich Laurenz' Antwort nicht mehr verstehen, denn dieser hatte Eduard mit ein paar Schritten nach draußen geführt, sodass das Eingangstor geräuschvoll zufiel.

Das war meine Chance. Mit wackligen Beinen ging ich die Stufen nach unten, aber bevor ich das Ende der Treppe erreicht hatte, entdeckte ich Hildegard, die aus der Waschküche kam.

„Oh Aurelia", rief sie und schloss mich zuerst fest in ihre Arme. „Ich habe alles mit angehört und gesehen. Zum Glück seid Ihr unversehrt."

Dann lief sie schnell zu Arthur und beugte sich über ihn, bevor ich überhaupt die richtigen Worte fand.

Zitternd tat ich es ihr nach und kniete ich mich neben den Diener. Eduard hatte ihn am Bauch erwischt. Ich wusste gar nicht, was ich zuerst tun sollte, als ich bemerkte, dass Blut aus dieser Wunde quoll.

Hildegard redete behutsam mit ihm und zu unser beider Erleichterung bewegte sich Arthur und stieß ein schmerzerfülltes Stöhnen aus, bevor er blinzelte.

„Wo ist er?", flüsterte er mit verzerrtem Gesicht. „Ihr müsst hier weg. Ihr seid in Gefahr. Wir müssen Seine Majestät beschützen."

„Ganz ruhig. Es wird alles in Ordnung kommen", sagte die Köchin fast liebevoll.

Dann sah sie mich an und bat mich, ihr zu helfen, ihn in die Küche zu bringen. Dort könne sie die Wunde desinfizieren und verarzten.

Gehorsam half ich dem Boten beim Aufstehen und brachte ihn gemeinsam mit Hildegard mühsam in die Küche.

Mit wenigen Handgriffen machte sie auf dem Esstisch Platz und wir legten ihn dort ab.

„Wie kann ich helfen?", wollte ich kurzerhand wissen.

Aber sie schüttelte den Kopf und versicherte mir, dass sie allein zurechtkam.

Ich solle lieber nach dem König sehen, aber auf der Hut sein.

Wie selbstverständlich versicherte ich ihr, dass ich mich nicht in Gefahr begeben werde.

Also lief ich mit klopfendem Herzen wieder aus der Küche. Ich machte mir Sorgen um Laurenz. Nicht, dass er der nächste war, der notdürftig auf dem Küchentisch verarztet werden musste.

Hoffentlich geht es den beiden gut, dachte ich, während ich durch die Eingangshalle rannte und das riesige Tor einen Spalt öffnete.

Ich erblickte die beiden Männer kämpfend auf der Steinbrücke, die den Fluss überquerte, der um das Schloss floss.

Das Schwert, welches Laurenz führte, überzog eine dünne Eisschicht und ich fragte mich, ob sich Eduard überhaupt nicht fürchtete, vor diesem Fluch...

Diesen Gedanken konnte ich allerdings nicht zu Ende führen, denn in diesem Augenblick stellte ich geschockt fest, dass in dem reinen weißen Schnee kleine rote Flecken zu sehen waren. Blut! Mindestens einer der beiden war demnach verletzt.

Aber sie hielten sich tapfer auf den Beinen und ich musste mich regelrecht am Torrahmen festklammern, um nicht sofort zu ihnen zu laufen und dazwischen zu gehen. Mir war klar, dass das zu gefährlich war.

Da hörte ich auf einmal Eduards Stimme.

„Ihr seid dumm", rief er dem König zu, während er sein Schwert geschmeidig durch die Luft gleiten ließ. „Wie ich die Sache einschätze, wäre es Euch ein leichtes, mich außer Gefecht zu setzen. Ihr könntet mich ganz einfach in eine dieser armen vereisten Kreaturen verwandeln, die die Eingangshalle Eures Schlosses zieren. Aber aus irgendeinem mir völlig unklaren Grund tut ihr das nicht..."

„Ganz einfach", erwiderte Laurenz und wehrte das angreifende Schwert gekonnt ab. „Es ist nicht in meinem Sinne, Euch zu verletzen, oder gar zu töten. Und selbst wenn sich ein Kampf nicht vermeiden lässt, so kämpfe ich nur mit fairen Mitteln."

Eduard stieß ein höhnisches Lachen aus. „Falls Ihr die Wahrheit sprecht, seid Ihr um einiges dümmer, als ich dachte, Majestät. Aber ich glaube, der wahre Grund ist Aurelia. Würde sie Euch nicht zum Teufel jagen, wenn Ihr mir was antut?"

Für den Bruchteil einer Sekunde konnte ich in dem Gesicht des Königs Betroffenheit oder Schmerz erkennen, aber er hatte sich schnell wieder gefangen und erwiderte scheinbar unge-rührt: „Wollt Ihr hier große Reden halten, oder gegen mich kämpfen?"

„Ich verstehe", grinste Eduard böse, bevor er einen neuen An-griff startete. „Ihr wisst genau so gut wie ich, dass Aurelia Ge-fühle für mich hat."

Ich erschauerte, als ich diese Worte hörte und wurde auf ein-mal unglaublich wütend. Nein, ich empfand nichts mehr für die-sen Mann, der bis gestern Morgen mein Verlobter war, außer Ekel und Verachtung.

Wie konnte ich nur jemals mit dem Gedanken spielen, diesen Mann wirklich heiraten zu wollen? Warum erkannte ich erst jetzt sein wahres Gesicht? Wäre mir mit mir auch eines Tages so umgegangen, wenn ich ihn zu meinem Gemahl genommen hätte und ich nicht jedem seiner Anweisungen augenblicklich nachgekommen wäre?

Nun stellte ich erschrocken fest, dass ich diesen Augenblick, in dem ich in Gedanken versunken war, nicht auf die beiden Männer geachtet hatte.

In der Zwischenzeit waren sie nicht mehr auf der Brücke, son-dern bekämpfen sich am Ufer des Flusses, nur wenige Schritte von einem Abhang entfernt, der in den Fluss mündete.

Ich konnte kaum hinsehen.

Plötzlich geschah das Unausweichliche: Einer der beiden ver-lor an dem glatten Abhang den Halt und viel bäuchlings in den Schnee, während sein Schwert im Fluss landete und die Strö-mung es davontrug.

Zu meinem großen Entsetzen erkannte ich, dass es Laurenz war, der da am Boden lag und Eduard ihm gefährlich nahekam, mit seinem Schwert im Anschlag.

Bevor ich darüber nachdenken konnte, was ich tat, hatte ich meine Deckung bereits verlassen.

„Neeeeeeiiiiiiiiiin", schrie ich, während ich zu ihnen rannte und vor Panik fast über meine eigenen Füße stolperte.

Sie sahen in meine Richtung und Eduard meinte mit einem fiesen Grinsen: „Oh guten Tag Aurelia, du kommst gerade rich-tig, um deinen geliebten König sterben zu sehen."

„Hör auf damit! Lass ihn am Leben!", schrie ich angsterfüllt und wütend zugleich.

„Warum sollte ich?", erwiderte mein ehemaliger Verlobter höhnisch. „Wirst du mit mir gehen und mich zu deinem Gemahl nehmen, wenn ich ihn am Leben lasse?"

„Nein", sagte ich und kam neben ihnen zum Stehen. "Ich würde so oder so nicht zu dir zurückkehren. Weißt du Eduard, ich hatte vor einiger Zeit großen Respekt vor dir und dachte, du wärst ein ehrenwerter Mann, aber du hast mir das Gegenteil bewiesen. Nun verachte ich dich zu tiefst."

Laurenz versuchte sich ein wenig aufzurichten und flüsterte entkräftet: „Aurelia, nicht."

Es schien, als wollte er mich zur Vernunft bringen, wie er mich ansah, mit diesem flehenden Blick.

Eduard starrte mich mit zusammengekniffenen Augen an und fauchte: „Wie redest du denn mit mir, du kleine Hure? Ich werde deinen König jetzt ins Jenseits befördern und dann wirst du gar keine andere Wahl haben, als mit mir zu gehen."

„Na los, nun tut es", forderte Laurenz seinen Gegner auf. „Bringt es endlich hinter Euch!"

„Oh, da kann es jemand kaum erwarten, zu sterben", erwiderte dieser fast amüsiert und hob erneut sein Schwert.

Das konnte ich nicht zulassen.

„Einen Teufel wirst du tun!", schrie ich und warf mich auf Eduard.

Überrascht taumelte dieser ein paar Schritte zurück und landete schließlich mit mir gemeinsam im Schnee.

„Du kleines Miststück", fauchte er mich an und war schneller wieder auf den Beinen, als ich erhofft hatte.

Dann zerrte er mich wutentbrannt an den Haaren nach oben. Sein Schwert hielt er nach wie vor unbeirrt in der anderen Hand.

Meine Kopfhaut brannte wie Feuer und ich hätte gern geschrien, doch ich biss meine Zähne zusammen und hielt seinem Blick stand.

Ich verspürte nicht mal Angst, sondern nur eine unglaubliche Wut.

„Weißt du, eigentlich wollte ich dich verschonen", meinte er nun und sah mich unentwegt an. „Weil du die Frau bist, die ich liebe, aber da du dich offenbar für diesen Bastard und endgültig gegen mich entschieden hast, werde ich dich auch töten müssen, Weib. Wie stehe ich sonst da?"

Ich sah den entsetzten Blick von Laurenz, hörte, wie er mit schwacher Stimme flehte, dass Eduard ihn nehmen und mich verschonen sollte und sah das Schwert, das mein ehemaliger Verlobter erneut in die Höhe hob.

Reflexartig schloss ich die Augen und erwartete die scharfe Schwertscheide, die gleich in meinen Körper eindringen würde, wartete auf einen heftigen Schmerz, der mich überfluten würde, während ich nichts anderes tun konnte, als den Namen meines Königs zu rufen.

Dann geschah etwas Unerwartetes und zwar so schnell, dass ich es kaum verstand.

Ich hörte die Stimme von Laurenz, der mich regelrecht anflehte, mich aus Eduards Griff zu befreien und das schien mir eine unbeschreibliche Kraft zu verleihen.

Mit voller Wucht trat ich dem Mann, der mich immer noch fest an den Haaren gepackt hielt, gegen das Schienbein.

Dieser schrie überrascht auf und ließ mich los.

Erschöpft fiel ich in den kalten Schnee und erkannte jetzt erst, warum er geschrien hatte. Es war nicht, weil ich ihn getreten hatte, sondern weil Laurenz ihn am Knöchel gepackt hatte.

Geschockt beobachtete ich, wie sich an dieser Stelle sofort eine Eisschicht bildete, die sich unglaublich schnell über den ganzen Körper ausbreitete. In wenigen Sekunden war Eduard komplett zu Eis erstarrt, den Mund vor Entsetzen weit aufgerissen und das Schwert in der erhobenen Hand haltend.

Es dauerte einen Augenblick, bis ich mich von dem ersten Schreck erholt hatte.

Dann kam ich zu Laurenz herüber gekrochen, dessen Kopf auf seinem ausgestreckten Arm lag und er sich nicht rührte.

Seine Hand hielt Eduards Bein nicht mehr fest, sondern lag regungslos am Boden.

Behutsam legte ich ihm die Hand auf die Schulter und flüsterte: „Es ist vorbei, Laurenz. Ihr habt Ihn besiegt."

Mein König hob mühsam den Kopf, sah erst zu Eduard und dann mich mit einem Blick an, der meinem Herzen einen Stich versetzte. Er wirkte auf einmal endlos traurig und verloren.

„Es tut mir so leid, Aurelia", meinte er schließlich mit erstickter Stimme. „Ich wollte das alles nicht. Ich wollte ihm nichts antun. Bitte, das müsst Ihr mir glauben."

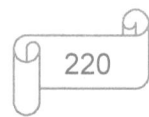

Sanft fuhr ich mit meiner Hand durch seine langen, dunklen Haare und antwortete: „Das weiß ich. Er hätte uns beide umgebracht, wenn Ihr das nicht getan hättet. Ihr habt mir das Leben gerettet. Dafür werde ich Euch für immer dankbar sein, Majestät."

Er schüttelte schwach den Kopf. „Ihr hättet Euch nicht einmischen dürfen, Aurelia. Dann wäre alles so gekommen, wie es kommen sollte. Ich hätte bei diesem Kampf sterben sollen. Ich hätte ihn nicht berühren dürfen."

Nun sah ich entsetzt auf und ich konnte das Beben in meiner Stimme nicht unterdrücken, als ich erwiderte: „Hört auf so zu reden. Ihr hattet keine andere Wahl. Er hätte mich getötet, wenn Ihr ihn nicht verwandelt hättet. Und nein, ich konnte nicht anders, als mich einzumischen. Versteht Ihr denn nicht, dass ich nicht zulassen konnte, dass er Euch tötet?"

„Oh Aurelia", murmelte er. „Ihr seid so viel stärker und tapferer, als ich es jemals war. Ich verdiene Euch nicht..."

Dann sank sein Kopf entkräftet auf seinen Arm und er schloss die Augen.

Erst jetzt sah ich, dass sich der Schnee unter ihm langsam blutrot färbte.

„Majestät?", fragte ich zitternd und berührte seine Wange, aber er rührte sich nicht mehr. Offenbar hatte er das Bewusstsein verloren.

15. Das Feuer des Herzens

Seit dem schicksalhaften Kampf waren mittlerweile einige Tage vergangen.

Zum Glück hatten wir sowohl Laurenz, als auch Arthur soweit verarzten können, dass sie sich auf dem Weg der Besserung befanden.

Ich hätte es mir nicht verzeihen können, wenn Arthur den Angriff nicht überlebt hätte. Er hatte schließlich am wenigsten mit diesem Streit zu tun gehabt. Und wenn Laurenz... nein, das wollte ich nicht mal denken.

Für einen Moment, als ich ihn dort hatte liegen sehen im Schnee, völlig entkräftet und verletzt, hatte ich wirklich Angst gehabt, ihn trotz des Sieges über Eduard verloren zu haben.

War dieser ganze Kampf nicht in Wahrheit meine Schuld gewesen? Hätte ich verhindern können, dass jemand zu Schaden kam, wenn ich rechtzeitig eingeschritten wäre? Wie wäre die Sache dann ausgegangen? Eduard hätte mindestens darauf bestanden, dass ich wieder mit ihm ins Dorf zurückkehre und ihn zu meinem Gemahl genommen hätte und bei diesem Gedanken erschauerte es mich.

Eduard war nie ein guter Mensch gewesen, auch wenn er uns das glauben ließ. Ich wäre mit ihm nie glücklich geworden.

Und jetzt war eh alles anders.

Gedankenversunken lief ich durch die Eingangshalle, in der all die Eisstatuen standen.

Ja, auch Eduard hatte mittlerweile einen Platz in dieser Galerie gefunden, fast so, als wäre sein bizarrer Wunsch Wirklichkeit geworden.

Ich blieb vor ihm stehen und betrachtete die Körperhaltung, in der ihn das Eis erwischt hatte. Er sah nach wie vor aus wie ein Krieger, der jede Sekunde das hoch erhobene Schwert auf seinen Gegner niederschmettern könnte. Es wirkte nach wie vor, als würde eine Gefahr von ihm ausgehen und das, obwohl er sich nicht mehr rühren konnte.

Er hatte es nicht anders verdient.

Plötzlich vernahm ich hinter mir ein leises Geräusch.

Ich drehte mich um und erblickte Laurenz, wie er regungslos in der Tür zur Küche stand und mich beobachtete.

„Majestät", meinte ich überrascht und kam ein paar Schritte auf ihn zu. „Wie lange steht Ihr hier bereits?"

„Eine Weile", erwiderte er knapp und wich meinem Blick aus. „Aber es ist wohl besser, wenn ich Euch allein lasse."

Diese Aussage versetzte meinem Herzen einen Stich.

Er verhielt sich so seltsam, seit jenem Ereignis, fast so als würde er mir aus dem Weg gehen.

Dies tat er auch schon in den letzten Tagen, in der ich seine Wunden versorgt hatte. Er hatte kaum ein Wort mit mir gesprochen. Ich dachte immer, dass er nur zu erschöpft sei, um zu reden, aber nun war er seit ein paar Tagen wieder auf den Beinen und verhielt sich weiterhin so abweisend.

„Bitte wartet", rief ich und konnte nicht verhindern, dass meine Stimme fast flehend klang.

Er drehte sich zu mir um und sagte leise, ohne mich anzusehen: „Es tut mir alles so leid, Aurelia. Ich weiß, dass Ihr mich nun verachtet, so wie er es vorausgesagt hat."

„Das ist Unsinn", entgegnete ich heftiger als ich beabsichtigt hatte. „Ihr habt mir das Leben gerettet. Vermutlich hätte er uns sogar beide getötet, wenn Ihr Eduard verschont hättet. Ihr hattet gar keine andere Wahl."

„Es gibt immer eine andere Wahl", meinte Laurenz und ich konnte in seinen Augen wieder diesen Schmerz erkennen. „Er war Euer Verlobter. Er hatte das Recht, um Euch zu kämpfen, im Gegensatz zu mir."

„Eduard ist hierhergekommen, mit der Absicht zu töten", beharrte ich. „Ich bin mir sicher, dass er Euch auch nicht verschont hätte, wenn ich mich bereit erklärt hätte, mit ihm zu gehen. Also ist das alles in Wahrheit meine Schuld. Er war wegen mir hier."

„Trotzdem war ich es, der ihn letztendlich getötet hat", murmelte er und sah wieder zu Boden, „und er war nicht der erste. Seht Euch um in dieser Halle..."

Er machte eine ausschweifende Bewegung, bevor er weitersprach: „Sie alle habe ich auf dem Gewissen. Also hat er Recht. Sie haben alle Recht. Ich bin ein Monster. Ich habe Eure Liebe nicht verdient. Ich bin nicht gut für Euch. Ihr hättet nicht wieder zum Schloss kommen dürfen, Aurelia."

Mit diesen Worten drehte er sich von mir weg und stieg die Treppe nach oben.

Ich blieb allein zurück und folgte ihm auch nicht, denn ich hatte keine Ahnung, was ich sagen oder tun konnte, um diesen Schmerz zu lindern, den er empfand; die Schuldgefühle, die ihn plagten.

Irgendwie konnte ich ihn sogar verstehen, dennoch tat es jedes Mal wieder weh, wenn er sich von mir abwendete. Ich wollte für meinen König da sein. Ich wusste genau, dass er mich brauchte. Genau wie ich ihn brauchte.

Weil ich nicht wusste, was ich nun tun sollte, ging ich in die Küche zu Hildegard. Sicher hatte sie einen Rat für mich.

Die Köchin schien überrascht zu sein, als sie mich erblickte. „Was tut Ihr hier, mein Fräulein? Seid Ihr nicht bei Seiner Majestät?"

Betrübt schüttelte ich den Kopf und antwortete leise: „Er wünscht meine Gegenwart nicht."

Sie sah mich fragend an und ich erzählte ihr seufzend von dem Gespräch, das ich soeben mit ihm geführt hatte.

„Natürlich war es die richtige Entscheidung, wieder zu ihm zu kommen", meinte sie als erstes. „Er meint das nicht so, mein Fräulein. Gebt ihm ein wenig Zeit. Er muss erst einmal allein damit klarkommen, was in diesem Kampf mit Eurem Verlobten geschehen ist."

„Ich weiß", erwiderte ich traurig. „Ich möchte ihm nur so gern helfen. Es verletzt mich, wenn er mich wegschickt mit den Worten, dass er nicht gut genug für mich sei, oder ähnliches."

Hildegard sah mich verständnisvoll an. „Ihr müsst wissen, er war schon immer so. Wenn er mit einer Situation nicht zurechtkam, hat er sich stets zurückgezogen und eine Zeit lang niemanden an sich herangelassen. Es ist alles nicht einfach für ihn, vor allem jetzt, da dieser eine Tag immer näher rückt..."

Erschrocken brach sie den Satz ab, als habe sie etwas Falsches gesagt und trocknete scheinbar angestrengt eine Keramiktasse ab.

Es war jedoch zu spät, ihre Aussage hatte mich hellhörig werden lassen. „Was meinst du mit ‚diesem einen Tag'?"

„Oh, das... das muss seine Majestät Euch selbst sagen. Gebt ihm Zeit, ja?", meinte sie schnell und eilte plötzlich aus der Küche.

Völlig verwirrt blieb ich zurück. Was war hier bloß los?

Die Zeit bis zum Abendessen hielt mich Hildegard beschäftigt.

Sie fragte mich, ob ich ihr beim Kochen, Aufräumen und Abwaschen helfen könne. Dabei erzählte sie mir von neuen Rezepten, die unbedingt mal ausprobieren möchte und vieles mehr, was mich wohl von meinen trüben Gedanken an Laurenz ablenken sollte. Allerdings konnte ich mich bald nicht mehr darauf konzentrieren, was sie redete.

Als ob ich verhindern konnte, dass ich über ihn nachdachte. Und vor allem zerbrach ich mir nun auch darüber den Kopf, was die Köchin vorhin gesagt hatte. Dieser eine Tag...

Allerdings machte Hildegard keine Anstalten, mir das zu erklären, ganz im Gegenteil. Also schwieg ich wohl besser...

Wenig später war das Essen dann fertig, aber ich hatte keinen Hunger. Erst recht nicht, als Laurenz dem Essen fernblieb. Er wollte lieber allein sein.

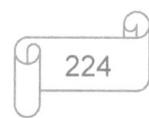

Für mich war dies kaum zu ertragen.

Erstaunlicherweise leistete uns Arthur beim Essen Gesellschaft und die Köchin sprach scheinbar munter von den Pferden und ihrem letzten Ausflug in die Stadt, aber auf mich wirkte es, als würde sie nur reden, damit sich keine quälende Stille ausbreitete.

Ich musste mich regelrecht zwingen, ein paar Bisse herunterzuwürgen, denn mir war absolut klar, dass irgendwas ganz und gar nicht stimmte.

Sie wusste eine Tatsache über den König, die ihn neben Eduards Verwandlung ebenfalls belastete und ich durfte davon nichts erfahren. Dabei hatte ich gedacht, oder viel mehr gehofft, dass ich inzwischen über all die Schatten aus seiner Vergangenheit und alle Auswirkungen des Fluchs Bescheid wusste...

Schließlich schob ich den halb vollen Teller zur Seite und stand auf.

Die anderen beiden sahen mich überrascht an.

„Was ist los, mein Fräulein, schmeckt es Euch nicht?", wollte Hildegard überrascht wissen.

„Natürlich schmeckt es mir", erwiderte ich abwesend. „Ich habe nur keinen Hunger. Ist es in Ordnung, wenn ich nach oben gehe?"

Sie sah darüber nicht gerade glücklich aus, aber sie ließ mich gehen.

In der oberen Etage hielt ich Ausschau nach meinem König, wobei ich fast über den Teller stolperte, den die Köchin ihm sorgsam vor die Tür gestellt hatte. Überraschenderweise sah dieser unangetastet aus und von Laurenz fehlte jede Spur.

Schweren Herzens lief ich ein paar Schritte auf dem Gang entlang, auf dem es kaum Licht gab, weil die meisten Kerzen in den Kerzenhaltern an den Wänden niedergebrannt und erloschen waren.

Irgendjemand sollte sie mal erneuern, ging es mir durch den Kopf, anderseits passte die spärliche Beleuchtung zu meiner düsteren Stimmung.

Erneut fühlte ich mich verloren und mir war kalt.

Hatte er es ernst gemeint, dass es besser gewesen wäre, wenn ich nicht erneut zum Schloss gekommen wäre? Wollte er mich womöglich gar nicht wieder in seiner Nähe haben? Aber warum gab er mir an dem Tag meiner Ankunft das Gefühl, dass er sich genauso über ein Wiedersehen freute, wie ich?

Mir traten Tränen in die Augen und ich ließ mich kraftlos gegen eine der vereisten Wände sinken.

Wir waren für einen kurzen Augenblick wieder glücklich gewesen. So lange, bis Eduard auftauchte. Er hatte alles kaputt gemacht. Ja, irgendwie hatte er genau das erreicht, was er wollte: Dass wir leiden.

Ich unterdrückte ein Schluchzen und hielt plötzlich inne, als ich Klavierklänge vernahm.

Sofort wurde mir wieder wärmer ums Herz und ich richtete mich mühsam auf, um mich dem Klavierzimmer zu nähern.

Oh, ich liebte es so sehr Laurenz spielen zu hören. Wenn die Melodie nur nicht wie so oft unglaublich traurig klingen würde...

Wie hatte ich nur vergessen können, wie viele Emotionen seine Lieder in mir auslösten?

Zu gern wäre ich jetzt zu ihm gegangen, hätte ihn in meine Arme geschlossen und ihm versprochen, dass alles gut wird. Allerdings fehlte mir dafür der Mut, nachdem er mir vorhin ziemlich deutlich zu verstehen gegeben hatte, dass er allein sein wollte.

Was tat ich überhaupt hier? Ich lauschte an seiner Tür, als wäre ich ein Eindringling.

Aber war ich das nicht auch? Schließlich wollte er mich nicht bei sich haben...

Erneut bildeten sich Tränen in meinen Augen und ich schniefte leise.

Da schien es fast, als hätte er mich gehört, oder als würde er meine Anwesenheit spüren, denn plötzlich verklang die Melodie und ich vernahm Schritte, die sich der Tür näherten.

Erschrocken wich ich ein paar Schritte zurück und wischte mir mit dem Ärmel über die Augen. Er sollte nicht mitbekommen, dass ich geweint hatte.

Im nächsten Augenblick öffnete sich die Tür und Laurenz stand vor mir.

„Aurelia", meinte er überrascht und musterte mich, „was tut Ihr hier?"

„Ich vermisse Euch", sagte ich leise mit gesenktem Blick und hoffte, dass er das Zittern in meiner Stimme nicht bemerkte.

„Ihr vermisst mich?", wiederholte er ungläubig.

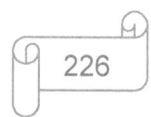

Ich nickte, ohne ihn anzusehen und fügte hinzu: „Ich würde so gern rückgängig machen, was geschehen ist, aber nicht um Eduard zu schützen. Tut mir leid, wenn ich das so sage, aber wer so brutal ist, wie er, hat es nicht anders verdient... Nein, ich würde es rückgängig machen wollen, für Euch, Majestät. Ich weiß, wie sehr Ihr unter dem Fluch leidet. Ich hätte Euch niemals in die Situation bringen dürfen, davon Gebrauch machen zu müssen."

In meinen Augen brannten Tränen und ich holte tief Luft, um weitersprechen zu können. „Jetzt weiß ich nicht, was ich tun soll. Ich möchte bei Euch sein, das mit Euch gemeinsam durchstehen, obwohl ich verstanden habe, dass Ihr meine Anwesenheit nicht wünscht, dass Ihr denkt, ich hätte niemals zum Schloss zurückkommen dürfen. Das tut mir unglaublich weh... weil ich Euch liebe. Könnt Ihr das nicht..."

Weiter kam ich nicht, denn Laurenz stand nun direkt vor mir und legte mir sanft den Zeigefinger auf die Lippen. Mit der anderen Hand strich er mir eine Träne von der Wange und schloss mich schließlich in seine Arme.

Nun als ich in seinen starken Armen lag und seinen Duft einatmete, konnte ich die Tränen erst recht nicht mehr zurückhalten. Ich zitterte am ganzen Körper, während sie mir über das Gesicht rannen.

„Bitte hört auf zu weinen", flüsterte er in mein Ohr. „Das kann ich gar nicht mit ansehen."

Ich hob den Kopf, um ihn ansehen zu können, jedoch brachte ich keinen Ton über meine Lippen.

Behutsam nahm er mein Gesicht in seine Hände, strich mit seinen Daumen über meine Wangen, um die Tränen fortzuwischen und sah mich intensiv an. Seine eisblauen Augen konnte ich sogar in dem spärlich beleuchteten Gang erkennen.

„Bitte verzeiht, dass ich Euch zum Weinen gebracht habe, das war nicht meine Absicht", sagte er beschämt und drückte mich wieder an sich, „und es war dumm von mir, dass ich gesagt habe, Ihr hättet nicht wieder herkommen dürfen. Nichts hat mir mehr Freude bereitet, als Euch wieder bei mir zu haben. Ihr bedeutet mir so unsagbar viel, dass ich unfassbare Angst habe, Euch zu verlieren... und dann war da diese Sache mit Eurem Verlobten... Ihr hättet allen Grund, mich zu verachten. Es tut mir alles so leid."

„Ich könnte Euch niemals verachten", murmelte ich an seine Brust. „Ich wünschte nur, es würde alles gut werden, so wie in den wenigen Stunden, nachdem ich wieder im Schloss ankam, bevor Eduard auftauchte und Unfrieden stiftete."

„Ja, es wäre wunderbar, das Glück länger genießen zu können und für immer an Eurer Seite sein zu können", stimmte Laurenz nachdenklich zu, „aber mein Schicksal ist ein anderes."

Fragend sah ich ihn an, allerdings wich er meinem Blick aus und bat mich in das Klavierzimmer.

Mir tat es unglaublich gut, wieder in seiner Nähe sein zu dürfen, aber irgendetwas war anders.

Erst Hildegards seltsame Aussage vorhin und jetzt meinte er, dass es nicht sein Schicksal wäre, für immer bei mir bleiben zu können.

Ja mir war klar, dass er dachte, mir nicht das bieten zu können, was mich glücklich machte, wegen des Fluchs, aber irgendwie verließ mich das ungute Gefühl nicht, dass noch mehr dahintersteckte, als ich bisher zu wissen glaubte.

Zu gern hätte ich ihn gefragt, was die Köchin mit diesem einen Tag meinte, aber ich getraute mich nicht. Ich hatte viel zu große Angst, dass ich unsere gerade wiedergefundene Nähe wieder zerstörte.

Also kuschelte ich mich nur an ihn und schwieg.

In den nächsten Tagen wurde ich in meinem Verdacht bestätigt, dass irgendwas nicht stimmte, denn auch, wenn der König mir nicht mehr aus dem Weg ging, schien es, als wäre er gedanklich überhaupt nicht bei mir und selbst Hildegard wirkte irgendwie bedrückt.

Das fand ich durchaus auffallend, da sie sonst immer so viel Freude ausstrahlte.

Eines Abends saßen wir erneut nebeneinander im Klavierzimmer und seine Finger huschten flink über die Tasten, als er plötzlich ganz leise sagte: „Die Zeit vergeht viel zu schnell und man kann sie nicht aufhalten."

Verwundert sah ich ihn an, aber sein Blick verlor sich irgendwo draußen im Schneetreiben, so als habe er gar nicht mit mir gesprochen.

„Was meint Ihr damit?", fragte ich zögernd. „Haben wir nicht alle Zeit der Welt?"

Er sah mich weiterhin nicht an, als er erwiderte: „Ich wünschte, es wäre so..."

Da war es wieder, dieses nagende Gefühl in der Magengegend, dass er mir irgendwas verschwieg... und nicht nur er.

Deshalb entfuhr mir ungehaltener, als ich beabsichtigt hatte: „Bitte sagt mir endlich, was los ist, Majestät. Selbst Hildegard benimmt sich seltsam in den letzten Tagen und sie hat eine Andeutung gemacht, die mich sehr beunruhigt hat."

Er wollte nicht einmal wissen, was genau sie gesagt hatte.

Stattdessen drehte er sich zu mir um und sah mich an, mit einem Blick, der mir Angst machte. Dieser wirkte so traurig und leer, fast als würde er mich nicht ansehen, sondern durch mich hindurch.

„Ich wollte Euch das eigentlich ersparen", flüsterte er kaum hörbar. „Es gibt einen weiteren Grund, warum ich Euch einst weggeschickt habe."

Ungeduldig kaute ich auf meiner Unterlippe herum und fragte weiter: „Was für einen Grund? Ihr meint, außer der Hochzeit, die mir bevorstand?

Langsam nickte er und vermied wieder, mich anzusehen. „Ich hatte gehofft, dass Ihr mich vergesst und in Eurem Heimatdorf glücklich werdet. Ihr habt es verdient, ein erfülltes Leben zu führen, an der Seite eines Mannes, der Euch die Welt zu Füßen legt."

„Aber das bin ich", erwiderte ich verzweifelt. „Ich habe gedacht, dass Ihr inzwischen wisst, dass ich nur bei Euch glücklich sein kann und absolut nichts missen möchte..."

Über sein Gesicht huschte ein kurzes, kaum merkbares Lächeln, bevor sich seine Gesichtszüge wieder verhärteten.

„Das ehrt mich sehr, meine Lady. Ihr müsst wissen, dass auch ich sehr glücklich darüber bin, dass ich Euch kennenlernen durfte. Ihr habt mir gezeigt, wie schön das Leben sein kann, aber..." Er holte tief Luft, bevor er weitersprach, „aber uns verbleibt nicht mehr viel gemeinsame Zeit."

„Wieso?", brachte ich nur mit zitternder Stimme hervor und griff nach seinen Händen.

Allerdings zog er sie zurück und stand stattdessen auf.

Auf diese Weise schien es ihm leichter zu fallen, mich nicht ansehen zu müssen, als er mit rauer Stimme meinte: „Versteht bitte Aurelia, ich werde nicht mehr lange am Leben sein."

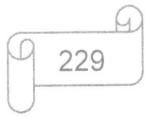

„W... was?" Mehr bekam ich nicht über meine Lippen, denn ich hatte auf einmal das Gefühl, mir würde jemand die Luft abschnüren.

„Der Fluch", erklärte er und seine Stimme war nach wie vor so leise, dass ich ihn von meinem Platz aus kaum verstehen konnte. „Erinnert ihr Euch, als ich sagte, dass mich eines Tages das gleiche Schicksal ereilen wird, wie meine Eltern?"

Ich nickte langsam, auch wenn mir klar war, dass er das nicht sehen konnte, weil er nach wie vor mit dem Rücken zu mir stand.

Allerdings schien er gar nicht auf eine Antwort von mir zu warten, denn er sprach ohne Pause weiter.

„Die Hexe damals sagte, wenn wir das Feuer nicht finden, dass das Eis zum Schmelzen bringen kann, wird es auch mich eines Tages gefangen nehmen. Allerdings wäre mein Tod für dieses Land am besten, denn sie hat angedeutet, dass der Fluch somit ebenfalls gebrochen wäre und das Eis verschwinden wird. Das Land und die Menschen würden gerettet werden, versteht Ihr?"

Das Blut rauschte in meinen Ohren und vor meinen Augen begann sich alles zu drehen.

Mein Kopf verarbeitete nur ganz langsam die Worte, die er sagte.

„Wann?", hauchte ich kraftlos. Zu mehr fühlte ich mich absolut nicht in der Lage.

Seine Stimme klang seltsam gefasst, als er antwortete: „Mit Beginn meines 21. Lebensjahres. Also sobald die Uhr Mitternacht schlägt und mein Geburtstag anbricht. Bis dahin sind es nicht mehr viele Tage."

Meiner Kehle entfuhr ein unkontrolliertes Schluchzen und ich schlug mir sofort die Hände vors Gesicht, als würde ich hoffen, dass er es so nicht mitbekommen würde.

Im nächsten Augenblick spürte ich seine Hände auf meinen Schultern. Er war zu mir getreten, ohne dass ich es mitbekommen hatte und lehnte meinen bebenden Körper nun an seinen.

„Wisst Ihr, ich habe mich mit diesem Schicksal abgefunden, aber für Euch tut es mir leid. Ich hätte Euch das gern erspart", sagte er mit sanfter Stimme. „Wisst Ihr, gewissermaßen wäre es eine Erlösung für alle, wenn ich und somit auch das Eis verschwinden würde."

Energisch schüttelte ich den Kopf und konnte die Tränen endgültig nicht mehr zurückhalten, während ich mich an ihm festkrallte.

„Mir tut es leid", schluchzte ich. „Ich habe immer gehofft, ich könnte Euch retten, diesen Fluch brechen und das Eis zum Schmelzen bringen, aber das ist mir nicht gelungen. Offenbar bin ich nicht die Richtige für Euch..."

Ich spürte, wie er sich neben mich setzte und seine Arme fest um mich legte. „Das ist nicht Eure Schuld. Ihr habt so viel für mich getan, mehr als ich jemals verdient habe. Dafür bin ich Euch unsagbar dankbar, aber es ist an der Zeit, dem Land und den Menschen Wärme und Hoffnung zurückzugeben."

Gern hätte ich dazu die richtigen Worte gefunden, aber ich brachte keinen einzigen Ton über meine Lippen, außer einem erneuten Schluchzen.

Scheinbar erwartete er das auch nicht, denn er hielt mich nur fest, während sein Mund zärtlich meine Haare berührte.

Ich konnte nichts anderes tun, als zu weinen, so lange, bis ich vor lauter Erschöpfung das Gefühl hatte, völlig ausgetrocknet zu sein und nicht mal mehr atmen zu können.

Wie von ganz weit entfernt bekam ich mit, wie er mich schließlich hochhob und vermutlich in mein Schlafgemach trug. Dabei war ich nach wie vor unfähig, mich zu rühren.

Dann hörte ich seine Stimme, obwohl ich mir nicht mal sicher war, dass diese auch echt war. Vielleicht träumte ich auch nur.

Er redete sanft auf mich ein, aber ich verstand die Worte nicht mal mehr, bevor ich schließlich in einen unruhigen Schlaf glitt.

In den nächsten Tagen wirkte es, als würde ein schwerer Schleier auf mir liegen. Ich fühlte mich erschöpft und tat trotzdem alles, um uns von den dunklen Ereignissen, die in naher Zukunft lagen, abzulenken.

Dafür bat ich Laurenz zum Beispiel darum, mir das Lesen beizubringen, oder ein paar einfache Lieder auf dem Klavier.

Wenn draußen die Sonne auf den Schnee schien und die weiße Pracht somit zum Funkeln brachte, konnte ich ihn sogar zu dem einen oder anderen Ausritt bewegen.

Dann nahm ich wieder Essensreste für die Tiere im Wald mit und sie dankten mir mit Zuneigung. Sogar die schüchternen Rehe kamen und fraßen mir förmlich aus der Hand.

Dies erinnerte mich an eine Zeit, die längst vergangen schien und mein Herz wurde schwer.

Wie schön war es einst, als wir schon einmal gemeinsam hier waren und alles so unkompliziert war. Obwohl, nicht ganz. Dieser Ausflug damals endete auch anders als erhofft.

Jetzt fiel mir wieder ein, warum Hildegard vor unseren Ausflügen immer betonte, dass wir sehr vorsichtig sein sollten.

Leise stieß ich einen Seufzer aus und sah von den Tieren, die vor meinen Füßen saßen und mich erwartungsvoll ansahen, zu ihm herüber.

Laurenz stand schweigend bei den Pferden und beobachtete mich. Als ich seinen Blick erwiderte, erkannte ich in seinen Augen Wärme und Liebe, aber auch einen Hauch von Traurigkeit.

„Ihr macht das unglaublich gut", meinte er mit sanfter Stimme.

„Was meint Ihr?", erwiderte ich verwundert. „Wie ich mich um die Tiere kümmere?"

„Das auch." Ein kurzes Lächeln huschte über sein Gesicht. „Aber ich meinte viel mehr, wie Ihr das alles hier meistert, was unser Schicksal anbelangt..."

Ich wusste genau, was er meinte und biss mir auf die Unterlippe, bevor ich antwortete: „Das ist reiner Egoismus. Je mehr ich mich selbst beschäftige, umso weniger grüble ich über die Zukunft nach."

Erneut bildete sich um seine Lippen ein kleines Lächeln, als er sagte: „Ich bin mir sehr sicher, dass mehr dahintersteckt. Denn ich kenne Euch gut genug, um zu wissen, dass Ihr vieles seid, aber ganz sicher nicht egoistisch. Wisst Ihr, es ist wahre Stärke, wenn man die eigenen Sorgen verbirgt, um andere zu beruhigen."

Zu gern wäre ich ihm nun um den Hals gefallen und hätte ihm erklärt, dass ich mich alles andere als stark fühlte. Allerdings war mir klar, dass er hier draußen meine Umarmung nicht erwidern konnte, also brachte ich nur ein trauriges Lächeln zustande.

Als wir uns kurze Zeit später auf den Heimweg machten, ritten wir den meisten Weg schweigend nebeneinander her, bis er auf einmal wissen wollte: „Lady Aurelia, wisst Ihr, wie es in naher Zukunft für Euch weitergeht?"

Für einen Augenblick glaubte ich, mich verhört zu haben. „Was?"

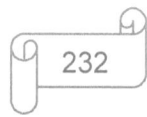

An meinem entsetzten Blick schien er jedoch erkannt zu haben, dass ich ihn sehr wohl verstanden hatte.

„Nun, mit meinem Vermögen würde Euch die Welt offenstehen", redete er weiter. „Ihr könntet in Euer Heimatdorf zurückkehren, vermutlich sogar in Begleitung Eures Verlobten, oder die Welt entdecken."

Energisch schüttelte ich den Kopf und musste schwer schlucken, bevor ich darauf antworten konnte: „Ich will nicht zurück in mein Heimatdorf und erst recht nicht mit Eduard. Er wollte uns beide töten. So einen Mann könnte ich nicht an meiner Seite ertragen."

„Er tat dies nur, weil er Euch liebt", meinte Laurenz. „Es gäbe noch eine andere Möglichkeit. Ihr könntet weiterhin im Schloss leben und meine Nachfolge antreten. Ich habe schließlich keine Nachkommen..."

Ich zitterte am ganzen Körper, als ich schließlich rief: „Hört auf damit, bitte!"

Meine Stimme war so laut, dass mein Pferd erschrak und scheute.

„Ganz ruhig, es ist alles gut", beruhigte ich es leise und tätschelte seinen Hals.

„Es tut mir leid", meinte er nun vorsichtig. „Ich wünschte ebenfalls, ich müsste das nicht ansprechen..."

Ich drehte mich zu Laurenz um und versuchte den Schmerz in meiner Brust zu nicht zu beachten.

„Sagtet Ihr nicht, dass das Eis dann alles wieder freigeben wird? Könnten dann nicht Eure Eltern die Herrschaft wieder übernehmen?"

„Ich hoffe es, dass sie auch zurückkehren", erwiderte er, „aber ich wüsste gern, dass es Euch weiterhin an nichts fehlt, auch wenn sie wieder über dieses Land regieren können..."

Daraufhin nickte ich nur stumm, denn ich hatte keinen blassen Schimmer, wie es weitergehen sollte, wenn dieser eine Tag gekommen war und ich wollte darüber auch nicht nachdenken. Nicht heute, nicht morgen und auch nicht irgendwann. Vermutlich sollte ich einfach mit ihm gehen, wenn es soweit war, denn ohne meinen geliebten König würde ich nirgends jemals glücklich werden können.

Den Rest des Weges herrschte wieder Schweigen zwischen uns und ich starrte angestrengt gen Himmel, der sich passend zu meiner Stimmung zugezogen hatte und kaum zu erkennen war, an welcher Stelle die Schneelandschaft in den Himmel überging.

Auf diese Weise versuchte ich gegen die Tränen anzukämpfen, die sich erneut in meiner Kehle ansammelten.

So viel zu meinem Plan mit der Ablenkung...

In der folgenden Nacht beschloss ich, dass es für mich keine andere Möglichkeit gab, als mit ihm zu gehen.

Wenn ich ihm in der schicksalhaften Nacht nicht von der Seite wich, würde mich das Eis vielleicht genauso mit verschlingen. Dann konnte ich für immer bei ihm sein, selbst wenn uns herum alles wieder zum Leben erwachen sollte. Und falls das Eis mich wider Erwarten verschonen sollte, gab es sicher eine andere Möglichkeit, ihm zu folgen. Dabei dachte ich an die ganzen Schwerter und Dolche, die überall im Schloss zu finden waren und mir lief ein eiskalter Schauer den Rücken hinunter.

Nein, genaugenommen wollte ich nicht sterben, aber wenn das die einzige Möglichkeit war, um für immer bei ihm bleiben zu können, würde ich es tun müssen. Ich wusste ganz genau, dass ich keinen einzigen Tag mehr ohne ihn sein wollte und konnte.

Dieser Plan machte mir auf der einen Seite Angst, aber auf der anderen Seite gab es mir auf eine seltsame Weise ein beruhigendes Gefühl. Ich würde mit ihm gehen können...

Ansonsten gab ich mir Mühe ebenfalls Zeit mit Hildegard zu verbringen.

Ich hatte ihr gesagt, dass ich über den letzten Akt des Fluches Bescheid wusste und nun das Gefühl, dass ich sie erst recht in eine Zwickmühle brachte. Ich konnte ihr förmlich ansehen, wie gern sie mit mir über ihre Sorgen sprechen würde, anderseits tat sie es nicht. Vermutlich wollte sie mich nicht ebenfalls belasten.

Einmal fand ich sie weinend in der Küche vor.

Vorsichtig setzte ich mich neben sie und sprach sie an.

Die Köchin sah mich mit tränenverschleiertem Blick an und meinte nur leise: „Es tut mir so leid Fräulein Aurelia. Wenn ich Arthur nicht überredet hätte, Euch wieder zu uns zu holen, wäre Euch das alles hier erspart geblieben."

Mir entfuhr ein tiefer Seufzer, als ich neben ihr auf der Küchenbank Platz nahm und ihre Hand hielt.

„Bitte sag das nicht", erwiderte ich sanft. „Es war die richtige Entscheidung, erneut herzukommen. Denn selbst wenn uns nicht mehr viel gemeinsame Zeit bleibt, ist das besser, als wenn ich ihn nie wieder gesehen hätte. Nun kann ich ihm und dir in den schweren Stunden wenigstens beistehen."

Daraufhin durfte ich mir wiedermal anhören, was für ein toller Mensch ich sei, obwohl ich das selbst nicht mehr wirklich glauben konnte. Wenn ich etwas Besonderes wäre, hätte ich meinen Eiskönig retten können und müsste ihm nun nicht diesem Schicksal überlassen.

Sie fragte mich ebenfalls, wie es für mich danach weitergehen würde und ich erklärte ihr, dass ich es bisher nicht wusste. Ich würde es auf mich zukommen lassen und darüber dann entscheiden, wenn es soweit war.

Erstaunlicherweise zeigte Hildegard dafür Verständnis. „Ja, es ist am besten, wenn ihr die verbleibende, gemeinsame Zeit für die schönen Dinge nutzt."

Zustimmend nickte ich und verschwieg ihr meinen Plan, ihn begleiten zu wollen. Das musste sie nicht wissen, sonst würde sie sich nur wieder Sorgen machen.

Nicht einmal Laurenz weihte ich in mein Vorhaben ein.

Wie Seine Majestät bereits bemerkt hatte, verging die Zeit viel zu schnell. Schließlich waren es nur noch ein paar Stunden, bis der Fluch seinen grausamen Höhepunkt finden würde.

Wir saßen zu viert unten in der Küche.

Hildegard hatte ein halbes Festessen zubereitet, mit Braten, Kartoffeln und einer bunten Auswahl an Gemüse, aber es hatte keiner von uns so recht Hunger.

Außerdem sprach kaum einer ein Wort. Es hing eine belastende Stille über uns, die ich kaum ertragen konnte. Jedoch hatte ich ebenfalls keinen blassen Schimmer, was ich in diesem Moment hätte sagen sollen.

Irgendwann räumte sie den Tisch wieder ab und bot uns Honigwein an.

Ich nahm einen Becher und fand ihn fast zu süß für solch einen Anlass.

Schließlich erhob Laurenz die Stimme.

„Ich möchte Euch allen danken", sagte er in die Runde und sah uns an. „Arthur, Hildegard, ihr habt mir immer treue Dienste erwiesen und seid stets an meiner Seite geblieben, auch wenn es nicht einfach war in den letzten Jahren."

In den Augen der Köchin konnte ich Tränen der Rührung und Verzweiflung erkennen, als sie aufstand und seine Hand nahm.

„Majestät, Ihr wisst, dass ich immer alles aus tiefsten Herzen für das Königshaus getan habe, für Euch und Eure Eltern..."

Arthur kam einen Schritt auf Laurenz zu und deutete eine Verbeugung an, bevor er sagte: „Auch ich habe einst geschworen, dem Königshaus treu zu dienen und Euch mit meinem Leben zu beschützen."

Der König schenkte den beiden ein Lächeln und erwiderte: „Das ist mir durchaus bewusst und ich hoffe sehr, dass ihr beide Eure treuen Dienste bald wieder unter der Herrschaft meiner Eltern unter Beweis stellen könnt."

„Das hoffe ich ebenfalls sehr", schniefte Hildegard und wischte sich eine Träne aus dem Augenwinkel. „Nur wird das Schloss ohne Euch nicht dasselbe sein."

„Glaubt mir, es wird ein besserer Ort werden, ohne Eis und Schnee", entgegnete er erstaunlich gefasst. „All die Menschen, die das Eis einst gefangen nahm, können bald zurückkehren zu ihren Familien."

Irgendwie machte es mir Angst, dass er sich so gut mit seinem Schicksal abgefunden hatte. Anderseits hatte er wohl schlichtweg keine andere Wahl.

„Ein schwacher Trost", sagte sie leise.

„Verzeiht mir bitte, aber ich würde mich nun gern zurückziehen", meinte er auf einmal mit einem Blick auf die große Standuhr. Es waren nur noch knapp 2 Stunden bis Mitternacht.

Dann sah er mich an und fügte hinzu: „Geht Ihr mit mir, meine Lady?"

„Selbstverständlich", sagte ich und es fühlte sich an, als würde ein schwerer Stein auf meinen Schultern liegen.

Aus dem Augenwinkel heraus beobachtete ich, wie Hildegard ihn umarmte, um sich mit tränenüberströmten Gesicht endgültig von ihm zu verabschieden.

Ich konnte es kaum ertragen, nicht zuletzt, weil ich ebenfalls vorhatte, nicht wieder nach unten zu kommen. Aber ich hatte meine Entscheidung getroffen, denn ich konnte nicht mehr ohne ihn sein. Es gab für mich keinen anderen Weg.

Allerdings wussten sie das nicht, sodass die Köchin zu mir nur meinte, sie könne sich keine bessere Gesellschaft für seine letzten Stunden vorstellen, als mich und dass sie immer für mich da sein würde.

Dafür dankte ich ihr und hauchte ihr nur ein stummes „Lebewohl" zu.

Dann schluckte ich schwer und ging zu Laurenz, um mich von ihm nach oben geleiten zu lassen.

Auf dem Gang warf ich einen kurzen Blick zu den Eisstauten, oder genauer gesagt in die Ecke, in der Eduard stand. Es fühlte sich an, als habe er trotzdem gewonnen, denn er würde leben, im Gegensatz zu uns.

Erst jetzt merkte ich, dass Laurenz meinem Blick gefolgt war, denn er sagte leise: „Wisst Ihr, was mich beruhigt? Dass außer mir wohl alle gerettet werden können."

„Nicht alle", murmelte ich leise und klammerte mich fester an ihn.

Vermutlich hatte er mich trotzdem verstanden, denn nun führte er die Hand, die er hielt an seinen Mund und küsste sie. „Ich liebe Euch so sehr, Aurelia. Bitte vergesst das nie."

„Wie könnte ich das jemals vergessen?", erwiderte ich und meine Stimme war nach wie vor kaum mehr als ein Flüstern.

Er schenkte mir ein liebevolles Lächeln und führte mich schließlich nach oben ins Klavierzimmer.

Dort bat er mich, auf der samtigen Bank Platz zu nehmen und fügte hinzu: „Ich möchte Euch eine Kleinigkeit geben, einen Song, den ich nur für Euch geschrieben habe."

Dann reichte er mir zwei Seiten, die mit Noten gefüllt waren.

Ich starrte darauf und brachte nur ein verwundertes „Vielen Dank" heraus.

„Sehr gern", sagte er liebevoll und legte eine Hand an meine Wange. „Wisst Ihr, ich möchte, dass ihr irgendwas habt, das Euch an mich erinnert, wenn ich nicht mehr hier bin."

„Das ehrt mich sehr", antwortete ich und versuchte die erneut in mir aufkommende Traurigkeit niederzukämpfen.

„Möchtet Ihr, dass ich Euch Euer Lied einmal vorspiele?", wollte er wissen und streichelte meine Wange.

„Sehr gern", antwortete ich, während mir ein Schauer über den Rücken lief.

Jetzt gerade zählte nur der Augenblick und nicht, was in ein paar Stunden sein würde.

Er begann zu spielen und ich war erstaunt, dass dieses Lied überraschend fröhlich klang. Das kannte ich gar nicht von meinem König.

Ich schloss die Augen, um mich voll und ganz der Musik hingeben zu können. Seine Melodien hatten mich schon immer in andere Welten getragen und gerade jetzt fühlte es sich tatsächlich an, als würde sie ein wenig von der Last auf meinen Schultern davontragen.

Viel zu schnell, verklangen die Klänge des Klaviers wieder und Laurenz sah mich erwartungsvoll an. „Gefällt es Euch?"

„Ja, ich finde es wunderschön", hauchte ich und fühlte mich wehmütig. „Es klang nur ganz anders, als die Lieder, die Ihr sonst gespielt habt."

Zustimmend nickte er und erklärte: „Ich wollte, dass dieses Lied fröhlicher klingt, weil Ihr die Freude und die Liebe zurück in mein Leben gebracht habt. Dafür bin ich Euch zu tiefst dankbar."

„Ich liebe Euch auch so sehr", flüsterte ich und konnte nicht verhindern, dass mir Tränen in die Augen traten.

Da er mich unverwandt ansah, bemerkte er dies natürlich und nahm mein Gesicht in seine Hände.

„Bitte seid nicht traurig", flüsterte er und wischte mit einer Handbewegung eine Träne weg, die sich aus meinem Augenwinkel gestohlen hatte.

Ich schniefte und versuchte zu lächeln. Wie könnte ich ihm nur einen einzigen Wunsch abschlagen, wenn er mich so ansah?

Dann näherte sich sein Gesicht ganz langsam meinem und er hauchte mir einen Kuss auf die Lippen.

Behutsam legte ich ihm die Arme um die Schultern. Seine Hände wanderten in meinen Nacken und dann weiter nach unten, bis sie auf meinen Hüften ruhten, während seine Lippen meine ununterbrochen liebkosten.

Ich dagegen hatte die Augen geschlossen und mein Herz schlug zum Zerbersten schnell.

Dieser Moment durfte nicht enden. Niemals.

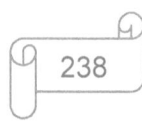

Selbstverständlich tat mir das Schicksal diesen Gefallen nicht. Viel zu schnell löste er sich wieder von mir und meinte: „Eure Liebe ist das größte Geschenk, dass Ihr mir machen könnt."

„Bitte lasst mich nicht los", hauchte ich wie benebelt.

„Es tut mir leid, ich habe keine andere Wahl", erwiderte er leise. „Uns bleibt nicht mehr viel Zeit."

Sofort war ich wieder wach und folgte seinem Blick zu der Standuhr, die der unten in der Küche sehr ähnlich sah.

Zu meinem Entsetzen hatte er recht. Der große Zeiger war kaum mehr als 5 Minuten von Mitternacht entfernt.

Augenblicklich begann ich am ganzen Körper zu zittern, als ich verstand, dass er mir nur deshalb so nahegekommen war, damit ich nicht auf die Zeit achtete.

Ohne ein Wort zu sagen stand er auf und lief zum Kamin, in dem ein scheinbar unermüdliches Flämmchen vor sich hin züngelte.

Als er wieder zu mir trat, hielt er auf einmal einen Dolch in seinen Händen.

„Was... wollt Ihr damit?", fragte ich mit bebender Stimme, obwohl ich es mir fast denken konnte.

Genau vor mir blieb er stehen und hielt mir die Waffe entgegen, bevor er antwortete: „Bitte tötet mich."

Einen Moment lang starrte ich ihn fassungslos an. „Was?"

Seine Stimme klang unbeirrt, als er wiederholte: „Ich möchte, dass Ihr mich tötet. Lieber sterbe ich durch die Hand meiner Liebsten, als dass ich mich von diesem ewigen Eis gefangen nehmen lasse."

„Nein", antwortete ich entschieden. „Das kann ich nicht und ich will es auch nicht. Wir haben offenbar keinen Einfluss darauf, dass es passiert, aber Ihr müsst da nicht allein durch."

Mit einer energischen Handbewegung schlug ich ihm den Dolch aus der Hand, der klirrend zu Boden fiel.

„Oh Aurelia", hauchte er nur, als ich ihm zitternd meine Arme um den Hals legte und ich konnte Tränen in seinen Augen erkennen.

„Ich lasse Euch nicht allein gehen", murmelte ich in sein Ohr und sah aus dem Augenwinkel heraus, dass die Uhr nun genau Mitternacht anzeigte. „Ich werde mit Euch kommen."

Auch er hatte seinen Kopf nun auf meine Schulter gelegt und hielt mich so fest er nur konnte.

Ich war erstaunt, dass er mich nicht weggestoßen hatte.

Mir schlug das Herz bis zum Hals, als ich sah, dass aus dem Boden tatsächlich eine Eisschicht entwuchs, die viel zu schnell an unser beider Füße entlang nach oben kroch und bereits die Knöchel erreicht hatte.

Wenigstens trifft es uns beide, dachte ich, bevor ich meine Augen schloss und meinen Tränen freien Lauf ließ. Also würde ich für immer bei ihm sein können. Das war alles, was in diesem Augenblick von Bedeutung war.

Plötzlich hörte ich ein Geräusch, das wie ein Zischen klang.

Überrascht öffnete ich die Augen wieder und sah, dass an den Stellen, an denen meine Tränen auf das Eis fielen, daumengroße, goldene Flammen entstanden, die das Eis schmelzen ließen.

Bevor ich verstand, was das zu bedeuten hatte, schienen wir komplett von diesen seltsamen Flammen umgeben zu sein.

„Laurenz, seht nur", flüsterte ich aufgeregt.

Er hob den Kopf und im gleichen Augenblick erblickte ich einen Geist, der langsam Gestalt annahm.

Es war eine junge Frau, mit grün/braunen Haaren und einer Nase, die irgendwie zu groß für ihr Gesicht schien. Ihre Wangen wirkten, als wäre es mit Narben übersät. Ihr Kleid war grau und einfach.

Sie trat durch die Flammen hindurch, die ihr regelrecht Platz zu machen schienen. Vor Laurenz blieb sie schließlich stehen.

Wer war sie?

„Wilma?", hörte ich ihn ungläubig fragen.

Moment, Wilma? War das nicht die Hexe, die ihm all das hier angetan hatte?

„Wie schön, Ihr erinnert Euch sogar an meinen Namen, Königliche Hoheit", entgegnete sie mit einem schiefen Grinsen und deutete eine Verbeugung an.

„Was wollt Ihr hier?", fragte er ungehalten.

„Muss ich Euch das wirklich erklären?", meinte sie fast beleidigt. „Ich bin hier, um Euch die frohe Kunde zu überbringen, dass Ihr erlöst seid. Der Fluch ist gebrochen."

Um ihre Aussage zu bestätigen deutete sie mit einer ausschweifenden Geste auf den Boden und die Flammen, die uns eben noch eingeschlossen hatten waren verschwunden, genau wie das Eis, das gerade noch dabei war, an uns empor zu kriechen. Es hatte sich zurückgezogen und selbst einen Teil des Teppichbodens mittlerweile freigegeben.

„Aber wie ist das möglich?" Diesmal war ich es, die diese Frage stellte.

Die Hexe sah weiterhin Laurenz an und erklärte: „Das Feuer, dass nicht im Kamin entzündet werden kann und keiner Kerzenflamme entspricht, erinnert Ihr Euch, Majestät? Damit war das Feuer des Herzens gemeint, die wahre Liebe. Ich hätte wahrlich nicht gedacht, dass Ihr zu solchen Emotionen fähig seid..."

„Die wahre Liebe war die ganze Zeit über des Rätsels Lösung?", wunderte ich mich.

„Ja", grinste sie, als wäre das das selbstverständlichste auf der Welt. „Natürlich musste ich erst sicher gehen, dass es wirklich die wahre Liebe zwischen Euch beiden ist, aber nachdem ich gesehen habe, dass Ihr tatsächlich füreinander gestorben wärt, hat es mich überzeugt."

Ich starrte sie fassungslos an.

„Jetzt guckt nicht so", meinte sie fast ein wenig amüsiert. „Ihr seid erlöst, Laurenz. Das Eis wird innerhalb der nächsten Minuten verschwunden sein und alles was es je verschlungen hat wieder frei geben."

„Ist das Euer Ernst?", wollte er nun heiser wissen.

„Ja, mein voller Ernst", bestätigte sie. „Es wird bald kein Fleckchen Schnee oder Eis mehr in diesem Königreich geben und Ihr werdet mit Euer Liebsten Hand in Hand durch den Schlosspark spazieren können, keine Sorge."

Ich starrte sie mit offenem Mund an und auch er schien nicht die richtigen Worte zu finden.

In das Schweigen hinein meinte sie schließlich: „Gern geschehen, Ihr müsst mir nicht danken. Lebt wohl, Majestät... und Aurelia, richtig? Enttäuscht mich nicht."

Mit diesen Worten löste sie sich vor unseren Augen in Luft auf und mit ihr verschwand ebenfalls das Eis in diesem Zimmer.

Wir sahen uns fragend an.

„Was ist geschehen?", wunderte ich mich.

„Wir sind beide am Leben", stellte Laurenz fest, wobei ich an seinem Blick erkennen konnte, dass er dies genau so wenig verstand wie ich, „und das Eis... es verschwindet."

Er war ans Fenster getreten und deutete mit einer Geste nach draußen.

Ein bisschen wackelig auf den Beinen trat ich zu ihm und staunte nicht schlecht, als ich sah, dass sich das Eis ebenfalls von den Schlossmauern zurückzog.

Vermutlich hatte es bald das gesamte Schloss wieder freigegeben.

Dann sah ich ihn erneut an und verstand es ganz langsam. „Laurenz, wir haben es geschafft."

„Ja", murmelte er, als könne er es nach wie vor nicht fassen, „wir haben es wahrhaftig geschafft. Der Fluch ist gebrochen und wir sind am Leben."

Auf einmal bildete sich ein Lächeln auf seinem Gesicht, als er mich in seine Arme schloss und glücklich mit mir durch das Zimmer tanzte.

Im nächsten Augenblick sprang die Tür auf und Hildegard kam herein gestolpert. Doch als sie uns beide erblickte, so freudig und lebendig, blieb sie wie angewurzelt stehen.

„L... Laurenz? Aurelia? Was... Was ist hier geschehen?", stammelte sie überwältigt.

„Aurelia hat es geschafft, den Fluch zu brechen", antwortete er, ohne den Blick von mir abzuwenden.

„Wir beide haben es geschafft", verbesserte ich ihn schmunzelnd. „Das Feuer des Herzens hat den Fluch gebrochen."

„Das Feuer des Herzens?", wiederholte sie verwundert, dann strahlte sie über das ganze Gesicht und drückte uns beide kurzerhand an sich. „Ich wusste es. Ihr beide könnt das gemeinsam schaffen. Kommt mit nach unten. Ich muss Arthur und den anderen unbedingt die frohe Botschaft verkünden."

Für einen Moment überlegte ich, was sie mit den anderen meinte.

Laurenz hatte nach wie vor den Arm um mich gelegt, als wir der Köchin folgten.

Ein seltsam fremdes Durcheinander an Stimmen erfüllte auf einmal die Gänge des Schlosses.

Die Eisskulpturen, ging es mir durch den Kopf. Sie waren zum Leben erwacht. Sie waren alle wieder Menschen.

Mit klopfendem Herzen lief ich die Treppe nach unten und sah tatsächlich eine unbestimmte Anzahl an Menschen, die orientierungslos herumliefen und mittendrin stand ein verzweifelter

Arthur, der vergeblich versuchte, Ordnung in dieses Durcheinander zu bringen.

Suchend sah ich mich um, aber ich konnte unter den Gesichtern Eduard nicht ausmachen. Wo mochte er sich verstecken?

Stattdessen erkannte ich plötzlich Laurenz' Eltern. König Leonard und Königin Lucinda kamen gerade aus dem Thronsaal getreten und wirkten ebenfalls verwirrt.

Im nächsten Augenblick schien die Königin ihren Sohn erkannt zu haben, der zusammen mit mir und Hildegard immer noch auf der untersten Treppenstufe stand, und bahnte sich einen Weg zu uns. Ihr Mann folgte ihr zögernd.

Sie kam auf uns zugelaufen und Laurenz wirkte auf einmal wie ein kleiner Junge, wie er die beiden ansah.

„Mutter! Vater!", rief er ungläubig und fiel ihnen schließlich um den Hals.

Ich musste fast schmunzeln, als ich seine Mutter sagen hörte: „Du bist groß geworden, mein Junge."

Sein Vater fügte hinzu: „Offenbar ist der Fluch gebrochen, die Hexe besiegt und wir sind alle am Leben. Ich bin so stolz auf dich, mein Sohn."

Es machte mich glücklich, Laurenz so zu sehen. Er strahlte eine Freude aus, wie ich sie nie zuvor bei ihm erlebt hatte.

„Aber ich hätte es niemals allein geschafft, Vater", erklärte Laurenz nun und nahm mich bei der Hand. "Nur gemeinsam mit meiner geliebten Aurelia ist es mir gelungen, das Eis zum Schmelzen zu bringen."

Das Königspaar musterte mich und versuchte verlegen einen Knicks, der mir allerdings misslang, da meine Knie sich nach allem weich wie Pudding anfühlten.

Da wollte König Leonard plötzlich wissen: „Ist sie eine Bürgerliche?"

„Ja Vater, das ist sie", antwortete Laurenz sogleich und mich überkam ein ungutes Gefühl.

Es war nach wie vor nicht erwünscht, dass sich die Schichten vermischten.

„Jetzt mach aber mal einen Punkt, Leonard", meldete sich nun die Königin zu Wort. „Ihr haben wir schließlich ebenfalls zu verdanken, dass der Fluch gebrochen und unser Sohn sowie das gesamte Königreich erlöst wurde."

„Du hast Recht", gab ihr Mann nach und sah mich an. „Ihr habt so viel für unsere Familie und das Königreich getan, dass Eure Herkunft wahrlich keine Rolle spielt. Wir sind Euch zu ewigen Dank verpflichtet, mein Fräulein. Was können wir tun, um diese Schuld zu begleichen? Ich kann Euch Diamanten und Gold anbieten, wenn Ihr wünscht."

Ich war gerührt und erstaunt zugleich von diesem großzügigen Angebot, dennoch gab es für mich etwas viel Wertvolleres, als Schmuck oder Gold.

„Ich bin nicht an Eurem Vermögen interessiert, Eure Königliche Hoheit", erwiderte ich mit klopfendem Herzen und fing Laurenz' Blick ein. „Ich habe nur einen einzigen Wunsch. Ich möchte den Rest meines Lebens an der Seite Eures Sohnes verbringen dürfen."

Nun trat dieser zu mir und legte seinen Arm um mich, als würde er meine Aussage damit bekräftigen wollen. Dann sah er mich mit seinen intensiven blauen Augen an und hauchte: „Aurelia, ich liebe dich."

Zärtlich legte ich meine Hand an seine Wange und antwortete: „Und ich liebe Euch, Majestät."

Aus dem Augenwinkel heraus konnte ich Königin Lucinda lächeln sehen und nachdem wir uns wieder zu ihnen umgedreht hatten, meinte sie zufrieden: „Es sieht aus, als würde es neben der Erlösung von dem Fluch, bald auch eine Hochzeit zu feiern geben, nicht wahr? Meinen Segen habt ihr jetzt schon."

„Vielen Dank, Mutter", meinte Laurenz und küsste ihre Hand.

Dann sah er wieder mich an und fügte hinzu: „Vielen Dank für alles, meine Liebste."

Ich war selig und lehnte ich mich an ihn.

Es waren alle gerettet und vermutlich würden wir Eduard nie wieder sehen, denn er hatte offenbar still und unerkannt das Schloss verlassen. Vermutlich hatte er eingesehen, dass er endgültig verloren hatte.

Ja, ich war mir sicher: Nun würde alles gut werden.

Epilog: Die Traumhochzeit

Ein paar Wochen später hatten sich das Schloss und das Land, das es umgab, völlig verändert.

Überall grünte und blühte es und in die Gemäuer war erneut Leben eingekehrt. Nicht nur, weil König Leonard und Königin Lucinda wieder die Herrschaft übernommen hatten, sondern ebenfalls weil sie neue Bedienstete eingestellt hatten.

Aber natürlich nicht, ohne dass Hildegard und Arthur besondere Posten bekommen hätten, weil sie dem Königshaus in schwersten Stunden und Jahren treu zur Seite gestanden hatten.

Hildegard wurde der Posten meiner persönlichen Zofe eigen, auch wenn sie darauf bestand, ab und an weiter für die Königsfamilie kochen zu wollen.

Arthur wurde zum großen Stallmeister befördert und hatte mit dieser Aufgabe bald alle Hände voll zu tun, da weitere Pferde für den königlichen Stall gekauft wurden und Dora zudem ein Fohlen erwartete.

Einige neue Bedienstete waren mit ihrer ganzen Familie eingezogen, Platz war schließlich genug und nun erfüllte fröhliches Kinderlachen regelmäßig die Gänge des Schlosses.

Sogar die Bewohner des Landes kamen und wollten die Geschichte des Königshauses wissen, wie sie es geschafft hatten, den Schnee und das Eis zu besiegen.

Niemand bezeichnete Laurenz mehr als Ungeheuer und das tat ihm sehr gut.

Tatsächlich hatten wir Ausflüge durch den Schlosspark unternommen, dessen Schönheit ich unter den Schneemassen nie in vollem Ausmaß wahrnehmen konnte.

Diese Hexe hatte nicht zu viel versprochen, als sie meinte, der Fluch wäre vollständig gebrochen, denn mein Liebster und ich konnten nun endlich eng umschlungen das Schloss verlassen und die volle Blütenpracht des Gartens bewundern.

Von der Welt, in der wir nun lebten, hatte ich immer geträumt.

Und da nun alle Sorgen aus der Welt schienen, gab es einen weiteren Schritt zu tun, um unser Glück perfekt zu machen: unsere Hochzeit, die am heutigen Tage stattfinden sollte.

Ich war so aufgeregt, dass ich kaum schlafen, oder einen Happen Essen zu mir nehmen konnte.

Seit Tagen waren alle im Schloss in heller Aufruhr und bereiteten alles vor, vom Schmücken des Schlosses und des Gartens, bis hin zu den Speisen, die gereicht werden sollten.

Hildegard befand sich überall und nirgends. Es schien fast, als wäre sie wesentlich aufgeregter, als ich selbst.

Dafür waren drei junge Frauen, die alle nicht viel älter sein dürften als ich selbst, damit beschäftigt, mich in mein Hochzeitskleid zu schnüren.

Während sie arbeiteten, träumte ich ein wenig vor mich hin.

Das Kleid war wunderschön, schöner als alles, was ich je zuvor gesehen hatte: Es war schneeweiß und reichte bis zum Boden. Die Schleppe war sogar noch länger. Am Kragen war der Stoff zusammengerafft und wurde von zwei goldenen Schlingen gehalten. Die Ärmel waren oberhalb des Ellenbogens mit einer goldenen Verzierung verstehen. Diese ließ winzige Blumen und Blätter erkennen. Auf der Höhe der Ellenbogen teilte sich der Stoff und ließ den Rest der Ärmel wie eine Schleppe an den Seiten herunterhängen. Als abschließenden Blickfang bekam ich einen hauchdünn geflochtenen goldenen Gürtel um die Taille gelegt, dessen Bänder ebenfalls fast bis zum Boden reichten.

Eines der Mädchen nahm die Schnürung des Kleides auf meinem Rücken vor, während die anderen beiden bereits mit meinen Haaren beschäftigt waren.

Sie drehten meine langen blonden Haare nach oben zu einer Art Knoten und steckten sie mit Haarnadeln fest, sodass ein paar Haarsträhnen wieder herausfielen und mein Gesicht einrahmten.

„Damit sieht Eure Frisur nicht so streng aus", hatte mir eine der jungen Dienerinnen erklärt.

Ich ließ sie machen, da ich in diesem Moment überhaupt keinen klaren Gedanken fassen konnte. Einerseits war ich mir sicher, dass ich Laurenz gefallen würde, selbst wenn das Kleid nur halb so schön wäre und zum anderen konnte ich es kaum fassen, dass wir nun tatsächlich heiraten würden. Vor ein paar Wochen, als das Land von Schnee und Eis beherrscht wurde, schien dies unmöglich zu sein und jetzt würde ihn in nicht einmal mehr einer Stunde zu meinem Gemahl nehmen.

Das erschien unwirklich und gleichzeitig wunderschön.

In diesem Augenblick sprang die Tür auf und eine strahlende Hildegard kam herein.

Selbst sie trug zur Feier des Tages mal nicht ihre Kochschürze, sondern ein elegantes hellblaues Kleid und ihre fast weißen Haare wurden nur locker von einer Klammer gehalten. Dies ließ sie wesentlich jünger wirken.

Sie sah mich zufrieden an und sagte freudig: „Mein Fräulein Aurelia, Ihr seht bezaubernd aus und einer Prinzessin absolut würdig. Da kann die Vermählung kommen."

„Vielen Dank", murmelte ich verlegen und kaute nervös auf meiner Unterlippe herum.

Hoffentlich sah das die Königsfamilie genauso. Ich konnte mich daran erinnern, dass König Leonard nicht allzu begeistert auf meine Herkunft reagiert hatte.

Hildegard bat mich, vor den großen Wandspiegel zu treten. Vermutlich wollte sie mich auf diese Weise von meiner Schönheit überzeugen.

Dabei hatte sie nicht zu viel versprochen. In diesem Kleid und der eleganten Hochsteckfrisur sah die junge Frau, die mich aus dem Spiegel ansah, wahrhaftig wie eine Prinzessin aus.

„Das... das bin wirklich ich?", stammelte ich überwältigt.

„Oh ja, Ihr seid wunderschön", lächelte meine persönliche Zofe und die drei jungen Mädchen, die neben uns standen, stimmten ihr zu.

Dann sah sie mich an und wollte wissen: „Seid Ihr bereit?"

Zögernd nickte ich. Ich war so aufgeregt, dass ich kaum einen Fuß vor den anderen setzen konnte.

Sie reichte mir ihren Arm und führte mich bis zum Eingangstor und übergab mir einen Brautstrauß, aus schneeweißen Rosen, bevor sie mich Arthur übergab.

Er verbeugte sich vor mir und schenkte mir ein Lächeln, bevor er sagte: „Prinzessin Aurelia, darf ich Euch behilflich sein?"

Bei dem Wort „Prinzessin" lief mir ein Schauer über den Rücken. Das hörte sich nach wie vor so unwirklich an.

Als ich nickte, reichte auch er mir seinen Arm und ein paar Kinder eilten herbei, um meine Schleppe zu tragen. Dann führte er mich die große Eingangstreppe nach unten.

Behutsam setzte ich einen Fuß nach dem anderen auf die Treppenstufen und sah mich um. Zu meiner linken und meiner rechten standen Menschen mit strahlenden Gesichtern, die mich bewundernd ansahen.

Unten angelangt erblickte ich Mathilde. Die weiße Stute war geschmückt, mit goldenen Bändern in ihrer Mähne und einem Sattel aus fast schwarzem Leder und feinen Verzierungen. Die Schabracke war genauso golden, wie der Schmuck in ihrer Mähne.

Arthur half mir beim Aufsteigen und mein Herz klopfte mir bis zum Hals.

Zum einen war es für mich ungewohnt, dass so viele Augen auf mich gerichtet waren und mich offenbar bewunderten, schließlich war ich vor wenigen Wochen noch ein unbedeutendes Waisenmädchen aus einem armen Dorf gewesen und nun würde ich auf einmal in eine Königsfamilie einheiraten.

Ich konnte das alles trotz allem kaum fassen.

Er reichte mir meinen Blumenstrauß und lief dann nach vorn, um Mathildes Zügel zu fassen und sie durch die vielen Menschen zu führen.

Ein paar Personen lösten sich aus der Masse und schlossen sich uns an; nicht zuletzt zwei Wachen, die links und rechts von uns liefen.

Aufgeregt warf ich einen Blick über meine Schulter und verharrte in der Bewegung, als ich bekannte Gesichter in dieser Schlange ausmachte.

Ich erkannte Martha und Hanna, die voranliefen und ein paar andere Personen, die ich aus meinem Heim kannte und neben meiner besten Freundin konnte ich ebenfalls einen kleinen Rotschopf ausmachen. Also schienen sogar Jakob und Lotta da zu sein.

Überwältigt schenkte ich ihnen ein Lächeln und Hanna winkte mir freudig zu.

Ungläubig drehte ich mich nach vorn und fragte mich, wie das möglich war.

Hatte das Königshaus sie alle nur für mich zu diesen Feierlichkeiten eingeladen?

Zitternd vor Aufregung beobachtete ich, wie mich Arthur durch die Wege des Schlossgartens führte, während die Blumenbete und Rosenbüsche mit Fahnen und Girlanden geschmückt waren und die Blumen allesamt in ihrer schönsten Pracht strahlten, als müssten sie diesem Anlass gerecht werden.

Ich konnte rote und weiße Rosen erkennen, sowie Tulpen, Lilien und Nelken, die meinen Weg säumten.

Das Wetter war ebenfalls perfekt. Die Sonne schickte ihre warmen Strahlen auf die Erde nieder, als hätte es hier niemals Eis oder Schnee gegeben.

In diesem Moment hätte ich weinen oder schreien können vor Glück, dabei hatte ich meinen zukünftigen Gemahl noch gar nicht zu Gesicht bekommen.

Kurz darauf erblickte ich ihn schließlich.

Mein Laurenz stand vor dem steinernen Pavillon, der zu den schönsten Plätzen des Schlossgartens gehörte und schien ungeduldig auf mich zu warten. Im Hintergrund konnte ich das Königspaar erkennen. Königin Lucinda in einem traumhaften goldenen Kleid mit Reifrock und einer kleinen aber edlen Krone auf dem Kopf und König Leonard wie es sich für einen König gebührte, mit einer größerem, mit Edelsteinen besetzten Krone und einem roten Umhang, auf dem schwarz-weiße Verzierungen angebracht waren.

Kurz ertappte ich mich bei dem Gedanken, dass ich Laurenz in seiner Zeit als König nie mit einer Krone oder dieser Art von Umhang gesehen hatte und wunderte mich ein wenig.

Vermutlich hatte er sich nie als würdig genug empfunden, um dies zu tragen.

Ich stieß einen Seufzer aus und warf einen Blick auf Arthur, der gerade das Pferd zum Stehen gebracht hatte und dann zu mir trat, um mich zu fragen, ob er mir beim Abstieg helfen durfte.

„Selbstverständlich gern", lächelte ich ihn an und er reichte mir seine Hand, während Hanna herbeigesprungen kam, um meine Schleppe zu halten.

Als ich mit meinen Füßen wieder auf dem Boden stand, kam auch Marie hinzu, die auf der anderen Seite nach der Schleppe griff.

Erst jetzt fiel mir auf, dass Martha und die Kinder sowie Jakob und seine Familie ebenfalls edle Kleidung trugen.

Hatte das Königshaus ihnen diese etwa zur Verfügung gestellt? Ich war beeindruckt.

Arthur wich mir nicht von der Seite auf meinem Fußweg zum Pavillon.

Vorsichtig setzte ich einen Fuß vor den anderen, während mein Blick voll und ganz auf Laurenz gerichtet war.

Er erwiderte meinen Blick mit einem strahlenden Lächeln und ich wusste genau, dass er die gleiche Glückseligkeit empfand, wie ich.

Auch wenn er immer noch aussah, wie das genaue Gegenteil von mir, mit seiner schwarzen Uniform, die mit goldenen Manschettenknöpfen verziert war. An Kragen und Saum befand sich ebenfalls goldenes Muster, das wie verschlungene Blätterranken aussah und auf seinen Schultern in Löwenköpfe überging.

Stimmt, der goldene Löwe war nach wie vor das Wappen des Königshauses, ging es mir durch den Kopf.

Seine dunklen Haare wallten ihm über die Schultern und ich bewunderte seine Anmut und seine unbeschreibliche Schönheit.

Schließlich stand ich genau vor ihm und spürte, wie seine blauen Augen unentwegt auf mir ruhten, mit einem Blick, als wäre einzig und allein ich alles, was er zum Leben brauchte.

Wie so oft in den letzten Wochen hatte ich das Gefühl, unter seinen Blicken zu schmelzen.

Neben mir verbeugte sich Arthur und sagte: „Königliche Hoheit, ich werde das Fräulein Aurelia nun in Eure Hände übergeben, wenn es recht ist?"

Laurenz nickte und erwiderte mit samtweicher Stimme: „Vielen Dank, mein treuer Diener."

Dann wendete er sich mir zu, nahm meine Hand und sah mir tief in die Augen.

„Meine geliebte Aurelia, Ihr seid unbeschreiblich schön", hauchte er mir zu und seine Stimme war kaum mehr als ein Flüstern.

„Vielen Dank, Eure Majestät", antwortete ich und hoffte, dass ich nicht rot wurde.

„Bitte", meinte er da und trat einen weiteren Schritt näher zu mir. „Du bist meine Braut, meine Prinzessin und mir ebenwürdig. Ich bitte dich, sprich mich nicht mehr an, als wärst du eine Untergebene."

Gerührt nickte ich und wollte dazu noch etwas sagen, als sich der Priester neben uns räusperte. „Bitte verzeiht die Störung..."

Mehr bekam ich von dem Satz gar nicht mehr mit, denn Laurenz küsste meine Hand und trat einen Schritt näher zu dem Geistlichen, während ich nichts anderes wahrnahm, als seinen Blick.

Ich sah mich kaum merklich um und konnte in der Menge nur strahlende Gesichter ausmachen.

Hildegard und Martha standen direkt nebeneinander und ich musste fast schmunzeln, als mir auffiel, dass sie jetzt bereits Freudentränen wegblinzelten.

Auf der anderen Seite neben meiner Ziehmutter stand meine kleine Hanna.

Ich stellte zufrieden fest, dass sie die Hand von Jakob hielt. Offenbar hatten die beiden ebenfalls zueinander gefunden.

Ich wurde aus meinen Gedanken gerissen, als ich Laurenz' Stimme vernahm.

„Ich würde gern ein paar Worte sagen wollen", meinte er irgendwie feierlich.

„Aber selbstverständlich", ließ ihn der Geistliche gewähren.

Sofort spürte ich wieder, wie der Blick meines Prinzen auf mir lag, als er meine Hände nahm und sagte: „Meine liebste Aurelia, einmal mehr möchte ich mich aus tiefsten Herzen dafür bedanken, was du für mich getan hast. Bevor du in mein Leben getreten bist, hatte ich jegliche Hoffnung aufgegeben, dass es für mich jemals wieder Wärme und Liebe geben würde, geschweige denn Erlösung. Ich war ein armer Tor, der sich in diesem Labyrinth aus Eis und Schnee längst hoffnungslos verlaufen hatte. Und dann warst du auf einmal da, saßt an meinem Bett, als ich bereit war zu sterben. Du warst wie ein Engel, der mir plötzlich wieder Hoffnung und Liebe geschenkt hat. Du hast mein Herz gewärmt, in diesen Mauern aus Eis. Du hast immer an das Gute in mir geglaubt, obwohl ich das selbst lange nicht mehr konnte und du hast mich niemals aufgegeben. Weder, als ich dich wegschickte, weil ich glaubte, dass du ohne mich ein besseres Leben führen könntest, noch, als ich kurz davor war zu sterben. Du hast dich nicht nur furchtlos einem Schwert entgegengestellt, sondern auch dieser eisigen Gefahr. Du hättest dein Leben für mich geopfert... und ich habe keine Ahnung, wie ich dir dafür jemals angemessen danken kann, außer dir zu versprechen, dass ich dich lieben und ehren werde, in guten und in schlechten Zeiten; für immer und ewig, Aurelia."

Nachdem er seine Rede beendet hatte, war es einen Augenblick lang komplett still um uns herum. Die Gäste schienen von seinen Worten genauso gerührt zu sein, wie ich.

Es fühlte sich an, als würde ich nicht einmal mehr meinen Körper spüren, sondern schweben auf einer samtweichen Wolke, die mich davon treiben ließ.

Dabei war es nun an mir, mein Ehegelübde abzulegen, selbst wenn ich nicht wusste, ob es auch nur ansatzweise an seine Worte herankommen würde, schließlich fühlte ich mich weit davon entfernt, einen klaren Gedanken zu fassen.

„Vielen Dank für diese traumhaft schönen Worte", begann ich letztlich und redete was mir in den Sinn kam. Normalerweise war ich nie die große Rednerin gewesen und erst recht nicht vor dem Königspaar und so vielen Gästen, die uns unentwegt ansahen.

Also räusperte ich mich und wusste nicht recht, wo ich hinsehen sollte, als ich weitersprach: „Für mich wirkt all das hier manchmal noch immer wie ein Traum, der viel zu schön ist um wahr zu sein. Mir hat dieses Reich voll Schnee und das Schloss aus Eis nie Angst gemacht. Ganz im Gegenteil, denn in diesem Schloss lebte meiner Meinung nach nie ein Ungeheuer, sondern ein Mensch, ein einsamer König, der sich nach nichts mehr gesehnt hat, als nach Liebe und Geborgenheit, jemanden der ihn akzeptierte, wie er war und der an ihn glaubte, wenn er es nicht einmal mehr selbst konnte. Das habe ich mit einem einzigen Blick in deine wunderschönen blauen Augen verstanden. Von jenem Augenblick an wollte ich es sein, die dich glücklich machen kann, denn diese Traurigkeit in deinen Augen hat mir jedes Mal fast das Herz gebrochen, weil ich mich verliebt hatte, in diese eisblauen Augen, dieses aufrichtige Lächeln, das ich leider viel zu selten sehen durfte und die Art und Weise, wie du mich wie jemanden ganz Besonderes behandelt hast. Ich fand es immer so unbeschreiblich schön, dein Engel sein zu dürfen, oder dir stundenlang beim Klavierspielen zuhören zu können. Oft hatte ich Angst, dass meine Liebe nicht ausreicht, weil ich nur ein armes Waisenmädchen bin, dass ich deiner nicht würdig bin, doch das Schicksal wollte es anders. Letztendlich war unsere Liebe stark genug, um alle Widrigkeiten zu meistern und sogar die meterdicken Eisschichten zum Schmelzen zu bringen und den Fluch zu brechen. Ich habe die Hoffnung nie aufgegeben, dass wir es schaffen können, weil wir uns wahrhaftig lieben. Die wahre Liebe bringt am Ende jedes Eis zum Schmelzen, das musste sogar diese Hexe einsehen. Und jetzt, wo wir diese schreckliche Zeit gemeinsam überstanden haben, wünsche ich mir von ganzem Herzen, dass wir endlich zusammen glücklich sein können, für immer und ewig. Weil ich dich so unbeschreiblich sehr liebe, Laurenz."

Nach dem Abschluss meiner Rede musste ich mehrmals tief durchatmen, um meinen rasenden Puls wieder zu beruhigen.

Das war jedoch kaum möglich, denn während unsere Gäste vor Begeisterung klatschten und jubelten, sah er mich unverwandt an und flüsterte: „Vielen Dank für alles, meine bezaubernde Braut."

Oh mein Gott, es fehlte echt nicht mehr viel, bis ich vor lauter Glück und Freude in Tränen ausbrechen würde.

Selbst der Priester lächelte uns wohlgesonnen zu und meinte: „Nun, nachdem was ich gehört habe, gibt es für mich keine Zweifel, dass Ihr eine glückliche und vielversprechende gemeinsame Zukunft vor Euch habt."

Dann trat er einen Schritt näher und wendete sich an mich: „Mein Fräulein Aurelia, Euch ist bewusst, dass Ihr mit dieser Heirat gleichzeitig ein Mitglied der Königsfamilie werdet und den Titel einer Prinzessin tragen werdet?"

„Ja, das ist mir bewusst und ich bin sehr gerührt, dass ich diesen Titel tragen darf", antwortete ich und deutete einen Knicks an, der in erster Linie an das Königspaar und Laurenz gerichtet war.

„Nachdem was du für unsere Familie und unser Königreich getan hast, hast du dir diesen Status mehr als verdient", versicherte mir Königin Lucinda.

Geehrt deutete ich eine weitere Verbeugung an und wendete mich wieder meinem Bräutigam und dem Priester zu.

„Nun, wie ich sehe, steht diese Ehe unter einem sehr guten Stern", verkündete der Geistliche feierlich. „Damit erkläre ich Euch Prinz Laurenz Augustus und Prinzessin Aurelia Emilia Kraft meines Amtes zu Mann und Frau!"

Die Menge jubelte und das Königspaar trat zu uns.

Die Königin trat zu uns und überreichte mir auf einem weinroten samtigen Kissen ein silbernes Diadem und sagte: „Willkommen in unserer Familie, Prinzessin Aurelia."

„Vielen Dank", erwiderte ich und bewunderte das Schmuckstück. „Ich weiß gar nicht, was ich sagen soll..."

Es sah aus wie silberne Blumenranken, dessen Blätter ineinander verschlungen waren und jede Blüte zierte ein winziger roter Edelstein.

Im nächsten Augenblick nahm Königin Lucinda das Diadem vorsichtig in ihre Hände und platzierte es auf meinem Haupt.

Dann trat sie einen Schritt zurück, nickte zufrieden und erwiderte lächelnd: „Ihr müsst gar nichts dazu sagen. Ihr seid nun ein Teil unserer Familie, an der Seite unseres Sohnes, genau da, wo Ihr hingehört."

Nun fühlte ich mich wahrhaftig wie eine Prinzessin und knickste ergriffen erneut vor dem Königspaar.

Als ich meinen Blick wieder zu Laurenz gleiten ließ, bemerkte ich, dass er mich unentwegt ansah.

Schließlich fragte er so leise, dass nur ich es hören konnte: „Darf ich meine wunderschöne Prinzessin nun küssen?"

„Ich bitte darum", antwortete ich lächelnd.

Dann nahm er mein Gesicht in seine Hände, bevor sich sein Gesicht meinem näherte und sich unsere Lippen schließlich zu einem zärtlichen Kuss umschlossen.

Wieder applaudierten die Menschen um uns herum.

Ich dagegen wagte nicht mal, mich zu bewegen.

Nachdem wir uns wieder voneinander gelöst hatten, kamen die Gäste der Reihe nach zu uns, um uns zu beglückwünschen.

Als Martha zu mir trat (sie hatte nach wie vor Tränen in den Augen), fiel sie mir kurzerhand um den Hals und sagte: „Ich kann es nicht glauben, aus meinem kleinen Mädchen ist eine wunderschöne junge Prinzessin und Heldin geworden. Ich bin so stolz auf dich und hoffe, dass du auf dem Schloss ein glückliches und erfülltes Leben führen wirst."

„Das werde ich, da bin ich mir ganz sicher", entgegnete ich und sah sie einen Moment nachdenklich an. „Du bist also nicht böse auf mich, dass ich auch ein zweites Mal ohne deine Erlaubnis das Dorf verlassen habe?"

Sie schenkte mir ein Lächeln und sah mich an, als sie antwortete: „Natürlich nicht, mein Kind. Wie man sieht, hast du die einzig richtige Entscheidung getroffen. Nur ich wollte das lange nicht wahrhaben."

Ich nickte und bedankte mich herzlich bei ihr, bevor mir etwas einfiel: „Sag mir, hast du eigentlich ein Lebenszeichen von Eduard vernommen? Ist er ins Dorf zurückgekehrt?"

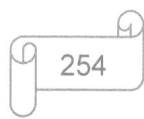

„Nein, ins Dorf ist er nicht zurückgekehrt", antwortete sie zögernd, „aber er hat an seinem Vater eine Botschaft übermitteln lassen. Er würde sich erst einmal allein auf eine lange Reise begeben, um über einige Dinge nachzudenken. Ihm wäre klar geworden, dass er einen großen Fehler begangen habe und wünscht dir, dass du glücklich wirst."

„Ich verstehe", murmelte ich nachdenklich.

Das bedeutete wohl, dass er meinem Glück nicht mehr im Wege stehen will. Das hoffte ich zumindest.

Im nächsten Moment drängelte sich Hanna an meiner Ziehmutter vorbei und hüpfte mir regelrecht in die Arme.

„Ich habe immer gewusst, dass du das schaffst", rief sie, „und dass ihr zusammengehört... und dass du eine wunderschöne Braut sein wirst... und du uns niemals vergisst. Aber vor allem habe ich gewusst, dass die wahre Liebe am Ende siegt."

„Du meinst, die wahre Liebe siegt, so wie bei dir und Jakob?", wollte ich mit einem Augenzwinkern wissen.

Nun wurde meine kleine Hanna rot und murmelte verlegen: „Na ja, ich hoffe es zumindest. Dabei weiß es außer dir niemand wirklich..."

Da wäre ich mir nicht so sicher, dachte ich schmunzelnd. Schließlich hatten die beiden vorhin ziemlich offensichtlich Händchen gehalten.

Arthur und Hildegard kamen gleichzeitig und wünschten Laurenz und mir alles Glück der Welt.

Sogar seine Eltern reichten mir ihre Hände und beglückwünschten mich ebenfalls.

Danach wurden die Speisen gereicht.

Auf dem Weg zu den Tafeln, die im Schlossgarten aufgestellt worden waren, warfen die Kinder freudig rufend rote und weiße Blütenblätter, während ich von allem nur völlig überwältigt war.

Erst recht, als ich mitbekam, dass ich nun neben dem Königspaar und Laurenz platznahm; ganz öffentlich, als wäre es das normalste auf der Welt.

Fasziniert ließ ich meinen Blick über die lange Tafel gleiten und betrachtete all die Speisen, die aufgefahren wurden. Neben deftigen Schweinshaxen und Hasenbraten, war Obst und Gemüse in allen möglichen Sorten und Farben vorhanden. Dazu wurden Wein, Bier, Säfte und Wasser gereicht.

Hanna und den anderen Kindern aus meiner Heimat konnte ich ansehen, dass sie aus dem Staunen nicht mehr herauskamen. Sie hatten vermutlich alle bisher nie so viel Essen auf einmal gesehen.

Und wie erwartet schmeckte auch alles vorzüglich.

Nach dem Essen verkündete der König, dass es nun Zeit für den Hochzeitstanz war.

Augenblicklich positionierten sich einige Musiker mit ihren Instrumenten und begannen zu spielen.

Das machte mich nervös, denn auch wenn ich in Vorbereitung auf die Feierlichkeiten ein paar Tanzstunden bekommen hatte, war es völlig anders, unter den Augen von so vielen Menschen zu tanzen.

Jedoch führte mich mein Prinz durch den Tanz, als wäre ich leicht wie eine Feder und irgendwann glaubte ich tatsächlich zu schweben.

Wir tanzten unermüdlich, bis die Sonne im Begriff war unterzugehen.

Währenddessen beobachtete ich die Menschen um mich herum und stellte zufrieden fest, dass nicht nur Hanna und Jakob bei ruhigerer Musik eng umschlungen tanzten, sondern auch Hildegard und Arthur sich scheinbar nähergekommen waren.

„Sieh nur", meinte ich schmunzelnd zu Laurenz.

Er folgte meinem Blick und meinte daraufhin: „Na endlich. Ich dachte, die beiden gestehen sich ihre Gefühle nie ein."

Vergnügt drehte ich mich um mich selbst und geriet aufgrund meines Kleides ein bisschen ins Straucheln.

Sofort nahm er mich in seine Arme und flüsterte: „Vorsicht."

„Keine Sorge", erwiderte ich schnell. „Solange du an meiner Seite bist, kann mir gar nichts passieren."

Daraufhin küsste er mich und wollte wissen: „Was meint Ihr, meine Prinzessin? Wäre es langsam an der Zeit, dass wir uns zurückziehen? Die nächsten Tage wird es genug Zeit zum Feiern geben."

Als ich zustimmend nickte, verkündete er für heute unseren Rückzug.

Sofort kamen Arthur und Hildegard herbeigeeilt um mir beim Aufsteigen auf Mathildes Rücken zu helfen.

Dann ritten Laurenz und ich nebeneinander her, ich auf der weißen Stute und er auf dem schwarzen Ramon.

Noch immer wirkten wir wie zwei Gegensätze, die sich gegenseitig anziehen, er völlig in schwarz und ich in Weiß, oder vielleicht auch wie Licht und Schatten. Schließlich konnten wir auch nicht ohne einander existieren.

Da griff Laurenz nach meiner Hand und seine eisblauen Augen ruhten auf mir, als er wissen wollte: „Für immer?"

„Für immer", versprach ich und sah ihn zärtlich an, während wir gemeinsam in die untergehende Sonne ritten.

Kapitel 1
Hanna, Lukas, Elli, Aurelia

Kapitel 2
Begegnung im Regen

Kapitel 8
Immer an deiner Seite

Kapitel 10
Heimweh

Bilder © Gina Eisentraut

Das erste Werk der Autorin:

Die Wahrheit hinter den Lügen

Autor*innen: Eisentraut, Gina

ISBN	9783757861674
	9783756872831
Produkt	BoD Publish
BoD-Nr.	21777733
Medium	Buch, E-Book
Lieferbar seit	29.08.2023
Ladenpreis	Buch: 22,99 EUR
	E-Book: 8,99 EUR

Michael hat bis jetzt sein gesamtes Leben im Heim verbracht und weiß nichts über seine Herkunft. Doch da ihm schon immer bewusst war, dass er dort nie wirklich zu Hause war, ergreift er mit 17 Jahren die Flucht und lebt einige Wochen lang auf der Straße. Dort begegnet er zufällig Bill, der ihm seltsamerweise nicht nur bis aufs Haar gleicht, sondern herauskommt, dass die beiden am selben Tag geboren wurden. Bill ist sofort davon überzeugt, dass sie Zwillinge sein müssen und schlägt vor, dass die beiden für eine Weile die Rollen tauschen und nach einer bestimmten Frist der Mutter die Wahrheit offenbaren. Das stellt sich jedoch als gar nicht so einfach heraus, da die beiden vom Charakter her ziemlich unterschiedlich sind.

Trotz anfänglicher Zweifel läuft schließlich alles wie geplant, aber dann geschieht etwas Unvorhergesehenes: Er verliebt sich in die hübsche Melissa!

Kann das mit ihr und dem Rollentausch wirklich gutgehen? Und wie wird die Mutter reagieren, wenn sie die Wahrheit erfährt?

Über die Autorin:

Gina Eisentraut wurde 1994 in Chemnitz geboren und ist dort aufgewachsen. Nach ihrem Realschulabschluss machte sie eine Ausbildung zur Verwaltungsfachangestellten und arbeitet nun bei der Stadtverwaltung Chemnitz.

Gina sitzt wegen eines Gehirntumors im frühen Kindesalter im Rollstuhl.

Für das Lesen und Schreiben von Geschichten interessiert sie sich bereits, seitdem sie einen Stift halten kann und hat schon kleinere Geschichten verfasst, die in Gemeinschaftsprojekten von der Schule oder dem Schreibkurs des Elternvereins für krebskranke Kinder e.V. veröffentlicht wurden.

Diese Geschichte wird ihre zweite eigene Veröffentlichung.